好讀出版

夜未央

史考特・費茲傑羅

林捷逸——譯

TENDER IS THE NIGHT

by F. Scott Fitzgerald

卷一

旅館後方的山中似乎有一場舞會，露絲瑪莉躺在蚊帳裡聽著音樂從鬼魅的月光中傳來，她明白此時此刻的某個地方應該也是歡樂洋溢，她想到了海灘上那群可愛的人，明天早上或許可以遇見他們……

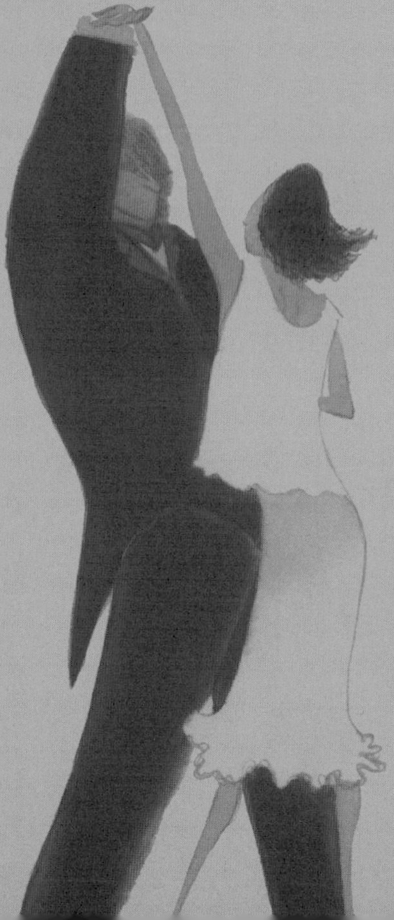

I

在馬賽和義大利邊界之間，風光明媚的蔚藍海岸坐落著一棟氣派的大飯店，成排恭順的棕櫚樹替玫瑰色外牆遮擋陽光，往前伸展出一片耀眼的小海灘。最近，這裡成為達官顯要和社會名流的避暑勝地；十年前開始，每到四月份英國遊客北返之後，這地方就變得幾乎空無一人。如今，這附近環繞著許多平房，但從高斯國際飯店到五英里外的坎城之間，最早僅有十幾幢如凋零荷花般的圓頂老別墅散布在松樹林中。

飯店擁有一片褐色祈禱地毯似的小海灘。早晨時分，海草激起的泛泛漣漪蕩漾在清澈的淺水間，倒映出遠方坎城粉紅與乳白色調相間的城堡，以及位處義大利邊界的紫紅阿爾卑斯山。八點鐘不到，一名穿著藍色浴袍的男子來到沙灘，先朝身上潑灑一陣冰涼的海水以適應溫度，嘴裡不斷嘀咕，大口呼吸著空氣，在水裡折騰了一分鐘。他走了之後，沙灘和水灣平靜了一小時。商船在海平面上向西緩行；服務生在飯店庭院中嚷嚷不絕；松樹枝頂的晨露全乾了。再過一個小時，從莫勒山腰蜿蜒而下的公路便會傳來汽車喇叭聲，這座山脈分隔了濱海地區和眞正的普羅旺斯地區。

離海一英里遠，景致從松樹林換成了灰濛的白楊樹，這裡有一座孤零的火車站。一九二五年六月的一個早晨，敞篷馬車載著一對母女來到高斯飯店。母親風韻猶存的容貌眼看快要浮現歲月的斑痕，舉止透露著怡然的恬靜與世故。但人們的眼光很快就轉到一旁的女兒身上，粉嫩透亮的頰掌散發出無窮魔力，活像夜晚洗了冷水澡般的小孩一樣泛紅。她姣好的前額微微上傾收在髮際，兩旁環繞著淡金色髮辮與波浪鬈髮，像一只精緻的家徽。一雙水汪汪的大眼明亮清澈，閃耀動人；紅潤的臉頰，是年輕強壯的心臟為她灌注的眞正膚色。快十八歲了，就要成年的她，優美的身軀不脫稚氣，如朝露般純淨。

俯視著海天相連處那道炙熱的細線，母親說：「感覺上，我們不會喜歡這個地方。」女孩回答：「總之，我就是想回家。」母女倆說得輕鬆愉快，但顯然因漫無目的而感煩悶，而且是眞的毫無頭緒。她們想來點熱鬧刺激，倒不是因爲精神疲憊需要提振，而是像贏得獎賞的學童那樣熱切渴望著應得的假期。

「我們在這裡待個三天，然後回家，我現在就去拍電報訂船票。」

飯店裡，女孩以一口流利道地的法語訂好房間，語氣卻單調得像在背誦些什麼似的。在一樓的房間安頓好後，她穿過明亮的落地窗，走了幾步路來到飯店前的石砌長廊。她走路的姿態像個芭蕾舞者，不會彎腰駝背而是抬頭挺胸。外面強烈的陽光呑噬了她的影子，女孩退了回去——光線實在太刺眼。四、五十公尺外，地中海正在猛烈的豔陽下失去色澤；長廊前，一輛斑駁的別克汽車在飯店車道上接受烘烤。

實際上，整個區域只見海灘有人氣。三名英國保母正坐著編織，把一八四〇、六〇、八〇年代繁瑣枯燥的維多利亞式圖案織在毛衣和襪子上，她們說長道短的聲調乏味得像在唸咒語；再往海邊去，十來個人在條紋陽傘底下做著家務，他們的十來個孩子或在淺水灘追逐著不知死活的魚，或者一絲不掛躺在太陽下，塗抹著椰子油的身體閃閃發亮。

露絲瑪莉來到沙灘上時，有個十二歲大的男孩從她身旁跑過去，帶著狂歡的吶喊衝進海裡。她感到一張張陌生的臉盯著自己看，於是也脫掉浴袍跟著下水。她臉朝下浮游了幾碼，發現海水太淺，於是搖搖晃晃站起身子踉蹌地往前走去，使勁拖著有如被海水添了額外重量的纖細雙腿。到了水深及胸的地方，露絲瑪莉回頭望向岸邊，有個戴單片眼鏡、著貼身泳衣的禿頭男子，收起小腹，挺出毛茸茸的胸膛，正目不轉睛地看著她。她回瞪了一眼，男子馬上拿掉眼鏡，任它滑落到胸前那叢可笑的胸毛裡，然後從手中的瓶子爲自己倒了杯飲料。

露絲瑪莉的臉貼著水面，載浮載沉地划著四拍自由式游向浮臺。海水湧上，溫柔地將她拉離酷熱，海水滲透她的髮絲，流遍她身上的每一處，她在水中輾轉翻身，盡情擁抱著海水。游到浮臺時已然氣喘吁吁，卻有一名棕褐色皮膚的女人露出雪白的牙齒俯身瞧著她，露絲瑪莉這才驚覺自己的膚色顯出未經陽光洗禮的白皙，於是轉過身子，朝岸邊漂移回去。

當她走出水面時，那個拿著瓶子、胸毛茂密的男子對她說：「聽我說，浮臺外面有鯊魚。昨天在尚安灣①有兩個落海的英國水手被吃掉。」這人看不出是哪一國人，卻說著一口慢條斯理的牛津腔英語。

「天啊！」露絲瑪莉驚呼。

「牠們是被船隊拋下的垃圾吸引而來。」胸毛男補充道，但隨即撇開眼神，表示自己是出於好心警告才開口。而後矯情地退了幾步，又爲自己倒上一杯飲料。

儘管此番對話招惹來一些注意，但露絲瑪莉並未感覺不自在，她要找個地方坐下。每個家庭都占據了陽傘前的那塊沙灘，家人之間熱烈地交談互動，這種自成聚落的氛圍讓任何打擾都顯得冒昧。遠一點的地方，海灘上散布著卵石與乾枯海草，坐著一群肌膚跟她一樣蒼白的人。他們躺在小陽傘的遮蔭下，沒有使用海灘陽傘，顯然不是當地人。在深膚色與淺膚色的人群之間，露絲瑪莉找了個位置，在沙地上攤平浴袍。

就這麼躺著，她先是聽到人們的話語聲，接著感覺腳步繞過自己身邊，然後他們的身影從上方掠過。一隻好奇的狗神經兮兮地在她脖子上呼著熱氣；她覺得皮膚被曬得有些燒灼，耳邊隱約傳來海浪退潮發出的嘩啦聲響。不久，她已然分辨得出每個人的聲音，還聽到有個被譏爲「北方佬」的人，前晚從坎城一家咖啡店擄走一名侍者，只爲了想把人家鋸成兩半。說這故事的是個盛裝打扮的白髮婦人，她的髮飾牢牢紮在頭頂，肩上的蘭花早已凋謝，顯然從昨晚起就是這副打扮。露絲瑪莉對她和她的同伴有些反感，於是側過身去。

這一邊最靠近她的是一名年輕女子，躺在幾把海灘陽傘相連的陰影下，正從攤在地上的一本書中開列清單。她的泳衣從肩上滑落，露出古銅色的紅潤背部，加上乳白珍珠項鍊的襯托，在陽光下顯得格外耀眼。她的容貌冷峻、清秀又惹人愛憐——她的目光轉向露絲瑪莉，卻沒在看她。女子後方有個戴騎士帽、身穿紅條紋泳衣的削瘦男子；再過去些是露絲瑪莉曾在浮臺上見到的女人，這女人也回頭望著她，瞧了一會兒；接著是滿頭蓬鬆金髮的長臉男子，穿著藍色泳衣但沒戴帽子，非常認眞地朝著一個身穿黑色泳衣、顯然是拉丁裔的年輕男子講話，他倆還一邊撥弄著沙子裡的小海草。露絲瑪莉想，他們應該是美國人，但有些地方又不像她最近認識的那些美國人。

一小會兒後她明白了，那位戴騎士帽的男子正悄悄地爲這群人表演些什麼。他拿著耙子故作正經地走來走去，表面上在耙除砂礫，卻神情凝重地模仿著什麼，他的一舉一動變得非常滑稽，只要一開口就會引來一陣爆笑。離他們較遠的人如露絲瑪莉，儘管聽不到他說了些什麼，注意力還是被吸引過去。海灘上唯一對此不感興趣的，就是那位戴珍珠項鍊的年輕女子；也許是個性內斂使然，每傳來一陣熱烈的笑聲，她就更湊近自己面前的那張單子。

突然，那位戴著單片眼鏡、手拿瓶子的胸毛男走近露絲瑪莉，低頭對她說：「你游得非常棒。」她說過獎了。胸毛男又說：「是眞的游得很好。我叫坎皮恩，有一位女士說她上星期在索倫托②看到你，而且認得你是誰，希望能跟你碰個面。」

按捺住心中的不悅四處張望，露絲瑪莉看到那些皮膚蒼白的人正在等著，她不情願地起身走向他們。

「這位是艾布蘭絲太太——麥吉斯科太太——麥吉斯科先生——鄧裴利先生——」坎皮恩介紹著。

「我們認得你，你是露絲瑪莉・霍伊特，我在索倫托認出你，還問了飯店櫃檯。我們認爲你眞的很不可思議，想知道你爲什麼不回美國再拍一部出色的電影。」一身盛裝的婦人說。

他們刻意爲她挪出了一個位子。認出她的婦人儘管有個猶太姓氏，卻不是猶太人。她是那種凡事都不在乎、身體硬朗胃口極佳，能夠活到下個世代的老太婆。

「我們要提醒你，可別第一天就曬傷了。你的皮膚很重要，不過這海灘上似乎有很多討厭的規定，不知道你會不會在意。」婦人與高采烈地說著。

譯註

①尚安灣（Golfe Juan）：坎城東方的一個海港，也是著名的海濱度假勝地。

②索倫托（Sorrento）：位於義大利南部坎帕尼亞區，鄰近那不勒斯灣，是著名的觀光市鎮。

2

「我們還以爲你在拍戲，但不清楚誰參與其中誰沒有。我先生對其中一位男士特別友善，原來那個男的是重要角色啊，差不多是男配角那種感覺。」麥吉斯科太太說。她是個眼睛無神、卻氣勢逼人的漂亮少婦。

「拍戲？有人在拍戲？」露絲瑪莉一知半解地問著。

「親愛的，我們就是搞不清楚這一切啊。我們不在戲中，我們是旁觀者。」艾布蘭絲太太笑著說，咯咯笑到她肥胖的身軀亦跟著抽動。

「艾布蘭絲老媽本身就是一齣戲。」鄧裴利先生評論道，他是個一頭淡色金髮的年輕娘味男子。坎皮恩先生對他搖了搖單片眼鏡，提醒著：「羅爾，注意，說話要有分寸。」

露絲瑪莉不自在地看著他們，真希望母親陪在身邊。她不喜歡這些人，跟海灘另一邊那些讓她感到有趣的人相比，更是明顯地不討喜。母親穩重簡潔的社交手腕通常可以迅速果決地擺脫這種煩人場面。不過，露絲瑪莉成名才六個月，青少年時期接受的法國教育，夾雜著後來體驗的美國式民主作風，有時會讓她陷入眼前這樣的困擾。

年約三十歲的麥吉斯科先生體型削瘦，有張雀斑紅臉，並不覺得「拍戲」這個話題有趣。原本一直注視著海的他，迅速朝妻子瞥了一眼後，轉向露絲瑪莉問道：「要待很久？」露絲瑪莉回答：「只待一天。」他回應著：「喔。」麥吉斯科顯然感到話題已經徹底改變了，便逐一望向其他人。

麥吉斯科太太天真地問：「要不要在這裡待上整個夏天？這樣你就可以看到一整齣戲。」她丈夫咆哮道：「看在老天的分上，薇奧莉，別再提這檔事了。換個話題吧，拜託！」麥吉斯科太太湊近艾布蘭絲太太，以一種清晰可聞的音量低語著：「他很緊張。」做丈夫的否認：「我不緊張。我偏偏一點也不緊張。」

麥吉斯科怒形於色，淡淡的紅暈泛滿臉頰，看來再辯無益。他突然意識到自己的處境，於是站起身走進水裡，他的妻子緊隨在後，露絲瑪莉抓住機會也跟了過去。麥吉斯科深吸了一大口氣，然後投入淺水處，生硬地揮動雙臂拍打著地中海海水，顯然想游個自由式——但那口氣耗盡了，他站起來四下張望，驚訝地發現海灘仍近在眼前。

他用探詢的眼光看著露絲瑪莉：「我還沒有學會換氣，我一直不明白人們如何在水中換氣。」她解釋：「你要在水下吐氣，然後每划四下把頭轉出水面吸氣。」他回答：「對我來說最難的部分就是換氣。我們游去浮臺？」

浮臺隨著波浪來回晃動，蓬鬆金髮男正平躺其上。麥吉斯科太太攀向浮臺邊緣時，浮臺突然一斜，扯著她的手臂，男子探出身，將她拖了上去。

「我擔心它撞到你。」男子的聲音緩慢而靦腆。印第安人的高挺顴骨，寬闊的上唇，深邃的暗金色大眼——男子擁有一張露絲瑪莉不曾見過的憂傷容貌。他嘴角輕輕吐出這些話，以一種無比迂迴的含蓄方式傳達給麥吉斯科太太，之後隨即縱身跳入水中，長長的身影朝海岸筆直而去。

露絲瑪莉和麥吉斯科太太看著他。當衝力用盡，他忽然蜷起身子，再把清瘦的大腿高舉水面上，然後完全沒入水裡，只留下少許泡沫。露絲瑪莉說：「他是個游泳好手。」麥吉斯科太太的回答卻帶著意想不到的藐視：「哼，他是個糟糕的音樂家。」

她轉頭看向丈夫。他失敗了兩次後終於爬上浮臺，不斷舞動身軀努力保持平衡，反而顯得蹣跚。麥吉斯科太太對他說：「我剛剛才在說，艾貝・諾斯或許是游泳好手，卻是個糟糕的音樂家。」「對啊。」麥吉斯科先生勉強同意。他顯然替自己妻子闢了一個小戰場，讓她高興在裡頭怎樣高談闊論都行。

麥吉斯科太太轉而炮火猛烈地對露絲瑪莉說：「安塞爾是我的偶像，還有喬哀思。我想你在好萊塢應該很少聽到這些人物，不過我先生可是美國第一個對《尤利西斯》①發表評論的人喔！」麥吉斯科卻平靜地說：「我想來根雪茄，現在這對我來說比較重要。」麥吉斯科太太不放棄：「我先生知道內幕……亞伯特，你難道不是這麼認爲嗎？」

她的聲音突然停了下來。那名戴珍珠項鍊的女子加入了自己的兩個孩子進到水中嬉戲，接著艾貝・諾斯像座火山島似的從其中一個孩子身子底下冒出來，將他高舉在肩上。那孩子喊叫得既害怕又興奮，女子只恬靜地看著，臉上沒有笑容。

露絲瑪莉問：「那是他的妻子嗎？」麥吉斯科太太的雙眼如相機鏡頭般緊盯著女子的臉，不曾稍移：

「不，她是戴弗太太。他們不住在旅館。」過了一會兒，她又熱烈地轉向露絲瑪莉，「你以前到過國外嗎？」

露絲瑪莉答：「有……我在巴黎唸書。」

麥吉斯科太太朝著岸邊聳了聳左肩：「噢，那麼你大概知道，要想在這裡玩得開心，就得認識幾個道地的法國家庭。這些人哪可能得到什麼樂趣，他們不過是自成小圈圈地黏在一起。我們則是有介紹信的，已經在巴黎見過所有頂尖的法國藝術家與作家，很不錯的。」露絲瑪莉答：「我想是的。」

麥吉斯科太太又說：「跟你說，我先生快寫完他的第一部小說了。」露絲瑪莉答：「喔，真的啊？」她並沒有特別在想些什麼，只是納悶天氣這麼熱，母親會不會跑去睡覺。

麥吉斯科太太繼續說：「那是根據《尤利西斯》的構想，不過人家的題材是二十四小時，我先生要寫一百年。他寫的是一個年老沒落的法國貴族，和機械時代形成對比……」麥吉斯科抗議：「噢，老天，薇奧莉，不要把這個構想告訴每一個人，我不想在書出版前就到處流傳。」

露絲瑪莉游回岸邊，把浴袍披在早已痠痛的肩膀上，再次躺在陽光下。那個戴騎士帽的男子正拿著一個瓶子和幾只小玻璃杯穿梭在陽傘之間。不久後，他和朋友們的互動變得更加熱絡密切，在陽傘下聚成一團；露絲瑪莉猜想是某人要離開了，大夥在沙灘上喝最後一杯。就連孩子們也注意到陽傘下的熱鬧場面，紛紛往那裡聚集；露絲瑪莉覺得，這全是騎士帽男子帶動起來的。

正午，烈陽籠罩著天與海——五英里外一道白線似的坎城遠影，也逐漸化成清涼的海市蜃樓景致；一艘橙紅風帆船兒從深藍的外海駛來，後面拖著長長浪花。廣闊的海岸上似乎毫無生氣，只在陽傘遮蔭的彩影下傳來潺潺話語的動靜。

坎皮恩朝她走近，站在數英尺以外的地方，露絲瑪莉閉上雙眼假裝睡著。然後她瞇縫著眼，模模糊糊看見兩條柱子般的腿想慢慢挪移到一片海砂色的雲朵下，但雲朵卻飄往炙熱的天際。露絲瑪莉真的睡著了。

醒來時全身濕汗淋漓，她發現海灘上人群散盡，只剩騎士帽男子正在收摺最後一支陽傘。露絲瑪莉仍躺在那兒眨著眼睛，他走近些，對她說：「我原本打算離開前要叫醒你。一下子曬太多太陽可就不好了。」露絲瑪莉說謝謝您，接著看到自己曬得紫紅的雙腿：「天啊！」

她露出愉快的笑容想和他攀談，不過迪克・戴弗已經提著更衣帳篷和海灘陽傘走向一輛發動的汽車，於是她走進水裡把汗沖掉。他回來撿起耙子、鏟子和篩子，把它們藏在一道石縫裡，來回掃視沙灘，看看有沒有遺漏東西。

露絲瑪莉問：「你知道現在幾點鐘嗎？」迪克・戴弗答：「大概一點半。」他們同時望了一下大海。迪克・戴弗又開口：「這時間還好，不算是一天之中最壞的時刻。」

他看著她，一時之間，她活在他那雙眼睛的亮藍色世界裡，熱切又有自信。然後他揹著最後一些雜物回到自己的車上；露絲瑪莉從水裡出來，抖一抖浴袍，走回了岸上的旅館。

譯註

①喬治・安塞爾（George Antheil，1900～1959），美國前衛作曲家與鋼琴家。
詹姆斯・喬哀思（James Joyce，1882～1941），愛爾蘭詩人與小說家，最知名的作品是一九二二年出版的長篇小說《尤利西斯》（Ulysses），描寫三個都柏林人在一天之中發生的日常經歷。

3

她們走進餐廳時已差不多下午兩點。大片光影交錯的圖案映射在一張張空盪的餐桌上，隨著窗外搖擺的松枝來回晃動。兩名侍者正在堆疊餐盤，同時用義大利語高聲交談，一見客人進來即戛然而止，隨後爲她們送上已經放久了的午間套餐。

露絲瑪莉先開口：「我在沙灘上墜入情網了。」母親問：「跟誰？」露絲瑪莉回答：「先是一群看起來不錯的人，後來是一個男人。」母親又問：「你有跟他交談？」露絲瑪莉狼吞虎嚥地吃著：「只講了幾句。他長得非常英俊，紅色頭髮，可是已經結婚了……現實通常都這樣。」

母親是露絲瑪莉最好的朋友，而且竭盡所能地教導她，這在演藝圈並不罕見；比較特別的是，艾希・史培斯太太這麼做並不是爲了補償自己的失敗。她對自己這一生沒有任何怨嘆或忿恨，兩次美滿的婚姻，兩次喪偶，每一次的經歷都更加深了她淡泊的個性。她的第一任丈夫是騎兵軍官，第二任是軍醫，兩人都留下了遺產，她則努力維持原封不動地留給露絲瑪莉。史培斯太太不縱容露絲瑪莉，她把女兒訓練得夠堅強，孜孜矻矻地爲露絲瑪莉培養出一種理想主義性格，讓女兒到目前爲止都把注意力放在她身上，並透過她的眼睛，也就是母親的眼睛來看世界。因此，當露絲瑪莉還只是個平凡的孩子時，受到的是來自母親和自己的雙重保護，意即成熟的人生觀讓她與瑣碎、膚淺和粗俗的事物保持著距離。但自從露絲瑪莉在電影圈意外走紅後，史培斯太太認爲讓女兒在精神上獨立自主的時候到了，如果把這種有點過分嚴厲到讓人喘不過氣的理想主義性格，放在自己以外的地方，這孩子應該會活得比較快樂而不痛苦。

史培斯太太問：「那麼，你喜歡這個地方嗎？」露絲瑪莉答：「如果認識那群人，或許滿有意思的；但還有一些其他人，就不怎麼好了。他們全都認得我——無論我們到什麼地方，每個人都看過《掌上明珠》那部電影。」史培斯太太正等著女兒高漲的自負情緒消退下去，然後用平淡的口吻說：「這倒讓我想起，你什麼時候要去拜訪厄爾．布蘭迪？」露絲瑪莉答：「如果你休息得夠了，我想我們可以今天下午去。」史培斯太太回應：「你去，我不去。」露絲瑪莉說：「那我們明天再過去。」

史培斯太太堅定地說：「我要你自己去。那地方離這裡並不遠，況且你又不是不會講法語。」露絲瑪莉爭取著：「媽，不是有些事情，我不必非得要做嗎？」史培斯太太換個說法：「噢，那麼遲些時候再去吧，不過一定要在我們離開之前去。」露絲瑪莉答：「好的，媽。」

用完午餐，母女倆都被突如其來的平靜弄得意興闌珊，美國遊客來到國外清閒的地方常有這種情況。沒有刺激的事物，沒有喊叫的聲音，沒有旁人的見解突然引發自己的片段思緒，她們心裡惦記著大城市的喧囂，覺得生活在這裡停頓了。

「媽，我們只在這裡待三天吧。」她們回到房間時，露絲瑪莉說。外面微風徐徐吹起蒸騰熱氣，穿過了樹林，從百葉窗一陣陣送進屋內。史培斯太太問：「那你在海灘愛上的那個男人怎麼辦？」露絲瑪莉答：「我不愛任何人，除了你，親愛的媽媽。」

露絲瑪莉來到大廳跟高斯老爹說要搭火車。身穿土黃色卡其服的老爹懶洋洋地靠在櫃檯直盯著她看，然後猛地想起了自己的職業禮貌。兩名畢恭畢敬的侍者領著她搭上巴士坐往火車站，那種過於有禮的靜默讓她感到困窘，很想敦促他們：「你們儘管聊自己的，我一點也不在意。」

頭等艙很沉悶，車廂裡色彩豔麗的廣告看板如亞爾的加爾水道橋，奧蘭治的古羅馬劇院，夏慕尼的冬季運動①，都比窗外一成不變的茫茫海景更令人感到新鮮。不像美國的火車只管朝終點全力奔馳，沿途嘲弄那些被遠拋在後的人們，這列火車則與它通過的鄉野景象融爲一體——氣流攪動了棕櫚葉上的灰塵，煤渣紛落在田園的乾糞團上；露絲瑪莉確信，只要探出窗外，就可以用手摘到花朵。

坎城火車站外，十多個計程車司機在車上打盹。海濱步道旁的賭場、時髦商店和大飯店，全都像戴著單調的金屬面具朝向夏日海洋。令人難以置信此地居然曾有過旺季，這讓打扮入時的露絲瑪莉感到有些不自在，彷彿她對死氣沉沉的地方有種病態喜好；彷彿人們驚歎她爲什麼不是出現在熱鬧的冬季，而是旺季之間的淡季，這時的北方才是人聲鼎沸的世界啊。

當她拿著一瓶椰子油走出藥房時，有個滿手捧著沙發墊的女子從她面前過去，走向停在街邊的一輛汽車，露絲瑪莉認出那是戴弗太太。一條身形長長的短腿黑狗朝戴弗太太吠叫，瞌睡中的司機驚醒過來。她坐進車裡，擺好自己優雅的臉蛋，雙眼炯炯有神，直視遙遠的前方。她身穿鮮紅色洋裝，露出褐色的雙腿，一頭暗金色濃髮像極了中國鬆獅犬。

火車還要等半個小時，露絲瑪莉坐在海濱大道上的聯盟咖啡館，枝葉灑下的綠色暮光落在桌上，一支樂隊正爲假想中的各國遊客演奏尼斯嘉年華歌曲，以及美國去年的流行曲。她幫母親買了《時代報》和《週六晚郵報》，喝著柳橙汁，翻開郵報讀一篇俄國公主的回憶錄，發現——上個世紀末的久遠習俗，感覺上比現在法國報紙的頭條新聞還要來得眞實貼切。露絲瑪莉在旅館也有相同的壓迫感，經常看到怪誕的事被渲染成一齣喜劇或悲劇，涉世未深的她無從分辨事實眞相，只開始覺得法國人的生活既空虛又煩悶。樂隊傳來的憂傷曲調更加深了這種感受，不禁令她想起雜耍團表演時伴奏的淒涼樂曲。她很高興可以回高斯飯店。

由於肩膀曬得太厲害，第二天沒法游泳，她和母親租了一輛汽車（經過好一番討價還價後，露絲瑪莉自成了一套在法國議價的辦法），在蔚藍海岸四處兜風，這個地方是許多河川匯流而成的三角洲。汽車司機像極了恐怖伊凡時代的俄國沙皇，自動擔任起導遊工作，坎城、尼斯、蒙地卡羅這些燦爛的城市都從蟄伏的偽裝下活躍了起來，輕聲訴說著垂老君主在此宴客或殞歿，印度王公朝英國芭蕾舞者丟擲自己華麗的佩飾，俄國王子一連數週過著糜爛的生活……簡直，就是暮光下的波羅的海。整個沿岸地區，從已經關閉的書店和雜貨店，特別見得到俄國人遺留下來的蹤跡。十年前，當旅遊旺季在四月份結束時，東正教的教堂鎖上大門，他們偏愛的甜香檳也收藏妥當。「我們下一季就回來。」俄國人這麼說，但話說得太早，他們就此一去不回。

傍晚時分，車子開回旅館的路上顯得輕鬆愉快，下方海水映出神祕色彩，如同兒時見到的瑪瑙般繽紛，綠牛奶的綠，肥皂水的藍，還有葡萄酒的暗紅。沿途看見人們在戶外吃著晚餐，爬滿藤蔓的鄉間咖啡小館傳來響亮的自動鋼琴樂音，一切是如此宜人。他們駛離金色海濱，轉進通往高斯飯店的道路，兩旁層層堆疊的綠林越發昏暗，月亮早已升得比水道遺跡還要高了……

旅館後方的山中似乎有一場舞會，露絲瑪莉躺在蚊帳裡聽著音樂從鬼魅的月光中傳來，她明白此時此刻的某個地方應該也是歡樂洋溢，她想到了海灘上那群可愛的人。她想，明天早上或許可以遇見他們，但他們顯然自成一個小團體，陽傘、竹蓆、狗和小孩所在的那塊沙灘有如被柵欄圍起似的。她拿定主意，在這裡的最後兩個早晨，絕不花時間在另一群人身上。

譯註

①亞爾（Arles）：位於法國南部隆河口省，城鎮內保留相當完整的古羅馬建築，北方加登河上的加爾水道橋大約建於西元一世紀，是全長五十公里引水道的一部分。

奧蘭治（Orange）：法國南部沃克呂茲省的一座歷史小鎮，最早建於西元前三五年，以古羅馬建築聞名，其中凱旋門及古羅馬劇院被列為世界文化遺產。
夏慕尼（Chamonix）：位於法國東南部與瑞士、義大利交界附近，一個位在白朗峰山腳下的小鎮，是知名滑雪勝地。

4

事情自然而然就解決了。麥吉斯科夫婦還沒出現，露絲瑪莉才剛脫下浴袍，兩名男子離開他們所屬的小團體朝她走來，一個是騎士帽男子，一個是身材高大滿頭金髮、想把侍者鋸成兩半那位。

「早安。」迪克・戴弗問候著，然後停頓了一下，「……我看看，有沒有曬傷？你昨天怎麼沒出現？我們都很擔心你。」露絲瑪莉坐起身，用愉快的淺笑迎接他們到來。迪克・戴弗繼續說：「我們才正在納悶，或許你今天早上也不會出現。我們可以一起下水玩，我們那兒有吃的喝的，所以這是個盛大的邀請。」

他看起來體貼迷人，話語承諾了對她的照顧，不久還爲她開啓了一個全新的世界，拓展出無限美好的可能。他巧妙地介紹著，卻沒有提及她的名字，讓她輕鬆了解到每個人都認得她，卻完全尊重她的私人生活——自從成名之後，除了業界人士，她從未遇過這樣殷勤的場面。

妮可・戴弗的古銅色背脊從那條珍珠項鍊往下延展，她正在看食譜中關於馬里蘭雞的作法。露絲瑪莉猜想她大約二十四歲年紀——容貌就一般標準而言算是漂亮，不過，造物主一開始似乎用強健的骨架與特徵做出了頗富氣概的比例，好比她的五官、顯眼的額頭和膚色，這些能讓人聯想到一個人的個性與氣質之處，都被鑄造成有如羅丹的雕塑般強而有力；接著再往嫵媚的方向慢慢雕琢，但只要一失手，就會徹底破壞原本的力度與個性，像是鑿刻嘴巴時便冒著極大的風險，因爲它既有雜誌封面女郎般的誘人弧度，又能與臉上其他部分取得協調。

妮可問：「你來這裡很久了嗎？」她的聲音低沉，近乎粗啞。露絲瑪莉突然想到一個可能性，或許她和母親可以多待一個星期。她含糊地回答：「沒有很久。我們在國外待了很長一段時間……三月份在西西里上岸，然後慢慢往北走。一月份拍片時，我感染了肺炎，直到現在還在休養。」

妮可驚呼：「老天保佑！怎麼會這樣？」露絲瑪莉不想透露太多自己的事：「哎呀，都是因爲游泳。有一天，我不知道自己得了流行性感冒，當時正拍到我在威尼斯跳進運河的一幕。布景非常昂貴，所以一整個早上我一再往下跳啊、跳啊、跳的。母親找了醫生陪在旁邊，可是沒有用，我還是感染了肺炎。」

不讓眾人來得及接話，露絲瑪莉立刻改變話題：「你們喜歡這兒嗎？我是說這家飯店。」艾貝・諾斯悠悠地說：「他們非喜歡不可，這是他們想出來的點子。」一邊說，一邊慢慢轉動他那顆華麗的腦袋，眼神和善又意有所指地停留在戴弗夫婦身上。

露絲瑪莉有點訝異：「喔，是嗎？」妮可解釋著：「這是飯店在夏季開張營業的第二年，我們說服高斯老爹保留一名廚師、侍者和男僕，這樣就可以打平收支，今年甚至還有些盈餘。」露絲瑪莉追問：「但你們不住在飯店。」妮可回答：「我們在塔姆村蓋了一棟房子。」

迪克・戴弗調整著陽傘的角度，以遮住露絲瑪莉肩頭上的陽光，一邊說著：「我們的想法是，像多維爾①這樣的北方度假勝地，被不怕冷天氣的俄國人和英國人給相中了；但我們美國人有一半都來自熱帶氣候，所以會開始到這兒來。」

那個拉丁裔年輕人一直在翻閱《紐約先鋒報》。他突然開口，然後用輕蔑的法國腔說話：「喲，這些人都是什麼國籍？——『下榻維威皇宮飯店的有彭迪．弗列斯科先生，玻妮絲夫人』，我可沒誇張，還有『柯琳娜．玫東薩，帕許夫人，塞拉芬．圖立歐，瑪麗亞．阿曼利雅．胡托梅，莫艾絲．陶貝立，巴哈哥比斯夫人，阿帕索．亞歷山卓，約蘭達．尤斯范格羅，還有吉娜娃．迪摩謬斯！』最吸引我的就是吉娜娃．迪摩謬斯這名字了，應該很值得跑一趟維威②，去瞧瞧這位女士。」

他忽然坐立不安地站了起來，大動作舒展著四肢。他比戴弗或諾斯年輕個幾歲，身材高大、體格結實，但是肌肉過度集中在肩膀和上臂。就一般標準而言，乍看是個英俊男子，臉龐卻帶有一種隱約的醜陋，減損了他褐色眼睛魅力四射的神采；只要忘掉他那張沒法忍受無聊的嘴，以及因焦躁和討不到好處而皺起的緊緻前額，就會讓人想起他那雙迷人的眼睛。

妮可說：「我們上星期在幾則關於美國人的新聞中，看到了一些滿可怕的人名。艾芙琳．奧斯特太太，和……還有什麼來著？」戴弗補充：「還有弗萊許先生。」③一邊說，他也一邊站了起來，拿著自己的耙子開始認真耙出沙子裡的小石頭。妮可很快反應：「噢，對啦，是弗萊許，這姓氏難道不會讓你起雞皮疙瘩？」

感覺上跟妮可在一起很平靜，露絲瑪莉發現甚至比和母親在一起還要平靜。艾貝．諾斯和那個法國人巴本在談論摩洛哥。妮可抄完食譜做起針線活。露絲瑪莉觀察著他們帶來的東西——四支海灘大陽傘組成一整片遮陽棚，一個提供更衣的可攜式淋浴帳篷，一隻充氣橡皮馬；這些戰後的第一批奢華產品，全是露絲瑪莉從未見過的新玩意兒，說不定，他們還是最早買到手的人。她猜想他們是追求時髦之人，儘管母親早就告誡她要提防這類游手好閒的人，在這裡她倒不覺得是如此——就算他們動也不動，與早晨的閒適融合在一起，她還是可以感覺到他們想做某件事的意圖，朝著一個她所不知道的方向創造些什麼。她那尚未成熟的心智不會妄加臆測他們彼此之間的關係，只在意他們對待自己的態度；儘管如此，她仍察覺出某種愉悅的互動氣氛，心想他們應該相處得很開心。

她依序看著眼前這三個男人，暫時將他們占爲己有。他們各自以不同的方式展現著優雅，都有一種很特別的紳士風範，她覺得他們天生如此，無論過去或未來，不因境遇而改變，完全不像演員們的社交行爲；她同時也感受到一種無微不至的體貼，和那些在她生活裡代表著知識分子的導演所表現出的馬馬虎虎同業情誼，有著天壤之別。以往，她認識的男性不是演員就是導演，還有去年秋天在耶魯大學舞會上，遇到那一大群身分混雜難辨、只對一見鍾情感興趣的大學男孩。

這三個男人各有不同。巴本少了點教養，比較猜忌與刻薄，他的禮貌是在應付場面，甚至有些敷衍。艾貝・諾斯在羞怯的個性下急欲表現幽默，逗她開心，也讓她感到迷惑；但她天性嚴肅認眞，可不認爲自己會留給他多深的印象。但是迪克・戴弗……他的一切都很完美，她默默欣賞著他。氣色是經過陽光洗禮的紅潤，短潔的汗毛稀疏分布在雙臂與手背。眼睛是明亮的深藍色，鼻子些微尖挺，永遠朝著他所觀望或說話的方向——這實在是令人感到恭維的關注，現在還有誰會正眼瞧人？無論好奇或冷漠，人們都只是輕瞥一眼，如此而已。他那隱約帶有愛爾蘭腔的話語聲極具說服力，她可以感覺到他內心的堅毅和自律自制，而這些正是她自己所遵守的美德。噢，她選上了他；此時妮可正好抬頭，瞧見她選上了他，還聽見了那聲露絲瑪莉因他是有婦之夫而發出的輕嘆。

將近中午，麥吉斯科夫婦，艾布蘭絲太太，鄧裴利先生和義大利籍的坎皮恩先生來到海灘。他們新帶了一支海灘陽傘，撐起來的同時還朝戴弗夫婦這個方向看了一眼，然後帶著心滿意足的表情爬到陽傘底下；但麥吉斯科例外，他始終不屑一顧地待在太陽下。

迪克耙石子的時候經過他們附近，現在已回到自己的陽傘這邊。他小聲地說：「那兩個年輕人一起在看《禮儀大全》。」艾貝說：「看來是想替自己增添一些涵養。」

露絲瑪莉第一天在浮臺上遇見的皮膚曬成棕褐色的年輕女人，剛游完泳回來——瑪麗・諾斯露出了俏皮的微笑：「原來是那對絕不激動的夫妻來啦！」妮可手指艾貝，提醒著瑪麗：「他們可是這個人的朋友！」妮可接著又問艾貝：「爲什麼不過去和他們說說話？你不認爲他們很引人注目嗎？」艾貝同意：「是啊，我認爲他們非常引人注目，但我可不想去正視這件事，如此而已。」

妮可承認：「嗯，我倒覺得今年夏天海灘上人太多了。這是我們的海灘，是迪克從卵石堆創造出來的。」她想了想，然後把聲音放低，免得坐在後方另一支陽傘下的三個保母聽到，「不過，這些人還是比去年那些英國人來得好，不會一直喊：『瞧那海水有多藍！看那天空有多亮！小娜麗的鼻子曬紅了！』」

露絲瑪莉心想，她一定不要與妮可爲敵。

妮可對露絲瑪莉說：「不過，你沒有看到那場打鬥。就在你抵達前一天，那個已經結婚的男人，姓氏聽起來像汽油或奶油替代品的那個……」露絲瑪莉接話：「麥吉斯科？」妮可回應著：「正確。他們夫妻倆起了口角，做妻子的抓起一把沙子扔到丈夫臉上。丈夫當然生氣，於是坐在妻子身上，拿她的臉往沙子裡磨蹭。我們全都嚇壞了，我還要迪克過去排解。」

迪克・戴弗心不在焉地盯著竹蓆看：「我想，我會過去邀請他們來吃晚餐。」妮可馬上對他說：「不會吧，你不會。」迪克回道：「我認爲這個主意非常好。畢竟他們在這裡活動，我們還是隨和些吧。」妮可一臉堅持地笑道：「我們已經非常隨和了。我絕不會讓自己的鼻子去磨蹭沙子，我可是個桀驁強悍的女人。」她對露絲瑪莉解釋著，然後提高嗓門說，「孩子們，換上你們的泳衣。」

露絲瑪莉覺得這趟游泳會是永生難忘的一次，以後只要提到游泳都會在腦海中浮現。所有的人同時往海水前進，經過長時間按兵不動，眾人早已準備好從酷熱走進清涼，就像品嘗火辣咖哩時配上一杯冰鎮白酒那樣——戴弗夫婦彷彿活在古文明時代，總是用手邊的材料製造出最大的可能，並賦予這種轉變極高的價值；但露絲瑪莉並不知道，從專注於游泳的這一刻，到七嘴八舌的普羅旺斯午餐時間，還會有另一個轉變。不過，她再次感受到迪克照應著她，而她也好似接受命令一般樂於回應著他。

妮可遞給丈夫一件稀奇古怪的衣服，就是她剛才縫製的那件。他進到更衣帳篷裡，出來的瞬間引起一陣騷動，他就像——穿著透明的黑色蕾絲內褲，仔細看才發覺其實有膚色布料做襯底。

麥吉斯科也看到了，不屑地說：「噢，那眞是件娘味十足的玩意兒。」然後立刻轉向鄧裴利和坎皮恩，補了一句，「噢，請原諒我這麼說。」

露絲瑪莉則對那件泳褲拍手叫好。涉世未深的她，本能地對戴弗夫婦這種昂貴的簡約舉動報以熱烈的響應，卻並不了解其中的複雜與老練——這，可是跑遍世界各地商場後重質不重量的選擇。她所不知道的還有那些坦率的行爲、呵護備至的親切與善意，以及對基本美德的重視，全是向老天拚命爭取來的一部分，而且經過了一番她絕對想不到的奮鬥。當時，戴弗夫婦表面上看起來是走在時代尖端的那類人，大多數人在他們身旁則顯得土氣；但實際上，有個內在改變已經開始，只是露絲瑪莉完全看不出來。

露絲瑪莉跟他們站在一起，喝著雪莉酒，吃著餅乾。迪克・戴弗用清澈的藍眼睛望著她，他那張親切厚實的嘴經過深思後緩緩說出：「我好久沒見到像你這樣，一個看起來眞正青春洋溢的女孩。」

後來，露絲瑪莉撲倒在母親的膝上哭個不停，她說：「媽，我愛他，無可救藥地愛上了他，我從來都不知道對人會有這種感覺。而且他已經有太太了，我也很喜歡她，這情況實在很絕望。噢，我是多麼愛他！」史培斯太太表示：「我想見見他。」露絲瑪莉說：「他太太邀請我們星期五過去吃晚餐。」史培斯太太安撫著：「如果你戀愛了，應該要高興，你應該要歡笑。」

露絲瑪莉抬起頭，臉輕輕顫動了一下，然後露出美麗的笑容。母親對她總是非常有影響力。

譯註

①多維爾（Deauville）：法國北方鄰近英吉利海峽的一座度假小鎮，設有賽馬場、遊艇碼頭與豪華飯店等奢華休閒設施。

②維威（Vevey）：瑞士日內瓦湖東北岸的一座城鎮，景色優美，吸引許多名人到此居住。

③奧斯特（Oyster），牡蠣之意；弗萊許（Flesh），肌肉之意。

5

露絲瑪莉悻悻然前往蒙地卡羅，她可能從來沒這麼悶悶不樂過。她坐車經過崎嶇的山路來到杜爾比小鎮，站在重建中的高蒙電影公司舊製片廠入口柵欄前，等待那張寫了口信的卡片遞進去後傳來答覆，眼前景象和她在好萊塢看到的一樣，新近拍片留下了一些非比尋常的廢棄物——一處殘破的印度街景，一隻硬紙板做的大鯨魚，一棵古怪大樹上掛滿了籃球大小的櫻桃，就像獲得奇異恩典般枝葉茂盛，還有本土的淺蠟菊、含羞草、軟木橡或矮松。有一處快餐帳篷，兩座空盪盪的大舞臺，以及製片廠內隨處可見一群群滿懷著希望等待的濃妝豔抹臉孔。

十分鐘之後，有個頭髮顏色像金絲雀羽毛的年輕人，匆忙來到門口：「請進，霍伊特小姐，布蘭迪先生正在拍片現場，不過他很想見你。抱歉讓你久等了，但你也知道，許多法國女人很糟糕，硬是要擠進來……」

攝影棚經理打開舞臺建築空牆上的一道小門，心頭湧上一陣令人高興的熟悉感，露絲瑪莉跟著他走進陰暗中。昏暗光線中人影晃動，一張張蒼白的臉轉向她，就像煉獄裡的靈魂看見一個凡人通過。周圍傳來輕聲低語，和緩的顫音顯然是從遠方小風琴發出的。他們轉過幾塊板子搭建的牆角，來到白熾燈嘶嘶作響的舞臺上，一位法國男演員襯衫的前胸、衣領和袖口全染成了鮮豔的桃紅色，正和一位美國女演員動也不動地站著對望。他們用糾纏的眼神緊盯對方，彷彿幾個小時以來都維持著同樣姿勢；又經過好長一段時間，仍然沒有變化，沒有人動。一排燈光在爆烈的嘶嘶聲中熄滅，又亮了起來；遠方響起鎯頭哀怨的敲擊聲，試圖加以修復；一張藍色的臉出現在上面的眩光裡，朝著更上方的暗處不知在呼喊些什麼。然後，露絲瑪莉前方出現的一道話語打破了沉寂。

「寶貝，不要脫掉絲襪，你這樣會毀掉十雙不止。還有，那件戲服要價十五英鎊。」說話的人向後退了幾步，撞到露絲瑪莉。這時，攝影棚經理說：「嗨，厄爾……這是霍伊特小姐。」

這是他倆第一次見面。布蘭迪的動作迅速又熱情，他握住她的手，她看著他從頭到腳打量了自己一番，這種舉動她認可而且習以爲常——任何人對她做出此舉，會讓她隱約感到自己的優越地位。假如她的容貌是一項財產，她會善用這項財產以得到任何好處。

布蘭迪說：「我在想，你這幾天就會出現。旅程還愉快嗎？」他的嗓音就私下談話而言有點太刻意，其中還夾雜了些毫不修飾的倫敦土腔。她答：「愉快。不過，我們很高興就要回家了。」

布蘭迪反對：「不不不，多待一會兒，我有話跟你說。你演的電影非常了不起，就是那部《掌上明珠》。我在巴黎看的，後來立刻拍電報到西岸，想知道你是不是已經簽了合約？」露絲瑪莉答：「剛簽了……很抱歉。」他說：「天啊，多麼棒的一部電影。」

不想再傻笑附和，露絲瑪莉皺起眉頭：「沒人想永遠只被記得拍了一部電影。」布蘭迪回應：「那當然，你說得沒錯。接下來的計畫呢？」

露絲瑪莉答：「母親認爲我需要休息一陣子。回去之後，我們大概會跟第一國際電影公司簽約，或者繼續待在名流四海電影公司。」布蘭迪問：「我們是指誰？」露絲瑪莉答：「我母親。生意的事由她決定，沒有她我做不來。」

他再次將她全身上下掃過一遍，在此同時，露絲瑪莉對他流露出些許好感。不能算是喜歡，更談不上是早上在海灘對那男人發自內心的愛慕，這只是一時被觸發。他對她滿懷慾火，她的清純情感於是被引燃，順其自然地想獻身給他。不過她也知道，離開這兒半個小時後她就會把他給忘了，不過就像在電影裡被男演員吻了一下罷了。

布蘭迪問：「你們住在哪裡？噢，對了，高斯飯店。話說我今年的計畫也已經排定，不過寫給你的信依然算數。我最想一起合作拍片的女明星就是你，當然，康妮．泰爾馬奇能只算是童星。」露絲瑪莉答：「我也這麼認爲。你爲什麼不回好萊塢呢？」他說：「我沒法忍受那該死的地方，我在這裡很好。這一幕拍完，我會帶你四處看看。」走上舞臺後，他開始跟那名法國男演員低聲說起話來。

五分鐘過去了，布蘭迪仍繼續說著，法國人不時點點頭，換隻腳撐住身體。突然，布蘭迪不講了，對著燈光喊了幾句，它們像驚醒似的伴隨嗡嗡聲射出了強光。洛杉磯的喧譁嘈雜重現在露絲瑪莉周遭。她處之泰然地再次穿梭於隔板搭建的城市布景間，很想回到舞臺那裡；卻又不希望布蘭迪結束拍攝後，察覺她正處於這種情緒之中，露絲瑪莉於是帶著內心受到的誘惑離開了製片廠。現在她知道那裡有個製片廠，地中海世界不再那麼沉寂。她喜歡街上的人們，在前往火車站的路上爲自己買了一雙平底涼鞋。

史培斯太太很高興，因爲女兒完全按照她的吩咐去做，畢竟做母親的還想爲自己女兒拓展更高的知名度。史培斯太太外表看來精力充沛，其實很疲倦——守在臨終床側實在讓人身心俱疲，何況她還經歷過兩次。

6

午餐喝了玫瑰紅酒後感覺很舒服，妮可・戴弗雙臂緊緊環胸，擠得肩膀上的假山茶花都快要碰到肥幫子，然後她走到外面那片草地稀疏的可愛花園。花園的一側緊貼屋子，從這裡開始向外延伸，兩旁是老舊的村莊房舍，最遠的一端是俯臨海洋的岩石峭壁。

比鄰著村莊的圍牆到處覆蓋著塵土，蜿蜒的藤蔓、檸檬樹和桉樹，還有一臺隨意擱放的手推車——儘管放在這兒沒多久，卻已和小徑融爲一體，開始頹敗腐朽了。妮可轉往另一個方向，沿著牆，經過牡丹花圃，走進一處綠意盎然又陰涼的地方，葉子和花瓣因沾染濕氣而捲曲，每次來到這裡總讓她感到驚奇。

她頸子上繫了一條淡紫色的圍巾，即使陽光不帶色彩，也在臉頰映上了顏色，走動的雙腳圍繞著淡紫投影。她的容貌冷峻，幾近嚴厲，一雙綠色眼睛卻散發著柔光，裡頭充滿了惹人愛憐的困惑。以往的淺色頭髮顏色變深了，現在二十四歲的她比起十八歲時更加嫵媚——年輕時候的她，則是頭髮比人還亮眼。

她沿著花海夾道、白石鑲邊的園中小徑來到一處可眺望大海的地方。幾盞提燈吊在無花果樹上，此外還有一張大桌和幾張柳條椅，以及從西恩納①買來的一支戶外大陽傘，全都圍繞著一棵龐然巨松而設，那是花園裡最大的樹。她在這兒停了一下，心不在焉地看著一叢金蓮花，以及盤據在它根部、好似從隨手播下的種子生長而出的鳶尾花，同時傾聽著屋裡傳來孩子爭吵所發出的哭喊與指控。

當吵鬧聲漸漸消失在夏日微風中，她繼續漫步，兩旁淨是花團錦簇的淡粉牡丹、黑色和棕色鬱金香，以及纖細淡紫的玫瑰，那花瓣剔透得有如糕點櫥窗裡的糖果花。然後，就像炫彩的樂曲達到高峰，在空中戛然而止，眼前出現一處通往下方五英尺處的潮濕階梯。

這裡有一口水井，周圍的木板即使在最晴朗的日子依舊濕滑。她從另一邊階梯上去，進入菜園。她走路的速度相當快。她喜歡保持活躍，但有時會忽然靜默，給人一種恬靜的印象；這是因為她不擅長言辭也不相信話語，所以在人們面前相當沉默，僅恰如其分地迎合交談禮節，幾乎沒有多餘的隻字片語。但倘若有陌生人在這惜字如金的情況下開始感到不自在，她又會抓住話題滔滔不絕，連她自己都訝異不已，而後回過神來突然閉口，而且幾乎是羞怯地安靜下來——就像一隻聽話的獵犬去追捕獵物，結果做得太過頭了。

當她站在菜園模糊的綠光中，迪克正穿越前面的小徑去到他的工作室。妮可靜靜地等他過去，然後繼續走向她要做成沙拉的成排蔬菜；接著來到一個小獸欄，裡面養的鴿子、兔子和一隻鸚鵡同時對她發出張狂的叫聲；往下走，來到另一處平臺的圓弧矮牆前，她低頭俯瞰數百英尺底下的地中海。

她站著的地方是古老的塔姆山村。這幢別墅的基地是從緊臨峭壁的一排農舍改建而成，五間小屋組成現在的房子，另外四間拆掉建成花園。外牆則原封不動，因此從下方遙遠的道路望過來淨是一片灰紫小鎮，無從分辨。妮可站了片刻，看著腳下的地中海——就算她雙手閒不下來，現在也沒法做些什麼。

不久，迪克從他那獨棟工作室出來，拿著一具望遠鏡朝東邊坎城的方向看去，妮可馬上出現在他的視線範圍中，於是他又回工作室拿了一個喊話筒出來——他有很多這類輕便的機械裝備。

迪克喊道：「妮可，忘了告訴你，基於末世聖徒的行誼，我邀請了艾布蘭絲太太，那個白頭髮的女人。」

妮可答：「我就懷疑你會這麼做，實在太不像話了。」她的回答輕而易舉地傳到他耳裡，但這似乎貶損了他喊話筒的功能，於是她刻意提高嗓門呼喊，「你聽得到嗎？」他放下喊話筒，然後又固執地舉起：「聽到了！我還邀請了其他人，我有邀請那兩個年輕人。」她平靜地表示同意：「好吧。」

迪克總結道：「對，我會把派對弄得一團亂。我是說眞的。我要在派對上煽風點火引發爭端，讓大家帶著受傷的心情回去，女人們會昏倒在洗手間。你等著瞧。」

迪克回到自己的工作室，妮可看出他身上正籠罩著最典型的情緒，那種引領眾人目光的激情過後，緊接著便自我陷溺在無可避免的憂鬱狀態裡；儘管他未曾透露，不過她猜想得到。他對事物的激情遠超過事物本身的重要性，造就出他與人相處的高超本領。除開少數意志堅定或深懷猜忌的人，他所擁有的能力足以讓人們不假思索地對他產生著迷愛戴。可是，一旦他了解自己有多毫無節制地濫用這項特質之後，反作用力就來了——有時，他會心存敬畏地反思自己所引發的熱烈場面，就像一個將軍凝視著他下令執行的屠殺，只為滿足殘酷的嗜血慾望。

不過，置身迪克．戴弗的世界，在當下是非常棒的體驗。人們會相信自己在他眼裡具有某種特殊地位，自己多年來那種深藏在對命運的妥協下、值得驕傲的獨特性，終於有人認同了。迪克．戴弗的體貼入微和彬彬有禮總能很快為他博得好感，畢竟這些舉措來得那麼順暢、那麼直觀，很難不讓人察覺。而後，為了不讓這剛開始綻放的友誼枯萎，他會毫無預警地打開通往歡樂世界的大門——只要人們全然贊許，他便將高舉眾人興致視為首要任務；但只要有人對這無所不包的世界產生一絲懷疑，他便徹底從眾人眼前消失，留下他那讓人印象還不怎麼深的言行舉止。

晚上八點三十分迪克出去迎接第一批客人，他拘謹帥氣地把外套拿在手上，像鬥牛士拿著斗篷一般。他向露絲瑪莉與史培斯太太打過招呼後，便裝腔作勢地等她們先發言，好讓她們放心在陌生環境裡說話。

回到露絲瑪莉的觀點，應該說是來到山上塔姆村以及這裡的清新空氣讓她們著迷，她和母親讚賞地四處觀望。就像品格卓越的人若要改用生疏的措辭表達自我，會採取平凡樸實的描述那樣——狄安納別墅的精心設計盡現眼前，就算背景之中偶爾冒出女僕幽靈般的身影，或者遇上一只倔強難拔的酒瓶木塞，這些細瑣的瑕疵也無損它的完美。第一批客人到達帶來了夜晚的熱鬧氣氛，白天的家庭活動逐漸退居幕後，只留下戴弗家的小孩和保母仍在露臺上吃晚餐。

史培斯太太驚呼：「多麼漂亮的花園！」迪克說：「這是妮可的花園。她不會放任著不顧，她擔心發生病蟲害，一直在裡頭找事做。我想不用多久，她自己就會染上白粉病、蠅屎漬或者晚疫病了。」一邊說，還一邊拿食指猛指著露絲瑪莉，輕快的語氣中隱含著父愛式的關懷，「省得你到時候找理由避開我們，我會拿一頂帽子讓你在海灘上戴。」

他帶著她們從花園轉往露臺，在那兒倒了一杯雞尾酒。厄尼・布蘭迪來了，很驚訝發現露絲瑪莉也在這裡。他的身段比在攝影棚時來得柔軟，好似在進門前變了一個人。露絲瑪莉立刻拿他和迪克・戴弗相比，然後非常明確地傾慕於迪克・戴弗——兩相對照，厄尼・布蘭迪看起來略顯粗俗，教養比較差；儘管如此，她仍再次對他產生觸電的感覺。

孩子們用完露天晚餐才剛起身，布蘭迪便很親熱地對他們說：「哈囉，蘭尼爾，來首歌好嗎？你和桃普希是否願意爲我唱一首歌？」小男孩答應了：「我們該唱什麼呢？」他是個在法國長大的美國小孩，口音帶著古怪的吟詠聲調。布蘭迪說：「那首關於『吾友皮耶洛』的歌。」兄妹倆併肩站著，毫不害羞，甜美的高音繚繞在夜空——「在那月光下，吾友皮耶洛，借我你的筆，寫下一個字，我的蠟燭滅，已經沒有火，打開你的門，以上帝之名。」

歌聲停止，孩子們的臉頰映上夕陽餘暉，帶著得意的笑容靜靜站著。露絲瑪莉心想，狄安納別墅就是世界的中心，在這個舞臺上一定會發生永難忘懷的事。門鈴響起讓她的心情更加興奮，其餘的客人一塊兒出現——麥吉斯科夫婦，艾布蘭絲太太，鄧裴利先生，以及坎皮恩先生都來到了露臺。

露絲瑪莉非常掃興，她立刻瞪視迪克，好像在質問賓客的組合爲何如此不搭調。不過，他的表情沒什麼異常，仍得意洋洋地招呼著新客人，而且對他們看似前途無量的未來顯露出無比敬意。她是那麼地信任他，不一會兒便接受了麥吉斯科夫婦的出現是正確的，彷彿自己一直期待著與他們見面。

「我在巴黎見過你，實際上我見過你兩次。」麥吉斯科說的是艾貝・諾斯——諾斯夫婦緊跟在前面那批賓客之後到達。艾貝說：「對，我記得。」麥吉斯科追問著，似乎並不就此滿足：「當時是在哪兒？」艾貝對這把戲不耐煩：「噢，我想想……我記不得了。」

他們的對話造成一些冷場，露絲瑪莉直覺地認爲應該要有人出來化解尷尬，但迪克不打算介入這些晚到客人之間所形成的小圈圈，更別說爲麥吉斯科太太傲慢的氣焰緩頰。他不要解決這些社交問題，因爲他知道此時此刻這並不重要，問題自然會解決。他要在大場面粉墨登場，等待適當的時機讓客人感受到歡樂。

露絲瑪莉站在湯米・巴本身旁。他似乎受到某件事的刺激，正處於一種鄙視一切的情緒中，而且明天早上就要離開。

露絲瑪莉問：「是回家嗎？」湯米・巴本答：「回家？我沒有家。我要去打仗。」她又問：「什麼戰爭？」他漫不經心地答：「什麼戰爭？任何戰爭。我還沒看最新的報紙，不過我猜有戰爭發生……總是會有戰爭的。」她感到好奇：「你不在意爲誰而戰？」他答：「一點也不在意，只要給我的待遇夠好就行。反正打仗打膩了，我就會來找戴弗夫婦，因爲知道幾個星期後我又會想要上戰場。」

露絲瑪莉繃緊了臉，強調著：「你果然很喜歡戴弗夫婦。」湯米・巴本答：「那當然，我尤其喜歡她。但，卻是他們令我想上戰場。」她想不通。戴弗夫婦的存在，可是讓她永遠想待在他們身邊。

露絲瑪莉接口說「你是半個美國人」，好像這麼一來就可以解開疑團。湯米・巴本說：「我也是半個法國人，而且在英國接受教育，打從十八歲以來已經穿過八個國家的軍服。我可不希望讓你認爲我不喜歡戴弗夫婦，我喜歡他們，尤其是妮可。」她簡潔回答：「有誰不喜歡她呢？」

露絲瑪莉覺得和湯米・巴本這個人距離很遙遠。他話中的含義令她反感，但就算他說了些滿懷怨恨的冒犯之辭，也不會改變她對戴弗夫婦的愛慕。露絲瑪莉很慶幸晚餐不是坐在他旁邊，當大夥開始往花園裡的桌子移動時，她依舊思索著他剛才說的——「尤其是妮可」。

就在此時，她與迪克併肩走在小徑上。在他明亮清晰的光輝底下，所有事物相較於他的自信全都黯然失色，因爲——他無所不知。這一年來，時間彷彿沒有盡頭，她擁有了財富和名氣，並且與社會名流交往，但這些人顯然與她們母女倆作爲醫生的遺孀和獨生女、住在巴黎退休公寓時期，所結交的人沒有兩樣，只不過擁有更大的權力。露絲瑪莉是個生性浪漫的人，但她所從事的職業並未在這方面提供太多令人滿意的機會——儘管四周充滿挑動，但她那一心想爲女兒規畫生涯的母親，絕不會容許任何虛情假意的替代品。實際上，露絲瑪莉超乎了那個領域，她是參與電影這一行，卻並非投入電影事業。因此，當她看見母親對迪克・戴弗露出認可的神色，就表示他是個「實在的傢伙」，這意味著她可以盡情與他交往。

迪克說：「我一直在看你。我們慢慢變得非常喜歡你。」她知道他的意思。露絲瑪莉則輕聲說：「我第一次見到你的時候就愛上你了。」他假裝沒聽進去，純粹當作禮貌上的恭維。他回應著：「新朋友，通常比老朋友相處起來更令人愉快。」彷彿在陳述一個重要觀點。

聽到這番話，露絲瑪莉並不十分理解，然後從漆黑中慢慢浮現的光線，發現自己已然來到餐桌前。當她看到迪克將母親安排在他右邊的座位時不禁一陣欣喜，她自己則坐在路易斯・坎皮恩和厄尼・布蘭迪之間。

她轉向布蘭迪，打算對他吐露自己此刻澎湃滿溢的情感。然而，她才剛提到迪克，便看見對方怒目相視的眼神，似乎要她明白，他拒絕充當父親的角色傾聽她的心聲；不過，當他企圖私下握住她的手，也同樣遭遇了對方堅決不從的態度。因此兩人聊的是電影本行，應該說，她聽他講電影的事——儘管她那雙禮貌的眼睛一直停留在他臉上，注意力卻明顯放在別處，而她覺得對方一定看得出來。她斷斷續續抓住他說話的要點，其他的便由自己的潛意識補充，就像聽到正在敲響的鐘聲，前面幾下沒數到，腦海中只剩徘徊的節奏。

譯註

①西恩納（Sienna）：義大利中部托斯卡尼地區西恩納省首府，是一座中世紀山城。

7

在聊天的空檔，露絲瑪莉抬頭朝妮可的方向看去，她坐在湯米·巴本和艾貝·諾斯之間，一頭鬆獅犬般的濃密秀髮在燭光下就像起了泡沫。露絲瑪莉細聽，突然聽到她不常發出的清脆聲調。

妮可大呼：「眞是可憐的人。你究竟爲什麼想把他鋸成兩半？」艾貝說：「就是想瞧瞧侍者的肚子裡裝了什麼東西。難到你不想知道侍者肚子裡有什麼東西嗎？」她帶著短促的笑聲猜想著：「舊菜單，碗盤碎片，小費，還有鉛筆頭。」他說：「沒錯。不過，要用科學的方法證明，那把鋸琴顯然可以除掉任何貪婪。」

湯米詢問：「你用這把鋸琴開腸剖肚時，有沒有打算再拿它來演奏？」艾貝答：「我沒有要做到那個程度。我們全被他的尖叫聲嚇到，心想大概傷到了他什麼地方。」妮可說：「聽起來眞是匪夷所思。竟然有音樂家想用另一名音樂家的鋸琴去做……」

他們已經在餐桌上待了半個小時，而且產生一種很明顯的改變——每個人都拋開了某種包袱，無論那是成見、焦慮或猜忌，現在大夥無不展現著最眞實的自我，而且他們全是戴弗夫婦的座上賓。若不表現得和樂融融或興致高昂似乎會辜負戴弗夫婦，因此大家都全心投入，這種情況讓露絲瑪莉喜歡上了每個人——但麥吉斯科除外，他注定成爲派對上唯一格格不入的傢伙。不能說他心存惡意，他只是想藉著酒意，維持剛來時所感受到的那份好心情。他靠在自己的椅背上，一旁坐著厄爾·布蘭迪，他已經聽對方發表許了多批評電影的言論，另一邊則坐著艾布蘭絲太太，跟他沒有交談。他用辛辣嘲諷的表情瞪著迪克·戴弗，接著在迪克起身爲對桌客人倒酒時，突然插入他們的談話。

麥吉斯科問：「你是范布倫·丹比的朋友？」迪克·戴弗說：「我不認爲我認識他。」麥吉斯科十分堅持：「我認爲你是他的朋友。」

丹比先生的話題就此打住，但麥吉斯科又試圖挑起一些不相干的話題。只是，迪克每一次的認眞聆聽都讓他一時語塞，而在這僵持的片刻，被他打斷的其他談話又自顧自地繼續發展下去。他試著介入其他人的交談，但情況就像不斷在跟裡頭沒有手的手套握手——人家早已將手抽離。最後，他一副認命的樣子去跟孩子們待在一起，把自己的注意力完全放在香檳上。

露絲瑪莉不時掃視著餐桌，渴望看到其他人快樂的模樣，好似他們都是她未來要收養的子女一般。桌上盛裝著辣紅瞿麥的碗散發出柔和的光線，映照著艾布蘭絲太太的臉，再佐以凱歌香檳，呈現出她活力充沛且寬容親切的容貌；她旁邊坐著羅爾·鄧裴利，他那女孩子般的秀氣外表，在夜晚的歡樂世界中較不出眾。下一位是薇奧莉·麥吉斯科，她的漂亮純粹表現在外表上，只顧在夢想一夕成名卻沒能成眞的丈夫身旁扮演人妻的陪襯角色，絲毫不會想花功夫提升自己的地位。

再過去是迪克，只要人們的交談停歇下來他便立刻接話，他是那麼全心投入自己的派對。然後是她自己的母親，永遠那麼完美。一旁的巴本彬彬有禮地和母親聊起天來，露絲瑪莉又開始喜歡他了。

再來是妮可，露絲瑪莉忽然以新的視角觀察她，發現自己認識的人裡面沒幾個像她這樣美麗。她的臉，那張聖徒般的臉，北歐長相的聖母瑪利亞，穿透燭光下紛飛的微塵發出了光彩，松樹上的酒紅提燈爲她增添了紅暈。她就像靜物般紋風不動。

艾貝．諾斯正和妮可談及自己的道德準則，他強調：「當然，我自有準則。人活著不能沒有道德準則，我的準則就是反對燒死女巫。只要有人燒死女巫，我就有按捺不住的怒火。」露絲瑪莉從布蘭迪那裡得知艾貝是個音樂家，很早便嶄露頭角而且才華洋溢，但已經七年沒有任何作品。

接著是坎皮恩，他設法抑制自己最引人注目的娘味舉止，像個無私的慈母般與身邊的人交談。他旁邊坐的是瑪麗．諾斯，那張興高采烈的臉，以及鏡子般閃亮的白牙，讓人不得不報以微笑——她那開闔的雙唇帶動著臉頰，形成一個充滿喜悅的可愛小圓圈。

最後是布蘭迪，他那略顯粗俗的誠懇逐漸變成一種社交工具，一種他眞實內在的反映，他的自保意識會讓他在遇到人們脆弱的時候，吝惜付出，冷眼旁觀。

露絲瑪莉就像柏納特女士筆下險惡故事中，一個懷有信念的天眞小孩，深信自己將從荒唐淫亂的邊疆野地回到家鄉①。螢火蟲在夜空中飛舞，峭壁下傳來遠方狗吠聲。餐桌似乎像一個機械舞臺往天空升起，圍坐的人感覺唯獨他們處於這片漆黑的寰宇中，最好的食物提供了滋養，唯一的燈火提供了溫暖。這時，麥吉斯科太太發出奇怪的低沉笑聲，這個信號似乎代表他們已然脫離塵世——戴弗夫婦突然變得熱情洋溢、親切開朗，百般奉承著眼前賓客，這種氣氛巧妙地讓他們感受到自己的重要性，禮數之周延令他們受寵若驚，即使對凡間有所留戀也會拋諸腦後。有那麼一刻，無論是針對個人或好幾個人，戴弗夫婦似乎在向席間所有的人致意，表達著他們的友善與情誼；也有那麼一刻，抬頭朝向他們夫婦倆的那張臉，是窮人家孩子帶著希望望向聖誕樹的表情。接著，宴席突然告終。戴弗夫婦毅然決然將客人從杯觥交錯的歡樂氣氛，提升至罕見的感性氛圍，意即——在還沒有任何人說出冒失的言辭之前，在賓客們尚未完全領會這個氣氛之前，宴席便宣告終了。

微風輕拂的夜晚，遠方地中海朦朧的拍岸聲，南方風情所散發出的甜美魔力已經深植在戴弗夫婦身上；魔力跳脫了景物，融入戴弗夫婦，成爲他們的一部分。露絲瑪莉看見妮可遞給母親一個她很中意的黃色宴會包，口中說著：「我認爲，東西應該要屬於喜歡它的人，」然後她把所有能夠找到的黃色物件全放了進去，一根鉛筆，一支口紅，一本小筆記簿，「它們很搭襯。」

妮可消失了，一會兒後，露絲瑪莉發現迪克也不見蹤影。賓客們各自分散在花園裡，或者慢慢走向露臺。

麥吉斯科太太詢問露絲瑪莉：「你有沒有要……去上洗手間？」露絲瑪莉表示不是現在。麥吉斯科太太堅決地說：「我要，我要去上洗手間。」這個心直口快的女人就這麼大剌剌地朝屋子裡走去，留下露絲瑪莉孤零零一人。

厄爾・布蘭迪提議一塊兒走到下面的海堤，但露絲瑪莉心想，這是迪克・戴弗出現後她要跟他一起做的事，因此她一邊支吾其詞，一邊聽著麥吉斯科和巴本之間的爭論。

麥吉斯科問：「你爲什麼要和蘇聯打仗？是人性最大的試煉嗎？那里夫呢②？對我來說，爲正義的一方而戰才算得上是英雄。」巴本冷冷地問：「你如何分辨正義在哪一方？」麥吉斯科答：「這還用問，有頭腦的人通常都知道。」

巴本又問：「你是共產黨員嗎？」麥吉斯科說：「我是社會主義者，我同情俄國。」巴本愉快地回答：「很好，我是個軍人，我的任務就是殺人。我對里夫作戰是因爲我是歐洲人，我對共產主義作戰是因爲它要剝奪我的財產。」麥吉斯科總結道：「全都是些觀念狹隘的辯解。」他四下張望，想找個人一起嘲笑巴本，不過沒有成功。

麥吉斯科不知自己在反對巴本什麼，並不是因爲對方的腦袋單純無知，也不是因爲自己曾受過錯綜複雜的訓練——麥吉斯科知曉許多觀念，在心智成長過程中，他所認識與分辨的觀念不斷增加，但在一個被他認定是「笨蛋」的傢伙面前，一個他發現什麼觀念都不了解的人面前，卻感覺不到自己的優越，於是他妄自斷定巴本是舊時代的產物，毫無價値可言。麥吉斯科在美國接觸過豪門貴族，對他們留下了不可信賴和笨拙的印象，認爲他們的天眞無知和粗野妄爲全是從英國人身上學來的（殊不知，英國人刻意表現得庸俗無禮另有原因），而後直接套用在自己那片土地上，在那裡，只要些許知識和教養就可以獲得比在其他地方更多的回報——這種看法在一九〇〇年左右的「哈佛態度」達到了極致。麥吉斯科認爲巴本就是這樣的類型；不過，醉醺醺的他一時忘了自己最敬畏的就是這類人，並導致他不久後發現自己陷入了麻煩。

露絲瑪莉替麥吉斯科感到些許難爲情，外表看似平靜的她，內心卻烈焰熊熊地等待著迪克・戴弗回來。她坐在空桌前的椅子上，旁邊還有巴本、麥吉斯科和艾貝。從這兒望向通往石砌露臺的小徑，兩旁淨是陰影搖曳的桃金孃和蕨類，門裡明亮的光線投射出令她傾心的母親側影，正當她想過去的時候，麥吉斯科太太從屋子那邊匆匆走了過來。

她顯得十分激動，不發一語地拉了張椅子坐下，雙眼直瞪，口中唸唸有辭，大家都看得出她有滿肚子的新聞，然後她丈夫問：「薇奧莉，發生了什麼事？」很自然地，眾人的眼光全都轉向她。

她大聲地說：「天哪——」然後又朝著露絲瑪莉說，「天哪！沒事，我實在不能說。」艾貝說：「你身旁的我們都是朋友。」麥吉斯科太太說：「哎，我在樓上意外看到一幕，天哪——」她神祕兮兮地搖搖頭，立刻閉上嘴巴。因爲此時湯米・巴本站了起來，客氣又明白地對她說：「批評這棟房子裡發生的事，很不明智。」

譯註

①法蘭西絲・霍森・柏納特（Frances Hodgson Burnett，1849～1924），一位以童話故事聞名的英國女作家，代表作有《祕密花園》、《小公主》等。

②北非摩洛哥的柏柏爾人在西班牙殖民下宣布獨立，於一九二一年建立里夫共和國（Republic of the Rif），一九二六年遭法國與西班牙聯軍擊潰而滅亡。

8

麥吉斯科太太深深吸了一口氣，試圖改變臉上的表情。

最後迪克・戴弗出現了，他直覺神準地將湯米・巴本和麥吉斯科夫婦隔開，然後轉而變得對文學一無所知，開始向麥吉斯科討教著——如此一來，自然給了麥吉斯科展現優越感的機會。其他人則幫忙把燈提起來，誰會不樂意在黑暗中幫忙提燈呢？露絲瑪莉出手幫忙，同時耐心回答羅爾・鄧裴利對好萊塢好奇不止的提問。

她心想，現在總該賺到跟他獨處的機會了。他一定知道她的心思，因爲他所遵循的世故之道和母親教導她的一樣。露絲瑪莉想的沒錯——不久，迪克帶著她離開露臺上的人群，兩人一起離開房子往海堤走去，那裡的石階夾雜著不規則的間隙，她走得氣喘吁吁，有些地方還被攙扶著前進。

他們眺望著地中海。遙遠的下面，最後一班從雷漢群島駛來的觀光遊艇在海灣上漂浮，就像七月四日美國國慶汽球在天空中飛揚那樣。遊艇航行在幽暗的小島間，輕輕划開了漆黑的海潮。

迪克・戴弗說：「我可以了解你提到母親時的那種神情，我認爲她把你管教得非常好。她身上所具有的智慧在美國非常少見。」露絲瑪莉心想：「嗯，母親非常完美。」他又說：「我向她提起我的計畫，她則告訴我，你們要在法國待多久，由你來決定。」露絲瑪莉只差沒大聲說出：「那要依你！」他接著提議：「既然這裡的事情已經結束……」她好奇地問：「結束？」

迪克・戴弗解釋：「是的，結束了，夏天的這個部分結束了。上個星期，妮可的姊姊已經先離開，明天湯米・巴本就要起程，艾貝和瑪麗・諾斯也將在星期一離開。也許這個夏天我們還有其他樂子，不過這段特別的歡樂時光已經結束。我希望採取斷然終止的方式，而非慢慢感傷地消失，這也是爲什麼我要辦這個派對。接下來要做的，是妮可和我要到巴黎送艾貝・諾斯上船回美國，我想知道你要不要跟我們一起去？」

露絲瑪莉問：「我母親怎麼說？」迪克回道：「她似乎覺得不錯。但她不想去，要你一個人去。」她答：「我長大後就再也沒看過巴黎，我很想跟你一塊兒去看看。」他回答：「你眞是隨和。」她何曾料到他的語調怎會突然變得冷淡無味？他進一步說：「是眞的。從你來到海灘的那一刻開始，我們都覺得很興奮。你身上那股活力，我們很確信是專業的表現，妮可尤其如此認爲。我們從不曾在任何人或哪群人身上見過。」

露絲瑪莉直覺地對自己喊道：「他的心思正掠過她，慢慢移向妮可。」她要出手攔阻，於是趕緊抓住迪克的思緒，說：「我也很想認識你們大家，尤其是你。我曾說過，第一次見到你的時候就愛上你了。」

她的回應確實朝著事情的方向發展。但天地間的虛無縹緲竟使他變得理智，冷靜下來，打消了帶她來此所懷抱的念頭。他察覺到自己的內心正被苦苦懇求著，那是一種面對未經排演的場景和陌生話語時的奮力掙扎。他試著說動她回到屋子那邊，但並不容易，況且他也不是那麼想失去她。而她對他的調侃則不當一回事。

迪克・戴弗說：「你不懂自己想要什麼，回去問母親你想要什麼。」露絲瑪莉覺得很受傷。她觸碰他，撫摸著他那有如神父祭服般布料光滑的深色外套。她幾乎要跪下去，在他面前說出了最後的心聲：「除了我母親之外，我認爲你是我遇過最美好的人。」迪克・戴弗答：「你有副浪漫的眼光。」他的笑聲一路隨著兩人回到屋子的露臺，然後把她交給了妮可……

告別的時刻來得太快，戴弗夫婦殷勤安排著送客。戴弗家的那輛伊索塔大轎車載了湯米・巴本和他的行李（他晚上要住旅館，以便趕搭一大早的火車），還有艾布蘭絲太太，麥吉斯科夫婦和坎皮恩。厄爾・布蘭迪則要往蒙地卡羅方向回去，順道載露絲瑪莉和她母親一程，羅爾・鄧裴利也要搭他的車，因爲戴弗家的車已經坐不下。花園裡的提燈仍舊照亮著他們用餐的桌子。戴弗夫婦併肩站在門口，妮可的容光煥發讓夜晚變得更加親切，迪克則一一喊著客人的名字道別。露絲瑪莉覺得就這樣坐車離開，只留下戴弗夫婦待在他們的房子，實在令人感傷；而她也納悶，麥吉斯科太太究竟在浴室看到了什麼。

9

這是個寧靜漆黑的夜晚上，夜幕就像倒掛在一顆暗淡孤星下的籃子。前面那輛車的喇叭聲在滯重空氣的包覆下變得低沉含糊。布蘭迪的司機開得很慢，前車的尾燈在轉彎處若隱若現，接著完全消失。不過，十分鐘後它再次出現眼前，車停靠在路旁。布蘭迪的司機在後面放慢速度，緊接著開始緩緩加速，然後超越過去。他們通過的瞬間聽到靜止的大轎車從後座傳來模糊紛擾的說話聲，同時看到戴弗家的司機咧嘴笑著。然後他們繼續前進，在稀疏星光下快速穿越一排排黑影，最後駛進一長串曲折的下坡，抵達龐然的高斯飯店。

露絲瑪莉半夢半醒躺了三個小時後清醒過來，全身沐浴在月光下。四周籠罩的黑暗引人遐思，她把未來可能促成一吻的所有情況很快想了一遍，只是這一吻卻像電影裡那般朦朧。在床上刻意轉個身，這是她第一次感到失眠的徵兆，於是想從母親的角度來看這個問題；這方法通常可以讓她的敏銳度超越自己的經驗，過往一些沒完全聽進去的話也能回想起來。

露絲瑪莉在成長過程中被教導的觀念是——要自食其力。史培斯太太將亡夫留下來的微薄遺產都用在女兒的教育上。到了十六歲，女兒長得亭亭玉立，還有一頭非凡秀髮，於是帶她趕赴艾克斯雷百恩①，直接闖入正在度假的美國製片家套房；製片家回了紐約，她們也跟著去。露絲瑪莉就這樣通過入門考驗。

隨著演出的電影成功，露絲瑪莉也有了比較穩定的事業前程，史培斯太太才會在今晚不經意地暗示：「把你養育長大是爲了讓你能夠工作，不是特地爲了嫁人。現在你所找到第一個想追求的對象是個不錯的男人，放手去試，無論發生什麼都當作經驗。傷心的也許是你或他，但任何情況都不會毀了你，因爲在經濟上你是個男孩，不是女孩。」

露絲瑪莉從來不用多花腦筋，只管相信母親盡善盡美地打理一切，因此在這剪斷臍帶的時刻格外令她輾轉難眠。黎明前的東方微微泛白，天色透進整面落地窗，她起床走到外面陽臺，赤腳感受溫熱的地面。空中充滿神祕的喧鬧，一隻耀武揚威的鳥在網球場上的枝頭不斷發出暴躁的啼聲；旅館後方的環形車道傳來腳步聲，從泥土路到碎石徑，再到水泥階，然後又循原路離去。而黝黑海水的另一端，遠方陰暗的山頭，戴弗夫婦就住在那兒。她同時想到他們倆，似乎聽見他們微弱的歌聲如輕煙般裊裊升起，像一首年代古老的讚美詩。他們的孩子在睡覺，房子的大門在晚上緊閉。

她回到房間，穿上輕便晨袍和涼鞋後又走出落地窗外，沿著陽臺長廊往旅館正門走去。她加快步伐，因爲發現一路經過的其他房間仍散發著沉睡的氣息。當看到大門入口寬廣的白色階梯上坐著一個人，她立刻停下腳步，然後認出那是路易斯・坎皮恩，他——正在哭泣。坎皮恩哭得很傷心，像女人般顫抖低泣。她的腦海不禁閃現自己去年演出的一幕，接著走過去碰碰他的肩膀。他尖叫了一聲，後來才認出是她。

露絲瑪莉用親切的眼神平視他，而非充滿好奇的側目而視：「你怎麼了？有什麼我可以幫得上忙的嗎？」坎皮恩答：「沒有人可以幫我。我心裡明白，只能怪我自己，每次都一樣。」她問：「發生了什麼事……願意告訴我嗎？」他看著她，想了一會兒，然後下定決心地說：「不。等你年紀再大一些，就會知道什麼樣的人愛受折磨，而且是極大的折磨。保持冷靜和年輕要比去愛一個人來得好。我以前就遇過這種情況，但從來沒有像這次發生得那麼意外……就在事情一切都很順利的時候。」

坎皮恩的臉色在逐漸明亮的晨光下實在顯得難看。儘管她沒有露出任何憎惡的表情，甚至就連最細微的肌肉也沒牽動，內心卻一陣反感。不過，坎皮恩也機靈地察覺到這一點，於是立刻轉變話題。他開口：「艾貝・諾斯已經在這邊了。」露絲瑪莉說：「哦，他應該是住在戴弗家！」他回答：「對，不過現在他在飯店樓上……你不知道發生什麼事嗎？」

二樓忽有扇百葉窗被推開，房間傳出一個英國人惡狠狠的響亮聲音：「麻煩你們別再說話了！」

露絲瑪莉和路易斯・坎皮恩很不好意思地走下階梯，移到通往海灘那條路旁的一張長凳坐下。坎皮恩精神來了，心思全放在接下來準備揭露的事。他說：「所以，你完全不曉得發生什麼事？親愛的，這事太離奇了，我從來沒看過事情發生得那麼突然。我一向閃避暴戾的人，因爲他們會弄得我人仰馬翻，有時還得在床上躺個好幾天。」他得意洋洋地看著她。她根本不懂他在說什麼。

坎皮恩是那麼地有把握，整個身體都靠了過去，幾乎快碰到她的大腿，想表現出自己並非心存不軌想偷摸她，隨即脫口而出：「親愛的，即將有一場決鬥！」她感到困惑：「什——麼？」他重複：「一場決鬥，但還不知道要用什麼來決鬥。」她問：「誰要決鬥？」

他深吸了一口氣才開始說，彷彿整件事都是她不好，他卻毫不怪她一般：「我來跟你從頭說起。也是啦，你在另一輛車上，沒錯，可以說你的運氣很好，我的命則至少折損了兩年。事情實在發生得太突然。」她問：「發生了什麼事？」他答：「我不知道開端是什麼，最早是她先開始說話……」露絲瑪莉又問：「『她』是誰？」他壓低嗓音，好像有人躲在長凳下面似的：「薇奧莉．麥吉斯科。但她無論如何就是不該提到戴弗夫婦，因爲他威脅說，誰都不准提到戴弗夫婦。」她問：「誰在威脅？」

坎皮恩答：「湯米．巴本。你可別說是我提到他們的。沒有一個人知道薇奧莉想說什麼，因爲他一直打斷她，然後她丈夫也介入了。所以親愛的，現在有一場決鬥，就在今天清晨五點鐘，嗯，還剩不到一個小時。」他忽然想到自己的傷心事而嘆了口氣，「我幾乎希望那是我。現在即使被殺，我也沒什麼好遺憾的。」再也說不下去，懊悔地搖晃著身體。

樓上的百葉窗再次推開，又是那個英國人的聲音：「太過分了，給我立刻停止！」

同一時間，艾貝．諾斯從旅館走了出來，顯得有些心煩意亂，瞧見了嵌在海面白色天空的兩人身影。露絲瑪莉搶在他開口前搖頭示警，然後他們移往下一張長凳。露絲瑪莉看得出來艾貝的精神有點緊繃。

艾貝問：「你們在這兒做什麼？」露絲瑪莉答：「我才剛起床。」她笑了出來，但沒忘記樓上那個英國人，因此克制著自己。艾貝猜測：「被夜鶯吵醒？」然後又再複述了一次，「大概是被夜鶯吵醒的。這位長舌婦已經告訴你發生了什麼事？」坎皮恩一臉正經地說：「我所知道的，都是親耳聽到的事。」坎皮恩站起身，快步離開；艾貝坐到露絲瑪莉旁邊。

露絲瑪莉問：「你爲什麼對他那麼壞？」艾貝驚訝地反問：「有嗎？他可是在這兒哭了整個早上。」她說：「哎，也許他是爲了某件事在傷心。」他答：「或許是吧。」她追問著：「那麼決鬥的事呢？誰要參加決鬥？我想，他們坐的那輛車事有蹊蹺，對吧？」他答：「聽起來很瘋狂，不過似乎眞有其事。」

譯註

①艾克斯雷百恩（Aix-les-Bains）：法國東南部薩瓦省布爾杰湖畔最大的市鎮。

IO

風波的確是從厄爾·布蘭迪的座車，超越停在路邊的戴弗家大轎車那時開始。艾貝·諾斯客觀描述著前一晚的紛擾。當時，薇奧莉·麥吉斯科正將她發現有關戴弗夫婦的事，告訴艾布蘭絲太太，也就是——走進那幢房子樓上時，她所撞見的印象深刻之事。但湯米·巴本活像戴弗夫婦的看門狗。再加上，麥吉斯科太太這人情緒激昂，又難以對付；但這種個性本來就是一體兩面。實情是，戴弗夫婦在人們心中，比許多朋友所認爲的還要重要；當然，這樣的地位一定會付出代價，有時他們甚至比較像芭蕾舞劇中的迷人角色，博得了人們入迷看戲的那種關注——但其實不然，你必須了解內情才行。不管怎麼說，湯米是透過迪克認識妮可的，因此當麥吉斯科太太不斷暗示著有關妮可的傳聞時，他便得挺身而出。

湯米說：「麥吉斯科太太，請別再講有關戴弗太太的事了。」她拒絕：「我不是在對你說。」他堅持：「我想，你最好別提他們。」她嗆道：「他們那麼神聖嗎？」他再次說：「別提他們，說些其他的事。」她反擊：「喲，你還眞是霸道！」

當時，湯米．巴本坐在坎皮恩身旁兩個小座位的其中一個，因此坎皮恩把當時情況告訴了我。你知道，深夜裡車室內的對話會是怎樣的情況——有些人在輕聲低語；有些人在派對結束後腦袋放空，對四周毫不在意，或者發呆或者睡覺，因此沒人知道正在發生些什麼事。直到車子停下來，湯米的吼聲震驚了每個人，那活像對騎兵團發號施令的一聲吼叫。

湯米說：「你要不要在這裡下車！我們距離旅館只剩一英里，你可以走回去，或者我把你拖回去。你給我閉上嘴，要你太太也閉上嘴！」麥吉斯科說：「你這個惡霸，仗著自己身體比我強壯，但我不怕你，人們應該要依照傳統進行決鬥——」

麥吉斯科犯下了錯誤，身爲法國人的湯米傾過身去「拍」了他一下。而後，司機繼續開車上路。你們就是在那裡超越他們的。後來，女人們開始七嘴八舌，直到車子開進旅館一直是這種情況。

湯米．巴本打電話給坎城的一個人要他來當助手。麥吉斯科則不要坎皮恩當助手，因爲坎皮恩對此事一點也不熱中，於是麥吉斯科打電話給我，沒說什麼，只要我立刻過來。薇奧莉．麥吉斯科幾近崩潰，艾布蘭絲太太把她帶到自己的房間，還讓她吃了鎭靜劑，後來就舒舒服服地躺在床上睡覺。我來了之後試圖勸阻湯米，但他完全不接受，除非給他一個道歉，但正在氣頭上的麥吉斯科怎麼也說不出口。

艾貝說完後，露絲瑪莉不無顧慮地問：「戴弗夫婦知道這件事與他們有關的事嗎？」

艾貝答：「不知道，而且他們也不會想知道自己涉入了什麼事。那個該死的坎皮恩不該把事情告訴你，但既然他都說了……我跟司機說，倘若他跟任何人說了這件事，我會拿出那把老鋸琴好好伺候他。這，是兩個男人之間的爭戰，湯米需要的是一場漂亮的決鬥。」

露絲瑪莉說：「但願戴弗夫婦不會發現。」艾貝則盯著自己的手錶：「我得上樓看看麥吉斯科。你要一起來嗎？他覺得有那麼一點兒孤單，我猜他整晚都沒睡。」露絲瑪莉眼前浮現一幅景象，那個極度緊張、頭腦不清的男人正獨自守著絕望的夜晚。她心中的憐憫與厭惡經過一番掙扎後取得了平衡，何況自己渾身正充滿大清早的活力，便興致勃勃地跟著艾貝上樓。

麥吉斯科坐在床上，儘管手中還拿著香檳酒杯，但喝醉時的那股狠勁早已消失殆盡。他看起來非常虛弱，躁怒而蒼白，顯然徹夜都在書寫與喝酒。他困惑地注視著艾貝和露絲瑪莉，然後問：「時間到了嗎？」艾貝說：「還沒，還有半小時。」滿桌子的紙張是他努力拼湊出的一封長信，最後幾頁的字跡，碩大且潦草難辨。微弱的燈光逐漸暗淡，他在信末署了名，裝進信封，拿給艾貝：「交給我太太。」

艾貝建議：「你最好用冷水洗把臉。」麥吉斯科語帶懷疑地問：「你認爲這樣比較好嗎？我不想太清醒。」艾貝答：「嗯，你看起來糟透了。」麥吉斯科乖乖地進到浴室，大聲說：「我留下的全是爛攤子。我不知道薇奧莉要怎麼回美國。我沒有買任何保險，從來沒想過。」艾貝安撫著：「不要胡說，一個小時之內，你就會回到這裡吃早餐。」麥吉斯科說：「當然，我知道。」

麥吉斯科走出浴室，頭髮全濕，瞪視著露絲瑪莉，彷彿第一次見到她似的。他突然熱淚盈眶地對露絲瑪莉說：「我永遠無法完成我的小說，這是最讓我痛心的事。你不喜歡我，但沒辦法，我本來就是個寫作的人。我一生做過不少錯事，很多錯事，但就某方面來說，我早已躋身頂尖之列……」帶著含糊沮喪的聲調，麥吉斯科絕望地搖搖頭。他不想再往下講，只叼著一根熄滅的雪茄猛噴氣。

露絲瑪莉說：「我是喜歡你的，但我認爲你不該找人決鬥。」麥吉斯科回道：「對，我當時應該要試著揍回去，但現在事情已成定局，我讓自己牽扯進了無法應付的狀況。我這人脾氣非常暴躁……」他仔細瞧著艾貝，似乎希望這番言論能被反駁。然後他發出了一陣駭人笑聲，把熄滅的雪茄往嘴裡塞，呼吸越發急促。

麥吉斯科繼續說：「麻煩之處在於，是我提議要決鬥的。誰教當時薇奧莉不把嘴巴閉上，或許我可以控制住場面。我現在甚至可以一走了之，或者坐下來對整件事一笑置之，但我想薇奧莉應該永遠都會瞧不起我。」露絲瑪莉說：「不，她不會，她會更尊敬你。」

麥吉斯科頹喪道：「不，你不了解薇奧莉，當她占上風時，她會變得毫不留情。我們已經結婚十二年，曾經有過一個女兒，七歲的時候夭折，從那之後你知道情況的……我們倆都有些不安分，儘管都不是當眞，彼此卻相行漸遠——昨晚，她還在車上罵我懦夫。」露絲瑪莉感到爲難，沒有回話。

艾貝開口：「嗯，我們會想辦法讓傷害降到最低。」一邊說，一邊打開皮盒，「這是湯米．巴本要用來決鬥的手槍，我先借來讓你熟悉一下。他一向都收在手提箱裡。」他拿出其中一把古老的武器，在手裡掂掂重量。露絲瑪莉發出一聲不安的驚呼。麥吉斯科焦慮地看著手槍，說：「噢，看來我們不是立正站好，用點四五手槍互相瞄準。」艾貝說得很直接：「我不知道。但一般來說，長槍管瞄得比較準。」

麥吉斯科問：「距離多遠？」艾貝答：「我已經問過了。如果要拚個你死我活，距離是八步；如果要打傷對方，距離是二十步；如果只是爭個面子，就距離四十步。湯米的助手同意我所說的四十步。」麥吉斯科回道：「那就好。」艾貝突然回憶道：「普希金的小說裡有一幕精彩的決鬥。兩個人都站在斷崖邊緣，被擊中就只有死路一條。」這個情景對麥吉斯科來說簡直遙遠又不眞實，直瞪著艾貝：「你說什麼？」

艾貝轉移話題：「你要不要速速游個小泳，提振一下精神？」麥吉斯科嘆口氣，無助地說：「不，不要，我不會游泳。我眞不知道這是爲了什麼，我不知道自己爲什麼要去決鬥。」這是他生平眞正做的第一件事。實際上，他是那種沒把感官世界當一回事的人，因此對於自己造成的這番眞實局面驚訝不已。

艾貝說：「我們最好出發了。」一邊看著麥吉斯科意志變得有些消沉。

麥吉斯科喝掉難以下嚥的白蘭地，把酒瓶放進衣服口袋，然後用近乎凶猛的口氣說：「好吧。萬一打死他會發生什麼事，我會被關進監獄嗎？」艾貝回道：「我會帶你越過義大利邊界。」麥吉斯科瞥了露絲瑪莉一眼，然後帶著歉意對艾貝說：「出發前，有一件事我想單獨對你說。」露絲瑪莉說：「我希望你們都不要受傷。我認爲這是非常愚蠢的事，你們應該設法阻止。」

II

露絲瑪莉發現坎皮恩待在樓下空無一人的飯店大廳。他興奮地說：「我看到你上了樓。麥吉斯科還好嗎？什麼時候進行決鬥？」她討厭他把決鬥說得活像馬戲表演，而麥吉斯科則是悲情的小丑：「我不知道。」

坎皮恩詢問著，一副拿到門票似的神情：「你要跟我一起去嗎？我雇了飯店的汽車。」她回答：「我不想去。」他問：「爲什麼？我可以想像這場面會讓自己折壽個幾年，但無論如何我都不願錯過，我們可以待在很遠的地方看。」她問：「爲什麼不找鄧裴利先生跟你一起去？」他的單片眼鏡滑落，這會兒可沒有胸毛能藏進去，然後挺直了身子說：「我再也不想見到他。」她回答：「嗯，我恐怕不能去。我母親不會喜歡這種事。」

露絲瑪莉回到自己房間時，史培斯太太正睡眼惺忪地醒來，喚著她：「你去哪兒了？」露絲瑪莉答：「我只是睡不著。繼續睡吧，媽。」史培斯太太說：「過來我房間吧。」聽到母親在床上坐起身，露絲瑪莉走進去告訴她發生了什麼事。聽完之後，史培斯太太建議著：「你何不過去看看呢？不需要靠得太近，也許事後還能幫得上忙。」

露絲瑪莉不喜歡自己腦海中想像的那個場面，於是她反駁。但史培斯太太仍睡意濃重，而且還回想起作為醫生妻子的時候，夜裡因死亡與災禍而有人找上門的情景：「我希望你去任何地方做任何事，都可以按照自己的想法，不要管我——你以前還曾經為雷尼的宣傳活動，做過更困難的事。」

露絲瑪莉依舊不認為自己該去，但她服從了這個清楚明確的聲音。在她十二歲的時候，就是這聲音送她進入巴黎奧德翁劇院的後臺，也是這聲音在她出來的時候迎接她。

她在樓梯上看見艾貝與麥吉斯科開車離去，心想這會兒可省下麻煩了。但飯店汽車緊接著從角落出現，路易斯．坎皮恩歡天喜地呼喊著，把她拉上了車，讓她坐在自己身邊。坎皮恩說：「我剛剛躲在旁邊，免得他們不讓我們跟。我帶了攝影機，你看。」露絲瑪莉無奈地苦笑，他則不再愁容滿面，滿腦子缺德主意，實在差勁透頂。

她問：「我不明白，麥吉斯科太太為什麼不喜歡戴弗夫婦？他們對她非常友善哪！」坎皮恩答：「噢，不是針對他們，是有關她看到的事。但因為巴本的緣故，我們始終無法得知她究竟看到了什麼。」她小心地問著：「所以，並不是那件事讓你傷心？」坎皮恩回應著，同時改變了嗓音：「噢，不是的。我們回到飯店後發生了另一件事，不過我現在已經不在乎，完全不想管了。」

他們尾隨前車沿著海岸往東，行經尚利旁①，這裡矗立著興建中的賭場鷹架。現在已過清晨四點鐘，第一批漁船在灰藍天色下慢慢航向藍綠海面。後來，他們駛離大馬路，轉進偏僻鄉間。坎皮恩高呼：「是高爾夫球場！我確定是去那裡！」

他說得沒錯。艾貝的車在他們前面停下，東方的天空染成紅黃相間色調，看樣子會是個悶熱的日子。坎皮恩吩咐飯店汽車開進一小叢松樹林後方，他和露絲瑪莉待在球道旁的樹蔭下，看著艾貝與麥吉斯科在空曠的球道來回踱步，麥吉斯科還不時抬起頭，像隻兔子般嗅察著敵人。不久，遠方開球區出現了人影，他們認出那是湯米・巴本和他的法國助手，助手的腋下還夾著裝槍的盒子。麥吉斯科有些膽顫，躲到艾貝後頭吞了一大口白蘭地。他被酒嗆得說不出話來，打算直接走向對方，但艾貝將他攔下，自己走過去和法國人交談。太陽從地平線升起。

坎皮恩緊抓著露絲瑪莉的手臂。他細聲尖叫，幾乎聽不清在說些什麼：「我受不了，太可怕了，這會讓我折壽……」露絲瑪莉口氣強硬：「放手！」她一邊用法語拚命地默禱。

兩位當事人正面相對。湯米・巴本的袖子捲在手臂上，眼神在陽光下閃爍不安，但在褲子縫線上擦拭手掌時，刻意放慢了動作。麥吉斯科則藉著白蘭地壯膽，噘起嘴吹著口哨，滿不在乎地拿自己的尖鼻到處亂指，直到艾貝拿著一條手帕向前走去才打住。法國助手站在那裡，把頭撇開。露絲瑪莉滿懷憐憫地屏住呼吸，對湯米・巴本恨得咬牙切齒。

艾貝聲嘶力竭地喊著：「一，二，三！」

他們同時開槍。麥吉斯科搖晃了一下又站穩。兩人都沒射中對方。

艾貝喊：「好了，這樣就夠了。」

決鬥的兩人走了過來。每個人都用探詢的眼光看著湯米・巴本。

湯米說：「我要說，我並不滿意。」艾貝感到不耐煩：「什麼？你當然滿意了。你只是搞不清楚狀況。」

湯米好整以暇地問：「你的委託人拒絕再來一槍？」艾貝答：「是的，湯米。你堅持用這種方式決鬥，我的委託人也照辦了。」

湯米不屑地笑著：「這個距離太荒謬了，我不習慣這樣的鬧劇。你的委託人要記得，他此刻可不是在美國。」「嘲諷美國也沒用！」艾貝嚴厲地說，然後改以安撫的口吻，「這樣已經夠了，湯米。」他倆迅速交談了一會兒，而後湯米．巴本點點頭，冷漠地朝剛才的對手鞠個躬。那位充當助手的法國醫生提醒：「不用握手？」艾貝答：「他們早就認識彼此。」

艾貝隨即轉向麥吉斯科：「來吧，我們走吧。」他們邁開大步，麥吉斯科欣喜若狂地抓著艾貝的手臂。艾貝突然想起什麼：「等一下！湯米要拿回他的手槍，也許他還用得著。」麥吉斯科把槍遞了出去，用粗暴的語氣說：「去他的傢伙，告訴他儘管……」艾貝反問：「我是不是該告訴他，說你要再來一槍？」

之後他倆並肩而行，麥吉斯科高喊：「哈，我做到了。我表現得很不錯，對吧？我不是懦夫。」艾貝直截了當地說：「你喝得還眞醉。」麥吉斯科說：「不，我沒醉。」艾貝說：「那好吧，你沒醉。」

麥吉斯科此時自信滿滿，忿忿不平地看著艾貝：「就算我眞的喝醉了，又有什麼差別呢？又有什麼差別呢？」艾貝耐著性子：「如果你無法理解，再講下去也是白費力氣。」麥吉斯科話多了起來：「你不知道，大戰期間每個人都一直醉醺醺的？」艾貝制止：「哎，別談這個。」

不過這齣戲還沒結束，後方樹叢傳來急促的腳步聲，那位助手法國醫生來到他們面前。

他邊喘邊說：「抱歉，兩位先生。你們可不可以支付我的費用？當然，只算出診費就行。巴本先生只有一千元鈔票，他的皮包放在家裡。」艾貝嘀咕：「就知道法國人會想到這一點。」然後詢問醫生，「多少錢？」麥吉斯科說：「讓我來付。」艾貝堅持：「不用，我來付。我們也曾共患難。」

艾貝付錢給醫生的時候，麥吉斯科突然轉過身朝樹叢吐了。他的臉色變得更加蒼白，卻仍趾高氣揚地在紅潤的晨光下，跟著艾貝走向汽車。

坎皮恩躺在灌木叢裡喘不過氣來，他是這場決鬥中唯一受傷的人。露絲瑪莉則笑得歇斯底里，不斷用涼鞋踢他，直踢到他清醒。對她來說，現在唯一重要的，是幾個小時後，將在海灘遇見她心裡一直惦記著的那兩個人——戴弗夫婦。

譯註

①尚利旁（Juan les Pins）：位於坎城和尼斯之間，是以賭場、俱樂部與海灘聞名的度假勝地。

12

他們在凡桑餐廳等妮可到來，一桌六人分別坐著露絲瑪莉，諾斯夫婦，迪克・戴弗，還有兩位年輕法國音樂家。他們正仔細觀察著其他客人，看看誰可以保持沉著——因爲迪克說美國男人都沒有這等能耐，除了他自己，因此他們要找尋實例反駁他。情況對他們還眞不利——所有的男人進了餐廳後，沒有一個不在十分鐘之內拿手摸自己的臉。

艾貝說：「我們男人實在不該放棄在鬍髭上抹蠟的習慣，但迪克絕對不是唯一沉著的男人。」迪克・戴弗說：「噢，我是。」艾貝試圖下結論：「不過，他可能是清醒時唯一可以保持沉著的男人。」

一個衣著整齊的美國人進入餐廳就坐，隨行的兩個女人毫不拘束地揮舞著雙手呱呱噪啼。他突然意識到有人在看自己，於是不時伸手撫摸他那平整的領帶。另一群站著的顧客，有個男人不斷輕拍自己刮過鬍子的臉頰，同伴則無意識地將熄滅的雪茄菸頭不斷拿起又放下。還有人被看到用手推推眼鏡，摸摸鬍子；沒鬍子的就拍一拍嘴巴，甚至拚命拉自己的耳垂。

一位素有名望的將軍走進了餐廳，他曾通過西點軍校第一年的歷練（那是只要放棄就沒有機會重來的一年）；艾貝期待他的表現，跟迪克打賭五塊錢。

將軍正在等座位，兩手自然垂放身旁。有一刻，他忽然像準備起跳似地把手臂往後擺盪，迪克說「啊哈」，猜想他已失去控制，但將軍隨即恢復站姿。他們鬆了一口氣，這枯等的煎熬即將結束，侍者正爲他拉開椅子，但這位優勝者瀕臨不耐，迅雷不及掩耳地伸手騷弄他齊整的白髮。

迪克扮了個鬼臉：「你看吧，我是唯一一個。」

露絲瑪莉對此深信不疑。迪克很了解，這一桌子觀眾將是他所擁有過最好的，因此才營造出如此歡樂的組合，這令露絲瑪莉簡直難以忍受餐廳裡還有其他顧客存在。他們來到巴黎已經兩天，但實際上都待在海灘陽傘底下。露絲瑪莉在好萊塢沒見識過梅費爾飯店的派對，因此前一晚參加軍校晚宴時對那場面難以招架。迪克帶著她跟一些稍微篩選過的人寒暄問好；戴弗夫婦似乎認識許多人，但都是一些久未謀面的朋友，重逢時顯得格外驚訝——「哎喲，你都躲到哪裡去啦？」然後經過冷嘲熱諷的淘汰過程，以圓融手腕讓局外人自動離開，好讓迪克重組他個人派對的理想成員。不久，露絲瑪莉似乎也看出，那些被排除在外的人可能做過什麼不堪的事，然後被拆穿，被抵制，被摒棄。他們自己一夥大多是美國人，但有時幾乎不太像美國人。誰教歷經多年的妥協後早已面目模糊，是迪克讓他們找回了自我的眞實面貌。

走進燈光昏暗、煙霧彌漫的餐廳，自助餐檯上濃郁的美食香氣撲鼻而來，妮可穿著天藍色的套裝悄悄移動，好像從外頭誤闖進來的一片藍天。他們的眼神透露出她有多麼美麗，她則用燦爛笑容答謝他們的賞識。大夥起初表現得溫文有禮，漸漸厭煩了這一套後便開始喧譁說笑，最後還想出許多鬼點子。他們笑得開懷，儘管事後不一定記得在笑什麼。笑聲不絕，男人喝了三瓶酒，在座的三個女人則象徵美國生活的巨大變遷。妮可的祖父是一位白手起家的有錢人，外祖父是李琵．范森菲家族的一位伯爵。瑪麗．諾斯的父親是熟練的貼壁紙師傅，她是泰勒總統的後裔。露絲瑪莉出身中產階級，正在被母親推向好萊塢不可預知的高峰。她們身上相似的一點，正好也是不同於其他許多美國女人的一點，那就是——她們樂於活在男人的世界，她們藉著與男人相處來維護自己本身的獨特性，而不是與男人對立抗衡。倘若她們不當賢妻良母，就會是長袖善舞的交際花，不因家世出身而決定，端看她們是否遇上自己中意的男人。

露絲瑪莉覺得這是個令人愉快的午餐聚會，更棒的是在座只有七個人，這是完美聚會的人數上限。事實上，也許是他們圈子裡加入了她這個扮演催化劑的新成員角色，才得以打破原本彼此間的拘謹。餐會結束後，侍者領著露絲瑪莉去到後面的密室，所有的法國餐廳都有這樣的地方。她在暗淡的橘色燈泡下翻查著電話號碼，致電法美電影公司——當然了，他們擁有電影《掌上明珠》的拷貝，只是目前不在手邊，但這個星期內就會為她複製一份，她只需到聖坦吉路三百四十一號找克羅德先生拿。

狹小的電話亭正對著衣帽間，露絲瑪莉掛上話筒時，有兩個人的說話聲從五英尺遠的一排大衣後方傳來。

迪克問著：「……所以你愛我？」妮可說：「噢，當然！」露絲瑪莉在電話亭裡躊躇不前，然後聽到迪克說：「我非常想要你，我們現在就回飯店。」妮可輕聲倒吸了口氣。露絲瑪莉一時之間不懂他們在說些什麼，但聲調讓她明白了，這種強烈的私密性讓她的心靈隨之悸動。迪克說：「我要你。」妮可回答：「四點時我會在飯店。」

露絲瑪莉屏息站著，直到聲音遠離。她起先感到很吃驚，因為這對夫婦之間的關係就她觀察並沒有那麼迫切地需要彼此，甚至可以說有些冷淡。一種強烈的情緒在她全身蔓延，刻骨而莫名。她不明白自己是喜歡或者討厭，只知道內心深處受到衝擊，這讓她回到餐廳時覺得很孤單。不過仔細一想還眞觸動人心，妮可那句「噢，當然」充滿了熱情的感激，一直在她腦海迴響著。剛才所目睹的獨特情境正在未來的人生等著她，無論還要多久才能遇上，至少不會令她反胃——但在電影中演出愛情戲，也不會讓她覺得反感就是了。

就算距離四點鐘尙早，但現在的她已經一頭栽了進去，跟妮可一起逛街時，她甚至比妮可本人更在意那個約定。她開始從新的角度看待妮可，評價著妮可的魅力。她無庸置疑是露絲瑪莉見過最有魅力的女人——她的冷冽，她的奉獻與忠誠，還有一點兒難以捉摸；露絲瑪莉試著從母親的中產階級思維推論，心想這應該跟妮可對金錢的態度有關。露絲瑪莉花的是自己賺來的錢，她現在之所以能置身歐洲，是因爲一月份的某個早上，她帶著攝氏三十九度的高燒往水池裡連跳六次，直到母親出面阻止才停。

在妮可的指點下，露絲瑪莉用自己的錢買了兩件衣服、兩頂帽子和四雙鞋。妮可要買的東西則足足列了兩張清單，此外在櫥窗裡看到喜歡的東西也買。只要是她喜歡、自己卻用不到的東西，就買來當作朋友的禮物。她買了彩色串珠項鍊，摺疊式海灘坐墊，人造花，蜂蜜，一張客房用的床，袋子，披巾，幾隻愛情鸚鵡，娃娃屋的迷你配件，還有近三公尺長的新潮明蝦色布料。她還買了一打浴衣，一隻橡膠鱷魚，一組黃金與象牙做成的攜帶式西洋棋，爲艾貝買的亞麻大手帕，還有兩件愛馬仕軟皮夾克（一件翠綠色，一件火紅色）。

妮可這種購物姿態，和高檔交際花把錢花在買內衣和珠寶上（這些物件畢竟是職業配備和討生活的保障）是全然不同的。妮可，是大量心思與血汗下的產物——爲了她，火車從芝加哥出發，橫越廣闊的大陸來到加州；糖膠樹膠工廠冒著白煙，輸送帶一段接著一段；男人們在大桶裡攪拌牙膏，從銅缸中汲取漱口水；女孩們八月份時拚命地把番茄裝罐，或者聖誕節前夕在廉價商店工作到翻天覆地；混血印第安人在巴西的咖啡農場苦幹實幹，夢想家被強迫交出新型牽引機的專利權……他們全都身處向妮可進貢的隊伍之中，隨著整個體系浩蕩前進，造就了她如此大量採購的狂熱行爲，儼如消防員挺身面對蔓延火勢時流露出的亢奮神態。她闡明了一個非常簡單的道理——自我克制對她而言就像世界末日，只是她表現得毫不遮掩，整個購物過程充滿優雅，露絲瑪莉很快就想模仿她。

將近四點鐘了。

肩頭上站著一隻愛情鸚鵡的妮可站在商店前，很罕見地打開了話匣子：「嗯，如果你那天拍戲時沒有往水池跳，不知道現在會怎樣？我有時會對這種事感到納悶。戰爭爆發前，我們住在柏林，那時我才十三歲，母親去世前。我姊姊要去參加宮廷舞會，邀請卡上注明了有三位皇室親王要跟她跳舞，這些全是宮廷侍官安排好的。她在出發前半小時感到腹痛而且發燒，醫生說是盲腸炎，說她應該接受手術治療。但母親自有計畫，她在寶貝女兒的禮服底下綁了兩個冰袋後，讓她照常參加舞會，直跳到凌晨兩點鐘。第二天早上七點鐘，我姊姊才去動手術。」

在那個時代，刻苦做人是件好事，有教養的人都對自己要求嚴格。但現在四點鐘了，露絲瑪莉一直惦記著迪克正在飯店等妮可，她應該立刻過去，不該讓他等。她心想：「你爲什麼還不去？」接著突然閃過一個念頭，「如果你不想去，就換我去。」但妮可又到另一家店爲她倆買了胸花，也買了一個準備送給瑪麗．諾斯。直到此刻，她才似乎突然想起約定，心不在焉地攔了一輛計程車。

臨別時，妮可說：「再見。我們逛得滿開心的，對吧？」露絲瑪莉答：「開心極了。」看著妮可離去比想像中還難熬，車子開走後，她整個人暗自抗拒著。

13

迪克繞過護牆轉角，繼續走在壕溝裡的木板道上。他來到一座潛望鏡前，透過它瞭望了一下；然後踏上臺階，從矮牆後面向外凝視。灰濛濛的天空下，在他眼前展開的是波蒙阿梅爾①，左手邊是發生悲慘戰役的提耶伐爾山。迪克用自己的小望遠鏡注視著眼前景象，悲傷的情緒使他喉嚨乾澀。

他沿著壕溝往下走，發現其他人正在下一道壕溝等著。他很想將自己的激動心情表達出來，儘管眞正服過役的人是艾貝・諾斯而不是他。

「那年夏天，這片土地每隔一英尺就犧牲二十條性命。」迪克如此告訴露絲瑪莉。她則跟著望向那片光禿禿的綠色原野，周圍矮樹是六年前才種下的。那個下午，迪克如果加上一句：「他們現在正遭受砲擊。」她也會相信。她對他的愛慕之情現在終於達到開始悶悶不樂的階段，來到那種極度渴望的程度。她不知道該怎麼辦，好想找母親談談。

艾貝用安慰的口氣說：「從那之後，還死了很多人。很快地，我們最後也會死。」露絲瑪莉繃緊神經等待迪克接話：「看看那條小溪，我們兩分鐘之內就可以走過去，英國卻花了一個月才抵達，整個帝國以非常緩慢的速度前仆後繼地向前推進；這代表另一個帝國以非常緩慢的速度每天向後撤退個幾英寸，留下的遍地屍體有如血淋淋的昂貴地毯。這一代的歐洲人，絕對不會再做同樣的事。」

艾貝說：「是嗎？他們才剛結束在土耳其的戰爭，還有摩洛哥……」迪克說明著：「那可不同。絕對不能重啓這個西方戰線，很長一段時間裡都不行。年輕人認爲他們辦得到，其實不行。他們也許可以再打一場第一次馬恩河戰役，但不是整條戰線②。這需要抱持信仰才能辦到，多年的富饒、十足的把握和社會階級之間存在著正確的關係，但俄國人與義大利人在這方面做得並不好。你必須要有專心一志的感情因素，回溯到比你的記憶還要久遠之前的事——你必須記得聖誕節，印有王儲和他未婚妻的明信片，瓦朗司的小咖啡館，林登大道上的露天啤酒攤，市政廳舉辦的婚禮，到德比看賽馬，還有你祖父的鬍鬚。」

艾貝說：「是格蘭特將軍在一八六五年的彼得斯堡，發明了這種戰鬥。」迪克則說：「不，他沒有，他只發明了大屠殺。發明這種戰鬥的是路易斯・卡羅和朱勒・凡爾納，還有那個寫出《渦堤孩》的作者，在鄉間打木球的教會執事，馬賽的教母們，以及在符騰堡與威斯特伐利亞陋街暗巷裡自甘墮落的少女們。為什麼？因為這是為愛的戰鬥，中產階級有一世紀的時間把愛消耗在這上面，這是為愛的終極戰鬥。」③

艾貝笑稱：「看來你想把這個戰鬥交給D・H・勞倫斯④負責。」迪克不斷哀悼：「我整個美麗、可愛又平安的世界，在這裡被狂暴的愛給吹垮了。難道不是這樣嗎，露絲瑪莉？」她臉色凝重：「我不知道。你真的無所不知。」

他們落在其他人後面。突然，一陣泥塊與碎石如雨滴般打在身上，艾貝在下一道護牆嚷道：「打仗的那股精神又回來了。我擁有對俄亥俄州百年的愛做後盾，讓我炸掉這個壕溝。」他的頭從邊堤冒了出來，「你們陣亡了。不知道規則嗎？那是個手榴彈。」露絲瑪莉大笑，迪克則撿起一把石頭準備回擊，然後又放下。他帶著點歉意說：「我不能在這裡嬉戲。儘管有『先人已逝往事已矣』這類說法，但我的古老浪漫性格做不出這種事。」露絲瑪莉附和：「我也是個浪漫的人。」

他們走出修復完整的壕溝，來到紐芬蘭紀念碑前。露絲瑪莉讀著碑文，淚水突然奪眶而出。她跟所有女人一樣喜歡別人告訴她該有什麼感覺，同時也喜歡迪克告訴她什麼事荒唐可笑，什麼事令人悲傷。但她最希望他知道自己有多麼愛他，這件事有多麼讓她心煩意亂，現在的她，走在戰場上有如置身激動的夢境。

後來他們坐進了汽車，起程駛回亞眠⑤。溫暖的細雨灑落在新長的樹木與矮叢上，所經之處遍地可見分類排列的未爆彈，彈殼，炸彈，手榴彈，還有士兵的配備如鋼盔，刺刀，槍托和腐爛的皮革，這些物件棄置在這裡六年了。然後轉過彎路，突然出現一大片滿布白色墓碑的墓園，迪克吩咐司機停車：「是那個女孩，她手上還拿著花圈。」

他們看著迪克下車走向女孩，女孩手裡拿著花圈，猶豫不決地站在墓園門口，一旁的計程車仍在等候。今天早上，他們曾在火車上遇見這位來自田納西州的紅髮女孩，她專程從諾克斯維爾來，到哥哥的墳墓獻花。苦惱的臉上流著淚痕。

她泣訴著：「一定是陸軍部給了我錯誤的號碼，墓碑上寫著別人的名字。我從兩點鐘就開始找了，可是墳墓實在太多。」迪克勸她：「換作是我，就會放在任何一座墳墓上。別管墓碑上的名字。」女孩問：「你認爲我應該這麼做？」迪克撫慰著：「我想你哥哥會要你這麼做。」

天色逐漸陰暗，雨勢越來越大。女孩把花圈放在墓園入口的第一座墳墓上，並接受迪克的建議將那輛計程車打發走，和他們一塊兒回亞眠。

露絲瑪莉聽到這不幸的故事又流下了眼淚；總之，還眞是個濕答答的日子。不過，她覺得自己學到一些東西，儘管還不清楚到底是什麼。事後，她回想起這個愉快的午後時光，在當時看似平淡無奇、只是歡樂場景間的轉場片段，竟然才眞正的有趣。

亞眠是個發人深思的紫色城鎮，依舊沉浸在戰爭的哀傷中，就像巴黎的北站與倫敦的滑鐵盧車站這些火車站。白天的景觀讓人提不起勁，擁有二十年歷史的無軌小電車穿過教堂前方灰色卵石廣場，天空就像老照片那種陳舊褪色的感覺。不過入夜後，最符合法國生活的一切景象又回到眼前——活躍街頭的風塵女郎；咖啡館裡爭論不休的男人；情侶相依四處遊蕩，只爲找個夠便宜的落腳處。他們一行坐在大拱廊下等火車，屋頂高得讓煙霧、話語和音樂全都冉冉上升，樂隊開始親切地奏起〈是的，我們沒有香蕉了〉⑥——他們給予掌聲鼓勵，因爲指揮看起來相當自得其樂。田納西州的女孩忘掉悲傷，享受快活氣氛，甚至開始用熱情的媚眼和手勢向艾貝、迪克調情，而他們也小小戲弄她一番。

然後，他們搭上了前往巴黎的火車，留下那些各自成群的符騰堡人，普魯士衛兵，山地團士兵，曼徹斯特紡紗工人和伊頓公學老校友，繼續在溫暖的雨中盡情放縱。他們吃著鐵路餐廳製作夾了煙燻香腸和貝爾佩斯乳酪的三明治，喝的是薄酒萊葡萄酒。妮可在發呆，焦躁地咬著嘴唇，然後讀起迪克帶來的那本戰場旅遊指南——實際上，他早就很快把書研究了一遍，然後一再濃縮，直到隱然成爲自己的見解。

譯註

①波蒙阿梅爾（Beaumont Hamel）：位於法國北部的索姆省，第一次世界大戰的索姆河戰役即在此展開，英、法兩國將德國防線擊退至德法邊界，這是大戰期間規模最大的一次會戰，這座城鎮在戰役期間幾乎被完全摧毀。

②西方戰線，是第一次世界大戰初期，德國入侵比利時、盧森堡之後開啓的戰線。交戰雙方沿著法國邊境挖掘了一連串壕溝，進行長期攻防戰。第一次馬恩河戰役，是西方戰線的其中一場戰役，法軍成功阻止德軍進占巴黎。

③尤利西斯・格蘭特（Ulysses Grant，1822～1885），美國第十八任總統，出身西點軍校。南北戰爭期間，於一八六五年率北軍包圍駐守在維吉尼亞州彼得斯堡一帶的南軍，展開長達十個月的攻防戰。查爾斯・路特維奇・道奇森（Charles Lutwidge Dodgson，1832～1898），英國數學家兼小說家，筆名路易斯・卡羅（Lewis Carroll），著有《愛麗絲夢遊仙境》等。

朱勒・凡爾納（Jules Verne，1828～1905），法國科幻小說家，著有《環遊世界八十天》、《海底兩萬哩》等。

《渦堤孩》（Undine）是一本德國童話小說，作者是以浪漫主義風格著稱的穆特・福開（Friedrich de la Motte Fouqué，1777～1843）。

符騰堡（Wurtemburg）：位於德國西南部地區，一八七一年以自治國身分加入德意志帝國，現為巴登－符騰堡州的一部分。

威斯特伐利亞（Westphalia）：德國西北部萊茵河與威悉河之間的地區，大致等同於普魯士王國時期的威斯特伐利亞省地區。

④大衛・赫伯特・勞倫斯（David Herbert Lawrence，1885～1930），英語文學中極具爭議性的英國作家，知名作品有《查泰萊夫人的情人》等。

⑤亞眠（Amiens），法國北部索姆省首府。

⑥〈是的，我們沒有香蕉了〉（Yes, We Have No Bananas）：是一九二二年百老匯歌舞劇《快活瀟灑》中的一首歌曲，此後成為廣受歡迎的流行曲。

14

回到巴黎時，妮可累壞了，她不打算依原先計畫繼續去看裝飾藝術博覽會的炫爛燈火，他們先送她回喬治國王飯店。當她的身影消失在大廳玻璃門敞開時乍現的反光中，露絲瑪莉的壓迫感頓時消失——妮可有一股力量，難以捉摸的力量，不像自己母親那種必然出於善意而且可以預料的力量；露絲瑪莉有點怕她。

晚上十一點鐘，她和迪克，還有諾斯夫婦，坐在塞納河上才開張的船屋咖啡廳。河面波光粼粼倒映著橋上的燈光，彷彿有許多漂浮的冷月。露絲瑪莉和母親還住在巴黎時，有時星期天會搭小蒸汽船來到上游的敘雷訥，一路討論著關於未來的計畫。她們的積蓄不多，但史培斯太太對露絲瑪莉的美貌深具信心，也灌輸女兒許多遠大的抱負，因此她願意冒險把錢投資在女兒的「優勢」上；露絲瑪莉則是在事業有所起步後回報母親……

自從來到巴黎，艾貝．諾斯不斷地喝酒，生出了一層薄薄的舌苔，眼睛也因日曬和嗜酒而充滿血絲。露絲瑪莉第一次見識到這種情況——他總是會找個地方停下來喝幾杯，她很想知道瑪麗．諾斯如何能接受。瑪麗除了經常發出笑聲，幾乎不太開口，露絲瑪莉對她了解不多。瑪麗喜歡向後撥弄自己烏黑的直髮，讓它像瀑布般自然灑落，但髮絲會不時飛揚到太陽穴上，快要遮住眼睛，於是她甩一甩頭，又讓它們滑順地回到原處。

瑪麗的聲音輕細，但帶了些焦慮：「艾貝，喝完這杯後，我們今晚早點兒回去。你可不想在船上被人用水澆醒吧。」迪克說：「現在的確很晚了，我們最好全都回去。」

艾貝一臉莊嚴肅穆，顯得相當倔強。他堅決地說：「噢，不。」然後凝重地停頓片刻，「噢，不，還不到時候，我們再來一瓶香檳。」迪克說：「我不喝了。」艾貝說：「我是說露絲瑪莉。她是天生的酒鬼，會放瓶琴酒之類的在浴室，這是她母親告訴我的。」

艾貝將第一瓶剩下的酒全都倒進露絲瑪莉的玻璃杯。她來到巴黎的第一天，因為喝了太多檸檬水而感到不舒服，從此之後跟他們在一起時就什麼都不喝。不過，現在她拿起杯子大口喝香檳。

迪克驚呼：「這是什麼情況？你告訴我，說你不喝酒的。」露絲瑪莉回道：「我沒有說永遠不喝。」迪克問：「你母親知道了怎麼辦？」「我只喝這一杯。」她覺得有這個必要。迪克酒喝得不多，但他會喝，因此她認爲喝酒是必要手段，或許可以讓自己更接近他。

但露絲瑪莉喝得太快，嗆到了，接著又說：「況且昨天是我的生日，我已經滿十八歲了。」眾人憤憤不平地說：「爲什麼沒有告訴我們？」她把香檳喝完：「我知道你們會小題大作，弄得大費周章。所以，這杯就算是慶祝了。」迪克口吻明確地告訴她：「這根本不算數。明天晚餐是你的生日宴會，不要忘記了。這是個非常重要的年紀。」

瑪麗開口：「我一向認爲，十八歲以前凡事都無關緊要。」艾貝贊同：「沒錯。然後過了之後也還是一樣。」瑪麗說：「艾貝覺得，在他上船回去之前什麼事都無所謂，但他這次去紐約眞的把一切都計畫好了。」她的口吻好似厭倦地說此對她早已不具意義的內容，無論她與丈夫選擇或放棄追尋什麼方向，似乎都已成空談。

瑪麗補充：「他要在美國創作音樂，我會在慕尼黑唱歌謀生，因此當我們再次聚首時就不會無所事事。」露絲瑪莉附和：「太好了。」而且她開始感覺到香檳的酒勁。艾貝說：「那麼，再給露絲瑪莉來杯香檳，讓她更能爲淋巴腺的作用找點藉口，這些腺體到了十八歲才開始發揮功能。」

迪克聽了毫不含蓄地朝艾貝大笑。他喜歡艾貝，只是早已對他不抱期望。迪克更正：「這在醫學上是不正確的說法。我們走吧。」艾貝不是沒有察覺迪克對他的那份情義，故意輕快地說：「我有預感，我的新作品在百老匯登臺那一天，可能比你完成科學論著要早得多。」迪克平靜地說：「希望如此，最好能夠這樣。我甚至可以放棄你所謂的『科學論著』。」

「噢，迪克！」瑪麗的聲音聽起來感到很意外，甚至震驚。露絲瑪莉從未見過迪克如此面無表情的一面，她覺得這是個重大宣告，也很想跟瑪麗一起呼喊：「噢，迪克！」不過，迪克突然又笑了，而且補上一句：「我是說放棄它，去做另外一件事。」然後從桌邊站了起來。艾貝問著：「但是，迪克，坐下來。我想知道……」迪克說：「到時候自然會告訴你們。晚安，艾貝。晚安，瑪麗。」

「晚安，親愛的迪克。」瑪麗露出了一抹笑容，彷彿坐在客人散盡的船屋上讓她變得很開心一般。她是個勇敢而充滿希望的女人，跟著丈夫跑東跑西，把自己變成跟他一樣的人，卻仍無法引導他稍稍改變作風。有時她沮喪地發現，自己默默謹守的方向被他在心裡埋葬得有多深，不過，總有一份好運跟著她，她就像個幸運符……

15

露絲瑪莉在計程車上，一臉認眞地詢問迪克：「你要放棄的是什麼？」他答：「這不重要。」她問：「你是科學家嗎？」他說：「我是醫學博士。」她笑得很開心：「噢，我父親也是一名醫生，那麼你爲什麼不……」她沒再說下去。他接著說：「裡頭沒什麼祕密。我並不是在事業高峰時毀了自己名聲，然後走避到蔚藍海岸。我只是在休診，誰也說不準，或許有一天我又會重新看診。」

露絲瑪莉悄悄把臉湊過去讓他親吻。他瞧了一會兒，好像不明就裡，接著把她抱進懷裡，用腮幫子輕輕磨蹭她的臉頰，然後低頭看著她好一會兒。他認眞地說：「這麼漂亮的小女孩。」

她仰頭對他微笑，像許多人那樣用手撥弄著他的外套領子：「我愛上了你和妮可。實際上這是我的祕密，我甚至不能跟任何人提到你，因爲我不想讓其他人知道你有多麼美好。老實說，我愛你和妮可，確實是如此。」這種話他已經聽過好多次，甚至連說法都一樣。

她突然擁了過去，近得讓他雙眼無法直視。此時，她的稚氣消失無蹤，他獻上深深的一個吻，完全顧不得她的年紀。然後，她躺在他懷裡嘆了口氣，說：「我決定對你死了這條心。」迪克心頭一驚，自己是否曾說過什麼話，暗示著她確實擁有他？他故作鎮定地說：「別這麼狠心，我才開始起了念頭。」

「我是這麼地愛你……」說得就像經年累月似的，露絲瑪莉流下了幾滴眼淚，「我是這麼、這麼地愛你。」他實在應該噗哧一笑，可是卻聽到自己說：「你不僅美麗而且落落大方。你做的每一件事，無論表現熱戀或者羞澀，都是如此直接明瞭。」

黑漆漆的計程車裡，飄散著露絲瑪莉跟妮可一起逛街買的香水氣味，她再次靠近他，香氣更加緊緊糾纏。他吻著她，沒有喜悅。他知道她情緒高漲，但從雙眸或嘴唇看不出半點影子，倒是呼出的氣息有些許香檳味。她不顧一切地靠得更緊，他又湊上了自己的嘴唇。當兩唇相觸時，她的眼神望向了他背後的暗夜，那個黯淡的世界，他對這天眞無知的一吻感到掃興。她還不了解愛的神采應該要發自內心，一旦她有所了解、並投入情慾的世界，他會毫不猶豫地占有她。

她住的房間在他們的斜對面，比較靠近飯店電梯。來到房門前她突然說：「我知道你不愛我，我並不指望什麼。但，你說我應該把生日告訴你。好，我告訴你了，現在我要的生日禮物是你到我房間一會兒，讓我跟你說件事。只要一會兒。」

他們進到房間，他把門關上，露絲瑪莉站得離他很近，不過沒有接觸。夜晚奪走她臉上的色彩，現在的她如此蒼白，像舞會過後一朵被棄置的白色康乃馨。

「當你開口微笑……」迪克又恢復慈父般的態度，也許因爲妮可正悄然無聲地在一牆之隔，「我總想，會看到你掉乳牙後留下的缺口。」然而他說得太遲了，她靠了過去，悵然低語：「要我。」迪克問：「要你做什麼？」他驚若木雞。她呢喃：「繼續。噢，請繼續，就像男人會怎麼做那樣。我不在乎自己是否喜歡這件事，我從不曾預料這會發生，我很討厭去想它。但現在不會，我要你繼續下去。」

她也對自己感到吃驚，從來無法想像自己會說出這種話。她想起自己讀過、看到、夢見的事物，一直回溯到十年前還在修女學校的歲月。與此同時，她忽然領悟到這是自己所扮演過最重要的角色，因為她投入了更多的感情在裡面。

迪克慎重地說：「事情不該如此。不會是香檳在作怪吧？讓我們忘了這件事。」露絲瑪莉鼓勵著：「噢，不，就是現在。我要你現在就做這件事，要我，引導我，任你擺布，而且我想這樣。」他說：「記住一件事，你可曾想過這會讓妮可多傷心？」她答：「她不會知道，這和她完全無關。」他繼續和藹地說著：「而且事實是，我愛妮可。」她急急地說：「但你可以不只愛一個人，不是嗎？就像我愛母親，同時也愛你，而且愛得更多。現在，我對你的愛要更多一些。」

迪克分析著：「……你沒有愛上我，但做了之後卻可能真的愛上我，這會讓你的生活開始變得一團混亂。」她說著：「不，我保證不會再見到你，我會跟母親立刻回美國。」迪克拋開這個說辭。那張年輕活力的香唇給人的印象太鮮明了，他換個口氣說：「你只是意亂情迷。」

露絲瑪莉請求道：「噢，求求你，即使懷了小孩我也不在乎，我可以像片場的某個女孩那樣到墨西哥去。噢，這跟我以前所想像的情景是那麼不同，我一向討厭他們煞有其事地吻我。有些人的牙齒很大，可是你完全不同，牙齒長得很漂亮。我要你做這件事。」

迪克看得出，她依然認為事情必定會有所進展：「我相信，你以為人們隨便就會來親一個，所以你要我吻你。」她突然低聲下氣，平靜了許多：「噢，不要捉弄我，我不是小孩了。我知道你並不愛我，我不敢指望太多。我知道對你而言，我根本不重要。」他安撫：「胡說！但對我來說，你太年輕了。」隨後又在心裡加上一句，「……你要學的還多著呢。」露絲瑪莉呼吸急促，熱切地等待著，直到迪克說：「事情不會如你所願那樣安排的。」

她很沮喪，失望地把頭低下去，迪克不自覺地說：「我們應該僅僅……」他閉上了口，跟在她後頭走到床前，當她開始哭泣時，坐到了她身旁。他突然感到困惑，不是關於這件事的道德層面，因爲從任何角度來看都是不可能的，他只是有些迷惘，一時間失去了慣有的優雅與張力平衡。

她泣訴著：「我知道你不願意。這只是個無望的期待。」他站了起來：「晚安，孩子。這是非常丟臉的事，讓我們忘了它吧。」最後又留下兩句當醫生的行話，勸她好好想一想，「未來有許多人會愛你，最好爲你的第一個眞愛保持純潔，就算在感情上也是一樣。這是老派的觀念，可不是嗎？」

迪克朝門口踏出一步，她抬頭看他，完全不知道他的想法；她看到他慢慢踏出另一步，又回過頭來看她，這時她眞想過去抱住他，吞掉他，想要他那張嘴，他的雙耳，他的衣領，想要困住他，包覆他；她看著他的手伸到門把上。於是，她死了心躺回床上。門關上後，她起身走到鏡子前，輕聲抽噎著開始梳頭髮。她一如往常梳個一百五十下，然後再多梳一百五十下，直梳到臂膀痠痛，再換隻手繼續梳……

16

露絲瑪莉醒來時已冷靜許多，她深感羞愧。看著鏡中自己的美貌，非但沒有得到安慰，反而喚起了昨晚的心痛。後來，她收到從母親那兒轉來的一封信，是去年秋天帶她參加耶魯舞會那個男孩寄來的，信中寫著他目前人在巴黎；但這消息對她沒什麼幫助，一切顯得非常遙遠。她走出房間，準備承受見到戴弗夫婦的磨難，心中備感壓力。但和妮可碰面後，露絲瑪莉也效法她把心情隱藏得滴水不漏，繼續逛街試穿衣服。她們遇到了一個手忙腳亂的女店員，但妮可的評論反倒讓她寬心不少：「大多數人認爲，旁人會以很嚴苛的標準來看待他們，並且認爲旁人的意見往往不是認可就是否定。」如果依然帶著昨日開朗的心情，露絲瑪莉早就反駁這種說法，但今天她亟欲掩蓋所發生的事，因此熱切表示欣然同意。

她很佩服妮可的美麗與智慧，同時也是生平首次感到嫉妒。就在離開高斯飯店前，母親曾隨口稱讚妮可是個非常美麗的女人，儘管露絲瑪莉知道這不是母親眞正想說的意思，但言下之意正是指——露絲瑪莉不是非常美麗。這並未使她感到困擾，因爲直到最近她才發現自己還稱得上是漂亮，實際上，她的漂亮並非與生俱來而是經過學習，就像她說法語一樣。儘管如此，她還是在計程車上端詳妮可，拿自己與之相比——那窈窕動人的身軀；那嬌嫩欲滴的嘴唇時而緊閉，時而有所期待地半開著，無一不是觸發浪漫愛情的潛在因子。妮可小時候就很漂亮，長大後，高高顴骨上的皮膚變得更加緊緻依然漂亮，根本生來就是美人胚子。她原本是金髮白皮膚，頭髮像雲朵一般，比本人還顯眼；現在髮色變深，她比小時候更美麗了。

露絲瑪莉突然指著聖皮爾路上的一幢房子：「我們以前往在這裡。」妮可指著正對面的一家旅館：「眞巧，我十二歲的時候，母親帶著姊姊、還有我，在那裡住了一個冬天。」兩幢破舊建築矗立在她們眼前，迴盪著陰暗的兒時記憶。

妮可往下說：「我們那時才剛在森林湖①蓋了自己的房子，正在節省開銷。至少姊姊跟我，還有保母得盡量節省，母親則是到處旅行。」露絲瑪莉以「我們那時也在盡量節省」回應著，儘管她知道「節省」二字對她倆的意義全然不同。

妮可朝她露出一抹迷人的淺笑：「母親總是非常謹慎地提到那是一家小旅館，我的意思是，她避免使用『廉價』這個字眼。有些愛炫富的朋友向我們問了住址，但我們從不明講『那個破舊狹小的棲身之處，位在巴黎流氓橫行的地區，有水可用就不錯了』，我們會說『那是一家小旅館』，彷彿那些大飯店對我們而言太吵太通俗。當然，朋友們終究會看穿，然後告訴所有人這件事，但母親會說這代表我們對歐洲相當熟悉；她一定很熟悉啊，因爲她是德國公民。但母親是美國人，而且在芝加哥長大，所以她更像是美國人而非歐洲人。」

兩分鐘後就要和其他人會合，她倆在盧森堡公園對面的庫貝萬街下車，露絲瑪莉重新整理了一下自己的情緒。他們到諾斯夫婦完成打包的公寓吃午餐，房子聳立在一大片綠蔭上方。這天對露絲瑪莉來說，似乎不同於前一天——她和他面對面時，眼神相遇，而後像羽翼般輕拂而過。在此之後一切都沒問題，事事都很美妙，她知道他開始愛上了自己。她感到興奮無比，一股激動的熱潮流遍全身，冷靜透澈的自信正在心底揚揚自得。她幾乎不去看迪克，但知道一切都沒問題。

午餐後，戴弗夫婦、諾斯夫婦以及露絲瑪莉一同前往法美電影公司，此外還有柯林斯·克萊，那個從耶魯來的年輕人，露絲瑪莉稍早先以電話跟他聯絡上。他是喬治亞州人，帶著許多到北方受教育的南方人經常持有的古怪、甚至刻板的觀念。去年冬天，她還爲他著迷，兩人曾緊握著手從紐哈芬②坐車到紐約；現在，她則無視他的存在。

來到放映室後，她坐在柯林斯·克萊與迪克之間。技師正把電影《掌上明珠》的膠片裝上放映機，一名法籍主管不斷在她身邊打轉，試圖說些蹩腳的美國俚語，像是「好樣的，小夥子」；當膠片裝不上去時，他則怪腔怪調地說「我沒有香蕉了」。接著燈光熄滅，放映機傳出卡嗒卡嗒的轉動聲響，她終於和迪克獨處了。他們在黑暗中看著彼此。

「親愛的露絲瑪莉。」他低聲說。兩人依偎著肩膀。妮可在最旁邊的座位輾轉不安，艾貝忍不住咳嗽又擤鼻涕；然後大家都坐定了，電影開始播放。

她在銀幕上出現，一年前扮演的女學生，波浪長髮直挺挺地披在背後，像極了塔納格拉陶俑③那種雕塑出來的髮型；銀幕上的她如此年輕天眞，是母親悉心呵護下的產物；銀幕上的她，拿硬紙板剪個假娃娃當作自己虛幻的男伴，恰如其分展現出那種年紀會有的不成熟行徑。她憶起那套全新的絲綢戲服，穿起來有種特別清新的感覺。

爸爸疼愛的女兒。眞是個勇敢的小女孩，飽受命運折磨。噢，可愛的雛鳥，非常可愛，會不會太可愛了？在她稚嫩的拳頭前，淫穢邪念的惡勢力都被斥退；不僅如此，連命運的巨輪也停了下來；無可避免的竟然變成可以避免的，無論是三段論、辯證法，所有的演繹推理全被拋棄。女人們忘掉家中沒洗的碗盤只顧著落淚，電影裡有個女人甚至出現太多哭泣鏡頭，幾乎搶過露絲瑪莉的風頭，那女人在所有所費不貲的布景前哭泣——在以鄧肯．法福④家具布置的餐廳，在一處機場，在只閃過兩個鏡頭的一場遊艇競賽，在地下鐵，最後還在一間浴室。不過，露絲瑪莉才是焦點。那優雅的性格，那抵擋粗野世界的勇氣與毅力，露絲瑪莉用她還沒變得虛僞的那張臉，將一切表現得淋漓盡致，整排觀眾都被她的演出深深感動，不時探頭向她致意。中場休息時燈光亮起，一陣掌聲喝采後，迪克誠心地對她說：「我眞是大吃一驚。你將會成爲舞臺上最棒的女明星。」

電影《掌上明珠》繼續放映。後來，她過著幸福快樂的日子，結尾鏡頭是露絲瑪莉與父親的動人合照，非常明顯的戀父情結，不禁讓迪克想代表所有心理學家對這拙劣的煽情手法皺起眉頭。電影結束，燈光亮起，就是這個時機——露絲瑪莉對大家宣布：「我還安排了另一件事。我爲迪克安排了一場試鏡。」迪克訝然：「一場什麼？」她重複：「試鏡，他們馬上就會來進行。」

現場一時鴉雀無聲，然後諾斯夫婦忍不住笑了起來。露絲瑪莉看得出來迪克應該了解她的用意，他像愛爾蘭人般抽動了一下臉；這時，她領悟到自己打出這張王牌可能有些差錯，但她仍堅信這張牌本身沒有問題。

迪克態度堅決：「我不要試鏡。」接著，觀察整個局面後，他用輕鬆的口吻說下去，「露絲瑪莉，我得辜負你的好意。電影對女人來說是個好事業，但，我的老天，他們不能讓我上鏡頭。我只是個沉醉在私人生活的老科學家。」

妮可與瑪麗諷刺地慫恿他，要抓住這個機會；她們調侃他，還有點生氣地抗議自己居然沒有受邀試鏡。不過，迪克封住了這個話題，他以稍帶辛辣的口吻評論著男演員的定位：「最強悍的警衛往往看守著通往空虛的入口。也許因爲實在太空虛，所以絲毫不得洩露。」

露絲瑪莉與迪克，還有柯林斯・克萊一塊兒坐上計程車——他們順便送柯林斯一程，然後迪克要帶露絲瑪莉去參加一個茶會，以完成艾貝留到最後一直沒去做的事；只是，妮可與諾斯夫婦全都婉拒出席。

露絲瑪莉在車上向迪克抱怨：「我原本在想，如果試鏡的結果不錯，我可以帶去加州。然後他們看了之後如果滿意，你就可以在電影裡做我的男主角。」迪克完全被征服：「這眞是非常貼心的想法，但我寧願看著你，你大概是我所見過最可愛的女人。」

柯林斯開口：「那眞是部很出色的電影。我已經看過四次。我在紐哈芬認識的一個男孩看了十二次，他想盡辦法到哈特福⑤去就爲了能再看一次。當我帶著露絲瑪莉到紐哈芬時，他害羞得不敢見她。很難想像吧？這小女孩讓他們沖昏了頭。」

迪克和露絲瑪莉面面相覷，他們希望單獨相處，但柯林斯看不出箇中隱情。

柯林斯提議：「我送你們到要去的地方。我住在魯特西亞飯店。」迪克說：「我們先送你回去。」柯林斯堅持：「我送你們比較方便，一點都不麻煩。」迪克也堅持：「我認爲最好讓我們先送你回去。」柯林斯正要開口：「可是……」他總算了解情況，然後跟露絲瑪莉討論何時可以再碰面。最後他走了，那個無足輕重又令人討厭的第三者。

汽車突然很殺風景地在迪克給的地址前停了下來。

迪克深深吸了一口氣：「我們進去好嗎？」露絲瑪莉說：「我不在意，一切聽你的。」他考慮了一會兒：「我差不多該進去了……她要跟我一個缺錢的朋友買幾幅畫。」她則整了整略顯凌亂的頭髮。他決定：「我們只待五分鐘。你不會喜歡這些人的。」

她以爲他們應該是單調乏味的人，或者魯莽醉醺醺的人，或者滔滔不絕令人厭煩的人；總之，就是戴弗夫婦會避開的那種人。她完全沒料到自己將要面對的情景。

譯註

①森林湖（Lake Forest）：美國伊利諾州北部鄰近密西根湖的城市，屬於芝加哥都會區的一部分，是高級住宅區。

②紐哈芬（New Haven）：美國康乃狄克州第二大城，位於長島海灣北岸，耶魯大學坐落於此。

③塔納格拉陶俑，是從希臘塔納格拉市（tanagra）周圍的古墓挖掘出的小陶俑，年代溯及西元前四世紀。

④鄧肯・法福（Duncan Phyfe，1768～1854），美國十九世紀首屈一指的家具設計師。

⑤哈特福（Hartford），美國康乃狄克州首府。

17

這幢位在紳士路上的房子，是從雷茲主教官邸分隔出來的，但進門之後看不到任何古老的痕跡，也非露絲瑪莉所認知的現代風格。石頭外牆包覆著一個未來世界，給人一種觸電的衝擊，明顯不安的感覺，就像早餐燕麥片配大麻那般違反常理。跨過那道門檻（如果可以稱之爲門檻），所踏入的長廳有著光澤耀眼的藍色鐵牆，以及錯綜起伏的鏡子構成無數零碎的反射面。這種效果全然不同於裝飾藝術博覽會上的任何展示，因爲這會兒人們是置身其中，而非站在藝術品前觀賞。露絲瑪莉覺得自己好像在布景裡，有一種抽離現實的興奮感，她猜想其他人也都有這種感受。

房子裡大約有三十個人，幾乎都是女人，而且全都打扮得像露易莎・奧爾柯特或塞居爾伯爵夫人筆下的人物①。她們在這個場景裡小心翼翼地走動，彷彿正用手拾起鋒利的碎玻璃般謹愼。就像擁有者應該出來掌控他這件藝術作品那樣，卻看不出有任何人或一群人主導著場面；無論場面有多奧妙，沒人知道這間房子代表的意義，因爲它正逐漸發展成另一種東西，變得不是一間房子，待在裡頭就像走在非常光滑的電扶梯上一樣困難，除非秉持著前面所提撿拾碎玻璃般的謹愼。在場絕大多數的人，無不處在這樣的限制下，一切小心翼翼。

這些人有兩種類型。一種是美國人與英國人，他們已經放蕩揮霍了整個春天與夏天，現在做的每件事純粹只是神經質地突發其想。他們每到特定時刻就安靜得了無生氣，接著又突然吵鬧不休，活蹦亂跳，或者沉迷於某件事。另一種人姑且稱之爲剝削者，全是一群吸血鬼，相較之下他們顯得認眞清醒，內心總是有所盤算而沒空胡鬧。他們在這種環境下最能保持冷靜，除了房間裡巧妙安排的明暗光線，就數他們的話語最引人注意。

這間活像科學怪人的房子一口吞噬了迪克與露絲瑪莉——他們很快被分隔開來，露絲瑪莉突然發現自己像個僞善的小人物，嗲聲嗲氣只爲博得主事者的青睞；但房子裡到處都是鼓動羽翼引人注意的舉止，她並不覺得自己的態度比其他人不合時宜。此外，她接受的訓練發揮作用了，經過一連串軍事化的轉身、側移和前進，她發現自己儘管正在跟一個圓滑世故、有張漂亮男性化臉蛋的女孩說話，心思卻放在另一組交談上，聲音來自斜對面四英尺外的鐵梯上方。

三個女人坐在長凳上。她們全都身材高眺，頭髮梳得像模特兒假人般服貼；說話時，腦袋在深色套裝上優雅地擺動，就像長梗頂端的花朵，或者更像眼鏡蛇遇襲時張大的頸部。

其中一位以低沉圓潤的聲調說：「噢，他們這個展覽辦得是很不錯，可以說是巴黎最好的一場展覽，這點我完全不否認。但終究……」她嘆了口氣，「『老鼠啃食了最古老的居民』這種措辭他一用再用，但只有第一次會讓人發笑。」第二位說：「我比較喜歡人生有起伏的人，我不喜歡她。」第三位說：「我一直無法眞正對他們或他們身邊的人感興趣，比如說，那個整天泡在酒裡的諾斯先生？」第一個女人附和：「他當然不能算數。不過你必須承認，從來沒遇過這些這麼有魅力的人。」

露絲瑪莉這才知道她們講的是戴弗夫婦，她氣得全身緊繃。但正在跟她說話的這個女孩，穿著直挺的藍襯衫，一雙明亮藍眼與紅潤臉頰，再配上灰色套裝，簡直就像海報上的女孩，她已經講得眉飛色舞。女孩拚命排除兩人之間的隔閡，深怕露絲瑪莉不認識她，直到後來連一點故作幽默的掩飾也無，露絲瑪莉直白地露出嫌惡的眼神。

女孩懇求：「可以跟我吃個午餐嗎？或者晚餐，或者後天吃午餐？」露絲瑪莉四處張望尋找著迪克，看到他跟女主人待在一塊兒，從進來後他就一直在跟她說話。他們眼神相會，迪克微微點頭，同一時間那三個眼鏡蛇女人也注意到露絲瑪莉；她們細長的脖子朝她伸了過來，用品頭論足的眼神盯著她看；她也挑釁地瞪了回去，表示已經聽到她們所說的話。她找了一段從迪克那兒學來的客套話，打發面前這個糾纏不休的女孩，然後朝他走去。女主人是個身材高眺又富有的美國女孩，仗著雄厚富庶的家國背景無憂無慮地遊走各地。她不斷追問著有關高斯飯店的各式疑問，顯然想前往，即使迪克顯得意興闌珊也毫不罷休。露絲瑪莉的出現，讓她意識到自己身為女主人似乎太緊迫盯人，於是環視著周圍說：「你有沒有遇到什麼有趣的人，是否見到那位……」她的眼睛尋找著可能會吸引露絲瑪莉注意的男人，但迪克說他必須告辭了。他們立刻離開，跨過那道未來世界的簡易門檻，突然回到了古老石牆的房子外面。

他說：「可怕吧？」她順從地附和：「很可怕。」他又開口：「露絲瑪莉？」她敬畏地輕聲回應：「什麼事？」他答：「這件事眞的糟透了。」

她傷心的哭泣聲清晰可聞，身軀亦隨之顫抖。她抽噎地問「你有手帕嗎」，但沒時間哭泣了，成為戀人的他們在計程車上飢渴掌握著迅速流逝的每一秒鐘。車窗外的青黃色暮靄漸漸暗淡，火紅、湛藍、幽綠的招牌在悄悄落下的細雨中裊裊綻放。現在將近六點鐘，街道開始熱鬧起來，小飯館透出微光，汽車往北轉，經過了協和廣場那片粉紅色的壯麗景觀。最後，他們凝視著對方，輕喚著彼此，那聲音有如揮之不去的魔咒。兩個名字繚繞在空中，比其他字眼、其他名字還要持久，也比腦海中的曼妙樂音還要持久。

露絲瑪莉說：「我不知道自己昨晚是怎麼了，因為那杯香檳嗎？我以前從來沒做過那種事。」迪克說：「你只是說你愛我。」她回應著：「我是愛你的，我無法改變這個事實。」此時此刻露絲瑪莉的確該哭，她用手帕掩面哭了一下。他說：「我怕自己已經愛上你，那眞的很不妙。」

再次輕喚著彼此的名字，他們互相依偎著，好似計程車搖晃得讓他們湊在一塊。她的胸部緊貼著他，生澀而溫暖的嘴唇為彼此所共有。他們幾乎拋開了煩惱，停止思緒不再考慮，只是喘息著探索對方。他們沉浸在一片灰濛的溫柔鄉，那種疲憊不堪的恍神狀態，神經就像籐椅禁不住重量般突然爆裂，就像鬆脫的琴弦糾結成一串。神經是那麼纖細柔弱，必須結結實實地相互交纏，唇對唇，胸靠胸……

他們正處於戀愛的蜜月階段，對彼此充滿了大膽的幻想，繽紛的遐思，心神交會如入無人之境。兩人都顯異常天眞，彷彿是一連串的意外讓他們碰巧相遇，太多的意外迫使他們終成一對。發展至此，他們是無辜的，至少看起來是無辜的，絕非出於一時好奇而暗通款曲。但對迪克來說這段路程很短；抵達飯店前，他的心情起了變化。

他帶點驚慌的感覺說著：「我能怎麼辦呢，我愛上了你，但並不會改變昨晚我說的事。」她說：「現在那不重要。我只要你愛我，如果你愛我，一切都沒問題。」他說：「很不幸的，我是愛你，但一定不能讓妮可知道，甚至有些微的懷疑都不行。妮可和我還得繼續一起生活，在某種程度上，這比只想把日子往下過還重要。」露絲瑪莉只說：「再吻我一次。」他吻了她，但一時之間心思卻不在她身上。迪克重申：「你知道的，妮可不能受委曲，她愛我，而我也愛她。」

她當然了解。不要傷害人，是她非常了解的其中一個做人道理。她知道戴弗夫婦彼此相愛，這她早就明白。不過，她認爲他們之間的關係相當冷淡，實際上還比較像她與母親之間的愛。當一個人可以爲外人付出那麼多，不就代表對家裡的情感缺乏熱度？

迪克似乎猜到了她的想法，解釋道：「我指的是愛，活生生的愛，但我無法告訴你這有多複雜。那次瘋狂的決鬥正是因它引起。」她訝異：「你怎麼知道那場決鬥？我以爲我們可以瞞得住你。」他冷冷地說：「你認爲艾貝守得住祕密？儘管把祕密拿去廣播電臺播送，拿給八卦小報刊登，就是不要告訴一個每天喝三四趟酒的人。」她笑出聲來，覺得心有戚戚焉，朝他依偎得更緊些。

迪克說：「所以你要知道，我跟妮可之間的關係很複雜。她不是非常堅強，儘管看起來很堅強，但其實不是。噢，我這是把事情弄得更加一團亂。」露絲瑪莉說：「噢，以後再說，現在吻我，愛我。我愛你，而且絕不會讓妮可發現。」他說：「你這寶貝。」

他們回到飯店後，露絲瑪莉走在他背後幾步遠，欣賞他，愛慕他。他的步伐敏捷，就像做了某件大事後，又趕著去做其他的事。一個私人派對的籌畫者，總是藏著許多歡樂的把戲。他的帽子搭配得十分完美，手裡拿著一把沉重的手杖和黃色手套。她想像，今天他將帶給大夥多麼美好的一個夜晚。

他們步上樓梯，總共有五段樓梯。他們在第一個平臺停下腳步擁吻，到了第二個平臺她小心謹慎，來到第三個平臺就更謹慎了。到下個平臺的半路上（儘管還有兩個平臺），她停下腳步，給了他一個蜻蜓點水式的吻別。但在他的堅持下，又跟著他回到下面的平臺待了一會兒，然後才繼續往上走。最後道別的時刻，他們伸長了手在欄杆上互相觸碰，直到手指慢慢滑開。迪克下樓安排晚上的聚會，露絲瑪莉則跑回房間寫信給母親；她覺得有些過意不去，因爲自己一點兒也不想念母親。

譯註

①露易莎・奧爾柯特（Louisa May Alcott，1832～1888），美國小說家兼女權主義者，最著名的作品是《小婦人》。
塞居爾伯爵夫人（Madame de Ségur，1799～1874），法國兒童文學作家，最著名的作品是故事集《蘇菲的遭遇》。

18

儘管戴弗夫婦不是那種「有條不紊」作風的主人，但他們心思敏銳，絕不會忽視活動進行該有的韻律與節奏。迪克的派對總是充滿一波波刺激，最棒的是，還能在過場時偶爾呼吸一下夜晚清新的空氣。

晚上的派對彷彿以通俗喜劇般的步調進行著。先是十二個人，然後變成十六個，每四個人坐一輛車在巴黎街頭奔馳兜風。每個環節都在預料當中。人們就像魔法般出現，以行家的身分（差不多就是嚮導）陪他們消磨一段時間，離開後接著換另一批人，這些人彷彿爲他們養足了一整天精神似的。露絲瑪莉對此非常讚賞，這跟好萊塢的派對是多麼不同啊，無論規模有多大都比不上。在眾多引人側目的事物中，有一輛波斯國王的汽車；迪克從何種管道弄到手、私底下塞了多少錢，這些都無關緊要。露絲瑪莉只把它看作另一種驚喜，就像這兩年來在她生活中不斷遇見的那樣。這輛車擁有美國製的特殊底盤，輪圈和水箱罩都是耀眼的銀色。車室中鑲嵌了無數的亮鑽；下星期運回德黑蘭後，會有專屬御用工匠將它們置換成眞的珠寶。後座只有一個位子，因爲只有國王能坐，因此他們輪流坐上這個位子，其餘時候則坐在鋪著貂皮的車地板上。

不過，她的眼前一直出現迪克。露絲瑪莉在心中向母親保證，她從來不曾遇過任何人像這天晚上的迪克那麼親切。她拿他與其他人相較，他們分別是艾貝不斷稱之爲「韓格斯少校與霍薩先生」的兩名英國人、斯堪地那維亞的王儲、一個剛從俄國回來的小說家、令人失望卻風趣的艾貝，以及中途加入的柯林斯．克萊——她覺得，沒有人比得上迪克。令她陶醉的是，他在整個過程背後熱情無私的付出，以及巧妙帶動了許多不同性格的人，那都是些像步兵團依賴後勤補給般等著別人投以關注、難以使喚的人，但他卻兜攏得毫不費力，甚至還能抽空跟每個人聊上幾句。

後來，她回想起那些最快樂的時光。首先是和迪克一起跳舞，她覺得自己在他高大強壯的身軀前綻放得格外耀眼動人，兩人像飄遊在有趣的夢境裡。他將她輕柔地轉到這兒又轉到那兒，簡直把她當成一束燦爛的花或一疋珍貴的布，在五十隻眼睛前公開炫耀。曾經有某個片刻他們根本沒在跳舞，只是緊緊依偎著。清晨時分他們獨處，她那抹粉的年輕身軀早已汗濕，拖著一身皺皺的衣服朝他走去，就此交纏不分，壓在其他人的帽子與圍巾上……

她笑得最開心的時刻是在稍後。當他們一行只剩六個人，最佳的六人組，經過一夜下來僅存的重要成員，站在麗緻飯店黑黝黝的大廳前，告訴守夜門房，說外面的潘興將軍想要魚子醬和香檳，「他不容怠慢，所有的人都要出動伺候」。慌亂的侍者們不知從何方冒出，在大廳備好一張桌子，然後假扮潘興將軍的艾貝走了進來，他們全都站得直挺挺的朝他喃喃唱出記憶裡的軍歌片段。鬧劇忽焉虎頭蛇尾地結束，侍者無不感到受傷且不被尊重，於是使出了那種侍者式的天羅地網，將大廳的所有家具搭成一個巨大的神奇裝置，就像戈德堡①漫畫裡非比尋常的機關。

艾貝懷疑地朝這裝置搖搖頭：「也許該偷把鋸琴將它……」瑪麗打斷他的話：「夠了。」然後焦慮地對露絲瑪莉說，「只要艾貝提起鋸琴，就是該回去的時候。我必須帶艾貝回去。他要搭十一點鐘的那班火車去趕船。一定要搭上火車，我覺得這事關他的未來，但每次跟他爭辯，他就是要反對。」露絲瑪莉提議：「我來試試說服他。」瑪麗很疑惑：「你可以嗎？也許你真的勸得動他。」

迪克突然走向露絲瑪莉：「妮可和我要回飯店，我們在想，你可能想跟我們一道走。」他的臉在黎明前的微光下顯得蒼白疲憊。白天時紅潤的兩頰，現在卻成了沒有血色的兩塊黑斑。她說：「我不行。我答應了瑪麗・諾斯要陪著他們，否則艾貝絕不會上床睡覺。也許你能想想辦法。」

迪克勸著：「難道你不知道，我們對於別人其實愛莫能助？假如艾貝是我的大學室友，而且是第一次喝得爛醉，情況就會不同。如今實在無能爲力。」露絲瑪莉幾乎以反駁的口吻說：「不過我還是得留下，他要我們陪他到阿爾區之後，才肯回去睡覺。」他很快地親了一下她手肘內側。

妮可在離開前對瑪麗喊著：「別讓露絲瑪莉一個人回飯店，我們覺得應該對她的母親負責。」

後來，露絲瑪莉、諾斯夫婦、一個來自紐華克②的說話娃娃製造商、如影隨行的柯林斯，還有衣著華麗、做石油生意的印度大塊頭喬治・霍斯普泰遜，全坐在載運著數千根胡蘿蔔的市場馬車上。蘿蔔鬚上的殘土在夜色中散發著甜美芳香的氣味，露絲瑪莉坐在蘿蔔堆最高處，在街燈長影稀疏的陰暗馬路上，她幾乎看不見車上的其他人。他們的話語像從遠方傳來，猶如來自不同的世界，不但不同而且好遙遠，因爲她的思緒都飄到了迪克那裡。她後悔跟諾斯夫婦一起同行，多麼希望自己此刻身在迪克對面的房間，或者在這溫暖黑夜的籠罩下有他陪伴在旁。

她對柯林斯喊著：「別上來，胡蘿蔔會全都滾下去。」她拿起一根蘿蔔，擲向坐在車伕旁邊、僵硬得像個老頭兒似的艾貝……

天色全亮時，她終於回到飯店，鴿子早已在聖敘爾皮斯廣場上呱呱噪啼。眾人全都不由自主地笑了出來，因爲他們眼裡現在仍是前晚的延續，儘管對街上的人們來說這是個明亮炎熱的嶄新早晨。露絲瑪莉心想：「我終於參加了狂歡派對，但，迪克不在就沒樂趣。」

她因有點感覺被出賣而傷心，不過這時有個東西映入眼簾——一株盛開的七葉樹被綁在長型貨車後面，駛往香榭麗舍大道，頻頻抖動如咯咯發笑，彷佛美人失態卻全然無損其美麗自信。她看得入神，覺得自己就像那株七葉樹，於是跟著開心微笑，所有事物立刻變得燦爛無比。

譯註

①魯比・戈德堡（Rube Goldberg，1883～1970），美國漫畫家，作品中經常出現一些目的單純、構造卻複雜的機關。

②紐華克（Newark）：美國紐澤西州最大的城市。

19

十一點鐘，艾貝要從聖拉薩火車站出發。他獨自站在髒污的玻璃屋頂下，這座火車站是一八七〇年代的老建築，跟英國水晶宮是同一時期；他的手灰白無血色，只有二十四小時沒睡才會這樣，他將手伸進大衣口袋，隱藏那顫抖的手指；帽子摘掉後，頭髮很明顯地只從頂端向後梳理整齊，其他全都雜亂紛飛……幾乎看不出，他是兩個星期前在高斯飯店海灘游泳的那個人。

時間還早，他轉著眼珠左看右看，只因若動到身體其他部分似乎會讓他神經失控。看起來無比簇新的行李箱們在他身旁來來往往；一會兒後，即將起程的遠方模糊旅客身影，發出含混著刺耳的「吆——呼」喊叫聲。

口袋裡的手已抓著那疊潮濕的千元法郎鈔票，他正盤算是否還有時間到販賣部喝一杯。這時，眼睛餘光瞄到樓梯口站著妮可的身影。他看著她，妮可臉上細微的表情不經意流露出了眞實自我，是那種有人與自己相約、她以爲對方還沒出現的渾然未覺之情——她皺起眉頭，想到自己的孩子，不是心滿意足的思念，反倒像母獸在點數幼崽，就像母貓用前掌檢查小貓一般。當她看見艾貝時，那種心境立刻從臉上消失。早上的天色顯得暗淡，艾貝曬成紅褐色的臉有兩個黑眼圈，看起來相當陰鬱。他們找了張長凳坐下。

妮可爲自己辯稱：「我之所以來，是因爲你要我來。」艾貝似乎已經忘記爲什麼要她來，而妮可看著人來人往的旅客似也顯得十分心滿意足。她繼續說：「你那艘船上最美的女人，每個男人都想跟她說話的那個女人，你知道她爲什麼要買那件衣服嗎？」她越說越快，「你可知道爲什麼別人沒買，只有這個搭遠洋郵輪的美人兒買了？明白嗎？不明白？醒醒吧！那是件傳奇的衣服，那塊特別的布料有一段故事，總有人在搭船時會無聊到想聽這段故事。」

妮可咬著牙說完最後幾個字。她已經說得太多；艾貝卻發現，從她一本正經的臉孔完全看不出剛才曾經說過話。他努力把身子挺直，就是下半身坐著、而上半身看起來像站著那種姿勢。

艾貝開口說話：「那天下午，你帶我去那個滑稽的舞會……你知道的，聖吉那維夫的舞會……」妮可答：「我記得，有趣的舞會，不是嗎？」他說：「對我來說一點都不有趣。這次見到你們我並不開心，我對你們兩個已經感到厭煩，而我之所以沒表現出來，是因爲你對我甚至更感到厭煩；我想你懂我的意思。如果我還有任何一絲熱情，就會去找些新朋友。」

妮可略帶慍色地反擊：「艾貝，惹人生氣似乎是件傻事。不管怎麼說，你不是故意這樣的。我無法理解你爲什麼放棄每件事。」艾貝思索著，盡力忍住不要咳嗽或者擤鼻子：「我想自己大概是厭倦了，而回去重整旗鼓這條路是這麼遙遠。」男人通常會在女人面前裝得像個無助的孩子，不過，一旦他眞的覺得自己是個無助的孩子，就裝不出來。妮可直爽地說：「別找理由！」

艾貝的心情越來越惡劣，他所想到的淨是些讓人不悅和發神經的話。妮可認爲自己最恰當的作法就是手放在膝蓋上端坐著，眼睛直直往前看。好一會兒兩人沒有交談，各想各的逕自呼吸，眼前的藍色空間是對方見不到的一片天。不像一對戀人，他們沒有值得追憶的往事；不像一對夫妻，他們沒有可以開創的未來。直到今天早上爲止，除了迪克，妮可最喜歡的人就是艾貝了，儘管艾貝多年來一直膽顫心驚地背負著對她的愛。

艾貝突然脫口而出：「眞是對女人的世界感到厭倦！」妮可問：「那爲什麼不幫自己創造一個世界？」他說：「我對朋友也感到厭倦，老是會碰到逢迎諂媚的人。」她眞想讓車站的時鐘走快一點，他卻接著追問：「你同意我嗎？」她答：「我是個女人，我的工作是要維繫一切。」他接著說：「我的工作是要撕裂一切。」她說：「當你喝醉時只會撕裂你自己。」

妮可此刻感到很氣餒，既害怕又猶豫。車站到處都是人，但沒有一個她認識。一會兒之後，她眼神感激地落在一位身材高大的女孩身上，女孩稻草般的頭髮活像戴著一頂頭盔，她正在把信投入郵筒。妮可急忙說：「艾貝，我得去跟那個女孩說說話。醒來，艾貝，你這個笨蛋！」

艾貝耐心地看著她走過去。那個女人見到妮可大吃一驚，艾貝認出曾在巴黎的某個地方見過她。他趁妮可不在時拚命咳嗽，把痰吐到手帕裡，然後大聲擤鼻涕。早晨溫度漸漸回暖，他的內衣被汗水浸濕；手指實在抖得厲害，用了四根火柴才點起一根菸……他看起來眞的很需要到販賣部喝上一杯。不過，妮可很快就回來了。

妮可冷冷地說：「有沒有搞錯。當初懇求我去看她，現在把我狠狠甩一旁，看到我像見到討厭鬼似的。儘管使喚別人吧！」她受到刺激，拉高嗓音乾笑一聲。艾貝被菸嗆到咳了一陣，然後說：「問題是，當你清醒時不想見任何人，當你喝醉時沒人想見你。」妮可又笑了：「你是指誰，我嗎？」剛才的受辱對待，出於某種原因竟反倒使她感到快活。他答：「不，我是指我自己。」她接話：「爲你自己想想吧。我喜歡人，很多的人……我喜歡……」

露絲瑪莉和瑪麗．諾斯出現在眼前，她們慢慢地走，尋找著艾貝的身影。妮可粗裡粗氣地大喊：「嘿！嗨！嘿！」然後笑著揮舞那包她買給艾貝的手帕。

他們不自在地擠在一起站著，圍繞在艾貝高大的身軀旁。他就像一艘殘破的帆船在她們的上方展開，以他那優柔寡斷、自我放縱、狹隘且辛酸的風采俯視著大家。他們都感受到他身上流露出了莊嚴的自豪，對自己塵封已久、已然被超越的片段成就感到自豪；但他們對他身上殘存的意志感到害怕，曾經是追求生存的意志，現在變成了追求滅亡的意志。

迪克．戴弗帶著容光煥發的外表出現，三個女人發出解脫的呼喊，眞想學猴子跳到他肩上，跳到那有如美麗皇冠的帽子上，或者他金光閃閃的手杖握柄上。現在，她們暫時可以不用理會非常礙眼的艾貝。迪克很快了解狀況，並悄悄接手——他帶大家來到車站裡面介紹起建築的驚人之處，以化解尷尬場面。附近有些美國人在話別，嗓門就像滔滔不絕的水流落在舊式大浴缸裡。站在車站裡面，巴黎在他們後方，感覺就像稍稍探身到大海之上，準備接受海水的洗禮，從較大顆的原子變身最微小的分子，如獲新生。

於是，富裕的美國人湧進車站來到月臺，每個人都有張藏不住的新臉孔——聰明的，體貼的，輕率的，掛念的；偶然出現一張英國人的臉，竟如此唐突而鮮明。月臺上的美國人多了起來，他們給人的第一印象是衣著整潔以及出手闊綽，終至漸漸變成一種模糊的種族印象，同時矇蔽了他們自己和旁觀者。

妮可抓住迪克的手臂驚呼——「快看」，迪克隨即轉身看到瞬間發生的事。距離兩節車廂外的臥鋪車入口處，在紛雜的送別聲中赫然出現一幕怵目景象。那個妮可才跟她說過話、髮如頭盔的女孩，正以一種奇怪的姿勢閃躲，從和她講話的男人身邊跑開幾步，手發狂似地往提包裡掏；然後，兩聲槍響劃破狹窄月臺的上空。在此同時，火車發出刺耳的鳴笛然後開始前進，一時之間掩蓋了槍聲。艾貝從窗口再次揮手，毫無所悉發生了什麼事。但在人群圍攏之前，已有人發現槍響造成的結果，被擊中的男人倒坐在月臺上。

似乎過了好幾百年，火車才停下來。迪克擠進人群裡面，妮可、瑪麗、露絲瑪莉在外圍等待，五分鐘後才又看到他。這時，看熱鬧的人分成兩群，各自跟隨躺在擔架上的男人，以及面色蒼白、被兩個怒氣沖沖警察牢牢架住的女孩。

迪克倉促地說：「是瑪莉雅・瓦利絲。被她開槍擊中的是一個英國人。他們費了好一番功夫才弄清楚他是誰，因爲她射穿了他的身分證。」迪克一行離開火車旁，跟著人群搖搖晃晃地往外快步走去，「我探聽到他們要送她去哪個警察局訊問，所以我要趕過去……」

妮可阻止：「她姊姊住在巴黎，爲什麼不打電話給她？沒人想到要通知她，這似乎很奇怪。她的丈夫是法國人，比我們還幫得上忙。」迪克猶豫了一下，然後搖搖頭繼續往前走。妮可在後面喊他：「等等！別傻了，你能爲她做什麼，就憑你的法語？」迪克答：「至少我會盯著他們不要對她動粗。」妮可尖酸地回應：「他們當然不會放過她。她的確開槍打中了那個男人。現在最好打電話給蘿拉，她能做的比我們還多。」

迪克不服氣——當然也有想在露絲瑪莉面前表現一番的味道。妮可斬釘截鐵地說：「你等著。」同時快步地走向電話亭。迪克深情款款地反諷：「只要妮可一插手，就不容置喙。」

這是這個早上他第一次看著露絲瑪莉。他們交換眼色，試著確認昨天的激情是否尙存。一時之間，彼此看起來是那麼不眞實……然後，情愫漸漸回溫，重新點燃。

露絲瑪莉問著：「你喜歡幫助每個人，不是嗎？」迪克：「我只是假裝自己是這樣的人。」她輕嘆：「我母親也喜歡幫助人。當然，她沒辦法像你幫那麼多人。有時我覺得自己是世界上最自私的人。」

這是她話語中第一次提到母親、卻沒能逗他開心，反而惹惱了他。他希望抹去母親對她的影響，讓她完全擺脫以往堅持牙牙學語的乖寶寶形象。但他立刻意識到自己這股衝動是種失控，一旦稍有鬆懈，露絲瑪莉對他的強烈慾望不知將導致什麼結果。他不無恐慌地看出這段感情會逐漸平息，不會停滯，勢將往下發展或者走回頭路；他頭一次感到，露絲瑪莉在情勢中占了上風。

在他想出後續作法前，妮可回來了。她說：「我找到了蘿拉。她在第一時間就聽到消息，她的聲音聽起來越來越沒氣，接著又變大聲，好像快暈過去了，正在強自振作。她說，她就知道今天早上會有事情發生。」

迪克的口吻變得緩和，好讓大家恢復平靜：「瑪莉雅應該要參加狄亞格烈夫①的芭蕾舞團，她的舞臺觀念很好，更別說是節奏感了。以後我們任何一個人見到火車開動，腦子裡大概都會聽到好幾聲槍響！」他們一行乒乒乓乓地走下寬闊鐵梯。妮可說：「我替那個不幸的男人感到可憐。難怪她剛才對我說話時那麼冷淡，原來正準備要開槍。」

妮可笑了出來，露絲瑪莉也跟著笑，但其實她們都受到了驚嚇，很希望迪克對這起事件發表一些道德上的評論，別讓她們獨自承受。這份期望不全然出於潛意識，尤其對已經習慣子彈碎片從頭頂呼嘯而過的露絲瑪莉而言；但即使這樣，整件事的衝擊依舊在她心裡逐漸累積。女人們爲之悶悶不樂、若有所失，這一刻迪克意識到，原來自己內心亦同樣受到這起意外震撼，方才才會以度假般的輕鬆態度面對。

然後，就像沒發生任何事情似的，戴弗夫婦和朋友們又在街頭閒情活力地晃蕩著。但其實每件事都相繼發生——艾貝已經離開，瑪麗下午也將起程前往薩爾茲堡，巴黎時光已經結束。也許是那幾槍的衝擊，終結了老天才知道的什麼見不得人之事，也終結了巴黎之行。那幾聲槍響闖進他們的生活，激烈迴盪著，跟隨他們來到外面的人行道。等計程車時，還遇到身旁兩個行李搬運工在談論剛才的事。

一位說：「你看到那把手槍了嗎？很小一支，上面還鑲珍珠，簡直像玩具。」另一個看起來飽經風霜的搬運工說：「但威力已經足夠殺人！你看到他襯衫了嗎？滿滿都是血跡，讓人還以爲又在打仗了。」

譯註

①瑟給・帕夫洛維奇・狄亞格烈夫（Sergei Pavlovich Diaghilev，1872～1929），俄國芭蕾舞團經理人，

創立狄亞格烈夫俄羅斯芭蕾舞團，對於歐洲芭蕾的推展不遺餘力，亦發掘出眾多芭蕾舞星。

20

他們走出飯店來到廣場上，汽油燃燒的廢氣懸浮在空中被七月的豔陽慢慢烘烤，眞讓人感到不舒服；這種熱度不是可以逃往鄉間避暑的單純炎熱，而是路上都瀰漫著污濁的空氣。他們中午在盧森堡公園對面的露天餐廳用餐，露絲瑪莉因為抽筋而覺得焦躁，深陷惱人的疲憊中——先前在火車站時就有跡象，當時她還為自己的任性感到自責。

迪克對這明顯的變化並沒有起疑；他只是相當不悅，接著想法越發地自我中心，讓他一時間為周遭發生的事所矇蔽，也讓他長久以來下判斷時所依賴的靈感不再湧現。

瑪麗·諾斯在義大利歌唱老師的陪伴下離開，這位老師跟他們喝杯咖啡後，便帶她去坐火車。接著，露絲瑪莉也站了起來，要去製片廠赴約見一些高層人物，她提到：「噢，還有……假如柯林斯·克萊，就是那個南方男孩來的時候，你們還坐在這兒，就告訴他，我不能再等下去了，請他明天打電話給我。」

剛才的煩惱不適使露絲瑪莉一陣疏忽，擺出了小女孩慣有的嬌縱，結果反倒提醒了戴弗夫婦誰才是自己的孩子。妮可讓露絲瑪莉碰了個大大的釘子，簡短地回答：「你最好把口信留給侍者，我們馬上就要離開。」口氣嚴峻而且直截了當。露絲瑪莉一聽便明白，也欣然接受：「那就算了。再見，親愛的兩位。」

迪克叫侍者結帳。戴弗夫婦放輕鬆，嘴上叨著牙籤，兩人同時開口：「那麼……」他看到一絲不悅從她嘴角閃過，短暫得只有他會注意到，不過他裝作沒看到。這時的迪克變得很僵硬，他任憑時間往下流逝，既沒有表現出任何推心置腹的模樣，也未一如往常對兩人共有的默契顯得驚訝。

妮可在想什麼？露絲瑪莉，是過去幾年來迪克「會爲之花心思」的其中一位，其他還有一名法國馬戲團小丑、諾斯夫婦、一對舞者、一位作家、一名畫家、來自大木偶劇場的一個女演員、俄國芭蕾舞團裡一個瘋狂的男同志，還有他們在米蘭贊助了一年的一個大有前途的男高音。妮可非常清楚他對這些人的興趣和熱忱到底有多認眞。不過她也明白，自從結婚以後，除了小孩出生那天，迪克沒有任何一個晚上離開她身邊。另一方面，他有一種非展現不可的討人喜歡特質，擁有這種特質的人總會插手別人的事，就算無能爲力依舊不離不棄。

那位來自南方的柯林斯・克萊從緊密排列的桌子間側身通過，隨隨便便跟戴弗夫婦打了聲招呼。這種招呼方式總讓迪克覺得不可思議，竟然裝熟地向他們說聲「嗨」，或者只問候了其中一人。某些時刻裡人們顯出的無關緊要態度，會很強烈地讓他想躲藏起來；而如果有人漫不經心地在他面前招搖，這無疑踩到了他的要害。

柯林斯不知道自己跟露絲瑪莉之間毫無機會，他到的時候還喜孜孜地說：「我想我來晚了，人都走掉了。」迪克勉強擠出一些表情，對於他沒有先向妮可問好這件事尚未釋懷。妮可幾乎是立刻就離開，由他坐著陪柯林斯，喝完自己剩下的酒。

迪克還滿喜歡柯林斯這種戰後出生的人，比起十年前他在耶魯認識的大部分南方人，都要容易相處。迪克饒有興味地與他聊天，一邊滿懷情思地慢慢把菸草塞進菸斗。才過中午不久，保母們帶著小孩慢慢聚集到盧森堡公園，這是幾個月來迪克首次無法掌控一天之中這個時段。而當他意會到柯林斯正滔滔不絕透露著心聲時，他的血液突然間全涼了。

柯林斯提到：「她或許不是你想像的那麼冷漠，我承認自己很長一段時間裡認爲她很冷漠。不過，復活節她跟我們從紐約到芝加哥時，和我一個朋友碰上了尷尬的狀況。我那個朋友叫希利斯，她覺得他在耶魯相當出風頭。露絲瑪莉和我表妹坐同一個包廂，但她想跟希利斯獨處，於是那天下午表妹到我們的包廂玩牌。好了，大約兩個小時後回去，卻發現露絲瑪莉與比爾・希利斯正站在走道跟列車長爭吵，露絲瑪莉臉色白得像張紙。他們大概是把門鎖上又把窗簾拉下，我猜，列車長來敲門查票時，裡頭某些事正進行得如火如荼。他們原本以爲是我們在開玩笑，不想開門，後來把門打開時，列車長非常生氣。他詰問希利斯那是不是他的包廂，把門鎖上是否代表他和露絲瑪莉是夫妻關係。結果希利斯也發火，想解釋自己沒做什麼錯事。他說列車長羞辱了露絲瑪莉，他要揍他一頓，不過那個列車長也不好惹——說眞的，我花了好長的時間才平息這件事。」

迪克想像著每個細節，甚至嫉妒那兩個人在走道上一起面對窘境，他感覺自己內心正在發生變化。只要他與露絲瑪莉之間出現第三者的影像，哪怕是已經消失無蹤的人，都會使他心情失控，感到陣陣苦惱、痛楚、渴求與絕望侵襲而來。腦海中，露絲瑪莉正栩栩如生地用手托著腮幫子，呼吸急促，外表顯出無比純潔的興奮，內心深藏不可透露的暖意。

「我可以把窗簾拉下來嗎？」「請便。這裡太亮了。」

這會兒，柯林斯・克萊又以同樣的聲調和語氣，談到兄弟會在耶魯的政治活動。迪克推測他是以一種古怪的方式愛戀著露絲瑪莉，眞讓人無法理解。希利斯的那件事似乎對柯林斯的感情沒有造成影響，甚至還讓他很高興地發現原來露絲瑪莉也有「人性」。

他說：「骷髏會①是很奇妙的一群人，實際上我們都很出色。現在的耶魯，學校那麼大，可惜我們卻必須捨棄一些人。」

「我可以把窗簾拉下來嗎？」「請便。這裡太亮了。」

迪克重溫著巴黎情景，來到經常光顧的銀行。簽支票的同時，他沿著那排櫃檯人員看過去，正考慮該去找誰兌換。他寫字時全神貫注在眼前動作，仔細檢查鋼筆，在玻璃高檯上賣力地書寫。他一度抬起空洞的眼神望向郵件部門，然後又專心處理手邊的事，精神顯得更渙散了。

還是沒有決定要找誰兌換支票，哪個人最不容易看出他目前身陷煩惱困境，或者哪個人看起來話最少？首先是佩蘭，一個和藹的紐約客，曾在美僑協會邀請自己共進午餐；然後是卡薩蘇斯，西班牙人，兩人常討論一個共同認識的朋友，儘管這個朋友早在十多年前就沒有來往了；還有穆豪瑟，他總會問要從太太或者自己的帳戶兌現。在支票塡上金額，數字下面畫兩條線，然後他決定到皮爾斯服務的櫃檯，一個年輕人，不必說太多客套話；通常，自己說客套話，還比聽別人說客套話來得輕鬆。

他先去了郵件櫃檯。服務他的這位女士挺起胸部將一張紙推過檯面，差點掉下去；他心想，女人使用她們身體的方式是多麼不同於男人。他將自己的信件拿到旁邊拆開——德國出版公司寄來十七本精神病學書籍的帳單；布倫塔諾書店的帳單；父親從水牛城寄來的信，字跡年復一年變得越發難辨認；一張湯米·巴本寄的明信片，上面蓋了摩洛哥菲斯市的郵戳，寫了些滑稽的事；兩位蘇黎世的醫生用德文寫給他的信；一個坎城的泥匠寄來有爭議的帳單；家具廠的帳單；一家巴爾的摩醫學期刊出版社寄來的信；還有各式各樣的通知單，以及一位新生代藝術家的畫展邀請函；另外有三封是寄給妮可的信，還有一封託他轉交露絲瑪莉的信。

「我可以把窗簾拉下來嗎？」

他走向皮爾斯，但對方正忙著應付一個女人，迪克不用想也知道自己非去找旁邊的卡薩蘇斯不可，因爲他的櫃檯前沒有人。卡薩蘇斯態度親切，他站了起來，八字鬍跟著笑容一同揚起：「戴弗，您好嗎？前些日子我們才談到費澤史東，這讓我想到你——他現在到加州去了。」迪克睜大眼睛，身體稍微前傾：「在加州？」卡薩蘇斯答：「我是這麼聽說的。」

迪克遞上支票；爲了讓卡薩蘇斯專心處理，他轉頭望向皮爾斯的櫃檯，他倆因三年前皮爾斯被一位立陶宛伯爵夫人糾纏的老笑話而互使眼色。皮爾斯露齒微笑，直到卡薩蘇斯核對完成，沒理由再把他喜歡的迪克留在自己的櫃檯前，於是拿著夾鼻眼鏡起身再說一次：「是的，他在加州。」

迪克這時看到了佩蘭，他正在第一個櫃檯和世界重量級拳王講話。迪克瞧見佩蘭的側眼神情，原來他打算要迪克過去以介紹認識一番，最後又決定不這麼做。稍早在玻璃高檯時早已累積的緊張情緒（就是他費力研究支票後，心情沉重地凝視坐在右邊第一根大理石柱後方的銀行經理，而且還不斷地換手拿手杖、帽子與信件），讓他阻絕了卡薩蘇斯想多聊幾句的氣氛。

迪克說聲再見，走出銀行。他早已付了小費給看門的人，因此計程車已然停在眼前：「我要到傑出電影製片廠，在帕西區的一條小街。先到慕特堡，然後我會告訴你怎麼走。」

過去這四十八小時裡發生的事把他弄迷糊了，甚至不知道自己想要做什麼。他在慕特堡付錢下車，然後朝製片廠方向走，到達製片廠前先過到對街。身上講究的服飾展現出氣宇非凡的外表，其實，他像隻動物被趕來趕去——除非拋棄過往、撇開過去六年努力的心血不談，他還稱得上是個有尊嚴的人。

他就像塔金頓②筆下的青少年，踏著輕快的步伐繞著街廓，趕往不確定的地點，以免錯過走出片廠的露絲瑪莉。這是個冷清的街廓，他看到隔壁有塊招牌寫著「一千件襯衫」，整個櫥窗全是摺疊成堆的襯衫，有些配上領帶，穿在假人身上，或者凌亂地陳列在櫥窗地板上；一千件襯衫，數數看啊！往兩旁看去，還有其他的招牌如「文具行」、「糕點鋪」、「大拍賣」、「廣告出租」，以及康絲坦斯・塔美姬③主演的《豔陽下早餐》海報；再遠一些是調性比較沉重的招牌如「宗教服飾」、「訃文刊登」和「葬禮承辦」。生與死的對比。

他知道現在要做的事可說是生命中的轉捩點，跟先前的每件事都不一樣，甚至跟他原本期望對露絲瑪莉產生的影響也不同。露絲瑪莉總是把他當作循規蹈矩的典範，如今卻出現這種在附近溜達的越軌行爲。他不得不走到那兒呆站著，襯衫袖子服貼著手腕，外套袖子如套筒般包住襯衫袖子，衣領柔順地圍繞著脖子，一頭紅髮剪得整整齊齊，手上提個小公事包，這一切裝束像極了一名紈袴子弟。而迪克之所以非要這麼做，卻是出於某種內在現實的投射，就像一個人突然覺得必須前往費拉拉④的教堂懺悔那樣；不同的是，迪克卻是前來讚頌不可原諒、不容赦免、無法抹滅的事。

譯註

①骷髏會，耶魯大學兄弟會的一個祕密社團，用骷髏做為標誌。

②布斯・塔金頓（Booth Tarkington，1869～1946），美國劇作家兼小說家，最重要的作品是一九一九年獲得普立茲小說獎的《安伯森家族》。

③康絲坦斯・塔美姬（Constance Talmadge，1898～1973），美國默劇女演員。

④費拉拉（Ferrara）：義大利東北部費拉拉省首府，城內保有許多文藝復興時代的教堂與皇宮，整座城市被列為世界文化遺產。

21

他在附近待了三刻鐘之後，意外跟人有了接觸；他不想見到任何人時，總會發生這種事。有時他極力不讓自己顯露出不安，卻常常事與願違；就像一個演員在舞臺上忘了臺詞，引起觀眾特別留意而引頸期盼，反倒像是幫其他演員製造大顯身手、彌補冷場的機會。同樣地，我們很少給予那些眞正渴望憐憫的人同情，卻讓其他人用另外的方式騙走我們的憐憫之心。

迪克或許已經對接下來會發生的事進行了分析。他慢慢地走在聖坦吉路上，有個臉孔削瘦的美國人來找他講話，年約三十，看起來曾受過傷，帶著一臉不懷好意的微笑。迪克回應要求借火給他時，立刻將他歸類為自己從小就會注意的那種人——在菸草鋪廝混，手肘撐在櫃檯上發呆，看著人們走進走出，天知道腦袋裡裝著什麼鬼主意；跟修車廠、理髮廳、戲院大廳這類地方混得很熟，似乎暗自進行著見不得人的勾當……迪克認爲，上前來搭訕的就是這類人，有時這種臉孔會出現在泰德①較爲通俗的漫畫裡；童年時的迪克，經常對周遭隱匿的犯罪情事投以不安的眼神。

男子問：「老兄，你喜歡巴黎嗎？」不等迪克回答，試圖跟上他的腳步，又用鼓動的口氣問，「你從哪裡來？」迪克答：「水牛城。」男子自我介紹著：「我來自聖安東尼奧，不過，戰爭結束後就留在這裡。」迪克問：「你待過軍隊？」男子答：「你說得沒錯。八十四師，聽過這個部隊嗎？」

男子稍稍走在前方，用近乎威脅的眼神盯著迪克看：「老兄，要在巴黎待上一陣嗎？或者只是順道經過。」迪克答：「經過。」男子問：「你住哪家飯店？」迪克開始在心底暗笑，看來對方打算今晚洗劫他的房間，他的思緒不自覺顯露了出來。男子說：「老兄，以你的體格大可不必怕我，四周是有許多流浪漢在等著美國遊客，但你不用怕我。」

迪克開始感到厭煩了，停下腳步：「我只是在納悶，你爲什麼有那麼多閒時間。」男子答：「我在巴黎做生意。」迪克又問：「哪方面的生意？」男子說：「賣報紙。」令人生畏的舉止，配上平淡無奇的職業，這個反差實在荒謬。不過，男子隨即加以修正：「別擔心，去年我還賺了很多錢哩。我把每份六法郎的《太陽報》，賣個十到二十法郎。」又從破舊皮夾裡拿出一小塊剪報，拿給身旁這位現在變成一起在閒逛的夥伴看——漫畫裡畫著川流不息的美國人，從一艘滿載黃金的郵輪下船。男子說：「你瞧，二十萬人，一個夏天來這兒花費一千萬哪！」

迪克問：「你來帕西區做什麼？」身旁的男子謹慎地瞧一瞧四周，悄悄地說：「電影業。這裡有一個美國製片廠，他們需要會說英語的人。我在等待機會。」迪克頭也不回地迅速擺脫他。

顯然早先繞著街廓走時，讓他錯過了露絲瑪莉，甚至可能在來到這附近之前她就已離開。他走進轉角一家小餐館，買了投幣電話用的銅板，然後擠進廚房和骯髒廁所之間的小凹室，打電話到喬治國王飯店。他察覺自己的呼吸好像忽快忽慢，但正如所有其他情況一樣，這個徵兆只會讓他沉溺在自己的情緒當中。他把飯店號碼告訴接線生，然後手握話筒站著凝視餐館；過了好久，電話傳來一陣輕柔陌生的語調：「喂？」

迪克開口：「我是迪克，我必須打電話給你。」露絲瑪莉停頓了一下，然後鼓起勇氣，附和著他的感情：「我很高興你打來。」他說：「我到製片廠看你，現在人在帕西區，就在對面。原本以爲，我們或許可以坐馬車到森林走走。」她答：「噢，我只在製片廠待了一會兒，眞抱歉。」一陣沉默。

迪克喚著：「露絲瑪莉。」她說：「我在這兒，迪克。」他試著表達：「聽我說，我對你有一種特殊的情愫。當一個孩子能讓一個中年男子感到心神不寧，事情就變得很棘手。」她說：「你不是中年男子，迪克，你是世界上最有活力的人。」

迪克輕聲喚著：「露絲瑪莉？」對方沉默不語。他盯著一個架子，上面放著平價法國酒，一瓶瓶豪達白蘭地、聖詹姆士蘭姆酒、瑪莉白莎香甜酒、柳橙水果酒、安得烈苦味酒、櫻桃酒與雅邑白蘭地。

露絲瑪莉問：「你一個人嗎？」「我可以把窗簾拉下來嗎？」迪克說：「你認爲我會跟誰在一起？」她說：「我的心情就是這樣。我希望現在跟你在一起。」又是沉默，然後傳來一聲輕嘆，「我想要你現在就在我身邊。」電話那頭，她躺在飯店房間，周圍傳來一陣陣低鳴的歌聲——「兩人喝茶，我來伴你，你來陪我，只有你我。」記憶中她曬成褐色的皮膚擦了粉底，吻她臉頰時感覺得到耳鬢的汗濕；他俯視那張白淨的臉龐，就在自己撐起的雙肩之下。「這是不可能的。」他對自己說。一分鐘後他回到街上，不知是朝著慕特堡的方向或者反方向走，手上依舊拿著小公事包，將金色握把的手杖提得像把劍。

露絲瑪莉回到桌前繼續寫完給母親的信——「……我們只是稍微見個面，他看起來帥極了，我愛上他了（當然最愛的還是迪克，不過你知道我的意思）。他確定要執導那部電影，而且馬上會離開這裡去好萊塢，所以我想我們應該也要離開了。柯林斯．克萊已經來到巴黎，我一樣喜歡他，但由於戴弗夫婦的關係，我們不常碰面。這對夫婦非常好，是我見過最和善的人了。我今天不太舒服，先吃了藥，不過看起來沒這個必要。我實在無法描述這裡發生的一切，等見面時再告訴您！所以當您收到這封信時，趕快拍電報，拍電報，拍電報，看您是要北上，或者我跟戴弗夫婦一起南下？」

迪克在六點鐘的時候打電話給妮可。他問著：「你有什麼特別的計畫嗎？想不想過個安靜的夜晚，我們在飯店用餐，然後去看齣戲？」妮可說：「你覺得呢？我完全依你。不久前我打電話給露絲瑪莉，她會在房間用餐。我想這件事讓大家心煩意亂，你不認爲嗎？」他反駁：「我沒有煩心。親愛的，除非你身體疲累，否則讓我們找些事做吧。不然我們回南方去，然後花一個星期的時間後悔爲什麼沒有去看布雪②的畫作。這總比苦思冥想……」他說溜了嘴，妮可抓緊地問：「想什麼？」他答：「瑪莉雅・瓦利絲的事。」

妮可同意去看戲。他們之間有個默契，就是絕不要厭倦到什麼事都不想做，他們發現整體而言，這會讓日子比較好過，到了晚上也比較有規律——無可避免地，他們也有情緒低落的時候，這時往往歸咎於是對方顯得意興闌珊的緣故。就像巴黎隨處可見的郎才女貌夫妻檔，兩人外出前先到露絲瑪莉的房前輕輕敲門。沒人回應，他們判斷她應該就寢了，於是走向暖和熱鬧的巴黎夜晚，到富凱飯店幽暗的酒吧去喝杯苦艾酒和黑啤酒。

譯註

①湯瑪士・阿洛伊・多根（Thomas Aloysius Dorgan，1877～1929），美國漫畫家，作品都會簽上名字的縮寫「泰德」(Tad)，因此又被稱為泰德・多根。

②法蘭索瓦・布雪（François Boucher，1703～1770），十八世紀法國洛可可時期重要畫家，風格浮華幽雅，作品多為宮廷皇邸的裝飾壁畫，也為劇場設計道具。

22

妮可醒得很晚，睜開睡意正濃的雙眼前還低聲夢囈了幾句。迪克的床是空的……過了一分鐘，她才意識到自己是被敲門聲吵醒。「請進！」她喊，但是沒有回應，一會兒後她披上睡袍走去開門。

一名警察有禮貌地跟她打個照面，隨即進到房間，客氣地問：『阿富罕』．諾斯先生……他在這兒嗎？」妮可答：「誰？沒有……他去美國了。」警察先生又問：「女士，請問他什麼時候離開的？」她答：「昨天早上。」

警察先生搖搖頭，在她面前頻頻晃動食指：「昨晚他在巴黎。他在這裡登記了房間，但是裡面沒人。他們告訴我，最好來這間客房問問。」妮可答：「這說法對我來說非常奇怪，我們昨天早上才看他坐上火車去搭船。」他說：「話是這麼說，不過今早他被目睹出現在這裡，甚至連身分證也被瞧見。事實就是如此。」妮可驚訝地宣稱：「我們根本不知道這件事。」

警察先生考慮了一下，他是個身上有怪味道的英挺男子：「你們昨天晚上沒有跟他在一起？」妮可答：「當然沒有。」他說明著：「我們逮捕到一個黑人，相信這次終於抓對人了。」妮可說：「我向你保證，你所說的讓我完全摸不著頭緒。如果你說的是我們認識的『艾伯罕』．諾斯，那麼就算他昨晚在巴黎，我們也毫不知情。」警察先生點點頭，抿著上唇，他相信她，不過有些失望。

妮可又問：「發生了什麼事？」警察先生張開手掌，鼓起腮幫子，開始注意到她姿色誘人，眼光在她身上游移：「女士，你想知道些什麼？就是夏天常發生的那類事情。『阿富罕』．諾斯先生被搶劫，他來報案。我們逮到了那個無賴，『阿富罕』先生應該要來指認，然後提出控訴。」

妮可拉緊睡袍，迅速把警察打發走。她滿懷疑惑，洗個澡換好衣服，這時已經過了十點鐘。她打電話給露絲瑪莉，但沒人接；然後打給飯店櫃檯，發現艾貝今天早上六點半真的登記了房間，不過一直沒入住。她待在套房的客廳，期待迪克會打電話回來。

就在妮可放棄等待、準備出房門的時候，櫃檯打電話來：「克勞修先生來訪，是一個黑人。」她問：「他有什麼事?」對方回應:「他說他認識您和醫生。他說有一位費里曼先生被關進了牢裡,他是所有人的朋友。他說那件事不公平,希望自己被逮捕前要見諾斯先生一面。」

「我們對此事一無所悉。」妮可激動地掛上電話,完全不想管這檔事。艾貝離奇地重新出現使她徹底明白,此人的放蕩不羈有多麼令她感到疲憊。爲了忘掉艾貝的事,她到外面去,在裁縫部遇見露絲瑪莉,兩人一塊兒到里沃利街採購人造花與彩色串珠,她幫露絲瑪莉選了一顆鑽石給她母親,還有一些圍巾和新潮菸盒可以帶回加州送給工作上的同事。

妮可爲自己的兒子買了希臘與羅馬的玩具兵,一整組的玩具兵,價格超過一千法郎。又一次,她們表現出不同的花錢方式,露絲瑪莉再度對妮可的花錢方式感到欽佩——妮可非常確信花的是自己的錢,而露絲瑪莉仍覺得自己的錢神奇得像借來的一樣,必須小心花用。

兩副健康的身軀走在陽光普照的異國城市,繽紛光線照映在臉上,花起錢來愉快無比;她們信心滿滿地甩著手臂邁開步伐,舉手投足展現令男人傾心的自信。

當她們回到飯店,看到神采奕奕的迪克,一時間兩人都像孩子般雀躍欣喜。他剛接到艾貝講得沒頭沒尾的電話,看樣子艾貝整個早上都在躲躲藏藏。迪克說:「我從來沒有在電話裡聽過這麼奇怪的對話。」

迪克不只跟艾貝,還跟其他一大堆人講到話。例如電話傳來旁人的話語:「……想跟你說話的那個人身陷茶壺山①,嗯,他是這麼說的……那底是什麼?」「嗨,那個是誰,給我閉嘴……不論如何,他身陷醜聞,因此不能回去。我個人的看法是……我個人的看法是,他已經……」隨即傳來大口灌酒的聲音,接著這人到底怎麼了就不得而知。

電話又被轉給另一個人:「我想你可能會有興趣,畢竟你是心理醫生。」不知道那頭是誰在說話,迪克始終緊抓著電話。結果不但沒讓身爲心理醫生的迪克產生興趣，甚至吸引不了任何人的注意。

他跟艾貝的對話是這麼進行的：「喂。」艾貝：「嗯？」迪克：「嗯，喂。」艾貝：「你是誰？」迪克：「嗯。」電話裡穿插著訕笑的鼻息聲，說：「嗯，我叫別人來聽電話。」

迪克不時聽到艾貝的聲音，同時夾雜著扭打聲、聽筒掉落聲，還有遠方片段的話語：「不，我沒有，諾斯先生……」然後出現了一個明朗果決的聲音：「如果你是諾斯先生的朋友，請過來把他帶走。」艾貝插話進來，嚴肅而沉重，口吻之堅定著實將其他聲音壓了下去：「迪克，我在蒙馬特②引發了種族暴動，我要過去把費里曼弄出監獄。如果有個哥本哈根來的黑人擦鞋童……喂，你聽到了嗎？嗯，聽著，如果任何人到那裡去……」話筒又傳來紛擾的人聲。

迪克問：「你爲什麼回來巴黎？」艾貝答：「我到了埃夫勒，然後決定搭飛機折返，這樣我才可以跟聖敘爾皮斯做比較。我的意思是，我不打算把聖敘爾皮斯帶回巴黎。我甚至沒想到巴洛克！我是指聖日耳曼。看在老天的分上，請等一等，我找侍者來跟你講。」③

迪克說：「拜託，不要。」艾貝說：「聽我說……瑪麗走了嗎？」迪克答：「走了。」艾貝說：「迪克，我希望你跟一個人談談，是我今天早上遇見的人。那人是一名海軍軍官的兒子，已經看遍歐洲所有的醫生。讓我把他的情形告訴你……」迪克這時把電話掛掉，也許做得有點絕情，但現在的他已經夠傷腦筋了。

妮可跟露絲瑪莉說：「艾貝以前人很好，眞的很好，那是很久以前了，是我和迪克剛結婚的時候。如果你那時候認識他就知道，他可以跟我們一起住幾個星期，而且幾乎察覺不到他在屋子裡。有時他會彈琴，在書房裡小聲彈著鋼琴，愛不釋手地消磨好多個小時。迪克，你記得那個女僕嗎？她還以爲艾貝是個鬼魂，有一陣子艾貝常在大廳遇見她，然後對她學牛叫，這可讓我們一次就損失了整套的茶具……但是我們不在意。」

多麼有趣，多麼久遠。露絲瑪莉羨慕他們擁有的樂趣，想像那種跟自己不同的悠閒生活。她對悠閒所知不多，就像那些不得悠閒的人對此心懷憧憬。她認為那是放鬆的狀態，其實她不了解，戴弗夫婦跟她沒兩樣，過得一點都不輕鬆。

露絲瑪莉問：「他為什麼會變成這樣？為什麼非要喝酒？」妮可搖搖頭，表示不知情：「如今，有太多聰明人一蹶不振。」迪克反問：「他們哪時候不是這樣？聰明人遊走邊緣，是因為他們必須如此：有些人無法忍受，於是選擇放棄。」妮可堅持自己的想法：「一定有更深層的原因。藝術家，嗯，就拿費爾南④來說好了，他就不會沉迷於酒精。為什麼只有美國人如此揮霍人生？」同時，她也對迪克居然在露絲瑪莉面前反駁自己，感到惱怒。

這個問題有太多答案，迪克決定不要回答，就讓妮可陶醉在勝利的感覺裡吧。

他已經變得對她極為挑剔。儘管她是自己見過最有吸引力的人，也從她那裡得到自己所需的一切，不過他從遠處便聞得到煙硝味，潛意識裡變得越來越麻木，並武裝起自己。他不會沉溺於放任自己，而且這時若顯任性似乎有失風度，於是盲目地希望妮可認為他對露絲瑪莉只是一時激情，但他無法確定……畢竟，昨晚她在劇場還直指露絲瑪莉是個小孩。

三人到樓下吃午餐，侍者放輕腳步走在地毯上，不像最近用餐時，侍者總是重踩大步趕著把美味佳餚送上桌。到處都是美國人的家庭，彼此相互張望，試圖攀談。

隔壁桌是一群他們認不出來歷的人。其中有一位說話爽朗像是祕書、老是把「麻煩再說一遍」掛在嘴邊的年輕人，此外還有二十多個女人。這些女人的年紀不小也不算老，不像特定的社會階層，但看起來是一個團體，彼此之間的關係要比那些陪丈夫來開會的太太們親近許多。她們顯然不是一般的觀光客。

迪克直覺收回了就在嘴邊的刻薄嘲諷，他向侍者詢問著那些女性的身分。侍者解釋：「她們是陣亡將士的母親。」他們暗自驚呼。露絲瑪莉登時淚水盈眶。妮可說：「也許那些比較年輕的是妻子。」

迪克的視線越過酒杯上方再次望向那些女性，從那些愉快的容貌和洋溢著莊嚴的氣息，他看到以往美國成熟的一面。這些肅穆的女人前來憑弔逝去的親人，接受那無可挽回的事實，一時間讓這餐廳變得多麼美好。此刻，迪克再度坐在父親的膝蓋上，與莫斯比⑤併肩騎馬，舊日忠誠的部屬在四周犧牲奮戰……幾乎經過一番掙扎，他才回神，把注意力放回同桌的兩個女人身上，面對著一個他相信是全新的世界。

「我可以把窗簾拉下來嗎？」

譯註

①茶壺山醜聞案，一九二〇年代美國政府所爆發轟動一時的賄賂醜聞。

②蒙馬特（Montmartre）：巴黎北部第十八區，塞納河右岸一座一百三十公尺高的小山，為著名旅遊景點，許多畫家都曾在此地創作。

③埃夫勒（Evreux）：法國北部上諾曼第大區厄爾省首府，位於市中心的埃夫勒大教堂是法國境內最大、最精緻的教堂之一。

聖敘爾皮斯（Saint Sulpice）：文中是指巴黎聖敘爾皮斯教堂，巴洛克式建築，規模僅略小於聖母院，是巴黎第二大教堂。

聖日耳曼（Saint Germain）：文中是指巴黎聖日爾曼佩德修道院，具有歌德式建築的拱壁雛形，與聖敘爾皮斯教堂坐落在相同的方位，僅兩個街區之隔，艾貝因此將這兩座教堂搞混。

④費爾南・勒澤（Fernand Leger，1881～1955），法國立體派畫家，屬於機械美學派的現代藝術風格。

⑤約翰・辛格頓・莫斯比（John Singleton Mosby，1833～1916），美國內戰期間，南方邦聯傳奇的騎兵游擊隊指揮官，以快速突擊著名，有「灰色魅影」之稱。

23

艾貝・諾斯一直待在麗緻飯店的酒吧，他從早上九點鐘就到這裡找避風港。剛到時窗戶都還打開著，明亮光線正忙著照射地毯與座墊，讓揚起的灰塵現形。侍者快步走過通道，就像靈魂出竅般在空間中移動。對面的女士座位區看起來很小，難以想像到了下午將會擠進多少人。

取得酒吧經營權的保羅是個有頭有臉的人，他還沒出現。倒是清點庫存的克勞德看到艾貝毫不驚訝，放下手邊工作爲他調了杯提神飲料。艾貝坐到牆邊的長椅，喝兩杯後覺得精神好多了，神清氣爽跑去理髮廳修臉。當他回來時，坐著特別訂製的汽車、招搖地在卡布辛大道下車的保羅到了。保羅喜歡艾貝，於是過來跟他聊兩句。

艾貝說：「我原本今天早上要搭船回去。我是指昨天早上，反正就是個早上。」保羅問：「你爲什麼沒走？」艾貝思索一會兒，最後想了個理由：「我在讀《自由雜誌》上的連載小說，下一期就快要送到巴黎了，如果搭船離開會錯過，我就永遠都看不到了。」保羅回應：「想來一定是很精彩的故事。」艾貝說：「其實很糟糕。」

保羅咯咯笑著站起來，停頓一下，又傾身靠在椅背上：「諾斯先生，如果你眞的打算離開，你的朋友明天會搭『法蘭西斯號』。那位姓什麼的先生，還有史林．皮爾森……我會想出他名字的，就是高個子、才剛蓄鬍那位。」艾貝幫他說了：「亞德利。」保羅說：「對，亞德利先生。他們明天都會搭上『法蘭西斯號』。」

保羅準備離開去忙自己的事，但艾貝想留住他：「如果不必非得從瑟堡①上船就好了，我的行李會往那邊去。」保羅走開時，一邊說著：「到紐約再去拿行李。」這個建議很合理，似乎對了艾貝的味——他逐漸喜歡上被關心的感覺，或許是因爲可以繼續逃避責任。

此時其他客人相繼來到酒吧，首先看到一個高大的丹麥人，艾貝曾在別的地方見過。丹麥人在房間另一端挑了座位，艾貝猜他會在這兒待上一整天，喝酒，吃午餐，聊天與看報。他想比那個人待得還久。十一點鐘，男大學生開始出現，他們走得小心謹愼，生怕彼此的背包相互撕扯。他就是在這個時候請侍者打電話給戴弗夫婦，只要跟他們聯絡上，就等於跟所有的朋友取得聯繫。他猜想，他們會立刻一通接著一通電話打，最後消息就會散播開來。他的腦袋不時想著自己應該要把費里曼弄出監獄，卻又想擺脫麻煩，把這些事當作惡夢一場。

到了一點鐘，酒吧擠滿客人；人聲鼎沸夾雜著侍者忙碌的嗓音，要跟客人把酒錢算清楚——「兩杯雞尾酒……還有一杯……兩杯馬丁尼和一杯……你沒喝，郭德雷先生……總共喝了三回。七十五法郎，郭德雷先生。謝弗先生說這次他付，因爲上次是你付……就聽您的吩咐……感謝。」

在一陣混亂中，艾貝的座位被占走了；現在他搖搖晃晃站著跟周圍的人攀談聊天。一隻繫著牽繩的小狗繞著他的雙腳亂竄，艾貝努力掙脫但並不在意，主人向他致歉還慷慨請他吃午餐，不過他婉拒了——他解釋著，說快四點鐘了，等會兒還有事。過了一會兒，他以極盡謙和客氣的酒鬼之姿，有如犯人或家僕般跟一個認識的人道別；然後轉身發現，酒吧裡突如其來的熱鬧氣氛，不知何時也驟然消失無蹤。

對面的丹麥人與他的同伴已經叫了午餐；艾貝也點了餐，不過幾乎沒碰。後來他一直坐著，沉溺在以往快樂的日子裡。喝酒讓愉快的往事浮現眼前，猶如當下正在發生，甚至投射到未來，彷彿即將再次發生。

四點鐘的時候，侍者向艾貝走來：「你想見一個叫朱勒・彼得森的黑皮膚傢伙嗎？」艾貝叫道：「老天！他怎麼找到我的？」侍者答：「我沒告訴他，你在這兒。」艾貝問著：「那麼是誰告訴他的？」他差點就要朝面前的玻璃杯趴下去，不過又穩住了身體。侍者說：「聽說他已經找遍所有有美國人會待的酒吧與飯店。」艾貝說：「跟他說，我不在這裡……」當侍者轉身離開之際，艾貝又問，「他能進來這裡嗎？」侍者回應：「我去問一問。」

聽到侍者詢問，保羅側著頭；他搖搖頭，朝艾貝走了過來：「很抱歉，我不能答應。」艾貝費了一番功夫起身，走到了外面的坎朋街。

譯註

①瑟堡（Cherbourg）：位於法國北部，突出於英吉利海峽的科唐坦半島北端，是往來歐洲與美洲的重要商港。

24

理查・戴弗拿著皮製的小公事包走出第七分局；在那裡，他留給瑪莉雅・瓦利絲的字條署名為「迪克」①。

他和妮可熱戀時，都用這個署名與訂製襯衫的服裝店往來，店員服務之殷勤絕非他付的錢所能比擬——想到自己風度翩翩、一副有錢人模樣地讓這些可憐的英國人心存期待，想到自己爲了一英寸之差要求裁縫師修改袖子，還挺難爲情的。

後來，他走進克立翁飯店的酒吧，喝了一小杯咖啡和雙份琴酒。

當他進入飯店時，大廳有種看起來很不自然的明亮，離開時才知道是因外面天色早已轉暗。紫茉莉色的夜空颳起陣陣強風，香榭麗舍大道的路樹被吹得窸窣作響，落葉紛紛。迪克轉進里沃利街，在拱廊下走過兩個街廓到銀行拿信，然後搭上計程車。車子駛進香榭麗舍大道時，雨滴開始啪嗒啪嗒落下，他帶著相思之情獨自坐在車上。回想兩點鐘時，他在喬治國王飯店走廊比較著妮可與露絲瑪莉的美貌，一個是達文西畫的美女，一個是插畫家筆下的女孩。迪克在雨中前進，有如著魔一般，但又心生恐懼，內心淨是男人的情慾，眼前所有事都顯得不單純。

露絲瑪莉打開房門時滿懷著旁人不知的激動情緒，她現在正處於所謂的「有一點瘋狂」狀態——整整二十四小時心神未定，忙著應付周遭的混亂。她的命運就像一幅拼圖，計算得失，盤算希望，一一列舉出迪克、妮可、自己的母親，還有昨天遇見的導演……就像數著串珠上的珠子。

她在迪克敲門之際才剛換好衣服，看著窗外雨景，心裡想到了一首詩，還有比佛利山莊滿溢的水溝。開門後，她看到他動也不動，神態莊重如常，就像長輩僵硬死板看著晚輩一般。迪克見到她不免感到有點沮喪，過了片刻，他才對她不經意流露的甜美笑容、含苞待放的身軀有所反應。他看到，從浴室一路出來留在地毯上的濕腳印。

「電視小姐。」迪克的口吻帶著自己都沒察覺的輕佻。他把手套和公事包放在梳妝臺上，手杖靠著牆。他用下巴推擠出嘴角的苦紋，連額頭和眼角都推出了皺紋，彷彿心中有不能透露的憂慮。

他輕聲說：「坐到我腿上靠緊我，讓我瞧瞧你那張可愛的嘴。」她走了過來，坐上去。外面雨滴逐漸減緩，滴答，滴答，她把雙唇湊向那張自己想像出來的冷然俊帥面孔。她親了他好幾次，她的臉靠近時變得越來越大，他來未看過如此令人驚豔的肌膚。然而，美好的事物有時會喚醒一個人最崇高的思想，他想到自己對妮可的責任，想到她就在兩道門外的走廊對面。

他說：「雨停了。你看到太陽從屋頂石板上升起了嗎？」露絲瑪莉站起來，然後俯身對他說出最眞心的一句話：「噢，我們都很會逢場做戲，我是說你跟我。」她到梳妝臺前，才剛拿起梳子準備梳頭髮，這時響起緩慢而持續的敲門聲。

他們嚇得愣住了；敲門聲執意不停，露絲瑪莉突然想到房門沒鎖，於是梳了一下頭髮，朝迪克點點頭；他把剛才坐在床上的皺褶迅速抹平，然後走向房門。迪克用相當自然而不太響亮的嗓音說：「……那麼，如果你不想出去，我會告訴妮可，我們就安安靜靜地過最後一晚。」

這個預防措施其實沒必要，門外的人爲了自己的處境相當苦惱，根本無暇理會不相干的事。站在門外的是艾貝，在過去二十四小時裡變老了好幾個月，身旁還有一個驚恐不安的黑人，艾貝介紹著，說他是從斯德哥爾摩來的彼得森先生。艾貝說：「他的處境很危急，都是我的錯。我們需要一些好建議。」迪克說：「到我的房間。」艾貝堅持也要露絲瑪莉過去，於是他們穿過走廊，來到戴弗夫婦的套房。朱勒・彼得森是個矮小正直的黑人，就像美國邊界各州追隨共和黨的人們那般溫文儒雅，他跟在後面。

看來彼得森成了今天早上在蒙帕拿斯②發生紛爭時的證人。他陪艾貝到警察局，證明「艾貝聲稱，有個黑人從他手中搶走一張千元法郎」這件事。這個案子的重點是要指認那個黑人是誰。艾貝與朱勒・彼得森在一名警員的陪同下回到餐館，草率指認某個黑人就是搶錢的傢伙，經過一小時的調查，證明那人是在艾貝離開後才進入餐館。警察把事情搞得更複雜了，他們逮捕了頗有名氣的餐館老闆費里曼，但他早已喝得醉茫茫而不知去向。至於那個眞正涉案的人，友人的說法是他僅強取了五十法郎鈔票付掉艾貝的酒錢；而即使被扣上了嫌疑犯的身分，不久前他又再度出現在餐館。

簡而言之，艾貝在短短一個小時內，就和住法國拉丁區的一名非裔歐洲人、三個非裔美國人的生活、良知和情感糾結在一起。看來要解開這糾結遙遙無期，整天都在意想不到的地方和角落冒出一張陌生的黑人臉孔，而且一直有黑人打電話來。

艾貝擺脫了所有的人，除了朱勒．彼得森。彼得森的角色有點像個幫助白人的友善印第安人。那些覺得被出賣的黑人，急著尋找的是彼得森而非艾貝；而彼得森急著尋求的是艾貝，希望他能爲自己提供保護。

彼得森原本在斯德哥爾摩有間小型鞋油製造廠，因經商失敗，現在只剩手中握有的配方，和裝在一只小箱裡的謀生工具。而艾貝這名新的保護人早先曾答應他，要在凡爾賽幫他另起爐灶，因爲艾貝以前的司機在那裡當鞋匠。艾貝還先借彼得森兩百法郎當作資金。

露絲瑪莉厭惡地聽著這些毫無條理的情節，她大概需要更多的幽默感才能接受這類怪異行徑。這個矮小的男人提著他的隨身工具，不時翻著白眼驚恐地左顧右盼，眼神看起來很不老實；至於艾貝，他那充滿細紋的削瘦臉孔，表情模糊難辨……總之，一切都像疾病，令她避之唯恐不及。

彼得森用出身殖民地國家特有的刻板奇怪口音說：「我只要求一個生存的機會。我的方法很簡單，配方很好，卻落得破產被趕出斯德哥爾摩的下場，就因爲處理配方不夠謹愼。」迪克很有禮貌地注視著此人，興趣油然而生，又瞬間消散。他轉向艾貝說：「你先去找間旅館睡覺，等你恢復精神後，彼得森先生會過去找你。」

艾貝抗議：「難道你看不出彼得森陷入的困境嗎？」彼得森識相地說：「我應該到外面等。在我面前討論我的事，也許讓你們有所顧忌。」他行了個蹩腳的法式鞠躬後，退出房間。

艾貝緩緩起身：「看來，我今天不是很受歡迎。」迪克告誡：「恐怕不怎麼受歡迎。我的建議是離開這家飯店。如果你願意，從酒吧離開，去尙博爾飯店；如果要服務周到，就去大華飯店。」艾貝問：「能不能跟你叨擾一杯酒？」迪克撒謊：「這裡什麼都沒有。」艾貝無可奈何，他跟露絲瑪莉握手，表情逐漸平靜了下來，握著她的手好久，想到了什麼話，卻又說不出口：「你是最……一個最……」

露絲瑪莉爲他感到難過，對那雙髒污的手更感到厭惡，但依舊很有教養地報以笑容，彷彿看見一個人漫步在夢境裡是件稀鬆平常的事。通常，人們對醉漢會懷有難以理解的敬意，就像原始民族會尊敬瘋子那樣，他們是心懷尊敬而非害怕——當一個人失去所有自制力、可能做出任何事情的時候，的確令人感到敬畏；而事後，我們當然會要他對這暫居上風、震盪人心的一刻付出代價。

艾貝轉向迪克，提出最後請求：「如果我去飯店好好梳洗一番，睡個覺，趕走這些塞內加爾人……那，晚上，我可以過來在壁爐旁敘敘舊嗎？」迪克朝他點點頭，與其說是同意，更帶有嘲諷意味，接著說：「你倒是高估了自己目前的能耐。」艾貝說：「我敢打賭，妮可如果在這兒一定會讓我來。」

迪克從皮箱底層拿出一個盒子，放到房間中央的桌子上，盒裡有無數的字卡。他說：「好吧，如果你想玩拼字遊戲就可以過來。」艾貝嫌惡地看著盒子裡的字卡，一副被要求把它們當燕麥吃掉似的：「這是什麼玩意兒？難道我還沒受夠……」

迪克說：「這是一個平靜的遊戲，你要用它們拼字，除了『酒』以外的任何字。」艾貝把手伸進盒子：「我打賭你能拼出酒這個字。如果我可以拼出酒這個字，那麼可以過來嗎？」迪克說：「只要你願意玩拼字遊戲就可以過來。」艾貝認命地搖頭，朝迪克揮揮手指，責備著：「如果你執意這麼想，那是沒有用的，我只會礙事。但別忘了喬治三世曾經說過，如果格蘭特將軍喝醉了，希望他會去咬其他將領。」

艾貝用金黃色的眼角朝露絲瑪莉絕望瞥了一眼，然後走出房間。走道上不見彼得森的蹤影，讓他感到解脫。心情失落又無處落腳，他決定回去找保羅把船名問個清楚。

譯註

①男子名 Richard（理查），常用的暱稱有 Dick、Rich、Rick 等，作者在書中多以 Dick（迪克）稱之。

②蒙帕拿斯（Montparnass）：位於巴黎南部第十四區的一塊區域，是除了蒙馬特，藝術家與知識分子聚集的另一處地方。

25

艾貝蹣跚地步出房間後，迪克與露絲瑪莉馬上擁抱在一起。他們在四處彌漫的巴黎微塵下嗅著對方——迪克身上自來水筆橡膠套的氣味，露絲瑪莉脖子與雙肩微微的體香。迪克又緊摟著她一會兒，先恢復理智的人是露絲瑪莉。她說：「我得走了，年輕人。」他們彼此眨著眼睛，距離越來越遠。然後露絲瑪莉用一種早就學會的曼妙姿態走出房間，沒有任何導演曾試圖改變她這完美姿態。

她打開自己房間的門，直接走向書桌，因爲突然想起手錶遺留在桌上。手錶還在，她戴起來時，眼睛瞥過每天要寫給母親的信，心裡想好了結尾要寫些什麼。然後，慢慢地，她不用回頭就意識到房間裡還有其他人。

許多能折射光線的物體，在有人居住的房間都不怎麼會被注意到，像是上漆的木製品，拋光的銅器、銀器或象牙製品；此外，還有千百種傳遞光影的東西，這些光影很微弱，人們幾乎不會想到它們，例如畫框上緣，鉛筆、菸灰缸、水晶或瓷器飾品的稜邊……所有這些折射光線會觸動視覺的微妙反應，同樣也觸動著似乎徘徊在我們潛意識中的片段聯想。有時就像，玻璃工匠把不規則狀玻璃片拼湊起來產生的效果一樣，也許這就是露絲瑪莉後來所描述的，在她還沒確定之前，便神奇地「意識到」房間裡有其他人。但是當她十分確定後，便如芭蕾舞步般迅速地轉過身去，然後看見一個死掉的黑人直挺挺躺在她的床上。

她喊出聲音：「啊！」還沒繫好的手錶「砰」一聲掉在桌上，她竟然覺得那是艾貝・諾斯。她急奔出門跑到對面房間。

迪克正在收拾東西。他正在查看這天戴過的手套，然後朝箱子角落一堆髒手套丟過去。他掛好大衣與背心，然後用另一個衣架掛襯衫；這是他個人的訣竅——「稍微弄髒的襯衫你還會再穿，不過，你不會穿一件弄皺的襯衫。」妮可已經回來了。當露絲瑪莉闖進房間時，她正把艾貝的一個古怪菸灰缸丟進垃圾筒。

露絲瑪莉喊著：「迪克！迪克！快來看！」迪克三步併兩步地越過走廊，進入她的房間。他跪下去聽彼得森的心臟，再摸摸他的脈搏——軀體仍有餘溫，生前那張含蓄而憂心忡忡的臉孔，死後顯得猙獰而充滿怨恨；裝工具的箱子壓在一隻手臂下，懸在床邊的那隻鞋沒擦過，鞋底早已磨穿。依據法國的法律，迪克無權觸碰屍體，但他稍微移動了一下手臂想看個仔細——綠色的床罩上有一點污漬，下面的毛毯或許也會留下少許血跡。

迪克把門關上，站在那兒思考。他聽見走廊傳來小心翼翼的腳步聲，然後是妮可呼喚他的名字。他打開門，低聲地說：「從我們房間拿一張床罩和蓋在上層的墊毯過來，不要讓別人看見。」同時，他注意到她神情很緊張，馬上補一句說：「聽好，你不要煩心，這只是黑人的爭端。」她說：「我希望事情趕快解決。」

迪克抬起屍體，此人生前營養不良所以很輕；這麼抬著，好讓傷口的血流到這個男人的衣服上。他把屍體放到床的旁邊，掀起床罩和最上層的墊毯，然後把門稍稍打開一英寸，聆聽著——樓下傳來盤子叮噹的碰撞，接著有個傲慢的口氣大聲說：「謝謝，女士。」不過，侍者朝另一個方向離去，走往服務人員專用樓梯。迪克和妮可在走廊上迅速掉包了寢具。重新鋪好露絲瑪莉的床後，迪克流著汗，站在溫暖暮光中仔細思索著。他已對屍體檢查過一番，有幾點看來相當明確——第一，最早被指認的黑人不懷好意追蹤到這兒，發現與艾貝站在同一陣線的彼得森在走廊上。彼得森情急之下躲進露絲瑪莉的房間，結果被追擊刺死；第二，如果讓情況自然演變下去，露絲瑪莉無可避免會惹上醜聞，畢竟大家對阿巴克爾①那件事仍記憶猶新。她簽的合約附帶條件就是——要嚴守「掌上明珠」那種形象。

迪克不自覺地一如往常做出捲袖子的動作，儘管現在只穿了件無袖汗衫，然後朝屍體彎下身去。他緊緊抓住死者外套的雙肩，用腳跟把門踢開，將屍體迅速拖到走廊上，擺成一副煞有其事的姿態。他回到露絲瑪莉的房間，撫平絨毛地毯的紋路。接著，他走回自己的套房打電話給飯店經理：「馬克白嗎？我是戴弗醫生，有件很重要的事。我們現在是講內線電話嗎？」多虧他曾特別下過功夫，他和馬克白之間有著穩固的交情。迪克花費無數精力討人喜歡，人緣之廣連他自己都沒法追溯，這回可派上用場了……

迪克說明著：「我們走出房間時發現了一個死掉的黑人……就在走廊上……不，不，他是一個平民。等一等……我知道你不想讓任何客人被那具屍體絆到，所以我才打電話給你。當然，請你一定不要提到我的名字，我不希望因為發現了那具屍體就得忍受法國官僚的繁瑣程序。」他為飯店設想得多麼周到！馬克白兩天前曾親眼見識戴弗醫生體貼的個性，因此毫不懷疑地相信他的說法。

馬克白立刻就到了，不久，一個警察也跟著出現。馬克白找到空檔對迪克低聲說：「你放心，任何客人的名字都不會被透露，我實在很感激你這番煞費苦心。」馬克白立刻採取的措施只能從旁猜測，不過卻讓那名警察摸著鬍髭，不安與貪婪之心極度交戰。他馬馬虎虎地作完記錄後便打電話回警察局。在此同時，遺體被抬到這家頂級時髦飯店的另一個房間，處理速度之快，相信做為生意人的朱勒．彼得森完全能夠理解。

迪克回到自己的套房。露絲瑪莉驚呼：「到底怎麼回事？難道所有在巴黎的美國人就只會互相開槍？」他回答：「這似乎是個大開殺戒的季節。」又問，「妮可在哪裡？」她說：「我想她是在浴室。」

露絲瑪莉愛慕著他，因爲他出手相救；她早已料到此事會帶來的災難，因此極爲崇敬地聽他以堅強、肯定、客氣的聲音處理著事情。不過，當她在身心驅使下準備投向對方懷抱之際，他的注意力卻已放在別的事情上。他進入臥房，朝浴室走去。現在露絲瑪莉也聽到了，音量越來越大，一陣凶惡的話語聲從鑰匙孔和門縫傳出，席捲了整間套房，越發令人毛骨悚然。露絲瑪莉心想妮可是不是在浴室跌倒受傷了，於是也跟著迪克過去。但她看到的並非那回事，迪克用肩膀將她往後頂，粗暴地擋住她的視線。

妮可跪在浴缸旁，身子不斷地左右搖擺，她喊著：「就是你！就是你侵犯了我唯一擁有的隱私……帶著你那條沾染血跡的床單……我不覺得丟臉，就算是個遺憾。愚人節那天我們在蘇黎世湖辦派對，所有的愚人都來了，我想要裹著床單，他們卻不准……」迪克說：「控制自己！」妮可說：「……所以我坐在浴室，他們拿一件斗篷叫我穿上。我照做了，除此之外我還能做什麼？」迪克說：「控制自己，妮可！」妮可說：「我從不期待你會愛我……太遲了……就是不要進來浴室，這是我唯一保有隱私的地方，你竟然還拖著一條沾了血跡的床單要我清乾淨。」迪克說：「控制自己，站起來——」

露絲瑪莉退回外面的套房，聽到浴室門「砰」一聲關上，她站著渾身發抖。現在，她知道薇奧莉・麥吉斯科在狄安納別墅的浴室看到了什麼。電話響起，當她接聽時發現是柯林斯・克萊，幾乎如釋重負地哭了出來——他一路打到戴弗夫婦的房間來找她。她要他上來陪她去拿帽子，因爲她不敢一個人回房間。

譯註

①羅斯科・阿巴克爾（Roscoe Arbuckle，1887～1933），美國著名的默劇演員，綽號「胖子」。一九二一年，一位剛出道的女演員在他公寓舉行的派對結束後傷重不治，謠傳是被阿巴克爾的肥胖身軀壓成重傷，他的演藝事業因為這個醜聞戛然而止。

卷二

妮可穿過門檻，帶著光彩走了出來，步伐中自有一種韻律。迪克對她的青春氣息與美麗容貌，印象越發深刻，激發出一股股泉湧的情感。她的笑容、令人感動的稚氣微笑，彷彿全世界遺失的青春都在這裡。

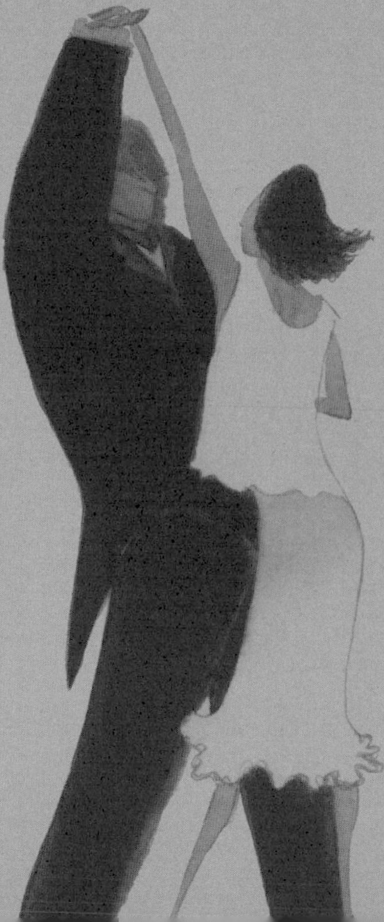

I

一九一七年春天，理查·戴弗醫生初訪蘇黎世，正值人生絢爛的二十六歲，實際上也是單身漢最有身價的時候。即使是大戰期間，對迪克來說也是一段美好的時光——因爲他是珍貴的人才，國家社會在他身上的投資已經太多，讓他上戰場被槍打死實在可惜。但即使有了這種庇蔭，幾年下來他似乎還是沒能拿定主意。一九一七年時，他自嘲很遺憾根本沒和戰爭沾上邊，家鄉學校的董事會要他前往蘇黎世完成學業，按照原本計畫取得學位。

瑞士像一座孤島，一面是來自戈里齊亞周圍的隆隆砲聲，另一面是索姆河與埃納河的連綿戰火。在伯恩或日內瓦的小咖啡館，那些交頭接耳的人很可能是鑽石銷售員或巡迴推銷員——就那麼一次，城鎮裡引人好奇的陌生人，看起來似乎比傷痛纏身的還多；不過，一切純屬猜測。然而，從康士坦茨到納沙泰爾之間的這段亮麗湖景，一定也會見到長列火車上失明、缺腿、甚至只剩垂死身軀的人交疊相臥著①。啤酒攤與店家櫥窗無不貼著鮮明的海報，提醒人們瑞士在一九一四年捍衛疆土的決心——人民不分老少奮勇而起，在高山上威猛俯視著底下鬼魅般的法國人與德國人；這些喚回往日榮耀的畫面，用意是要安撫人心。當戰火屠殺不斷持續，海報早已喪失功能，況且當美國傻乎乎地投入戰爭時，最感驚愕的莫過於同爲共和體制的瑞士了。

戴弗醫生那時已然見識過戰火的邊緣地帶。他是在一九一四年取得羅德學者資格，從康乃狄克州前往牛津大學就讀，然後回國到約翰霍普金斯大學讀完最後一年，取得學位。一九一六年，他設法前往維也納，心裡認爲若不趕快去，偉大的佛洛伊德將會死於飛機炸彈下②。即使當時的維也納已是死氣沉沉，迪克仍舊張羅到足夠的煤炭與燃油，坐在修女街自己的房間裡撰寫小冊子，後來撕掉了又重寫，成為日後一九二〇年他在蘇黎世出版那本著作的主要內容。

大部分人都在自己的生命中有一段最喜歡、最引以為傲的時期，維也納的日子就是迪克・戴弗的這段時期。他不知道的是，自己還滿討人喜歡的，他所能給予和激發人的那種影響力絕不常見。在耶魯大學的最後一年，有人叫他「幸運迪克」——這個稱號一直繚繞在他的腦海。「幸運迪克，你這個大傻瓜。」他喃喃自語，繞著房間裡的最後幾根柴火踱步，「我想通了，好傢伙。在你之前，沒人察覺道理就在眼前。」

一九一七年初，煤炭變得越來越難找到，迪克燒掉近百本藏書當作燃料；不過，每次將書丟進火堆，他都信心滿滿地竊笑，書的內容他早就融會貫通，倘若五年後還值得一提，他也能列舉出要點。一天中的任何時刻都可能看到這種場景，若有必要，他還會在肩上披張小毛毯，帶著學者式心無雜念的平靜，感到萬物一切近乎祥和——不過就像後面會說的，這份平靜終將結束。

他的身體之所以還能暫時支撐下去，多虧了過去曾在耶魯練過體操吊環，現在則是在多瑙河冬泳。他與大使館的二等祕書埃爾金斯合租一間公寓，有兩個親切的女孩是常客；可以說，就只有這兩位訪客，畢竟大使館裡的人也不多。與艾德・埃爾金斯的相處，讓他首次對自己的心智能力產生了些許懷疑，他並不覺得自己的腦筋比埃爾金斯好上多少——埃爾金斯能說出耶魯過去三十年間所有四分衛的名字。

「……幸運迪克絕不能像這些聰明人，他不能永遠毫髮無傷，甚至應該受到一些摧殘。生活不能一成不變，就算生病、失戀或自卑都不能為他帶來什麼改變，倒是從毀壞的地方將自己重建得更勝以往，也不錯。」他嘲笑自己的這番推論，稱之為虛有其表的「美國論調」；意即，舉凡不經大腦的言論都會被他批評成美國論調。但他知道，毫髮無傷的代價，將會是不完整的人生。薩克萊③的小說《玫瑰與戒指》裡，黑仙子是這麼說的：「孩子，我能給你的最好祝福，就是遇上些許不幸。」

有時迪克會對自己的推論發牢騷——我有什麼辦法呢？遴選日那天，大夥都在找彼得・李文斯頓，而他卻坐在更衣室裡。因此我被選上了，不然以我認識的人那麼有限，根本不可能成爲伊萊社團④的一員。彼得・李文斯頓是如此優秀，應該換成我坐在更衣室裡才對；但倘若事先想到自己極有機會被選上，或許我也會像他這麼做。然而那幾個星期默瑟都來我房間，我心裡隱約猜想，看來眞的有機會。但如果淋浴時我把社團頒與的別針吞了下去而生出事端，想來也是自己活該。

大學課堂後，迪克經常跟一個年輕的羅馬尼亞學者爭論這一點，對方保證：「比方說歌德或者榮格⑤，沒有證據顯示他們曾面臨現代人所謂的『衝突』。你不是浪漫主義的哲學家，你是科學家，講究記憶力、影響力和個人特質——最重要的是要有好的見解，評斷自己只會造成你的困擾。我曾經認識一個人，他花了兩年的時間研究犰狳的腦，認爲自己遲早會成爲最精通犰狳腦的人。我不斷跟他爭論，說他並非眞的拓展了人類知識的領域，這種想法太武斷。不出所料，當他投稿醫學期刊時被退稿了，因爲他們才剛接受另一個人就相同主題提出的論文。」

迪克來到蘇黎世，沒有太多罩門需要掩飾，弱點卻不少。他天眞地認爲人的精力無窮，健康長存，而且人性本善；他帶著自己國家的錯覺，因爲世代以來邊疆地方的母親們都如此輕聲哄騙著小孩，說木屋門外沒有野狼。取得學位後，他奉命加入奧布河畔巴爾鎮⑥的一個神經學單位。

他在法國感到厭煩，因爲被分配的工作是行政而非實務。爲了彌補空虛，他找時間完成了那本內容短小的教科書，並爲自己的下一本著作蒐集資料。一九一九年春天，他退伍後回到了蘇黎世。

前面所述是爲前傳，不足以讓人明白我們的男主角即將捲入什麼錯綜複雜的命運，他猶如仍在格利納⑦的雜貨店裡無所事事的格蘭特將軍。此外，一個在人們印象中圓滑成熟的人，偶然看到他年輕時候的照片不禁讓人感到訝然——這個脾氣火爆、削瘦結實、目光銳利的陌生人是誰？請放心，迪克・戴弗的重要時刻即將展開。

譯註

①戈里齊亞（Gorizia）：義大利東北部戈里齊亞省首府，位於阿爾卑斯山山腳，緊鄰斯洛維尼亞邊界。第一次世界大戰期間，義大利與奧匈帝國在此展開激烈對戰，到了一九一六年初，當地居民幾已完全撤離。

康士坦茨（Konstanz）：德國西南端博登湖西岸的一座古城，緊鄰瑞士邊界。

納沙泰爾（Neuchâtel）：瑞士西部納沙泰爾州首府，位於納沙泰爾湖北岸。

②英國礦業大亨西塞爾・羅德斯（Cecil Rhodes）於一九〇二年設立了羅德獎學金，堪稱全球最難申請的獎學金之一。每年從世界各地選取八十名本科畢業生，到英國牛津大學攻讀碩士或博士，獲選者被稱為「羅德學者」。

③威廉・梅克比斯・薩克萊（William Makepeace Thackeray，1811～1863），英國小說家，與狄更斯齊名，以諷刺小說稱著，如《浮華世界》。

西格蒙德・佛洛伊德（Sigmund Freud，1856～1939），奧地利知名精神分析學家，著有《夢的解析》等。

④伊萊社團（Elihu），耶魯大學的學生祕密社團，新進成員由學長閉門祕密遴選。

⑤約翰・沃爾夫岡・馮・歌德（Johann Wolfgang von Goethe，1749～1832），日耳曼詩人，知名著作有《少年維特的煩惱》、《浮士德》，他也熱中於自然科學研究。

卡爾・榮格（Carl Jung，1875～1961），瑞士心理學家與精神科醫生，創立了「分析心理學」。

⑥奧布河畔巴爾鎮（Bar-sur-Aube）：法國奧布省奧布河畔的一個市鎮。

⑦格利納（Galena）：位於美國伊利諾州，格蘭特將軍參加南北戰爭之前曾居住此地，在父親的商店工作，過著清苦的生活。

2

那是個潮濕的四月天，長長的斜雲掛在埃比斯莊路上空，河水在低處緩緩流動。蘇黎世跟美國的城市沒什麼不同。自從兩天前到達後，迪克一直覺得少了些什麼，後來明白是之前在法國，單調的市容讓他產生了局限感。蘇黎世除了市容還有很多不一樣的景致，例如朝屋頂上方望去是叮噹作響的放牧牛群，點綴著後方更高的山嶺；這裡的生活，是垂直延伸到明信片上的那種天堂美景。阿爾卑斯山區是玩具、纜車、旋轉木馬和細緻鐘錶聲的發源地，沒有豐盛的作物，不像法國境內遍地種植葡萄樹。

迪克曾去過薩爾茲堡，覺得那裡的音樂活像歷經百年或買或借、移花接木而來的成就；因此，當他在蘇黎世的大學研究室巧妙撫弄著一顆腦袋的頸部時，感覺自己更像一名玩具工匠，不像兩年前那個——永遠如旋風般匆忙穿過霍普金斯校園古老紅磚建築，不因門廊中央那頗爲諷刺的巨大耶穌像而耽擱腳步的傢伙。然而，他決定在蘇黎世多待兩年，他絲毫不低估玩具製作的價值，那可需要無限的精準與耐心。

今天，他來到蘇黎世湖畔多姆勒的醫院，拜訪法蘭茲．桂格羅維斯。法蘭茲是醫院的病理學家，出生於瑞士佛德州，比迪克年長幾歲，他到電車站接迪克。法蘭茲擁有卡里奧斯特羅那種深邃華麗的容貌，卻配上一雙聖潔的眼睛；他是桂格羅維斯家族的第三代，早在精神病學剛從晦暗歷史中嶄露頭角，他的祖父就曾教導過克雷普林①。法蘭茲的性格自負、熱情，溫和卻乏開創性——他總想像自己是個催眠師；倘若天生性格再弱化些，毫無疑問他會是個優秀的臨床醫生。

在前往醫院的路上，法蘭茲說：「跟我談談你的戰時經歷。你是否像其他人那樣變了？迪克，你依然有張傻氣又不會變老的美國臉孔，不過我知道你一點都不傻。」迪克說：「法蘭茲，我沒有親眼目睹戰爭，你從我的信裡應該就知道。」法蘭茲說：「那不重要。我們有些病人患了槍彈震驚症，老遠聽到空襲警報就驚嚇不已；有好幾個人光看報紙就受不了。」迪克說：「對我來說，那是很荒謬的。」法蘭茲說：「也許吧，迪克。不過，這是一間給有錢人住的醫院，我們不講荒謬這兩個字。老實說，你是來看我，還是看那個女孩？」他們互相瞄了一眼，法蘭茲的微笑讓人猜不透。

法蘭茲改用一本正經的低沉嗓音說：「當然，那些信我都先看過。當情況開始改變，內容敏感得讓我不再繼續拆信來看。那已經變成你的病例了。」迪克詢問：「那麼她還好嗎？」法蘭茲說：「非常好。她由我主治，實際上，我負責大部分的英國與美國病人。他們叫我桂格里醫生。」迪克說：「讓我解釋那個女孩的事。事實上，我只見過她一面，就是調往法國之前、來跟你道別那次。那是我第一次穿上軍服，而且覺得自己像個冒牌貨，因為到處都有士兵跟我敬禮之類的。」法蘭茲說：「那你今天為什麼沒穿？」迪克說：「欸，我已經退伍三個星期了。我就是在這條路上碰見那個女孩的。當時跟你分手後，我就走去你湖邊的房子拿我的自行車。」

法蘭茲問：「是去『松柏小屋』？」迪克答：「那是個美妙的夜晚，你知道的，一輪明月掛山頭……」法蘭茲接話：「克倫塞格山。」迪克回憶著：「我趕上了一名護士和一個年輕女孩，我沒想到那女孩是病人。我問護士電車什麼時候來，然後跟她們一起走。那女孩，是我所見過最美麗的人。」法蘭茲答：「她依舊美麗。」迪克繼續回憶：「她從沒看過美軍制服，於是我們聊了起來，我沒有任何用意。」看到一處熟悉的景色他突然住了口，然後才繼續，「……此外，法蘭茲，我還沒像你那麼鐵石心腸，當我看到那樣一副美麗的身軀，不禁為她的內在感到婉惜，僅此而已……直到我開始收到信。」

法蘭茲誇張地說：「這可能是她遇過最好的事了，非常幸運的移情作用。這便是為何，我在如此忙碌的日子也要抽空跟你碰面，希望你在見她之前先到我的辦公室長談。實際上，我特意差遣她到蘇黎世辦事。」他的聲音因情緒高漲而緊繃，「老實說，我沒有派護士同行，而找了一個比較不穩定的病人陪她去。我對自己處理這個病例感到非常自豪，而這都是因爲有你意外的協助。」

車子沿著蘇黎世湖畔駛入一片青翠之地，到處都是牧場與矮丘，尖頂農舍散布其間。太陽就像浸泡在湛藍大海般的天空中，瑞士山谷突然展現出最好的一面——悅耳聲響和潺潺低語，還有那令人振奮、有益健康的新鮮空氣。多姆勒教授的醫院有三幢老房子和兩幢新房子，位於一處緩坡與湖岸之間。十年前成立的時候，它是第一所現代化精神專科醫院；儘管兩幢房子被牆圍繞，但爬滿藤蔓的矮牆卻不顯嚴峻，一般人隨意望去絕不會發現那是人世間精神崩潰、心理殘疾和有攻擊性的人遁世棲身之地。有些人在陽光下耙著稻草；他們的車進入醫院後，路旁到處可見陪伴著病人的護士，揮舞著白旗。

法蘭茲帶迪克來到他的辦公室，然後說得先離開半小時。迪克獨自在房間裡閒晃，試著勾勒法蘭茲的個性。他觀察桌上零亂的物品，藏書，法蘭茲父親與祖父的藏書與著作，還有瑞士人爲了表現孝順，在牆上掛著一幅巨大泛紫的父親照片。房間裡煙霧彌漫，迪克推開落地窗，讓一束陽光照射進來。突然間，他的心思轉向了那個病人，那個女孩身上。

他在過去八個月間收到大約五十封她寫來的信。第一封信先表達歉意，解釋自己曾聽聞美國女孩如何寫信給不相識的軍人。她向「桂格里醫生」問到他的姓名地址，希望有時若寫些祝福之類的話給他，他不會介意。

這些信件所使用的語氣大致不難辨認，可說取材自《長腿叔叔》或《虛幻茉莉》②中活潑多情的書信片段，這些字句在美國頗爲風行；不過，相似之處也僅此而已。來信分爲兩種類型，第一類在時間方面是到停戰爲止，顯出她病情上的轉變；第二類是停戰後直到現在，內容完全正常，而且展現出十分成熟的本性。迪克待在索然無味的奧布河畔巴爾鎮的最後幾個月，開始熱切期待收到後面那類的信；但即使從最早的那些信件，他對女孩的了解也遠比法蘭茲猜想的還要多。

我的上尉：

看到你穿著軍服，我覺得你是如此帥氣。我想我不喜歡法國人或德國人。你也認爲我很漂亮，然而我早已聽過這種説法，而且忍受了很長一段時間。假如你下次來這裡還是相同的那種可恥態度，沒有一絲在我教養裡認爲紳士該有的風範，那麼你就等著瞧吧。可是你看起來比其他人安靜，溫柔得像隻大貓。我才剛變得喜歡有些女孩子氣的男生。你是個很娘的男生嗎？是有這種人。

請原諒這一切，這是我寫給你的第三封信，若非立刻寄出就是永遠不寄。我也經常想到月光，只要我能離開這裡，我可以找到許多證人。

他們説你是醫生，不過只要你是貓就不一樣。我的頭好痛，所以請原諒那次散步像往常一樣平凡無奇，聽著一隻白貓滔滔不絕。我會説三種語言，加上英語是四種，如果你在法國幫忙安排，我相信自己可以是有用的口譯人員，我確信可以控制住一切，只要用皮帶綁住每一個人，就像星期三那樣。今天是星期六，而且你在遠方，或許已經陣亡。

有空回來看我，因爲我會一直待在這片翠綠的山丘。除非他們准許我寫信給我親愛的父親。請原諒我這麼説，我今天身不由己。我覺得好一點時再寫信給你。

再會

請原諒這一切

妮可・華倫

戴弗上尉：

我知道自省對於像我這樣非常神經質的人並不好，不過我想讓你了解我的狀況。去年，或者反正就是在芝加哥的時候，我變得不准跟僕人說話也不能上街散步，我一直等待有人告訴我爲什麼，知情的人有這個責任告訴我。盲人需要被引導。沒有人跟我把事情一一說清楚，他們的話都只講了一半，我已經被搞糊塗，沒辦法拼湊起來。有個男人很好，他是法國軍官而且了解情況，他給了我一朵花，說它「越小越不容易了解」。

我們成了朋友，後來他把花拿走了。我病得更厲害，沒有人對我解釋。他們經常唱一首關於聖女貞德的歌給我聽，但這是一種折磨，只會把我弄哭，因爲那時我的腦袋根本沒有問題。他們也不斷提到要運動，但是當時我並不在意。於是有一天我走上密西根大道，走了好幾英里，後來他們開車跟著我，但我不願上車。

最後他們把我拉上車，車裡還有護士，從此之後我開始完全明白，是因爲我察覺到了別人在發生的事。所以你知道了我的情況。我待在這兒又有什麼好處，醫生永遠老調重彈地說我在這裡可以康復。因此，我今天寫信給父親，要他帶我離開。我很高興你對診察病人後再把他們送回去是如此感興趣。這一定很有趣。

還有另一封這樣的信——但願你跳過下一個病人的看診，寫封信給我。他們剛剛寄給我一些唱片，免得我疏於課業；我把它們都打碎了，護士都不跟我說話。唱片裡說的是英語，因此護士們都不懂。芝加哥的一位醫生說我在裝瘋，他眞正的意思是說我想引人注意，他從來沒見過像我這樣的傢伙。不過，那時我只顧著發脾氣，沒理會他說了些什麼；我在大發脾氣的時候通常不管他們說些什麼，如果我是個普通女孩就不會這樣。

那天晚上你告訴我，說會教我如何播放唱片。嗯，我想全是爲了愛，或者應該有愛的成分。無論如何，我很高興你對看診的興趣可以讓你保持忙碌。

全心屬於你

妮可・華倫

還有其他的信，無奈的字句間藏著黯然的思緒——

親愛的戴弗上尉：

我寫信給你是因爲我沒有其他人可以求助，我想如果像我這種生病的人都看得出這個荒謬情況，對你而言更是顯而易見。如果這就是他們想見到的，那麼我的確渾身都是精神毛病，已經完全崩潰，而且顏面盡失。我的家人深感可恥而拒我於門外，請求他們協助或憐憫是沒有用的。我已經受夠了，不斷假裝我腦袋的問題可以治癒，這樣下去只是糟蹋我的健康和浪費我的時間。

我待的這個地方看來是半瘋人院，因爲任何人都覺得不宜告訴我所有的實情。如果早知道我現在了解的情況，那麼我想我可以承受，因爲我相當堅強，但那些應該告訴我實情的人都認爲不宜讓我明白。現在，當我明白、而且付出了如此的代價來弄清楚時，他們卻端坐在那兒折磨著人，還說我該相信自己以前所相信的事。某個人尤其這麼說，但現在我明白了。

我一直覺得很寂寞，朋友與家人都在老遠的大西洋彼岸，我只能神智半醒地到處閒晃。如果你能幫我找到口譯的職位（我會說流利的法語和德語，義大利語尚可，還有一點點西班牙語），或加入紅十字醫療隊，或受訓當個護士（儘管必須接受訓練），相信你會看到很不錯的結果。

還有，既然你不接受我對問題的解釋，那至少可以把你的想法說給我聽，因爲你有一張和善的貓臉，不像這裡如此常見的滑稽臉孔。桂格里醫生給了我一張你的快照，沒有你穿軍服時那般帥氣，不過看起來比較年輕。

我的上尉：

收到你的明信片眞好。很高興你如此關心，要我打消做護士的念頭；噢，實際上我很清楚你寫的意思。不過，從遇到你的那一刻開始，我就認爲你與眾不同。

親愛的上尉：

我今天想一件事，明天想另一件事；我的問題眞的僅只於此，除了依然會死命反抗和失去分寸。我會欣然接受你所推薦的任何精神病醫生。在這兒，他們躺在浴缸裡唱著「在你自己的後院玩」，好像我眞有自己的後院可以在裡面玩，或者前後張望就可以找到任何希望。他們在糖果店又想用同樣的招數，我拿秤錘幾乎打中了那個人，但是他們把我抓住。

我不會再寫信給你。我實在太不穩定。

然後一個月都沒有來信，接著突然有了變化——

我正慢慢復活……

今天花朵和雲彩……

戰爭結束了，我幾乎不知道有戰爭……

你是多麼親切！在你臉孔的後面一定有顆很聰明的腦袋，像隻白貓，但在桂格里醫生給我的照片裡你看起來不像白貓……

今天我去了蘇黎世，再度看到一座城市，這感覺多麼不可思議。

今天我們去了伯恩，那些鐘塔給人的感覺眞好。

今天我們爬到夠高的地方，發現了日光蘭和火絨草。

此後信件比較少，但迪克都會回覆，其中一封寫著——我希望有人愛我，就像多年前我還沒生病時那些男孩對我那樣。我猜還要好幾年，我才能考慮那樣的事。

但只要迪克有任何原因遲了回信，她就會焦急得心神不寧，像個戀人般擔心——「也許我讓你討厭了」，或者「我恐怕是太冒昧了」，又或者「晚上我不斷想到你生病了」。實際上，迪克患了流行性感冒。痊癒後，隨之而來的疲倦感讓他除了官方信件外一概不回。沒多久，他把她暫時給忘了，因爲奧布河畔巴爾鎮的指揮部來了一名豔麗的威斯康辛州女接線生，塗了一嘴紅唇，就像海報上的女郎；人們在餐廳裡爲她取了個下流的外號，名叫「交換機」。

法蘭茲一臉得意地回到辦公室，迪克認爲他應該是個傑出的臨床醫生，因爲鏗鏘有力地訓斥護士或病人，並非發自他的神經系統，而是出於他沒有惡意的強烈自負。他眞正的情緒是更爲井然有序的，絕不外露。

法蘭茲開門見山：「迪克，現在先來談那個女孩。當然，我也想知道你的情形，然後會把我的狀況告訴你。不過，先談談那個女孩，因爲我已經等了好久，想跟你說這個病例。」他從檔案櫃找出了一綑文件，隨意翻閱後覺得很礙事，於是放到桌上。他決定自己來說這個故事。

譯註

①亞歷山德羅・卡里奧斯特羅伯爵（Count Alessandro di Cagliostro），這是義大利人朱塞佩・巴爾薩摩（Giuseppe Balsamo，1743～1795）的化名，傳奇的冒險家與詐欺犯。

艾彌爾・克雷普林（Emil Kraepelin，1856～1926），德國精神病學家，提出的精神病分類系統對後世影響深遠。

②《長腿叔叔》（Daddy-Long-Legs），一九一二年出版的美國小說，故事描寫在孤兒院長大的女孩得到一位被她稱為「長腿叔叔」的神祕人物贊助，供她上學培養成為作家，條件是每個月要寫一封信給他，信中多描述她的生活情景與喜怒哀樂。

《虛幻茉莉》（Molly Make-Believe），一九一〇年出版的美國小說，久病剛癒的男主角無法隨同未婚妻長途旅行，不耐孤寂，回覆了應徵筆友的廣告，而後在書信往來中與署名「虛幻茉莉」的筆友發展出意想不到的戀情。

3

大約一年半前，多姆勒醫生和住在洛桑的一位美國紳士通了幾封信，內容語焉不詳；這位名爲德弗羅・華倫的美國紳士，來自芝加哥的華倫家族。後來安排會面，有一天，華倫先生帶著他十六歲的女兒妮可來到醫院。她看起來顯然不怎麼好，隨行的護士陪她到屋外走走，華倫先生和醫生展開諮詢。

華倫是個相當俊俏的男子，外表不到四十歲。他在各方面都是典型健壯的美國人，高大，結實，勻稱——「很瀟灑的一個人」，多姆勒醫生如此向法蘭茲描述著。他那雙灰色大眼因爲在日內瓦湖上划船而曬出血絲，他有一種特別的氣概，好像無所不知。他們用德語交談，因爲他曾在哥廷根接受教育而學會說德語。他神情緊張，此行的目的顯然讓他非常激動。

華倫說：「多姆勒醫生，我女兒的腦筋不對勁。我已經幫她請過許多專家和看護，也經過了幾次療養，但情況對我來說變得太嚴重了，有人極力推薦我來找你。」多姆勒醫生說：「好的。請你從頭開始，把所有情形告訴我。」華倫說：「沒什麼開始，至少就我所知，家族裡沒有任何人精神失常，不管是男方或女方。妮可的母親在她十三歲時去世，後來我有點像父代母職（我對她而言，確實是父代母職），當然還有保母的協助。」說到這裡他非常激動，多姆勒醫生看到淚水在他眼眶裡打轉，這才注意到他的呼吸有威士忌氣味。

華倫繼續說：「她小時候很可愛，每個與她接觸的人都非常喜歡她。她聰穎過人，整天都快快樂樂的。她喜歡閱讀、畫畫、跳舞或彈鋼琴，她喜歡每一件事。以前常聽妻子說，我們的孩子中，只有她不會在半夜哭鬧。我還有一個比較大的女兒，有一個男孩已經夭折，不過妮可是……妮可是……妮可……」他一時無法往下說，多姆勒醫生安慰著他。華倫說：「她原本是一個完全健康、開朗、快樂的孩子。完完全全……」多姆勒醫生等候著。

華倫搖搖頭，長嘆口氣，迅速瞥了多姆勒醫生一眼後，又看著地板：「大約八個月前，或許六個月、十個月前……我試著回想，但沒辦法正確記得她是什麼時候開始做出奇怪的事，都是些瘋狂的事。首先是她姊姊告訴我這個情況，因爲在我看來妮可並沒有什麼異狀。」他又匆忙加了一句，好像有人會責備他似的，「她還是一樣可愛的小孩。第一件事跟一個男僕有關。」「噢，是的。」多姆勒醫生應和著，神情肅穆地點點頭，彷彿福爾摩斯般已料想到會有個男僕，而且就在此節骨眼出現。

「我有一個男僕，跟了我許多年；順便一提，他是瑞士人。」華倫試探多姆勒醫生是否會因同鄉的關係而認同自己，「她對他有些瘋狂的想法，她覺得他在獻殷勤；當然，那時候我相信她，所以叫他滾蛋，現在我知道那全是胡扯。」

多姆勒醫生問：「她說他做了什麼？」華倫答：「那就是第一個問題了，醫生們沒辦法讓她說出實情。她只是瞪著他們，似乎認爲人們應該知道他幹了什麼好事。不過她確實表示，他對她做了下流的事，她讓我們覺得無庸置疑。」多姆勒醫生說：「我明白。」華倫說：「當然，我曾經看書上說，女人如果覺得寂寞，會幻想床底下有男人……諸如此類。但妮可哪裡需要這樣？她可以得到任何她想要的小伙子。我們住在森林湖市，那是芝加哥附近的避暑勝地，我們在那兒有自己的房子。她整天都在外面跟男孩們打高爾夫球或網球，而且其中有些人的確對她有好感。」

華倫在和蒼老乾癟的多姆勒醫生講話時，醫生心裡不時地想到了芝加哥。年輕時，他曾有機會到芝加哥擔任大學的研究員與講師，或許可以在那兒致富，並擁有自己的醫院，而不只是一家醫院的小股東。但一想到自己對那遍布麥田與無盡草原的國度只有淺薄的了解，他決定拒絕邀約。不過，那些日子他對芝加哥也有所聽聞，包括阿爾摩、帕瑪、菲爾德、克蘭、華倫、史威夫特、麥考密克，以及其他各據一方的大家族，從那時候開始就有不少來自芝加哥與紐約那些家族的病人找他看診。

華倫繼續說：「她的情況越來越糟。她會大發脾氣或者出現類似狀況，她說話內容一次比一次更瘋狂。她姊姊把其中一些寫了下來……」他一邊將一張摺了很多次的紙條遞給醫生，「幾乎都是說男人想侵犯她，包括她認識的或街上的路人，任何人……」

華倫談到他們為之驚嚇與苦惱，談到家庭在這種狀況下所承受的恐懼，也談到在美國的治療徒勞無功，最後談到相信轉換環境會有所幫助，這才促使他冒險穿越潛艇的封鎖，把女兒帶到瑞士。他用些許驕傲的口氣強調：「我們是搭乘一艘美國巡洋艦。靠了點運氣才能做這樣的安排。這麼說吧，」他帶著歉意的笑容，「就像人們所說的，有錢能使鬼推磨。」多姆勒冷淡地附和：「當然。」

多姆勒納悶這個男人為什麼沒有對他說實話，為了隱瞞些什麼？或者，如果自己的想法錯了，那麼房間裡彌漫的虛偽是什麼，是身穿粗呢套裝的英俊男子，躺在椅子上一副運動家的悠閒神態？在這二月天，在屋外漫步的女孩是一個悲劇，幼小的鳥兒不知為何折翼，屋內的說辭卻過於薄弱，薄弱且違背事實。多姆勒醫生改用英語說，好像這麼一來可以拉近跟華倫的距離：「我現在想……單獨跟她談……需要幾分鐘。」

後來，華倫留下女兒回到洛桑。幾天後，多姆勒醫生和法蘭茲在妮可的病歷卡上寫著——「診斷：性格分裂。病情嚴重且日益惡化。症狀是畏懼男性，並非與生俱來……預後予以保留。」①

華倫承諾會再來，隨著時間一天天過去，他們越等越覺得事有蹊蹺，一直遲遲不見他的蹤影。兩個星期後，多姆勒醫生寫了封信過去，依舊音訊全無，於是他做了一件在那時看來很「瘋狂」的事。他打電話到維威的大湖景飯店，從男僕口中得知華倫先生正在打包行李，準備坐船回美國。一想到醫院的帳簿將出現這筆四十元瑞士法郎的電話費，多姆勒醫生氣得面紅耳赤，要華倫接電話：「你絕對有必要過來一趟。你女兒的健康由你決定，我負不了責任。」華倫回答：「但是聽我說，醫生，那正是你的職責。我有急事要回美國！」

多姆勒醫生從來不曾跟一個距離那麼遠的人說話，不過他對電話那頭發出的最後通牒十分堅決，讓這名極度苦惱的美國人終於屈服。第二次來到蘇黎世湖畔的半個小時後，華倫崩潰了，厚實的雙肩隨著強烈的抽噎在那件合身外套下不住顫抖，眼睛比日內瓦湖上的太陽還要紅，然後他們聽到了可怕的實情。

華倫嘶啞地說：「就這麼發生了。我不知道……我不知道。她母親去世後，她年紀還小，每天早上都來我床上，有時候就睡在我床上。我為這個孩子感到難過。噢，從此以後，無論我們坐在汽車或火車上都緊握著彼此的手。她總會唱歌給我聽。我們經常說『這個下午我們別理其他人，讓我們只擁有彼此，因為今天早上你是我的』。」，他的話語帶著心碎的自嘲，「人們總是擦著淚水，說我們這對父女是多麼奇妙，我們就像一對戀人……然後就在一瞬間我們真的成了戀人。事情發生十分鐘後，我真想朝自己開槍……但我想我是個天殺的孬種，沒膽量那麼做。」

「後來呢，事情繼續進行？」多姆勒醫生詢問著。他心裡又想到了芝加哥，以及三十年前有位溫文蒼白、戴著夾鼻眼鏡的紳士，來到蘇黎世好好打量了他一番。華倫答：「噢，沒有！她幾乎……她似乎立刻呆住了，她只說『沒關係，沒關係，爹地。沒有什麼，別在意』。」多姆勒醫生問：「沒有任何後果嗎？」華倫短促地抽噎一聲，擤了幾下鼻涕：「沒有。不過現在後果可多了。」

聽完後，多姆勒將身子往後一靠，靠在眼前這個中產階級傢伙眼睛直盯著的扶手椅上，然後憤怒地自言自語：「野蠻人！」這是二十年來，他少數允許自己說的粗俗至極評語。而後，多姆勒醫生說：「我要你去蘇黎世找一間旅館住一晚，明天早上來見我。」華倫不解：「然後呢？」多姆勒醫生雙手一攤，張開得足以抱起一隻小豬，建議道：「回芝加哥！」

譯註

①預後，此為醫學術語，指醫生對病患病情之後將如何發展的預測。

4

法蘭茲說：「於是我們了解了所面對的情況。多姆勒告訴華倫，說我們可以接下這個病人，但他必須徹底遠離女兒至少五年。自從華倫吐露實情後，他似乎比較關心這件事會不會傳回美國。」

法蘭茲又說：「我們爲她安排了日常作息，看看結果如何，但預後並不樂觀……你知道的，就算採取所謂的社交治療，那種年紀治癒的比例相當低。」迪克同意：「從最初那些信件看來，情況的確不好。」法蘭茲說：「很不好……非常典型的表現。我曾猶豫是否要讓第一封信寄出去。後來想，讓迪克知道我們在這兒做什麼事也好。你眞好心，還回了信。」

迪克嘆口氣：「她在信中附了許多自己的照片，這女孩是如此的美麗……反正那個月我也沒事可做，我在信中就只是說『做個乖女孩，聽醫生的話』。」法蘭茲說：「那就夠了……讓她有個人可以聯繫。有一陣子，她在外界沒有任何對象可聯繫，只有一個跟她不太親近的姊姊。此外，看她寫的信對我們也有所幫助，可以評量她的狀況。」迪克說：「我很高興可以這麼做。」

法蘭茲說：「你現在知道情況了吧？她覺得自己是共犯……但這並不重要，我們要先重新評估她基本的穩定性與性格強度。共犯心理對她是第一個打擊。後來她去讀寄宿學校聽到女孩們的閒談，開始全然出於自我保護，生出自己並非共犯的想法……從這樣的角度，讓她很容易陷入一個幻想的世界，認為所有的男人，你越是喜歡他們、信任他們，他們就越邪惡……」迪克說：「她直接表現出了……這種恐懼？」

法蘭茲說：「沒有。事實上，大約十月份開始，她看起來似乎精神正常，讓我們反倒左右為難。如果她已經三十歲了，我們會讓她自我調整，但她還那麼年輕，就怕偏差的想法深植在她心裡。所以，多姆勒醫生才會老實地跟她說『你現在的責任在自己身上。這絕不是說你的一切都完了……你的生命才正要開始』之類的話。她的頭腦眞的很好，因此他給她看一些佛洛伊德的文章，沒有太多，但她非常有興趣。實際上，我們在這兒把她當成寵兒，只是她相當沉默寡言。」最後他又加了一句，猶豫地說：「她最近給你的信都是自己到蘇黎世寄出去的，我們想知道信裡是否說了些什麼，可以顯示她現在的心理狀態以及對未來的計畫。」

迪克思索著：「可以說有，也可以說沒有……如果你想看，我可以把信帶來。她看起來充滿希望，像正常人渴望生活，而且甚至有點浪漫。有時她談起『往事』，就像坐過牢的人在說話。不過，你永遠不知道她講的是犯下的罪行或是指牢獄生活，或者是這整個歷程。畢竟，我只像是塡補她生活空缺的人。」法蘭茲說：「當然，我完全了解你的立場，也再次向你表達我們的感激。這也是為什麼，在你跟她碰面之前我要先見你。」

迪克笑了：「你認為她會朝我飛撲過來？」法蘭茲說：「不，不是那樣。但我希望你要非常謹愼，迪克，你對女人有吸引力。」迪克笑著說：「我的天啊！那麼，我要表現出很溫和、令人反感的樣子，去看她的時候要嚼著大蒜，留著滿臉鬍碴。我會把她嚇到躲起來。」法蘭茲把話當眞了：「別嚼大蒜，你不會想毀了自己事業的，除非你是在半開玩笑。」迪克說：「……我還可以走路有點一拐一拐的。而且不管怎麼說，我現在住的地方還沒有眞正的浴缸。」

法蘭茲放心了，更貼切地說是擺出鬆了口氣的姿態：「你眞的是在開玩笑！現在跟我談談你自己，還有未來的計畫。」迪克說：「我只有一個目標，法蘭茲，那就是成爲一個好的心理學家，也許可以成爲史上最偉大的一個。」法蘭茲快活地笑著，不過，這次他看不出迪克在開玩笑。

法蘭茲說：「這個想法很好，非常有美國作風，但對我們來說比較困難。」他站起身走向落地窗，「我站在這裡看著蘇黎世……那是蘇黎世大教堂的尖塔，我的祖父埋葬在教堂的地下墓穴。過了橋的對面，我的祖先拉瓦特埋在那兒，他不願被葬在教堂裡。附近還有其他祖先海因里希・裴斯泰洛齊、阿爾弗雷德・埃舍爾的雕像。更別說，到處都可以看到茨溫利的人像……等於，我不斷面對一群英雄偉人。」①

迪克也站起身：「噢，我明白。我只是在說大話，一切才剛起步。大多數在法國的美國人都急著回國，我不會……如果我到大學聽課，軍餉還可以領到年底爲止。就一個懂得培養未來人才的泱泱大國來說，這還不錯吧？接著，我會回國幾個月探視父親，然後再回來……我已經獲得了一份工作。」

法蘭茲問：「在哪兒？」迪克答：「是你們的競爭對手……因特拉肯②的蓋斯勒醫院。」法蘭茲勸他：「千萬別去！他們一年內換了十幾個年輕人。蓋斯勒自己深受躁鬱症困擾，醫院是妻子和她的情人在管理……當然，你也了解那是不能公開的。」迪克輕鬆地問：「那你原本要去美國的計畫呢？我們不是說要去紐約爲有錢人開一家現代化醫院？」法蘭茲說：「那只是學生時代說說而已。」

迪克跟法蘭茲、他的新婚妻子，還有一隻小狗一起吃午餐，他們所住的醫院旁小木屋有股燒橡膠的氣味。他莫名地感到壓迫，不是因爲那謙虛簡樸的氣氛，也不是因爲桂格羅維斯太太（他事先已猜到她可能是什麼樣的人），而是法蘭茲出乎意料地自己局限著，並且似乎甘之如飴。迪克對於刻苦生活抱持不同看法，他可以視之爲達到目的的手段，甚至是堅持某種光榮也說得過去，但很難想像「刻意縮減生活，以符合自己所承襲傳統」這件事——法蘭茲夫婦住在狹小的空間，家居生活缺乏魅力與刺激。戰後待在法國的那幾個月，頂著美國的顯赫光環出手闊綽，這已影響了迪克的觀點；此外，無論是男或女都將他吹捧上了天，也許直覺告訴他這對一個認眞的人不是件好事，他才因此回到精密瑞士鐘錶的製造重鎭。

迪克讓凱特・桂格羅維斯覺得他很有魅力，另一方面他卻對四周飄溢的花椰菜味道越發感到煩燥，同時也恨自己開始有了比較深入的認知。他經常在夜裡驚醒，想著──「老天，原來我跟其他人一樣？難道我跟其他人一樣？」對社會主義者來說這是個貧乏的問題，但對那些執行世上罕見工作的人而言卻是個好問題。事實上，經過幾個月的時間，迪克對於是否要爲自己不再相信的事犧牲奉獻，已經有了比較成熟的想法。置身蘇黎世黎明前的黑暗，透過街燈的照射凝視陌生人家中的餐具室，他曾想過要做個好人，想要寬容、勇敢與明智，但一切都相當困難。而如果能找到適合的對象，他也想要被愛。

譯註

①約翰・卡斯帕・拉瓦特（Johann Kaspar Lavater，1741～1801），瑞士詩人與面相士，生前在蘇黎世的茨溫利教堂擔任聖職。
海因里希・裴斯泰洛齊（Heinrich Pestalozzi，1746～1827），瑞士教育思想家，因推動貧民教育被尊稱為「孤兒之父」。
阿爾弗雷德・埃舍爾（Alfred Escher，1819～1882），瑞士政治家，因推動鐵路建設而有「鐵道先鋒」稱號。
胡德萊斯・茨溫利（Huldrych Zwingli，1484～1531），瑞士宗教改革家，死於反抗天主教戰役中。

②因特拉肯（Interlacken）：一座位於瑞士中部少女峰山腳下的小鎮，是知名度假勝地。

5

中間那幢建築的走廊在敞開的落地窗前一片明亮，只見格柵牆的黑影與奇形怪狀的鐵椅長影，落在劍蘭花壇上。從來往房間的人群中一眼就能看到華倫小姐，當她看到他時，身影變得更爲明顯……她穿過門檻，臉龐映著房裡僅有的一道光線，帶著光彩走了出來，步伐中自有一種韻律——整個星期她耳朵裡不斷迴響著歌聲，那描繪豔陽晴空與野外涼蔭的夏日之歌；隨著他的到來，歌聲變得如此響亮，她幾乎就要跟著唱起來。

她一邊說，一邊好不容易將目光移開他的雙眼，彷彿兩人的視線已經糾纏在一起：「你好，上尉。我們就坐在外面這裡？」她站著不動，四下張望了一會兒，「眞像夏天。」有位婦人跟著她出來，一名圍著披巾的矮胖婦人，妮可向迪克介紹：「這位是——」法蘭茲藉故離開，迪克拉了三張椅子過來。婦人說：「宜人的夜晚。」妮可附和：「很漂亮。」然後問迪克，「你會在這兒待很久嗎？」迪克說：「如果你指的是蘇黎世，那麼我會待上很長一段時間。」婦人說：「這是入春的第一個夜晚。」妮可問：「待到什麼時候？」迪克說：「至少到七月。」妮可則說：「我會在六月離開。」婦人建議：「這裡的六月是個美好的月份。你應該要過完六月，然後在七月眞的太熱的時候離開。」

迪克問妮可：「你打算去哪兒？」妮可答：「跟我姊姊去個地方……希望是個有趣的地方，因爲我已經損失了太多時間。不過，他們或許認爲我應該先找個安靜的地方……可能是科莫①。你何不也來科莫？」婦人又開始說：「啊，科莫……」

屋子裡的三重奏突然演奏起蘇佩②的《輕騎兵序曲》。妮可利用這個機會站起來，迪克對她的青春氣息與美麗容貌印象越發深刻，激發出一股股泉湧的情感。她的笑容、令人感動的稚氣微笑，彷彿全世界遺失的青春都在這裡。

妮可說：「音樂太大聲，沒辦法說話，我們不如到附近走走。夫人，晚安。」婦人說：「晚安……晚安。」他們走下兩層階梯來到小徑上，隨即一片黑影掠過頭頂。她挽著他的手臂。

妮可說：「我有幾張唱片是姊姊從美國寄給我的。你下次來的時候，我會放給你聽。我知道有個地方可以放留聲機，其他人聽不到。」迪克答：「那真好。」妮可渴望地問著：「你聽過〈印度斯坦〉嗎？我以前從沒聽過，但是我喜歡。我還聽了〈為什麼叫她們寶貝〉和〈很高興使你哭泣〉。我想，你在巴黎時都曾在這些曲調中跳過舞。」迪克說：「我沒有去過巴黎。」

兩人走著的時候，她那身乳白衣裳的顏色看起來時藍時灰，還有那頭美麗的金髮，讓迪克目不暇給。每次轉頭看，她臉上總是帶著一抹淺笑；當他們走到路旁空地時，她的臉就像天使般泛著微光。她感謝他所做的一切，彷彿他才剛帶她參加了派對，迪克感覺跟她的關係變得越來越不明確，而她卻越來越有自信——她所感受到的興奮，似乎代表了全世界的興奮。妮可說：「我不再受到任何限制了。我會放兩首好聽的歌給你聽，叫做〈等到牛群回家〉和〈再見，亞歷山大〉。」

一個星期後他再度來訪時遲到了，妮可在小徑上等他，這是他從法蘭茲的木屋走來醫院的必經之路。她的頭髮收在耳後，觸到肩頭，猶如剛從秀髮裡探出臉蛋，彷彿這時她正好走出樹林來到月光下。她就這麼無端出現了，迪克希望她沒有來歷，只是一個迷失的女孩，忘記身分住址，只知道來自黑夜。他們走去她放留聲機的藏身處，從工作間轉個彎，爬過一塊岩石，坐在一道矮牆後，面對無盡的黑夜。

他們現在就像置身美國，就算法蘭茲認為迪克是個難以抗拒的風流人物，也絕想不到他們已發展到這個地步——「他們覺得很抱歉，親愛的；他們在計程車上碰面，甜心；他們深情款款微笑以對，到印度斯坦相聚。不久之後他們一定有了爭執，因爲沒人知道也沒人在意。但是最後，其中一人必須離開，留下另一個人哭泣，感到憂鬱，感到悲傷。」淡淡的曲調，將遺忘的年代與未來的希望連接在一起，冉冉升向瑞士瓦萊州的夜空。

樂曲間歇中，蟋蟀的唧唧蟲鳴維持住場面。後來，妮可關掉留聲機，直接唱給他聽——「一枚銅板掉在地上，看它滾啊滾，因爲是圓的——」那張開闔的嘴唇一直唱下去。迪克突然站起來。妮可問：「怎麼了，你不喜歡這首歌？」迪克答：「我當然喜歡。」她說：「這是我們家廚子教我唱的——一個女人從不知道遇到的男人有多好，直到拒絕他之後……你喜歡嗎？」

她對著他微笑，確信這個笑容向他傳達出自己內心的一切，深切期盼他有任何一絲回應，讓她明白他的心裡帶有讚美的悸動。從那柳樹林，從那漆黑的寰宇，甜密滋味一分一秒灌注到她身上。她也站了起來，不愼被留聲機絆住腳，一時之間倒在他身上，跌進環抱的懷裡。妮可說：「我還有一張唱片……你聽過〈再見，蕾蒂〉嗎？我猜你聽過。」迪克答：「老實說，你不明白……我從沒認眞聽過一首歌。」

他原本還可以如此補充——除了那些在火熱密室裡坐立難安的女孩，我從不曾認眞弄懂、嗅聞或品嘗過任何東西。一九一四年，他在耶魯認識的那些年輕少女，她們親吻著男人，口中說「夠了」，欲拒還迎地用手按住他們的胸膛。但現在完全不是這幅情景，而是一個不幸飄零的少女展現出自我節制的本性……

譯註

①科莫（Como）：義大利科莫省首府，位於義大利與瑞士邊界，鄰近科莫湖，是著名避暑勝地。

②法蘭茲・馮・蘇佩（Franz von Suppé，1819～1895），奧地利浪漫主義作曲家兼指揮家，主要創作輕歌劇。

6

他再去找她是五月份的時候。在蘇黎世共進午餐時他相當謹慎，顯然他的處世原則是要跟女孩保持距離；但附近桌子有個陌生人盯著她看，眼光之令人不安就像航海圖上未見標示的燈塔炯炯發亮，於是他轉過頭回敬了一個文雅的警告，那人便移開雙眼。

迪克愉快地解釋：「他不過是個偷窺者，他只是在看你的衣服。你怎麼會有那麼多不同的衣服？」妮可謙虛地說：「姊姊說，自從祖母去世後，我們變得非常富有。」迪克答：「這就難怪了。」

他的年紀比妮可大，看著她年輕氣盛的自負與喜悅——離開餐廳前，不忘在門廊照一下鏡，瞧瞧鏡子裡自己身影的忠實反映，這些都足夠讓他引以為樂。他喜歡她發現自己既漂亮又富有時，把手伸得高高的樣子。他試圖保持超然的態度，擺脫那些執著在她身上的念頭，他很樂見她變得越發開朗自信而離開他；但麻煩的是，妮可帶來了獻祭的珍饈、敬拜的香花，全都放在他面前。

入夏第一個星期，迪克又回到蘇黎世。他已經整理好自己的小冊子以及服役期間的研究成果，準備修訂《精神病醫生的心理學》那本著作。他認為自己找到了出版商，還接洽了一名窮學生來幫忙校正德文上的錯誤。法蘭茲覺得他太躁進，但迪克指出這是一個相當中肯的主題。

迪克堅持：「其中的道理我再清楚不過。我覺得它之所以沒有成為基本科目，是因為從來沒有被真正了解。這個職業的缺點是，總會吸引一些跛腳缺手的人來，進了醫院的高牆，投入臨床診療、用『實踐』來補償自己，無需奮鬥就為自己贏得戰役。相反地，法蘭茲，你是一個好醫生，因為命運在你出生前就為你選好了這個職業。你最好感謝上帝讓你沒有『殘疾』——我想成爲精神病醫生，是因爲牛津的聖希爾達學院①有個女孩也去上了同樣的課。也許我說的是陳腔濫調，但我不想幾杯啤酒下肚後就把目前的想法拋諸腦後。」

法蘭茲答：「好吧。你是美國人，你可以這麼做而不危及自己的事業。我並不喜歡這些概略性的題材，相信不久後你就會開始寫《凡人的沉思》這類小冊子，內容淺顯到保證不必花腦筋。迪克，如果我父親還活著，他會瞪著你嘀咕。他會摺疊好自己的餐巾，然後再拿起餐巾環，就是這個……」法蘭茲邊說邊拿起餐巾環，那棕色木頭上刻了一個公豬頭，「接著他會說『我的感想是……』，望著你，突然想到『這有什麼用』，於是他不再多說，繼續嘀咕，直到用完餐。」迪克不耐煩地說：「今天我是孤軍奮鬥，不過明天或許就不只我一個人。在那之後，我也會像你父親一樣摺疊好自己的餐巾，然後咕噥著。」

法蘭茲停頓了一會兒，問：「我們的病人情況如何？」迪克說：「我不清楚。」法蘭茲說：「嗯，你現在應該要知道她的狀況。」迪克說：「我喜歡她。她很迷人。你指望我能做什麼，到火絨草叢裡接納她的盛情？」法蘭茲說：「不是。我想你既然要寫學術書籍，或許你有一個想法。」迪克接話：「……將我的生活奉獻給她？」

法蘭茲對廚房裡的妻子喊說：「老天！麻煩你，再給迪克一杯啤酒。」迪克說：「要是得去見多姆勒，我就不要再喝了。」法蘭茲說：「我們認爲最好要有個計畫。四個星期過去了，那個女孩顯然愛上了你。如果我們是在平凡世界，那不關我們的事，不過在這間醫院裡，這件事對我們至關重要。」迪克同意：「我全聽多姆勒醫生的吩咐。」

但迪克不大相信多姆勒對這件事能提供多少幫助，畢竟他本身就是其中一個不可估算的因素。事情全是自己找上門的，並非出於他的意願。這讓迪克想起童年時的一個情景——屋裡每個人都在找遺失的銀器櫃鑰匙，迪克知道是被他藏在母親衣櫃最上層抽屜的手帕底下……那時他體驗到一種泰然自若的超脫感，現在他與法蘭茲一同前往多姆勒教授的辦公室時，又有了這種感覺。

教授的臉在茂密的鬍鬚下顯得俊秀，就像一幢前廊長滿了藤蔓的典雅老屋，這讓他卸下心防。迪克認識一些擁有更多天賦的人，但就質素而言無人超越多姆勒——當他六個月後得知多姆勒去世時依然這麼認為。前廊的燈熄滅了，藤蔓般的鬍鬚搔著硬挺的白衣領，那緊閉的雙眼曾見過許多戰役，如今都在脆弱的眼瞼下永遠靜止。

迪克站得中規中矩，有如回到軍中：「……早安，閣下。」多姆勒教授平靜地交叉著雙手。法蘭茲說話的語氣一半像聯絡官，一半像祕書，直到話語被上司打斷。多姆勒溫和地說：「我們已經有了某種發展。戴弗醫生，現在最能幫助我們的就是你。」一語驚醒，迪克承認：「我自己並不是那麼確定。」

多姆勒說：「我不管你個人的反應，但我非常關心這所謂的『移情作用』。」他迅速對法蘭茲使了個嘲諷的眼神，對方也同樣回應，「這件事必須終止。華倫小姐的情況確實不錯，但她絕無法承受將被她視為悲劇的情況。」法蘭茲再次開口，不過多姆勒醫生示意他閉嘴。多姆勒說：「我了解你的處境為難。」迪克答：「是的，的確如此。」教授將身子靠在椅背上笑了起來，在最後一聲笑時，那對灰色小眼睛發出了光彩，「除非你已經投入感情。」察覺到他們正在套他的話，迪克也笑了起來：「她是個漂亮的女孩，任何人多少都會有點兒心動。我沒有意圖……」

再一次，法蘭茲想說話，多姆勒又阻止了他，直截了當問迪克：「你有想過要離開嗎？」迪克答：「我不能離開。」多姆勒醫生轉向法蘭茲說：「那麼，我們可以把華倫小姐送走。」迪克勉為其難地說：「就依你認為最好的方式處置，多姆勒教授，這的確是個難題。」多姆勒教授撐起身子，就像沒腿的人拄著一對拐杖，輕喊著：「不過，這是職業上的難題。」他嘆口氣靠回椅背，等待雷聲餘音在房間裡逐漸消失。迪克看到多姆勒的生命已經達到巔峰，他則不確定自己是否已經過了巔峰。

當雷聲平息後，法蘭茲找到開口的機會：「戴弗醫生是個品格優秀的人，我覺得他只需要弄清楚狀況就可以妥善處理。我的意見是，迪克可以在這裡跟我們合作，不需要有任何人離開。」多姆勒教授問迪克：「你覺得如何？」面對這個情況，迪克覺得自己耐不住性子。而在多姆勒發言後的那段沉默當中，他認清了這種毫無建樹的對話不可能一直延續下去，於是突然全盤托出：「我幾乎是愛上她了，腦子裡還想過是否要娶她這個問題。」

法蘭茲嚷嚷著：「胡說！胡說！」多姆勒提醒他：「等等。」法蘭茲才不要等：「什麼！奉獻你的下半生只為了當她的醫生和看護。絕對不要！我知道這類情形，二十宗裡有一宗是開始沒多久就結束。你最好別再見她！」多姆勒問迪克：「你怎麼想？」迪克答：「當然，法蘭茲說得對。」

譯註

①聖希爾達學院（St. Hilda）成立於一八九三年，是一所學生與教員均為女性的女子學院，直到二〇〇六年才經投票通過接受男性學生與教員，是牛津大學堅持到最後的女子學院。

7

近傍晚，他們終於討論好迪克應該怎麼做——他必須表現得很親切，但又得讓她淡忘自己。兩位醫生最後起身的時候，迪克的眼睛望著窗外紛落的細雨，妮可正在雨中殷切等待。不久後他穿上防水油布雨衣往外走，一路扣好領口的扣子，拉低帽簷，就在大門屋簷下碰見了她。

妮可說：「我知道我們可以去一個新地方。當我生病的時候，我不介意晚上和其他人一起坐在裡面，儘管他們說的話似乎跟一般人沒兩樣。當然，我現在知道他們有病，而且……而且……」迪克說：「你很快就要出院。」妮可說：「噢，是快了。幾個星期後，我姊姊貝絲（不過她都被叫做貝比）會來接我到其他地方，然後我會回來待最後一個月。」迪克問：「你姊姊？」她答：「噢，她年紀比我大很多，她二十四歲，很有英國味，跟我姑姑住在倫敦。貝比跟一個英國人訂了婚，但對方被害死了，我從沒見過他。」

模糊的落日使勁地穿過雨絲，在她臉上映出淡淡的金黃色，迪克從未見過如此充滿希望的臉——高高的顴骨，略顯蒼白的膚質，沉著而不狂熱，讓人聯想到一匹大有前途的小公馬，牠的願景不只是將年輕生命投射在躍動疾奔的灰色背景之上，而是想要真正的成長；臉龐輪廓與線條是如此俐落，即使來到中年同樣俊俏，晚年亦然。妮可問：「你在看什麼？」迪克答：「我只是在想，你會變得更開心。」她有些吃驚：「我會嗎？好吧，事情不會比過去更糟。」

她帶他來到隱蔽的柴房。她穿著高爾夫鞋盤腿坐著，博柏利風衣緊緊裹著身體，濕冷的空氣讓她臉頰發紅。她一本正經看著他凝視自己的眼神，注意到他帶些傲骨的舉止，身體倚著木頭柱子但不完全靠在上面；她觀察著眼前這張總是努力擺出認真傾聽表情、就算經歷歡樂或嘲弄後仍不改其色的臉龐。這張臉似乎和他泛紅的愛爾蘭髮色很相配，也是她最不了解他的部分，她怕它，但又渴望一探究竟——這是他比較具男子氣概的一面：至於其他部分，有教養的部分，那雙溫文儒雅眼睛所透露的體貼，她就像大多數女人那樣照單全收了。

妮可開口：「至少在這間醫院有助學習語言。我跟兩位醫生說法語，跟護士說德語，跟幾個清潔工和一個病人說義大利語之類的，還從另一個病人那兒學到不少西班牙語。」迪克回應：「那很好。」他試圖擺出一種姿態，但似乎找不到頭緒。

妮可繼續說：「……還有音樂。希望你不會認爲我只對散拍音樂有興趣。我每天都複習著音樂史課程，那是幾個月前我在蘇黎世上過的一堂課。老實說，有時我全靠著音樂和繪畫才得以支撐下去。」她突然彎下身子，將一隻鞋上鬆脫的飾條擰了下來，接著抬頭看，「我想把你現在的樣子畫下來。」她說出自己的才藝，以博得他的讚許，這讓他感到難過。

迪克說：「我羨慕你。我現在除了自己的工作，似乎對任何事都沒有興趣。」妮可語速變快：「噢，我覺得對男人來說沒有問題。可是就女人而言，我認爲應該要兼備許多才華，然後傳授給她的孩子。」迪克故意冷淡回應：「我想大概是吧。」

妮可坐著不說話。迪克希望她繼續說，那麼他就可以輕鬆扮演掃人興致的角色，但這時她就只是靜靜坐著。迪克只好找話題：「你現在完全好了。試著忘掉過去，未來一年做事不要太過火。回到美國做個社會新鮮人，談談戀愛……然後快樂過生活。」妮可答：「我不能談戀愛。」那隻受損的鞋從她坐著的圓木上刮起了一團塵土。

迪克強調：「你當然可以。也許這一年還不行，不過遲早可以。」接著他殘酷地補充，「你可以過完全正常的生活，擁有一屋子漂亮的小孩。你在這個年紀完全可以康復，事實證明當初的原因和所有的事情都有密切關係。年輕小姐，你那些歇斯底里大吵大鬧的朋友已經被帶走很久，你可以好好過你的人生了。」

妮可聽了這番難以忍受的嚴厲說教，眼裡露出的卻是痛苦的神情。她低聲下氣地說：「我知道自己會有很長一段時間，不適合嫁給任何人。」迪克的思緒混亂得說不出話來。他朝外頭的麥田望去，試著回復成鐵石心腸的態度：「你不會有問題，這裡的每個人都相信你。當然啦，桂格里醫生是多麼爲你感到驕傲，他或許……」妮可直率地說：「我討厭桂格里醫生。」迪克說：「噢，你不應該這樣。」妮可的世界粉碎了，不過這只是個剛具雛形的脆弱世界，她的情感與天性在這片廢墟下繼續掙扎。一個小時前，她不是還在門口等待，像腰帶上的那朵花飾昂首期盼著嗎？——為他準備的這身衣裳仍然筆挺，扣子還扣得好好的，水仙花朵含苞怒放……氣息溫柔甜美依舊。

「重拾生活樂趣也不錯。」她含糊地把話帶過去。有那麼一刻，她抱著孤注一擲的想法，打算告訴他，她是多麼富有，住的是什麼樣的大宅院，她是多麼值錢的資產——有那麼一刻，她想把自己變成祖父席德・華倫，那個善於討價還價的商人。不過她忍住衝動，避免所有的價值都被混淆，她將這些東西全都鎖進老舊的邊房；儘管自己有家歸不得，只剩空虛與痛楚。

妮可說：「我得回醫院去，現在沒有下雨了。」迪克走在旁邊，感覺到她的悶悶不樂，眞想親吻那張沾著雨滴的臉頰。她說著：「我有一些新唱片，等不及想放來聽。你可知道……」

迪克心想得在晚餐過後做個了斷，同時他也想踹法蘭茲的屁股——會遇上這件要不得的事，部分原因都是出自於他的緣故。

在大廳等候時，迪克的眼睛盯住一頂貝雷帽，那不像妮可等他時淋濕的帽子，而是戴在一顆剛動過手術的腦袋上。帽子下凝視的雙眼看見他，於是走了過來：「你好，醫生。」迪克說：「你好，先生。」那人說：「天氣眞好。」迪克說：「是的，好極了。」那人問：「你現在住在這裡？」迪克說：「沒有，只是來訪一天。」那人告別著：「噢，好的。那麼……再見，先生。」

很高興又多跟一個人接觸，戴帽子的可憐人走開了。迪克繼續等。

不久，有位護士下樓來傳話給他：「醫生，華倫小姐說請你原諒，她要躺一下。今天晚上她想在樓上用餐。」護士等著他的回覆，似乎預期他會暗指華倫小姐之所以表現出這種態度是生病所致。迪克嚥了嚥口水，定下心來：「噢，我明白。那麼……希望她會覺得比較好些。謝謝。」他既茫然又不滿，不過至少得到解脫。

留了紙條給法蘭茲說自己不克共進晚餐，然後穿過鄉野走向電車站。到達月臺時，春天的夕陽餘暉將鐵軌和售票機的玻璃染成了金黃色；迪克開始覺得，車站與醫院之間如有向心力與離心力在相互拉扯。他感到驚恐，直到蘇黎世紮實的卵石路面又在鞋底發出卡嗒聲響，他才又快活起來。

他預計隔天會接到妮可打來的電話，但是沒有。心想她是否生病了，便打電話到醫院找法蘭茲。法蘭茲說：「她昨天和今天都有下樓吃午餐。她有點心不在焉，神遊他鄉。事情進展得如何？」迪克似乎陷入兩性之間深不可測的鴻溝：「我們還沒談到……至少我認爲沒有。我試圖表現得冷淡，但就算會帶來深刻影響，我覺得這樣還不足以改變她的心態。」也許他在這場淘汰賽中並非處於主導地位，這，可就傷了他的自尊。

法蘭茲提到：「從她對護士說的一些話來看，我會認爲她懂你的意思。」迪克說：「那就好。」法蘭茲說：「這是最好的狀況。她看起來沒有太激動，只是有點憂鬱。」迪克：「那沒問題。」法蘭茲又說：「迪克，希望你很快可以回來找我。」

8

接下來幾個星期，迪克過得很不如意。這段交往的病理起源和注定無疾而終，讓他覺得苦澀走味。妮可的感情被白白利用，假若最後是他自己的感情呢，又會是怎樣的結果？當然，他暫時得跟幸福無緣——夢裡，他見到她走在醫院走廊上揮舞著寬邊草帽……

有一次，他確實看到了她本人。當他走過皇宮飯店前，一輛豪華的勞斯萊斯轎車轉進半月形的飯店入口。一百匹充沛馬力推動著龐大車身，坐在裡面的妮可和一名年輕女子顯得特別嬌小，他認為那是她姊姊。妮可瞧見他，一時驚訝得闔不攏嘴。迪克推一推帽致意便走了過去，但剎那間，蘇黎世大教堂上的小精靈全在他四周盤旋高歌。他試著把心中想法寫成備忘錄，詳載在她面前應有的行為守則；這世界潛在著許多無可避免會導致她病情復發的壓力，整體而言，這份備忘錄對任何人都有說服力，除了寫下備忘錄的他自己。

這番努力的最終好處，就是讓他再度體認自己的感情陷得有多深，於是他決定尋找解藥。其中一帖，是那位從奧布河畔巴爾鎮來到此地的女接線生，她正從尼斯一路暢遊到科布倫茲①，拚命想把她在這趟無與倫比歐洲之行中所認識的男人，全都找出來；另一帖是著手安排八月時搭乘政府的運輸艦返鄉；第三帖是為自己的著作進行最後校訂，這本書秋天時將在德語系國家對精神病醫界公開發表。

迪克對這本書已經感到厭煩了，他現在希望從事更基本的工作——如果取得交換研究員的身分，就會有很多例行公事可做。同時，他也計畫寫一本新書，書名是《以當代不同學派之術語對克雷普林前後期的一千五百個病例進行診斷，探討神經科學和精神病學的統一性與實務性分類》，另外還有個很響亮的副標題——「收錄各學派所提觀點之大事年表」。這整個書名光譯成德文，看來就像一部曠世鉅作。

迪克悠閒騎著自行車進入蒙特勒②，不時眺望壯麗的尤根霍恩峰，還從水岸飯店的邊巷瞥見波光粼粼的湖面。他察覺到一群群英國人在四年後的今天又突然出現，帶著偵探小說中的懷疑眼神走在路上，好像在這可疑的國家會被訓練有素的德國軍人襲擊。這片由山川形成的堆積平原，因到處都在大興土木而顯得朝氣蓬勃。往南到了伯恩還有洛桑，人們熱切地詢問著迪克，今年是否還會有美國人出現，「如果六月沒有，那麼八月呢？」

他穿著皮短褲、軍襯衫和登山鞋。背包裡裝了一件棉布衫和一套換洗的內衣。到了格里昂鐵道纜車站，他將自行車託運，然後從車站販賣部買了瓶啤酒走到露臺上，一邊看那甲蟲似的車廂自八十度的斜坡緩緩下山。先前騎車途經拉圖爾德佩勒③時，他自認是個疏於鍛鍊的運動家而來了個全力衝刺，結果弄得滿耳朵是血。這會兒，他要了酒精把耳朵上乾涸的血跡擦乾淨，纜車也正好駛進月臺。他看到自行車被搬上纜車，於是將背包扔進下層車廂，自己也跟著進去。

登山纜車的傾斜度，就像一個人不想被認出、刻意拉低了帽簷那種角度。看到水從車廂下的壓艙室排出，迪克對這整套設計的巧思佩服不已；此時，對向有另一輛纜車在山上裝滿了水，只要放開剎車，就可憑藉重力將下方重量減輕的纜車拉上山。在當時，這絕對是個傑出的點子。他對面的座位上，有對英國夫妻正在討論鋼纜——丈夫說：「英國製造的鋼纜都可以使用五到六年。兩年前，德國人出價比我們低而得標，你知道他們的鋼纜可以使用多久？」妻子問：「多久？」丈夫說：「一年十個月。結果瑞士人卻把鋼纜包給了義大利人。他們對鋼纜的檢驗並不嚴格。」妻子做著結論：「那如果有條鋼纜斷了，可想而知瑞士會有大麻煩。」

車掌把門關上；他打了通電話給山上的同事，纜車一陣晃動後開始向上攀升，朝著上方翠綠山丘的某處前進。當越過低矮的屋頂後，佛德州、瓦萊州、瑞士境內的薩沃伊和日內瓦都在乘客面前一覽無遺。隆河冷冽的河水注入湖中央，這裡是西方世界真正的地理中心。湖面上漂浮的天鵝就像船，船又像天鵝，在虛無縹緲的美景中分不清兩者。這是個晴朗的日子，陽光照得下方的青草湖岸與庫薩勒飯店的白色庭院閃閃發光。庭院裡的人看不到影子。

當西庸城堡與薩拉農島映入眼簾④，迪克將視線轉回了車廂內。纜車通過湖岸最高一排的房屋，兩側花葉叢生，不時呈現濃密繽紛的色彩。那是鐵軌旁的花圃，車廂裡有個告示——禁止摘花。儘管登山途中不可摘花，茂盛花朵卻在纜車經過時自動湧向他們——多蘿西・帕金斯玫瑰隨著纜車的移動慢慢晃盪，耐心拂拭著每節車廂，直到最後終於撒手，擺盪回原來的位置；這些枝叢不斷反覆地掠過纜車。

在迪克前面的上層車廂，一群英國人站起來朝著天幕興奮高呼，突然起了一陣騷動——他們紛紛向兩旁讓出通道給一對年輕人，兩人一邊道歉一邊踉蹌著走向纜車後方，來到迪克的車廂。拉丁裔男生有一對鹿標本似的大眼，女生是妮可。

兩人經過一番努力顯然氣喘吁吁，他們咯咯笑著坐到位子上，把英國人擠到角落，妮可說了聲：「哈囉。」她看起來十分動人，迪克當下覺得她有點不太一樣，接著立刻明白是那精心編織的頭髮剪短了，還跟艾琳・卡斯特⑤一樣燙了蓬鬆的髮尾鬈。她穿著淺灰藍毛線衣和白色運動短裙，就像清新的五月早晨，完全沒有住院時的頹靡氣息。

她吐了口氣：「噗！車掌那傢伙。他們會在下一站逮到我們。這位是戴弗醫生，這位是馬莫拉伯爵。」她喘吁吁地摸摸自己的新髮型：「老天！姊姊買的是頭等艙車票，這對她來說是原則問題。」一邊又和馬莫拉交換著眼神高呼，「後來我們發現，頭等艙位在駕駛的後面，活像靈車，全都圍著窗簾防止下雨，結果什麼都看不到。不過，姊姊是非常高貴……」妮可和馬莫拉像一對年輕愛侶般笑著。

迪克問：「你們要去哪裡？」妮可答：「康克斯。你也是嗎？」她瞧了瞧他的服裝，「他們放在前面的，是你的自行車？」他說：「是的。我會在星期一下山。」她問著：「讓我坐在手把上？我是說眞的，可以嗎？那一定很好玩。」馬莫拉強烈抗議：「但是我要抱你下山。我會穿溜冰鞋抱著你，或者把你往山下一扔，你就會像羽毛一樣慢慢飄下去。」

妮可臉上充滿了喜悅，她現在是根羽毛而非鉛錘，她會飄浮而非墜落。她的絢爛多變値得一看，有時拘謹靦腆，擺擺姿態，扮個鬼臉又比手畫腳；有時神情嚴肅，再度體現往日深受約束的端莊舉止。迪克希望自己遠離她，深怕讓她想起已經忘卻的那個世界。他決定要換一間飯店。

纜車中途停止，沒坐過的乘客對於懸在半空中起了些騷動，結果只是上行車和下行車不可思議地調換了車掌。纜車在林間小徑和峽谷上方繼續朝山上前進，然後再爬過一座小山丘，乘客眼前淨是水仙花海和遠方的天空。在蒙特勒湖濱球場打網球的人，現在看起來只有針尖大小。空氣中有一種新的氛圍，是清新感——當纜車滑進格里昂車站，這股清新感呈現在音樂中，他們聽到飯店庭園裡的樂隊正在演奏。

他們換搭登山火車時，從儲水池傾洩而出的水聲掩蓋了音樂。康克斯幾乎就在正上方，飯店嵌著的成千上百扇窗被夕陽照得火紅。不過，這次行進的方式不同——由發出巨響的蒸汽車頭推著乘客在山間盤旋而上，轟隆作響地穿過低矮雲層，火車噴出的煙霧讓迪克一時看不到妮可的臉。火車繼續沿著方向難辨的鐵道蜿蜒前進，每繞完一圈，飯店就變得更大一些，最後就突然抵達陽光普照的山頭了。

在到站後的一片混亂中，迪克揹起背包，開始往月臺前方走去領取自行車，妮可來到了他身旁。她問：「你不跟我們住同一間飯店？」迪克答：「我在省錢。」她問：「你願意和我們一起共進晚餐嗎？」忽有個手忙腳亂提著行李的身影跟了過來，妮可介紹著，「這位是我姊姊——這位是來自蘇黎世的戴弗醫生。」

迪克向這名年輕女子彎腰行禮，她二十五歲，高眺有自信。這讓他想到那些有著一張花朵般的美嘴、卻仍戴著牙套的女人，於是斷定此女既讓人生畏，又容易受傷。

迪克應允：「我會在晚餐後到。我得先熟悉環境。」而後他騎著自行車離開，感到妮可的眼睛緊盯著他，感到她無可奈何的初戀，感到那段戀情在他心裡翻來覆去。他騎了近三百公尺來到斜坡上的另一間飯店，訂好房間，然後發現自己完全不記得那十分鐘的沐浴做了什麼，只有一股醉醺醺的興奮和外面傳來的話語聲，而那些無關緊要的人們並不知道他被愛得有多深。

譯註

①科布倫茲（Coblenz）：位於德國西部摩塞爾河與萊茵河匯流處的一座古城，是重要觀光城市。

②蒙特勒（Montreux）：一座位於瑞士日內瓦湖東岸的城鎮，是氣候舒適的度假勝地。

③拉圖爾德佩勒（La Tour de Pelz）：鄰近蒙特勒西北方，一座位於日內瓦湖畔的城鎮。

④西庸城堡（Chillon）：位於蒙特勒南方的維托鎮，是日內瓦湖上一座中世紀水上城堡，為著名觀光景點。

薩拉農島（Salagnon）：蒙特勒北方巴塞港外的一座人工小島。

⑤艾琳・卡斯特（Irene Castle，1893～1969），她與丈夫維農・卡斯特（Vernon Castle）是知名的國際標準舞搭檔，致力於推展現代舞蹈。

9

他們在等他，不能少了他。他仍是不可預料的變數；華倫小姐和那個義大利年經人，顯然都跟妮可一樣殷殷期盼。飯店清空了那間以音響效果聞名的宴會廳，用來當作舞池；有一小群中年英國女人，戴頸圈染頭髮，臉上搽著泛白透紅的脂粉；還有一小群中年美國女人，臉上的粉搽得雪白，黑衣裳，桃紅色口紅。華倫小姐和馬莫拉坐在角落的桌子旁，妮可在他們斜對角三四十公尺以外，迪克一到，就聽見她的聲音。

妮可問：「你們聽得到嗎？我現在是用正常音量說話。」迪克答：「非常清楚。」她問候著：「哈囉，戴弗醫生。」迪克不解：「這是怎麼回事？」妮可說：「你可知道，舞池中央的人聽不到我說話，而你卻可以？」華倫小姐說：「一位侍者告訴我們的。角落對著角落，就跟無線電一樣。」

來到山上令人興奮，就像船在大海上。不久後，馬莫拉的父母與他們會合。他們對華倫家的人很恭敬，迪克漸漸聽出他們的事業和米蘭一家銀行有關，這家銀行又跟華倫家族的資產有關。但貝比・華倫想找迪克說話，她有股游移不定的衝動想找剛認識的男人講話，彷彿被拴在一條無法延展的繫繩上，心想自己應該儘快移往繩子的末端。她不斷換腳，翹著二郎腿，像個坐立難安的純潔少女。

貝比說：「妮可告訴我，說你參與了照料她，而且對她病情好轉貢獻良多。我不懂的是，我們應該要做些什麼，療養院的人說得非常含糊；他們只告訴我，說她應該保持輕鬆開朗。我知道馬莫拉一家人在這裡，所以請提諾到纜車站接我們，然後你看看發生了什麼事——妮可第一件事就要他爬進車窗，兩個人像發瘋似的……」

迪克笑著：「那很正常。我會說這是個好現象，他們彼此在向對方炫耀。」貝比說：「但是我要怎麼分辨？在蘇黎世的時候，我都還沒搞清楚狀況，她一下子就在我眼前把頭髮剪短了，就因《浮華世界》雜誌裡的一張照片。」迪克說：「沒關係。她是個精神分裂症患者，一直會有古怪的行爲，你無法改變那種情況。」貝比問：「那到底是什麼？」迪克答：「就如我所說的……一個行爲古怪的人。」她問：「哎呀，一般人哪裡能分辨什麼是古怪，什麼是瘋狂？」迪克說：「不會有什麼瘋狂的事。妮可朝氣蓬勃而且心情愉快，你沒有必要擔心。」

貝比又換了隻腳翹腿。她是百年前那些熱愛拜倫①、不滿現狀的女性縮影，曾與一名禁衛軍軍官有段悲劇婚姻收場的她，舉手投足之間依舊那麼乏味而自戀。她聲明：「我不在乎責任，但我摸不著頭緒，我們家族從來沒有發生過這樣的事。我們知道妮可曾經受過打擊，我的看法是，那跟一個男孩子有關。父親說，要是能找出他是誰，一定開槍把他打死。」

樂隊正在演奏〈可憐的蝴蝶〉②，年輕的馬莫拉正和母親跳舞；這首曲子對所有人來說是相當陌生的旋律。迪克耳中聽著音樂，眼睛看著妮可的肩膀，她正與老馬莫拉聊天；老先生的斑白華髮像鋼琴鍵盤，妮可的肩膀像小提琴，然後他想到那不名譽的往事，見不得人的祕密。噢，蝴蝶……漫漫的歲月……

貝比以一種帶著歉意的堅毅口吻說：「其實我有個計畫，對你來說或許完全不切實際，不過他們說，妮可需要有人照顧個幾年，不知道你對芝加哥熟不熟悉……」迪克答：「不熟。」貝比說明著：「是這樣的，那裡分為北區和南區，兩邊大不相同。北區稱得上光鮮亮麗，我們已經在那裡居住多年。但是許多老家族，也就是芝加哥的老世家，仍舊住在南區。大學也在那兒。我想說的是，那邊對有些人而言顯得封閉保守，無論如何就是不同於北區，不知道你明不明白我的意思。」

迪克點點頭。稍微集中了點精神，他明白她的話。

貝比繼續說：「現在，我們在那邊當然有許多關係，畢竟父親掌控了大學一些職位和獎學金之類的。我在想，我們帶妮可回家，讓她跟那群人接觸（你看她那麼喜歡音樂，會說那麼多種語言），如果愛上了某個好醫生，就她的狀況而言再好不過……」迪克內心突然一陣雀躍，華倫家想為妮可買一個醫生——你可知道有哪個好醫生可以為我們華倫家所用？如果他們準備幫妮可買個中意的年輕醫生，那就不需要再為她擔憂了，他喜形於色無法自抑。他不自覺地問：「不過，需要怎麼樣的醫生呢？」貝比答：「機會到了一定有很多人會跳出來。」

跳舞的人回到場邊。貝比迅速低聲說著：「我說的就是這回事。現在妮可去哪兒了？她不在這裡。她在樓上自己的房間嗎？我該怎麼辦？我從不知道這樣是不是沒有問題，或者應該去找她。」迪克說：「也許她只是想要獨處，獨自生活的人早已習慣寂寞。」見華倫小姐沒在聽，他也不再講下去，只說，「我去四處看看。」

屋外一時籠罩在迷霧中，就像隔在窗簾後的春天景色。人氣聚集在飯店附近。迪克經過了幾個地窖小窗，裡面餐廳雜役坐在床舖上玩紙牌，還喝著一公升裝的西班牙酒。當他走近觀景步道，星光照亮阿爾卑斯群峰高聳的皚皚山頭。俯瞰著湖面的馬蹄形步道上，妮可的身影杵在兩根燈柱中間，他越過草坪悄悄靠近。她轉過身來，帶著一種「你終於出現了」的表情，霎時間他後悔來到這裡。

迪克開口：「你姊姊正納悶你在哪裡。」妮可已習慣被人看管，使勁地替自己辯解：「噢，有時我覺得有點兒……有點受不了。我的生活是那麼平靜，今晚的音樂太動聽，讓我覺得想哭……」他答：「我了解。」她又說：「這眞是非常刺激的一天。」他答：「我知道。」她解釋著：「我不是想做什麼跟大家唱反調的事，我帶給大家的困擾已經夠多了。但是今晚，我想躲開。」

正如垂死之人想起自己忘了交代遺囑放在哪裡，迪克也驀然想起，妮可早已被多姆勒及其教誨過的那些讓人不敢恭維的徒子徒孫們，好好地「重新教育」了一番；他同時也想起，她仍有許多事要學習。儘管這些理性判斷他都具備，他仍不得不迫於眼前局面說些場面話：「你是個好人，繼續保持你的自我判斷就好。」妮可問：「你喜歡我嗎？」迪克答：「當然。」

他們往前走了將近兩百公尺，朝著馬蹄形步道昏暗的盡頭漫步而去。妮可問：「你會不會……假如我沒有生病，你會不會……我的意思是，我這類型的女孩會不會是你想……噢，這眞是胡言亂語，你知道我的意思。」他現在難以脫身，完全失去理性。她是那麼地靠近，他察覺到自己的呼吸變了，但專業訓練再度出面馳援，他發出爽朗笑聲，搬出老套說辭：「你在跟自己開玩笑，我親愛的，我曾經認識一個人，他愛上了他的護士……」這段故事伴隨他們的腳步聲繼續說下去。

突然，妮可用芝加哥俚語冒出一聲「胡說」，打斷了他的話。迪克驚訝：「那是非常粗魯的措辭。」她在發火：「那又怎樣？你認爲我一點常識都沒有……生病以前我是沒有，但是現在有，如果我不明白你是我所見過最有吸引力的男人，你一定認爲我還在發瘋。我的命運多舛，沒錯，但不要裝作我什麼都不知道，我很清楚你我之間的事。」迪克面臨格外不利的處境。他記得妮可的姊姊說，可以到芝加哥南區的學術圈買一個年輕醫生。於是，他硬起心腸：「你是個迷人的孩子，但我不能談戀愛。」妮可怒氣沖沖：「你不給我機會！」迪克答：「什麼！」她無禮的冒犯、具侵略性的暗示，令他大感震驚。除了無法無天，他想不出妮可應該得到什麼機會。

妮可再次說：「現在給我機會。」聲音越來越小，漸漸沒入她的胸腔。當她湊過來的時候，那身緊綳的馬甲盡往胸口拉扯。他感覺到稚嫩的嘴唇，她的身體依偎在越發出力抱住她的手臂上，然後舒緩地嘆著氣。現在，迪克唯一的盤算就是，肆意調配某種不會溶解的混合物，讓原子緊緊結合無法分離；你可以把它摔碎，但原子再也無法恢復原貌。他摟著她，感受她，她也挺著身子向他靠攏；自己的雙唇有了全新的體驗，沉溺在戀愛中，卻也獲得慰藉與勝利，他爲自己獲得眞實的存在而心存感激，哪怕只是她水汪汪眼睛裡的倒影。

迪克喘了口氣：「我的天，吻你眞是有趣。」那只是隨口說說，不過現在妮可占了上風。她抓住機會，故弄風騷地掉頭走開，就像下午纜車停在半空中那般吊人胃口。她心想：「看吧，讓他瞧瞧自己有多麼驕傲。他現在能拿我怎麼辦。噢，眞是妙極了！我把他弄到手了，他是我的。」接著該退場了，但這感覺實在甜美而新奇，她磨磨蹭蹭地想要盡情享用。

妮可突然打顫。兩千英尺之下，蒙特勒和維威的燈火在她眼裡宛如項鍊與手鐲，更遠的洛桑彷若朦朧的墜子。下方某處傳來隱約的跳舞樂音。妮可此時仰起頭，保持冷靜，試著逐一檢視自己童年的傷心往事，就像歷經一番奮鬥的人沉醉在深思之中。不過，她仍然害怕站在旁邊的迪克，他用那典型的姿勢倚在馬蹄步道邊緣的鐵欄杆上，這似乎促使著她說：「我記得在花園等你時的情景，我雙手環臂如一籃花朵，當時的感覺的確是如此……我認爲自己很甜美，所以準備將這籃花遞送給你。」他的氣息吹拂在她肩頭上，執意要她轉過身來；她吻了他幾次，每回湊近，臉看起來就變得大些；她的手搭在他的肩膀上。他輕輕地說：「雨下大了。」

湖泊對岸紫紅色山坡突然傳來一聲轟隆，冰雹雲發出砲擊想驅散他們。步道的路燈滅了又亮。接著暴雨說來就來，先從天上滂沱而下，又從山上如急流般沿著道路與石槽嘩啦啦沖刷下來；天空黑得嚇人，伴隨著狂野的閃電與撼動大地的雷鳴，張牙舞爪的積雲掠過飯店，山嶺與湖面消失無蹤——飯店蜷伏在震天價響、一片迷濛與黑暗之中。

此時迪克和妮可已回到飯店前廳，貝比・華倫與馬莫拉一家三口正焦急地等待著他們。從水霧裡走出來實在很刺激——門在背後「砰」地關上，他們站在那兒激動地大笑顫抖，風吹在耳朵邊，雨落在衣服上。此刻，舞池的樂隊正演奏著史特勞斯的圓舞曲，聲音響亮而模糊不清。

「……**戴弗醫生要跟一個精神病患結婚？怎麼發生的？什麼時候開始的？**」

貝比・華倫仔細打量迪克後，說：「你要不要換過衣服之後再回來？」迪克答：「除了幾件短褲，我沒帶任何可以替換的衣服。」

迪克穿著借來的雨衣費力走在回飯店的斜坡上，不斷發出嘲弄的暗笑：「大好機會，噢，就是這樣，我的天哪……他們決定買一個醫生？他們最好對在芝加哥找到的那個人信守諾言。」他對自己的刻薄覺得反感，於是在心底向妮可賠罪。他還記得沒有任何東西的觸感像她的嘴唇那樣稚嫩，他記得雨滴灑落在她柔光閃耀的美麗臉頰上，像是爲他流下的淚水……暴雨停歇後的寂靜在半夜三點喚醒了他，他來到窗前；她美麗的幻影走上斜坡，如鬼魅般窸窣穿過窗簾，進到房裡……

第二天早上，他爬了兩千英尺來到羅榭德尼，看到前一天搭乘纜車時的車掌也利用休假來登山，覺得頗有趣。然後，迪克一路下山回到蒙特勒游泳，及時趕回自己的旅館用晚餐。有兩封留給他的短箋——「我對昨晚並不會感到難爲情，那是我遇到過最棒的事。即使再也見不到你，親愛的上尉，我也很高興它發生了。」這足以讓他感到放心。

但來自多姆勒醫院的沉重陰影，使他在打開第二個信封時退卻了——

親愛的戴弗醫生：我打了電話過去，但是你外出。我在想，是否可以請你幫個大忙。發生了些意外情況我得回巴黎，我發現取道洛桑可以節省時間。既然你星期一要回蘇黎世，能不能讓妮可跟你一起搭車回去，然後把她送回療養院？這樣的請求會不會太麻煩？

祝安好

貝絲・艾文・華倫

迪克非常生氣，華倫小姐明知他帶了一輛自行車，一點都不方便；但她在短箋中的用字遣詞，卻令人無法拒絕——想把我們兩個送作堆，就憑目的地都是蘇黎世，甚至端出了有錢人家的作派！

他錯了，貝比・華倫沒有這個意圖。她曾用世故的眼光端詳迪克，還以她崇尚英倫的扭曲觀念打了一番分數，儘管承認他是很帥氣，卻也發現了他有些缺點——在她眼裡，他太「學院派」了，被她歸爲曾在倫敦認識的一群寒酸又自以爲是的那類人，他的表現太做作，不像出自眞心；她看不出，他如何能轉變成她理想中的上流人士。除此之外，他還很倔強，她已經好幾次看到他低下頭去，不聽她說話，就像有些人會做出的那種奇怪行爲。她一向不喜歡妮可像孩子般我行我素，現在更理所當然地認定她無可救藥；不管怎麼說，戴弗醫生並不是那種她想像中能夠成爲家族成員的醫界人士。

她只想利用他，圖個方便，沒有別的意思。

但她的請求讓迪克認爲她有這個意圖。火車之旅可以是糟糕的、沉悶的、或者有趣的一件事；它可以是一個試煉過程；它可以讓人預見，在某個日子裡，跟某個朋友，進行一趟長途旅行——從一早開始的匆匆忙忙，接著發現兩人都餓了，一起覓食，然後到了那天下午，死氣沉沉的黯淡旅行近尾聲時，才又變得活潑起來。迪克看到妮可鬱鬱寡歡而覺得難過；不過，對她來說，回到唯一熟識的家倒也安心。他們那天沒有打情罵俏，當他將她送進蘇黎世湖畔那道悲傷的大門，她轉過頭看著他時，他知道她的問題從此將成爲兩人共同的問題。

譯註

①喬治・高登・拜倫（George Gordon Byron，1788～1824），英國浪漫主義詩人，他總在字裡行間表達對現實生活的不滿，以及叛逆的性格，代表作有《唐璜》、《恰爾德・哈羅爾德遊記》。

②〈可憐的蝴蝶〉（Poor Butterfly），一九一六年的一首流行歌曲，取材自普契尼的歌劇《蝴蝶夫人》。

10

九月間，戴弗醫生和貝比・華倫在蘇黎世喝茶。

貝比說：「我認爲這件事有欠考慮，我不確定自己是否眞的了解你的動機。」他說：「別把事情弄得不愉快。」她則說：「畢竟我是妮可的姊姊。」迪克煩躁不已，他知道那麼多眞相卻不能告訴她：「那也不表示你有權刁難。妮可很富有，但不能說我就是意圖謀財。」貝比頑強地反駁：「問題就在這兒。妮可的確很富有。」迪克問：「她到底有多少錢？」這提問讓她吃了一驚。他繼續面帶冷笑地說：「你看這有多可笑，我寧願跟你們家的男人談……」她堅持：「一切由我作主。我們不是認爲你意圖謀財，而是我們根本不認識你。」

迪克說明著自己：「我是個醫學博士。我父親是一位牧師，現在退休了。我們住在水牛城，我的經歷任由你們調查。我進耶魯大學唸書，後來獲得羅德獎學金到英國深造。我的祖父是北卡羅萊納州長，我是瘋狂安東尼・韋恩①的嫡系子孫。」貝比懷疑地問：「瘋狂安東尼・韋恩是誰？」迪克訝異地反問：「瘋狂安東尼・韋恩？」貝比冷言道：「我想這段戀情已經夠瘋狂了。」他失望地搖搖頭。此時妮可正好來到飯店露臺，四處張望，尋找著他們。迪克接下去說：「他就是太瘋狂了，所以留下來的錢沒辦法像馬歇爾・斐爾德②那樣多。」貝比表示：「那很好……」

貝比說得沒錯，而且心裡很明白。若是她父親在場，他幾乎會瞧不起所有的神職人員。他們家是不具頭銜的美國貴族世家，但名字只要寫在飯店登記簿上，一封介紹信上，或者出現在任何場合，都可讓人們的態度大爲轉變，而這種轉變也淬煉出貝比對自己地位的觀感。她從精通此道超過兩百年的英國人那兒學到了這些事，怎可能不清楚迪克已就結婚之事煩擾了她兩次。還好這時妮可找到了他們，在這九月的午後她顯得白皙亮麗又清新，掃盡了一切陰霾。

……律師先生，你好嗎？我們明天要去科莫一個星期，然後回蘇黎世。所以我要你去跟姊姊解決這件事，因爲對我們來說，我能得到多少錢並不重要。我們會在蘇黎世平平靜靜地住上兩年，迪克有足夠的錢照料我們的生活。不，貝比，我比你想像的還要實際，只要支付我所需的衣服和用品就行……爲什麼，那太多了嗎，我們的資產負擔不起給我這些？我知道我一定不懂理財。你也有那麼多嗎？爲什麼你的比較多，難道因爲我被認定是個無行爲能力的人？好吧，把我的那份存起來之後……不，迪克拒絕跟這件事沾上任何關係。我當然覺得我們倆荷包滿滿……貝比，你對迪克的了解，僅僅只是，僅僅只是……現在我要在哪兒簽名？噢，很抱歉。

……迪克，我們這樣膩在一起不是既滑稽又寂寞嗎，除了兩廂廝守簡直無處可去。我們只是愛來愛去，這樣好嗎？噢，但是我愛的最深，我可以察覺到你對我心不在焉，哪怕只有短暫的片刻。我覺得，能夠像其他人一樣是多麼的美妙，可以在床上伸手摸到你暖和地躺在我旁邊。

……麻煩你打電話到醫院找我先生。是的，那本小冊子到處都在賣，他們要用六種語言出版。我會負責翻譯成法文那個部分，但這些日子我感到很疲倦，怕會跌倒；我變得如此笨重又不靈活，就像一個壞掉的不倒翁沒辦法站直。冰冷的聽診器放在我的胸口，我內心最強烈的感受就是——「我不在乎任何事」。……噢，那個可憐的女人在醫院產下心臟先天缺陷的嬰兒，若是死胎還好得多。現在，我們這一家三口不是很好嗎？

……迪克，那好像不太合理，我們有充分的理由租下更大的公寓。爲什麼因爲華倫家比戴弗家有錢，我們就要紆尊降貴？噢，謝謝你，侍者，但我們改變主意了；這位英國牧師告訴我們，說你們奧爾維耶托③的酒非常好。它經不起長途運送？怪不得我們沒聽過這裡的酒，因爲我們是那麼地熱愛葡萄酒。

……湖水陷落到褐色的淤泥後方，沿岸布滿腹部般的皺紋。攝影師把他幫我拍的照片拿給我們，我的頭髮披在駛向卡普里島④的小船欄杆上。船伕吟唱著：「再會吧，藍洞，但願來日重遊。」然後，我們沿著靴子形狀的義大利，往下朝炎熱險惡的脛部走，颯颯狂風圍繞著毛骨悚然的古堡，亡靈在崖頂俯視著我們。

……這艘船滿好的，我們的腳跟一起觸碰在甲板上。這個角落風很大，每次轉彎時，我都傾身向前頂著風，拉緊外套，一直保持與迪克並肩。我們胡亂唱著：「哦——哦——哦，除了我以外的火鶴；哦——哦——哦——哦，除了我以外的火鶴……」跟迪克在一起的生活眞有趣。甲板躺椅上的人們看著我倆，有個女人想聽出我們在唱些什麼。迪克唱煩了，迪克，你自己去走走吧。親愛的，你一個人走的時候感覺不太一樣，氣氛變得比較凝重，迫使你穿過躺椅投射出的陰影，穿過煙囪溢出的霧氣。你會覺得自己的倒影在那些人注視的眼神下悄然前進，你不再與世隔絕；不過，我想你得先觸碰生命才能超脫它。

……我坐在這艘生命之舟的欄杆上望著海，讓頭髮被風吹拂閃耀。我靜止不動地面對天空，船將載著我的身軀航向藍色朦朧的未來，我是古帆船艏雕刻的雅典娜女神。海水在公共廁所裡翻攪著，灰湖綠的浪花變化萬千，船尾則是怨聲連連。

……那一年，我們到過許多地方旅行，從烏魯木魯灣到比斯克拉⑤。我們在撒哈拉沙漠的邊緣遇上蝗災，司機好心地解釋說牠們是大黃蜂。夜幕低垂，有個陌生的守護神無所不在。噢，那卑微的阿爾及利亞裸體舞孃；喧鬧的夜晚充斥著來自塞內加爾的鼓發出的敲擊聲、笛聲、駱駝的哀鳴，還有土著腳上以舊輪胎做的鞋發出啪嗒啪嗒的聲音。

……但那時我又發病了，所有的火車與海灘都是一個樣，因此他要帶我四處旅行。不過，當我生下第二個孩子——我的小女兒桃普希之後，一切又變得黑暗。

……我想讓我先生知道——他認爲讓我獨自待在這兒沒問題，但卻是把我交到無能的人手上。你告訴我，我的嬰兒皮膚是黑的，這太荒謬、太卑劣了。我們到非洲，只是去看提姆加德⑥，因爲我生活中的主要興趣是考古。我對自己一無所悉，而且因爲不斷想到這件事而感到厭煩。

……迪克，當我康復之後，要成爲一個像你一樣的好人；倘若還不太遲，我要研讀醫學。我們必須用我的錢買一幢房子，我已經厭倦待在公寓等你。你對蘇黎世感到厭煩，在這裡找不到時間寫作；你說科學家無法寫作，等於坦承自己能力不足。我將徹底檢視知識領域，找點東西來學個透徹，一旦再度精神崩潰就可以靠著它堅持下去。迪克，你要幫助我，我才不會這麼有罪惡感。我們將住在一處溫暖的海灘附近，這樣就可以一起曬得黝黑和保持活力。

……這間將會是迪克的工作室，噢，我們不約而同有此想法。我們經過塔姆村十多次，這次開車來到這兒，發現此地除了兩個馬廄，其他房子都是閒置的。我們透過一位法國人出面進行交易，但是當海軍發現有美國人買下一部分的山頭小村之後，立刻派了密探過來。他們翻遍所有的建材尋找砲彈，最後，貝比還得幫我們發緊急電報給巴黎的外交部，讓他們進行關切。

……夏天時沒人會來蔚藍海岸，因此我們料想不會有太多訪客，可以好好地工作。這裡會來一些法國人，像是上星期來了蜜絲婷瑰，她對此時居然有旅館營業而大感意外；此外，在這裡的還有畢卡索，以及《就是不親嘴》那齣戲的編劇⑦。

……迪克，為什麼你在登記時寫的是戴弗先生與夫人，而不是戴弗醫生與夫人？這事剛在我腦海閃過，我只是感到好奇。你教導我工作至上，而我也相信你。你常說人要增長知識，一旦停止求知就和其他人沒兩樣；要緊的是，得在知識不再增長前，學會一些本領。好吧，如果你非要把事情弄得顛三倒四，但親愛的，你的妮可也非得亦步亦趨地照顧你嗎？

……湯米說我沉默寡言。我病好了之後，第一次跟迪克在深夜暢談，我倆坐在床上，點著香菸；後來，趴著避開藍色曙光，埋在枕頭裡讓光線照不到眼睛。有時我會唱歌，逗弄動物，我也有一些朋友，像是瑪麗。瑪麗和我說話時，我們都沒在聽對方說了些什麼。真正會交談的是男人。當我說話時，會告訴自己我大概是迪克，我甚至已把自己當作我兒子，想起他是多麼聰明與溫和。有時候我是多姆勒醫生；湯米．巴本，有一次我甚至變成你的模樣。我想，湯米愛上我了，靦腆又觸動人心；不過這就夠了，因此他和迪克開始意見相左。總而言之，一切從來不像現在這麼好過。我被喜歡我的朋友圍繞著，跟我的丈夫和兩個小孩住在這片寧靜的海岸。每件事都很好——只要我能把這該死的馬里蘭雞食譜翻譯成法文。我的腳趾陷在沙裡感覺溫暖。

「對，我來瞧瞧，的確有更多新來的人。噢，那個女孩，沒錯。你說她看起來像誰……沒有，我沒看過，我們在這裡沒有太多機會看到美國的新電影。露絲瑪莉是誰？這麼一來，我們這裡的七月會變得很時髦，這對我而言似乎非常新鮮。對，她很可愛，可是這裡的遊客會變得太多。」

譯註

①安東尼・韋恩（Anthony Wayne，1745～1796），美國獨立戰爭中的一位軍官，戰功彪炳，最終獲升准將軍階，因個性火爆而有「瘋狂安東尼」之稱。

②馬歇爾・斐爾德（Marshall Field，1834～1906），一名在芝加哥以賣乾貨起家的企業家，創立了著名的馬歇爾・斐爾德百貨公司，今改為梅西百貨公司。

③奧爾維耶托（Orvieto）：位於義大利中部翁布里亞大區特爾尼省，是一坐落在火山凝岩上的古城。

④卡普里島（Capri）：義大利那不勒斯灣南部索倫托半島外的一座小島，為著名旅遊勝地。

⑤烏魯木魯灣（Woolloomooloo Bay）：位於澳洲雪梨市的一處海港區。

比斯克拉（Biskra）：位於阿爾及利亞東北部撒哈拉沙漠邊緣，比斯克拉省首府。

⑥提姆加德（Timgad）：阿爾及利亞東北部奧雷斯山脈上的一座古羅馬城遺址，約建於西元一〇〇年。

⑦蜜絲婷瑰（Mistinguett，1875～1956），法國紅極一時的女歌星兼演員，法國華麗歌舞秀的代表人物。

巴布羅・畢卡索（Pablo Picasso，1881～1973），西班牙畫家兼雕塑家，立體派創始者，二十世紀初多往來於西班牙巴塞隆納和法國巴黎之間工作。

《就是不親嘴》（Pas sur la Bouche），一九二五年在巴黎上演的一齣歌舞劇，編劇是安德烈・巴弟（André Barde）。

II

八月，戴弗醫生和艾希・史培斯太太，坐在坎城聯盟咖啡館滿布塵土的陰涼樹蔭底下。灼熱的地面讓雲母石失去了光澤，一陣陣乾冷的西北風從愛斯特勒山頭吹往海岸，搖動著港口裡的漁船，零星的桅杆指向平凡無奇的天空。

史培斯太太說：「我在今天早上收到一封信。遇上那些黑人一定讓你們覺得很糟糕，不過露絲瑪莉說你對她非常好。」迪克答：「露絲瑪莉才值得嘉許。當時的情況眞是一種折磨，唯一不受此事影響的是艾貝・諾斯，他搭上了前往哈瓦那的飛機，也許還不知道發生了這樣的事。」史培斯太太謹愼地說：「我很遺憾，戴弗太太受到了驚擾。」因爲露絲瑪莉在信中寫道——「妮可似乎精神失常。我不想跟他們一起回南方，因爲我覺得迪克已經夠忙了。」

迪克幾近不耐煩地說：「她現在很好。所以，你明天就要離開？什麼時候起程？」史培斯太太答：「馬上。」他說：「我的天，你走了眞可惜。」她說：「我們很高興來到這裡。多虧了你，我們過得很愉快。你是露絲瑪莉第一個在乎的男人。」拉納普爾①的斑岩山丘又颳起一陣風，這種天氣暗示季節即將轉變；令人忘卻時光的豐盛仲夏已經結束。史培斯太太笑著說：「露絲瑪莉總是有迷戀的對象，但她終究會把那個男人交給我……剖析。」迪克問：「所以，我是被允許的？」她說：「實際上，我做不了什麼。她在我還沒見過你之前就愛上你了。我告訴她，儘管去做。」

他看出，無論是自己或者妮可，都不在史培斯太太的既定計畫中；同時他也知道，這種無視是非對錯的作法乃出於她消極避世的心境。這是她的權利，是她逝去感情賴以存在的撫慰。女人爲了生存奮鬥，幾乎用上了所有的本領，因此很少被安上像是「無情」這類人爲罪過。只要戀愛與痛苦的交織在恰當範圍之內，史培斯太太自認可像個閹人般以超然寵愛之心在旁觀看，她甚至沒考慮到露絲瑪莉可能會受到傷害，抑或確信自己的女兒不會受到傷害？

迪克一直假裝自己仍能客觀思索露絲瑪莉這個人：「如果你說的是眞的，那麼我不認爲她受到了傷害。她已經結束這段戀情，然而生命中的許多重要時刻都始於偶然。」史培斯太太堅持：「這絕非偶然。你是第一個對她來說是理想對象的男人，她在每封信裡都這麼說。」迪克說：「她眞是客氣。」史培斯太太說：「你和露絲瑪莉，是我所知道最有禮貌的人；不過，那確實是她的眞心話。」迪克答：「而我的禮貌是裝腔作勢。」

這話確有幾分眞實。迪克從他父親那邊學到——南北戰爭過後，有些南方小夥子來到北方，會刻意表現出好禮貌。他自己經常發揮這些禮貌，但也鄙視這些禮貌；它們之所以被譴責，不是因爲充滿令人不快的利己主義思維，而是因爲它根本就很惹人厭。

他突然告訴史培斯太太：「我愛上了露絲瑪莉。但對你這麼說，眞是有點放縱自己。」這件事對他而言似乎非常不可思議而且如此公開，彷彿聯盟咖啡館裡的每張桌椅都會永遠記住。這幾天，他已能感受到她的離去——在海灘上，只能憶起她的肩膀被太陽曬傷；在塔姆村，踩著她留下的腳印走過花園；現在，樂隊奏起尼斯嘉年華會的樂曲，呼應著去年盛會早已消逝的種種歡樂，回想起在她身旁的美妙時光。在相處的這幾百個小時當中，她掌控了世上所有的黑色魔法，就像使人眩目的顚茄②，將身體能量轉爲神經活力的咖啡因，以及散播和諧的曼陀羅。

定過神來，他再次接受的假象就是——自己能夠和史培斯太太一樣保持超然客觀。他說：「你和露絲瑪莉不完全相像。她從你身上得到的智慧，全都融合在她所扮演的角色裡，在她迎向世界的那張面具裡。她不用腦筋，眞正的內心深處是全然愛爾蘭式的，浪漫的，以及不合邏輯的。」史培斯太太也明白，儘管露絲瑪莉有副嬌滴滴的外表，卻是匹朝氣十足的小野馬，完全看得出是美國上尉醫官霍伊特所生的小孩。若是剖開來看，露絲瑪莉必然擁有壯碩的心臟、肝臟和靈魂，然後全都塞進了一個可愛的軀體裡。

道別時，迪克意識到史培斯太太是個充滿魅力的人，她對待他的態度，遠超乎露絲瑪莉不情不願放棄的一個對象。他也許可以塑造出一個露絲瑪莉，卻絕不可能塑造出她母親。如果說，露絲瑪莉是穿戴著迪克贈與的披風、馬靴和鑽石離開，那麼兩相對照之下，只要見識到她母親展現出的優雅風範，便肯定知道那絕不是他所能激發出來的——這種感覺，很好。她擁有一種看似在等候的神情，彷彿在等待一個男人去執行比她的存在還重要的工作，無論是一場戰役或手術，而且在此期間男人絕不會被催促或者受到干擾。一旦男人完成工作，她會坐在高腳椅上翻閱書本或報紙，繼續等候，不會煩躁或失去耐心。

迪克說：「再見……希望你們永遠記得，我和妮可是多麼喜歡你們。」

回到狄安納別墅，他進入自己的工作室，打開遮著正午陽光的百葉窗。兩張長桌亂中有序，上面放著他的寫書資料。卷一論述精神病分類，那本曾獲得補助發行的小冊子賣得還不錯，他正接洽發行再版。卷二是將他第一本書《精神病醫生的心理學》大幅擴充；就像許多人一樣，他發現自己只有一兩個獨到的見解——在他那幾本以德文發行到第五十版的小冊子裡，已經蘊藏了他至今所思考過和了解到的課題。

但現在他對一切感到擔心。他怨嘆在耶魯浪擲的歲月；但感受最深的，是他們的生活日漸變得奢侈，隨之而來的講究排場更是沒有必要。他想起羅馬尼亞友人說的故事，關於一個人花了多年的時間研究犰狳的腦；他不禁懷疑耐性十足的德國人，就在柏林或維也納的圖書館附近，無情地等著他發表作品。在此情況下，他決定簡化出書工作，先出版不附文獻資料的十萬字科普版本，還可收錄在日後更富學術性的作品中當作引言。

他在工作室裡繞著傍晚的陽光踱步，來確認這項決定。若是採取新的計畫，明年春天就可以完成。對他而言，像他這般幹勁十足的人若還被有增無減的疑問糾纏一整年，肯定表示計畫有缺失。他把幾條當做書鎮的鍍金鐵棒放在一札札的筆記上。因爲不准僕人進入工作室，他開始打掃，用寶納米牌清潔劑大致清理洗手間，修理一扇紗窗，還寄出訂單給蘇黎世的一家出版社，然後喝了杯一盎司加兩倍水的琴酒。

他看到妮可在花園，不久他必然得跟她照面，想到這一點就心情沉重。在她面前必須維持完美的矯飾，不僅現在和明天，下個星期和明年也一樣。當時在巴黎，他整個晚上摟著她，她在藥物的作用下只能淺眠；一大清早，他輕柔地說著話保持警戒，免得她混亂的腦袋又發作；他的臉緊貼著她溫熱透香的頭髮，她又睡著了。趁她清醒前，他到隔壁房間打電話安排著一切。露絲瑪莉要搬到另一家飯店，她將繼續扮演「掌上明珠」女孩，甚至不打算跟他們道別。飯店經理馬克白先生則依然謹守視而不見，聽而不聞，知而不言的最高指導原則。迪克與妮可則在採買的成堆東西，紙盒與包裝紙間整理著行李，中午便起程返回蔚藍海岸。

然後又發生了一個反應。他們在臥舖車廂安頓下來後，迪克看見妮可那種正等著瞧的神態——這反應來得又急又快，連火車都還沒來得及開動。他著實有一股衝動，想趁火車行駛速度還不快時跳下去，回去看看露絲瑪莉在哪裡，人在做什麼。他打開一本書，摺好夾鼻眼鏡放在上頭，知道妮可躺在車廂另一邊的枕頭上注意著自己。他看不下去，假裝累了閉上眼睛，但她繼續看著他，就算藥物殘留的作用讓她只是半醒著——她感到放心，幾乎是快樂，因爲他又是她的了。

閉起眼睛更不好受，因爲這帶給他一種得而復失、得而復失的節奏感；爲了避免表現不安，他就這麼躺著直到中午。午餐時情況好多了，總是有美好的一餐——在旅館和餐廳，在臥車、餐車、飛機上成千頓的午餐，集合起來分量可是相當驚人。火車上的侍者司空見慣的匆忙模樣，小瓶的紅酒與礦泉水，「巴黎—里昂—地中海」路線路特有的佳餚，這些都給了他們凡事一如往昔的錯覺。然而，這幾乎是前所未有的一趟旅程，他帶著妮可遠離某地，而不是前往某地。他喝了整瓶酒，留了一杯給妮可；他們聊到房子和小孩。但回到自己的車廂後便陷入一片沉默，就像在盧森堡公園對面的露天餐廳時那般無言以對；走出傷痛後，似乎必然循著原來的足跡回到傷心地。迪克展現出少見的焦躁。

妮可突然說：「就那樣丟下露絲瑪莉實在太糟糕……你認爲她不會有事吧？」迪克答：「當然，她到任何地方都可以照顧自己……」唯恐這句話會貶抑妮可自我照料的能力，又補充了一句，「她畢竟是個演員，就算背後有母親幫忙打點，也必須要多留意自己。」

妮可說：「她非常嫵媚。」迪克答：「她是個小女孩。」她說：「不過，她很嫵媚。」他們的交談漫無目標，各說各話。迪克忽又提出意見：「她沒有我想像中聰明。」妮可說：「她相當機靈。」迪克說：「但是不怎麼樣，總是有種乳臭未乾的味道。」妮可字字強調地說：「她非常、非常漂亮，而且我覺得她在電影裡演得很好。」迪克說：「她是被指導得好。仔細想想，她的演出並不是非常獨特。」妮可說：「我認爲很好。我可以看得出，她對男人是多麼有吸引力。」

他的心抽動了一下。哪個男人？多少男人？現在她身在何處？跟誰相處？

「我可以把窗簾拉下來嗎？」「請便。這裡太亮了。」

迪克說：「她不到幾年，就會看起來比你老上十歲。」妮可說：「正好相反。有天晚上我在戲院的節目單上替她畫了張素描，我認爲她會永保青春。」

兩人晚上都輾轉難眠。迪克這一兩天會嘗試忘掉露絲瑪莉的倩影，免得坐困其中，不過他現在沒力氣這麼做。有時，忘卻煩惱要比剝奪快樂還困難，他被回憶完全占據，無能爲力也只能佯裝沒事；更困難的是，他在生妮可的氣——經過了這些年，她應該要知道自己過度緊繃的徵兆而加以提防。她在兩個星期內便發生兩次精神崩潰，前一次是在塔姆村宴客的那晚，他發現她在浴室裡狂笑，還對麥吉斯科太太說她不能進浴室，因爲鑰匙被扔到井裡去了。麥吉斯科太太被弄得既震驚又憤怒，雖然莫名其妙，也大致理解那是什麼情形。迪克當時並未特別擔憂，因爲妮可事後覺得很懊悔。她打電話到高斯飯店致歉，不過麥吉斯科夫婦已經離開。

這回在巴黎崩潰則是第二次，也加深了前一次的重要性——它也許預告著一個新週期，病症的新發展。妮可在桃普希出生後，舊疾復發了很長一段時間，迪克經歷著違反專業的痛苦抉擇，他必須對她狠下心腸，截然區分出令人討厭的妮可與令人喜歡的妮可。這導致他如今很難分辨，自己到底是爲了自我保護而表現出職業性的超然態度，或者是他的心已開始變得冷漠。

無論是漫不經心的照護，或者任由她萎靡下去，都是一種無盡的空虛，到了這種程度他已經學會對妮可視若無睹，只帶著否定的態度與情感上的漠視，違反自己意志地去伺候她。有人曾寫說「傷疤終究會癒合」，這是用皮膚的病理現象當作比喻，但一個人的生命裡可沒有這種事。生命中有許多撕裂的傷口，有時可收縮成針頭般大小，但傷痕終究存在。遭受折磨的傷痕，更像是少了根手指，或者瞎了隻眼睛；我們或許不眷戀那失去的手指或眼睛，但哪怕是短暫的一刻，就算我們在乎也於事無補。

譯註

①拉納普爾（Mandelieu-la-Napoule）：一座位於坎城西南方的市鎮，與坎城同樣地處納普爾灣沿岸。

②顛茄是一種毒性植物，從樹葉、莓果到根莖都有神經劇毒，誤食會造成瞳孔放大，視力模糊。

12

他看到妮可在花園裡，兩臂高高地環抱著自己的肩膀。她陰鬱的雙眼直盯著他看，活像一個孩子好奇探詢的眼神。

迪克說：「我到坎城去了，遇到史培斯太太。她明天就要離開，原本想來跟你道別，但我讓她打消這個念頭。」妮可說：「眞不好意思。我倒是想見見她，我喜歡她。」他又說：「你猜我還看到誰——巴塞洛繆・泰勒。」她驚呼：「不會吧！」迪克說：「我絕不會認錯他那張臉，一個狡猾世故的老傢伙。他在爲西羅動物園尋找場地，明年他們全都會來到這裡，我想艾布蘭絲太太有幾分像是前哨部隊。」妮可說：「我們來這裡的第一個夏天，貝比還大發雷霆呢！」

迪克說：「他們根本不是那種會在乎自己在什麼地方的人，所以我想不透，他們爲什麼不一直待在多維爾就好。」妮可問：「我們能不能放出謠傳說有霍亂之類的流行病？」他答：「我告訴巴塞洛繆，有些動物在這裡會像蒼蠅一樣活不下去；我的說法是，討人厭的傢伙會跟大戰時的機槍手一樣短命。」她回應：「你不是會這麼說的人。」他承認：「的確，我是沒有這麼說。是啊，他很討人喜歡，那是一幅漂亮的景象，我跟他在大街上握手，有如西格蒙德・佛洛伊德和華德・麥克艾利斯特①的會面！」

迪克並不想說話，他想獨自思索工作和未來，這樣可以壓制關於愛和今天的思緒。妮可知道這一點，卻又帶著陰沉悲傷的心情——她有點非理性地憎恨他，但又想靠在他肩膀上磨蹭。迪克輕聲說：「親愛的。」

他走進屋裡，忘了要來做什麼，然後想起是要彈鋼琴。他坐下來吹著口哨，彈起聽過的旋律——「心想著你坐在我膝，雙人茶會兩人喝茶，我來伴你，你來陪我……」在樂聲中他突然想到，妮可聽到這首曲子會馬上猜出他在思念過去的兩個星期。他趕緊隨便彈個和弦後停下來，起身離去。

實在想不出要去哪裡。他四處張望著妮可布置的房子，這幢用妮可祖父留下來的錢買的房子。他擁有的只是自己的工作室和那塊土地。每年三千塊錢美金的收入，以及靠出版品一點一滴累積的所得，他得用來支付個人服裝費與零用錢，地窖酒藏的花費，還有蘭尼爾的教育費（即使到目前爲止，這筆費用僅限於保母的薪水）。每次做什麼事，迪克都得計算自己要分攤多少錢。他過得非常節省，獨自旅行時坐的是三等艙，喝最便宜的酒，小心照料自己的衣服，若有任何的鋪張浪費便會懲罰自己，這樣還算能夠維持經濟上的獨立。

但從某個時候開始一切變得麻煩許多——他們經常需要共同決定，如何使用妮可的錢。當然，妮可爲了想擁有他，要他永遠待在自己身邊，總是慫恿他在這方面鬆懈下來，而且不斷用各種方式讓他得到禮物與金錢。在懸崖上打造別墅的主意，起源於某天他們精心編織出的夢想，從這典型的例子可以看出，那股促使他們脫離當初在蘇黎世簡樸度日的力量有多大——原本的說法是「將會多麼有趣，如果……」，後來卻變成「那會很有趣，等到……」；其實並不那麼有趣。他的工作跟妮可的問題攪和在一起；此外，她的收入近來快速成長，似乎貶抑了他的工作；而且爲了療養她的病情，多年來他都佯裝全心持家，實際上是漸行漸遠……這樣的矯飾在消極又無可動彈的情況下變得越發困難，他免不了會遭受她仔細的檢驗。當迪克不能再彈奏他想彈的樂曲時，表示生活已經被琢磨到只剩下一點點。他待在偌大的房子裡聽著電子時鐘嗡嗡作響，聽著時光在流逝。

十一月，海浪顏色越發漆黑，越過堤防，打上了岸邊的馬路；夏日生活的殘跡完全消失，海灘在風雨中變得荒蕪冷清。高斯飯店停業進行整修擴建；尚利旁夏日賭場的工地鷹架搭得更是巨大嚇人。迪克和妮可在坎城與尼斯，認識了一些新面孔包括樂隊成員，餐廳老闆，園藝愛好者，造船師傅（因爲迪克買了一艘舊船），還有旅遊局的官員。此外，他們對自家僕人的情況瞭若指掌，也花了心思在孩子的教育上。到了十二月，妮可似乎又恢復正常，一個月下來沒有緊張的情緒，沒有抿著嘴，不會無故發笑，不會說出令人費解的話，他們到瑞士阿爾卑斯山山區過聖誕假期。

譯註

①華德．麥克艾利斯特（Ward McAllister，1827～1895），美國律師，嚮往歐洲貴族的生活方式，自封為「紐約社會的仲裁者」。文中在此，是比喻一名心理學家與權貴人士的交會。

13

進入屋子之前，迪克先用便帽拍掉深藍色滑雪衣上的雪。大廳地板布滿二十年來鞋釘所留下的痕跡，現在則清空桌椅舉辦茶點舞會。寄宿在格施塔德附近學校的八十個美國年輕人，隨著〈別帶露露〉的嬉鬧樂曲蹦蹦跳跳，而當響起查理斯頓舞曲的開頭節奏時更陷入一片瘋狂。這個地方聚集的是年輕、單純、肯花錢的人，富人們都是到聖莫里茨①；貝比．華倫覺得，自己可是放低了身段，才會跟戴弗夫婦來這裡。

迪克在這輕歌曼舞的熙攘場子裡，一眼就看到她們姊妹倆，她們就像海報上的人物，穿著厚重的雪衣，妮可是天藍色，貝比是磚紅色。一名英國年輕人正跟她們說話，不過她們心不在焉，直盯著那些跳舞的年輕人發呆。妮可看到迪克，被雪凍得紅通的臉龐露出了喜悅：「他在哪兒？」迪克答：「他沒趕上火車，我過一會兒再去接他。」他邊說邊坐了下來，把一隻沉重的靴子翹到膝蓋上。「你們姊妹倆看起來眞是引人注目。有時我會忘記我們是一道的，見到你們的當下，眞讓我驚豔。」

貝比是個高䠷漂亮的女人，深深沉醉在自己年近三十的風華歲月，看她從倫敦拉了兩個男人一起陪著來就知道——他們一個剛從劍橋畢業，另一個既老又難對付，有著維多利亞時代的放縱氣息。貝比有某種老處女情結，她不習慣被人觸碰，如果突然被碰到就會跳起來，若是親吻或擁抱這種持續的觸碰就會穿透肌膚直達敏感神經。她的肢體動作不多，姿態合宜（反倒會很老氣地跺腳或甩甩頭），對於朋友面臨災難時的死亡徵兆很感興趣，像她便始終堅信妮可的命運是個悲劇。

同行的英國年輕人陪她們從難度適中的坡道滑下來，還在雪橇道上受了點罪。迪克則在一次過於炫耀的急轉中扭傷了腳踝，於是輕鬆陪著兒女在親子雪道上消磨時間，或者跟一位俄國醫生在飯店裡喝著淡啤酒。

妮可慫恿著：「迪克，開心點，你何不去認識這些年輕女孩，下午跟她們一起跳跳舞？」迪克答：「我要跟她們說些什麼？」她那低沉到近乎刺耳的嗓門提高了幾個音，假裝楚楚可憐賣弄著風騷：「就說『妞兒，你的歌聲棒極了』，你覺得怎麼樣？」他說：「我不喜歡稚氣的女孩，她們聞起來一身橄欖香皂和薄荷油的味道。如果跟她們跳舞，我會覺得好像在推嬰兒車。」這是個危險的話題，迪克很謹愼，甚至到了不自在的程度，他只顧越過那些年輕女孩的頭頂朝遠方凝視。

貝比說：「有許多正經事要談。首先，家鄉傳來消息。我們過去稱爲車站地皮的那筆財產，鐵路公司起初只買中間那塊地，現在他們買下原本屬於母親的剩餘部分。目前的問題是，要如何以這筆錢投資。」同行的英國年輕人裝作對這庸俗的話題感到不屑，於是朝舞池中一個女孩走去。身爲一輩子崇拜著英國的美國女子，貝比用狐疑的眼神朝他看了一會兒，然後輕蔑地繼續往下說：「這是一大筆錢，每個人可以分到三十萬。我會照料自己的投資，但是妮可對股票一竅不通，我想你也一樣。」迪克推託地說：「我得去火車站接人了。」

到了外面，天色逐漸變暗，那些看不見的濕冷雪花被他吸進了鼻子裡。有三個小孩乘著雪橇從他身旁掠過，用陌生的語言呼喊警示；他聽到他們在下個轉彎處又喊了一聲，再稍遠處的黑暗中傳出雪橇鈴聲往山上而去。假日的車站充滿期待，男孩與女孩等候著即將來到的男孩與女孩，火車進站時就連迪克也感染了這股氣氛，對法蘭茲．桂格羅維斯謊稱，自己正玩得興高采烈，特地抽空半個小時來接他。不過，法蘭茲心事重重，全然不理會迪克矯飾的情緒。迪克在信中寫道——「我可以去蘇黎世一天，或者你可以設法來洛桑。」結果法蘭茲居然直接來了格施塔德。

法蘭茲四十歲，容光煥發的不惑之年有賴他一貫舒適規律的作息，不過他最感到自在的是那份稍嫌單調的安定，身在其中，可鄙夷地看著那些精神崩潰、並受到他再教育的有錢人。他的天賦遺傳或許可讓他擁有更廣闊的世界，但他刻意選擇了地位謙卑的立足點，從他選擇伴侶這一點就看得出端倪。在飯店，貝比．華倫迅速打量了他一番，找不出任何值得敬重的表徵（就是特權階級辨識著彼此時，所依據的那些微妙德行與禮節），於是就用另一種態度對待他。妮可總是有一點怕他。迪克喜歡他，就像對待朋友那樣無所保留。

那天晚上他們到山下村莊過夜，乘坐的小雪車就像威尼斯搭載觀光客的貢多拉②。他們住宿的飯店有間老瑞士酒吧，木造建築發出回音，屋裡隨處可見時鐘、酒桶、啤酒杯和鹿角。猶如一場盛大宴會，一群群人坐在長桌邊吃著起司火鍋（看起來跟威爾斯乾酪麵包一樣很難消化，但配上風味熱酒之後倒是舒緩不少）。

「酒吧的氣氛眞是樂不可支」，同行的英國年輕人如此形容著，迪克承認沒有別的字眼來得更恰當了。勁道十足的濃酒讓他放鬆心情，想像著一八九〇黃金年代的灰髮男士在鋼琴伴奏下合唱著老歌，服飾亮麗、嗓音嬌嫩的女歌手走進煙霧繚繞的屋子裡……這些景象全都在眼前拼湊了起來。一時之間，他覺得大夥有如同在一艘船，而陸地就在眼前；所有女孩的表情都有著同樣天眞的期待，期待這個場面，以及夜晚所蘊藏可能發生的事。他四處張望，尋找著那個特別的女孩；印象中，她坐在他們後面的那張桌子，但後來也就沒放在心上，他編了些可笑的話題逗同桌的夥伴開心。

法蘭茲用英文說：「我必須跟你談談。我只能留在這裡二十四個小時。」迪克答：「我猜到你心裡有事。」法蘭茲把手放到迪克的膝蓋上：「我有個計畫，驚人的計畫。是關於我們兩個人發展的計畫。」迪克好奇：「哦？」法蘭茲開始說明：「迪克，有間醫院可以讓我們共同經營，是楚格湖畔③布勞恩的那間老醫院。房子除了幾處地方，其他都是新的。布勞恩生病了，他想回奧地利，或許在那兒度過餘生。這是個難以抗拒的機會，你和我，多好的搭檔！先別開口，等我說完。」

從貝比顯出的閃爍猜疑眼神，迪克知道她正在聽。法蘭茲繼續說：「我們一定要聯手經營，它不會帶給你太多束縛。你將有個據點，一間研究室，一個醫療中心。氣候好的時候，你的駐院時間可以不到半年；冬天時可以去法國或美國，根據最新臨床經驗寫你的書。」接著壓低嗓音道，「而且爲了你家庭的醫療需求，這正規的醫院環境就近在咫尺。」但迪克的表情顯然不支持這個說法。

法蘭茲就此打住，立刻回到正題：「我們可以成爲合夥人。我負責經營管理，你則是病理學家、傑出的醫療顧問之類的。我了解自己，我沒有你所擁有的天賦。不過就我這方面，人們都認爲我有才幹，我完全能掌握最現代化的醫療方式。有時候，一連好幾個月都是我在實際負責多姆勒的那間老醫院。教授也說這個計畫好極了，他建議我著手進行。他說他會一直活下去，工作到最後一刻。」

迪克在心中想像著未來願景，之後才要進行判斷。

迪克問：「那麼財務問題呢？」法蘭茲翹著下巴，揚起眉毛，前額一時擠出了皺紋，雙手、胳臂與肩膀全都往上一舉；他收緊雙腿，褲管被撐得鼓脹，心快要跳到喉頭，話語就像直衝上顎。他嘆了口氣：「錢，那就是問題所在！我沒有多少錢，開價是美金二十萬元。重新整修開張的階段要花兩萬美金，我想……你會同意那是必要的。儘管還沒看到帳冊，但我告訴你，那間醫院是座金礦，二十二萬元的投資可以保證我們的收入有……」貝比聽得如此好奇，迪克乾脆把她帶進談話中。他問著：「貝比，就你的經驗，你可曾發現當一個歐洲人急著見一個美國人時，事情無可避免都跟錢有關？」她故作天真地說：「是什麼事？」迪克簡單解釋：「這位醫生認為他跟我應該要投入大事業，想辦法招攬那些精神崩潰的美國人。」

法蘭茲瞪著貝比乾著急，迪克繼續說：「不過我們是什麼人物？你有個響亮的姓氏，我寫了兩本書，這樣夠吸引人嗎？而且我沒有那麼多錢，甚至連十分之一都沒有。」法蘭茲冷笑，迪克坦率地說，「老實說，我沒錢。妮可與貝比，跟克羅依斯④一樣富有，但我還沒辦法弄到任何一分錢。」現在，同桌的人都在聽，迪克甚至懷疑後面那桌的女孩也在聽。這個點子吸引著他，他決定讓貝比代為發言，就像人們通常會讓女人在事不關己的話題上大發議論。貝比突然變得跟她祖父一樣，顯得冷靜又謹慎，她語帶保留地說：「迪克，我想你應該仔細考慮這項提議。我不了解桂格里醫生說的內容，不過就我而言似乎……」

坐在迪克後面的女孩彎腰探進一圈煙霧中，從地上撿起東西。妮可從桌子對面看著他，她的美一時顯得慵懶撩人，擁向了他的疼愛，敦促他永遠呵護它。

法蘭茲極力慫恿：「考慮看看，迪克。一個人如果在寫精神病學的書，就應該要有實際的臨床接觸。榮格寫書，布魯勒寫書，佛洛伊德寫書，福勒爾寫書，阿德勒寫書⑤——他們都和精神失常的人保持接觸。」妮可笑稱：「迪克有我。我的精神失常應該足夠讓一個人來研究了。」法蘭茲小心翼翼地說：「那可不同。」

貝比尋思，妮可如果住在醫院旁邊，身為她姊姊，應該會覺得安心許多。她說：「我們得慎重考慮。」儘管覺得貝比顯出的傲慢很有趣，但迪克並不打算助長。他一片和藹地說：「貝比，這個決定對我而言至關重要。你眞好心，想為我買間醫院。」貝比意會到自己在管人閒事，於是趕緊縮手：「當然，這完全是你的事。」迪克轉向滿懷期待的法蘭茲說：「這種重要的事需要幾個星期來做決定。我不確定自己是否喜歡跟妮可到蘇黎世定居這個構想。我當然知道，蘇黎世的房子有瓦斯、自來水和電燈，畢竟我在那兒住了三年。」法蘭茲回應：「我讓你好好考慮，我確信……」

一百雙重達五磅的雪靴開始砰砰砰地往門口走動，他們也加入了人潮。屋外皎潔的月光下，迪克看到那個女孩把她的雪橇緊繫著前面一輛雪車。他們坐上自己的雪車，馬匹在鞭子清脆的聲響中拉扯前進，衝破黑暗的空氣。路上兩旁的身影無不競相狂奔，年輕人相互推擠地攀上雪橇，跌落雪地的就在後面氣喘吁吁追著跑，趕上後筋疲力竭地倒在雪橇上，沒趕上的呼喊著自己被拋棄了。兩旁原野有著宜人的寧靜；雪車隊伍行經的這片地方位處高山且廣闊無邊，鄉野間沒有喧囂的噪音，他們全像古代先民那般聆聽著雪地裡是否傳來狼嚎。

在薩嫩⑥，他們湧進市政廳辦的舞會，這裡擠滿了牧羊人，旅館員工，店鋪老闆，滑雪教練，導遊，觀光客與農夫。歷經鄉野萬物皆有神的野性感受後，走進這充滿溫暖的地方，某個滑稽響亮的騎士名號將要重振旗鼓，猶如征戰的馬刺軍靴踏得震天價響，或像足球釘鞋踩在更衣室地板上泮泮作響。耳邊傳來瑞士傳統山歌，熟悉的旋律使迪克原本感覺頗爲浪漫的場面變得乏味。他起先以爲是自己心裡不再惦記著那個女孩了，後來明白是貝比所說那句「我們得愼重考慮……」的話，底下還有沒講出來的——「我們擁有你（這個專屬醫生），你遲早得承認這一點。繼續假裝獨立自主，實在很荒謬。」

多年來，迪克一直克制自己不要對人心懷怨恨，那是從他——成爲耶魯新生那一年，偶然看到一篇關於「心理衛生」的大眾文章開始。但現在，他對貝比充滿怒氣，一方面使勁把怒氣憋在肚子裡，同時又憎恨她那有錢人作派的冷然傲慢。可能還得再過幾百年，這些新興女強人才會了解男人的要害就在自尊心，一旦被觸碰就像蛋殼娃娃那般碎弱不堪——但有些人只是掛在口頭上說說罷了。戴弗醫生的專業是整頓另一種破碎的軀殼，這令他害怕自己也會崩潰，而就在雪車平穩地駛回格施塔德的路上……

迪克如此說道：「人們實在很多禮。」貝比說：「嗯，但我認爲這是好事。」他看著那些身穿毛皮大衣的陌生人，堅決地說：「不，這不是好事。以禮相待等於承認每個人都很脆弱，必須戴上手套小心呵護。如今，我們懂得尊重他人（你不會輕易稱一個人是膽小鬼或騙子），但你終其一生得去顧慮別人的感受，迎合他們的虛榮心，這樣反而無法分辨他們値得被尊重的地方。」同行的那位年長英國人開口：「我覺得美國人比較認眞有禮。」迪克說：「我想也是。從我父親身上傳承而來的禮貌，來自那個先開槍再賠不是的年代。人們都身懷武器，哎，你們歐洲人從十八世紀開始，就不在日常生活中攜帶武器……」英國老男人說：「這並不盡然，或許……」迪克說：「是啊，是不盡然，是不符事實。」貝比打著圓場：「迪克，你一向是個溫文儒雅的人！」

姊妹倆從穿著厚袍的人群間，有些擔憂地望著迪克。同行的年輕英國人不太懂是怎麼回事，這孩子是會在屋簷和陽臺跳來跳去、想像自己走在船上繩索的那種人，因爲回飯店的一路上他都在說著與好友較量拳擊的可笑故事——他們彼此相愛、卻又不發一語地打鬥了一個小時。

霎時，迪克變得幽默起來：「所以，他每揍你一拳，你就認爲他是個更好的朋友？」英國年輕人答：「我會更尊重他。」迪克問著：「我不懂的是這個故事的前提。你和最好的朋友爲了瑣事而打架……」英國年輕人冷漠地答：「如果你無法了解，我也沒辦法解釋給你聽。」迪克對自己說：「我一講出心裡的話，就會得到這種結果。」他對自己找碴的行爲感到慚愧，他知道這故事聽來荒謬，是因爲說的人態度不夠成熟，而且還加油添醋。

節慶氣氛十分濃厚，他們跟隨人群進入燒烤餐館。突尼西亞籍的餐廳老闆隨著炭火的明暗節奏熟練翻烤著，溜冰場遠方的月亮映照在大玻璃窗上，儼然提供了另一種旋律。在光線下，迪克發現那個女孩沒精打采而且無趣，他移開眼神，轉而欣賞黑暗中的光影——一枝枝點燃的菸頭，在炭火紅光下變成綠點和銀點。餐館大門開關之間，一道白光掠過跳舞的人身上。

迪克盤問道：「現在告訴我，法蘭茲，經過整夜狂飲啤酒之後，你還認爲可以回去讓病人相信你擁有任何品格嗎？你不覺得，他們會把你看作貪得無厭的人？」

妮可說：「我要去睡覺。」迪克陪她走到電梯門口，說：「我應該跟你一塊兒回去，但我必須告訴法蘭茲，說我不打算做個臨床醫生。」妮可走進電梯時，默默地說：「貝比見多識廣。」迪克回應：「貝比是個……」電梯門硬生生關上。面對機械運轉的嗡嗡聲，迪克在腦子裡把話說完：「貝比是個微不足道且自私的女人。」

不過兩天之後，迪克和法蘭茲一同乘著雪車來到火車站時，他承認自己對這件事頗感興趣。他坦承：「我們開始陷入困境。照這程度生活下去，無可避免會有一連串的壓力，而妮可經不起這些壓力。夏日的田園風情已經走調，蔚藍海岸的一切都在改變……明年將會是個旺季。」他們行經播放著華爾滋舞曲的翠綠草地，許多山區學校的旗幟在灰藍天空下飛舞。迪克又說：「希望我們倆能辦到，法蘭茲，若要嘗試去做，我只想到要跟你合作……」

再見，格施塔德。再見，清新的面孔，凜冽芳香的花朵，黑夜中的雪花。再見，格施塔德，再見！

譯註

①格施塔德（Gstaad）：瑞士西南部伯恩州的一座高山小鎮，這裡有阿爾卑斯山山區數一數二的滑雪場，豪華飯店林立，是名流聚集的度假勝地。

聖莫里茨（St. Moritz）：位於瑞士東部格勞賓登州恩嘎丁山谷的一座高山小鎮，是著名滑雪勝地，一九二八年冬季奧運在此舉行。

②貢多拉（gondola），義大利威尼斯特有的傳統小船，船身細長適合在狹小水道穿梭，船伕則在船尾划動，古時為往來各島的主要交通工具，現多為遊河觀光之用。

③楚格湖（Zugersee）：位於瑞士中部的淡水湖，北端湖畔的城市楚格，是瑞士楚格州首府。

④克羅依斯（Croesus）是西元前六世紀愛琴海海濱呂底亞王國的末代君主，相傳是第一個發明純金和純銀貨幣的人，在希臘文化裡，他的名字早已成為富人的代名詞。

⑤保羅・尤金・布魯勒（Paul Eugen Bleuler，1857～1939），瑞士精神病學家，首創「精神分裂症」一詞。

奧古斯特・亨利・福勒爾（Auguste-Henri Forel，1848～1931），瑞士學者，研究領域涵蓋昆蟲學、神經解剖學、精神病學與心理學。

阿弗烈德・阿德勒（Alfred Adler，1870～1937），奧地利心理學家，個體心理學創始人。

⑥薩嫩（Saanen）：一座位於瑞士西南部的山間小鎮。

14

做了一個關於戰爭的長夢後，迪克在清晨五點醒來，走向窗前凝視外面的楚格湖。夢境始於陰沉莊嚴的場景；身穿海軍藍制服的隊伍跟在樂隊後面，吹奏的是普羅高菲夫《三橘之愛》①第二幕樂曲。不久之後消防車出現，表示有災難發生，急救站裡斷足殘臂的士兵群起暴動。他打開床頭燈，把夢境完整記錄下來，最後還略帶諷刺地註記著：「非戰鬥人員的槍彈震驚症。」

坐在床邊，他覺得這房間、整棟屋子和夜晚都很空虛。隔壁房間的妮可說著含糊淒涼的囈語，無論她在夢中感到了何種孤寂他都替她難過。時間對他而言好像停滯不前，然後每隔幾年又加速奔馳，猶如影片快速倒轉；但是對妮可來說，歲月隨著時鐘、日曆和生日悄悄溜走，以及與日俱增她對美貌易逝的傷感。

實際上，過去的一年半她似乎在虛度光陰，季節變化的痕跡只能從路上的工人看出——五月時皮膚帶些粉紅，七月時變成褐色，九月時曬得黝黑，到了春天又變蒼白。她初次痊癒時懷抱著新希望，心中充滿期待，但是所有眞實生活被剝奪後她只剩下迪克，養育小孩只能佯裝是在好心關愛和教導一對孤兒。她喜歡的人大都背叛她，使她心煩意亂而且壞處很多——她想在他們身上尋找那種得以獨立自主、具創造力或堅毅刻苦的活力，卻徒勞無功，因爲他們的奧祕深藏在兒時奮鬥的歲月中，而且早已忘記。他們更感興趣的是妮可勻稱嫵媚的外表，是她疾病以外的面貌。她過著只擁有迪克的日子，而他卻不想被擁有。他曾多次嘗試放棄對她的堅持，但是都沒成功。他們曾經共度許多美好時光，曾經徹夜情話綿綿，但每當他轉身獨處，丟下一無所有的她，她總因獨守眼前空虛而不斷地咒罵，她知道唯一的希望是他能盡快回到自己身邊。

他使勁壓平枕頭躺下去，像日本人減緩血液流通那樣把脖子靠在枕頭上，然後又睡了一會兒。後來，當他刮鬍子的時候，妮可醒來到處走動，對著孩子與僕人發出簡潔有力的指示。蘭尼爾跑來看父親刮鬍子。住在精神病院旁，使蘭尼爾變得特別信賴且欽佩父親，導致他對其他大部分的成年人更加漠視——那些病人在他眼中不是陰陽怪氣，就是毫無生氣，一板一眼到沒有個性。他是個帥氣又有前途的小男孩，迪克花了很多時間和他相處，兩人之間的關係就像——慈愛但嚴格的長官與畢恭畢敬的士兵。

蘭尼爾問：「爲什麼你刮鬍子的時候，總會留些泡沫在頭髮上？」迪克小心翼翼張開沾滿肥皀的嘴唇說：「我一直找不出原因，也經常覺得很奇怪。我想應該是修鬢角的時候食指沾到肥皀泡，但怎麼會跑到頭頂上就不得而知了。」蘭尼爾說：「我明天要仔細瞧瞧。」迪克問：「這是你在早餐前唯一的問題嗎？」蘭尼爾說：「實際上，我不會說它是個問題。」迪克回應：「你說了就算。」

半個小時後，迪克出發前往醫院行政大樓。他三十八歲，儘管不想留山羊鬍，卻比在蔚藍海岸時期蓄鬍更有醫生氣息。十八個月來他都長駐醫院，這裡當然是歐洲設備最好的地點之一，就像多姆勒的醫院那樣現代化——不再是陰暗冰冷的獨棟建築，而由散布的小屋僞裝成莊園。迪克與妮可將園區布置得頗有格調，讓醫院顯得美侖美奐，這裡成爲途經蘇黎世的心理學家必定造訪之處；只要再加上一棟雜役小屋，簡直就是一座鄉村俱樂部。

薔薇屋和櫸木屋這兩棟房子住的是永遠陷入精神錯亂的病人，中間以矮樹叢與主建築相隔開來，重點之處有所掩飾。房子後面是開闊的蔬菜農場，在這兒工作的有一部分是病人。一片篷頂底下設有三間運動療法工作坊，戴弗醫生從這裡開始早上的巡察。

木作工坊陽光普照，陳年木料散發出鉋鋸粉屑的氣味；總有五、六個人在這裡敲敲打打，鉋削磨平，機械嗡嗡作響——他們總是不發一語地放下手邊工作，抬起陰沉的眼神看著他走過去。由於迪克本身還算嫻熟木工技巧，他會私下花費片刻時間，以平靜而興致勃勃的語調和他們討論如何使用工具最有效率。毗鄰的書本裝訂工作坊，裡頭全是些最有活動力的病人，即使不保證一定能痊癒，但他們是最有機會康復的人。

最後一間是製作珠飾、織品與銅器的工作坊，這裡的病人，表情永遠像才剛深深嘆了口氣，拋開某件麻煩事的模樣，只不過他們的嘆息表示另一回合永無止盡的推理又將開始——不是正常人那種直線思考，而是原地打轉，轉了又轉，永遠轉不停。他們手邊的材料色彩鮮豔，常給陌生人一時的錯覺認爲一切正常，和幼稚園沒兩樣。這些病人總在戴弗醫生進來時神情爲之一亮，他們大都喜歡他甚於桂格羅維斯醫生。那些曾經生活在外面世界的人自然會比較喜歡他，有少數幾人認爲他忽視他們，或者認爲他不單純，或者覺得他裝模作樣。他們的反應和迪克在專業領域以外所引起的沒什麼不同，只不過在這裡，他們是精神異常和心理扭曲的人。

有個英國女人總是向他提起自己關心的話題。她問：「我們今晚有音樂可聽？」迪克答：「我不清楚，我還沒見到拉狄斯勞醫生。你喜歡昨晚薩斯太太和朗斯特先生的演奏嗎？」她答：「馬馬虎虎。」迪克說：「我覺得不錯，尤其是蕭邦的曲子。」她說：「我覺得馬馬虎虎。」迪克問：「你什麼時候要親自爲我們演奏？」她聳聳肩，對這個問題感到自鳴得意，幾年來一直是如此：「總有一天。但我的演奏馬馬虎虎。」他們知道她根本不會演奏樂器——她有兩個姊姊是非常出色的音樂家，但她們童年在一起時，她從來就沒能學會看樂譜。

迪克離開工作坊之後，前去視察薔薇屋和櫸木屋。這些房子的外觀和其他房子一樣賞心悅目，妮可根據必要需求進行了室內裝潢與家具設計，如隱蔽的隔柵與欄杆、牢牢固定的家具等等。儘管不太具原創性（幸好有問題本身可提供靈感），她卻擁有許多想像力，像是訪客若未經告知，還眞想不到窗子上明亮典雅的精緻裝飾其實是堅固鐵管的尾端，這些組件反映出，現代常用的圓管構造要比愛德華時代②的厚重結構可靠多了；甚至鐵件末端的花飾、所有看似附加的裝飾與固件，都像摩天大樓的鋼梁般不可或缺。她孜孜不倦的眼光打造出了每個無比實用的房間；受到讚許時，她僅稱自己不過是個熟練的管子工匠。

但對頭腦清楚的人來說，這些房子裡似乎有許多古怪的事，戴弗醫生便經常在薔薇屋被逗得發笑。這裡是男病房，有個奇怪的小暴露狂認爲，如果能不受攔阻，從凱旋門一絲不掛地走到協和廣場，自己就能解開許多疑問；迪克認爲，或許他還眞的沒錯。

迪克最感興趣的病人住在主病房。她是個三十歲的女人，已經住院六個月，是一位長居巴黎的美國畫家。他們並不十分清楚她的病史，只是有位遠親意外發現她完全瘋了，送她到巴黎近郊一所主要收容吸毒酗酒遊客的療養院，認眞治療了好一段時間效果仍舊不彰，於是設法將她送到瑞士。入院時，她的病情已經非常嚴重（如今深受膿瘡之苦），所有的血液測試都無法得到正確結果，只能暫時將病症歸爲神經性濕疹。她已經在病痛狀態下連躺了兩個月，就像個禁錮在鐵甲裡的少女。她在特殊的幻覺裡顯得條理清晰，甚至聰穎過人。

她是他專屬的病人。當她著魔似的激動發狂時，只有他這個醫生還可以對她「有些辦法」。幾個星期前，就在她遭受失眠折磨的一個晚上，法蘭茲用催眠術讓她得到了幾個小時的必要睡眠，便再也沒成功過。迪克不信任催眠手段，也很少使用，因爲他知道自己並非隨時都有施行催眠的情緒——有一次，他嘗試對妮可施行催眠，卻換來她鄙夷的嘲笑。這位二十號房的女病人在他進來時看不見他，因爲眼睛四周實在腫脹得太厲害。

她用深沉有力、圓潤豐厚的嗓音問：「這罪還要持續多久？會不會永遠這樣？」迪克答：「目前來看不會持續太久。拉狄斯勞醫生告訴我，整塊區域都開始消腫了。」她說：「如果知道爲什麼會受這種罪，我還能坦然接受。」迪克說：「把這整件事看作神祕難解不是好辦法，我們所理解的是一種神經性症狀，它跟愧疚感有關——你小時候會不會很容易感到慚愧？」

她面朝著天花板：「自從成年之後，就沒有任何事情讓我覺得慚愧。」迪克問：「你是否曾經犯了些小罪過或做錯事？」她說：「我沒什麼事可以責備自己。」迪克說：「你很幸運。」女病人思考了一會兒，開口；她的話穿透滿臉繃帶，活像地底傳來的痛苦聲音：「我承擔著，我這時代向男人挑起戰爭的女人命運。」迪克順著她那中規中矩的措辭回答：「令你大感驚訝的是，它就像所有戰役一樣。」

她又思索了一會兒：「就像所有的戰爭一樣，你得選擇有勝算的戰場，否則只會贏得非常慘烈，或者被擊倒摧毀——這麼一來，你只不過在斷垣殘壁間發出幽靈似的回音。」迪克則說：「你既沒有被擊倒，也沒有被摧毀。你確信自己投入了一場眞實的戰爭？」她怒喊：「瞧我這副模樣！」現在談話演變成了爭論，他得迴避：「你已經受盡折磨，但許多女人沒有錯把自己當作男人，照舊受盡了折磨。無論如何，你不能把單一挫折視爲最後的失敗。」她冷笑：「說得好聽。」這句話來自那副痛苦的身軀，令他感到慚愧。

迪克接著說：「我們想要研究，造成你來到這裡的眞正原因是……」他才一開口，就被她打斷：「我之所以在這裡是某種徵兆。我認爲，你或許會知道那代表什麼。」他脫口而出：「你生病了。」她說：「那麼，我幾乎要發覺到的是什麼？」他答：「一個更重大的疾病。」她反問：「僅此而已？」

「僅此而已。」他憎恨聽到自己如此撒謊，然而此時此地這個龐雜的話題只能濃縮成一句謊言，「除此之外，你有的只是困惑與混亂。我不會對你長篇大論，我們非常了解你身體所承受的病痛。無論它們看起來再怎麼瑣碎厭煩，你還是只能藉由克服每天的問題讓事情重新就緒。在此之後，或許將來你可以再去探究……」

他慢下語速，以免說出心中那句老套的結語：「……意識清醒的領域。」藝術家必須探索的領域不適合她，永遠不行。她天生纖細嬌弱，也許最後能在某種寂靜的玄思中找到安寧。藝術式的探索，只適合那些有著農家體格，腿粗腳壯，肉體和精神都像吃飯一樣能輕鬆忍受煎熬的人。「……那不適合你，對你來說太艱苦了。」他幾乎要說出口。

然而，她卻在痛楚中表現出令人敬畏的尊嚴，他毫無保留地對她寄予憐愛，幾乎到了性愛的程度。他希望將她抱在懷裡，就像對妮可一樣，甚至珍惜她所犯下的錯，畢竟那是她很深層的部分。橘紅光線穿透百葉窗，病床上的身形猶如躺在一具石棺上，臉上長著斑塊，話語探尋著空泛的病情，所找到的卻只是遙不可及的抽象概念。他起身時，眼淚像熔岩般滲進了她的繃帶。她低聲地說：「那是有感而發。一定是為了什麼事有感而發。」他彎下身子，吻了她的額頭，說：「我們一定都要努力保重自己。」

他離開病房後吩咐護士去照顧她，他還有其他病人要巡察。一個十五歲的美國女孩，她是在「父母認為童年就是要盡情玩樂」的準則下被養育長大，他來看她是因為她才剛用指甲刀剪光自己的頭髮。他對她實在沒辦法，畢竟家族有精神病史，不用指望她恢復到什麼往日的穩定性。父親是個正常認真的人，他盡力保護一群神經質的子女免於生活上的困擾，結果只是阻礙他們發展出適應生活變化的能力。迪克沒什麼話好說：「海倫，如果有問題要請教護士，你必須學習接受建議。答應我，你會這麼做。」

腦袋有病的人能做出什麼承諾？他順道察訪一位身體虛弱的高加索流亡者，他被牢牢綁在一種吊床上，接著浸入熱療浴池。然後再去看一位葡萄牙將軍的三個女兒，她們幾乎在不知不覺中漸漸變成了痲痺性癡呆。他又走進隔壁房間，告訴一個精神崩潰的心理醫生說他的病情好多了，一直都在變好，那個人嘗試從迪克的臉上看到確定性，只因他跟眞實世界的聯繫只能透過這種安心保證，就像他能在戴弗醫生的話語中尋找共鳴那樣。隨後，迪克解雇了一個偷懶的護理員，接著就是午餐時間。

譯註

①謝爾蓋・普羅高菲夫（Sergei Prokofiev，1891～1953），俄國作曲家，知名作品有交響曲《彼得與狼》，芭蕾舞曲《灰姑娘》、《羅密歐與朱麗葉》，歌劇《三橘之愛》等。

②一九〇一年至一九一〇年，英王愛德華七世在位的時代，建築物流行使用紅磚與花崗岩砌成主結構，再配上大型圓拱門窗、鑄鐵立柱和鋼梁屋頂。

15

跟病人一塊兒用餐是枯燥的例行公事。大家齊聚在一起（當然不包括薔薇屋和櫸木屋的病人），光是看就顯得很拘謹，而且還孕育著一股憂鬱的氣息。在座的醫生不斷跟病人交談，但大部分人似乎被上午的勞動耗盡體力，或者被同桌的人弄得無精打采，話說得不多，只顧低頭吃飯。

午餐過後，迪克回到自己的別墅。妮可在客廳，神情怪異，她說：「看看那個。」他打開一封信，那是最近辦理出院的一位女士寄來的，儘管他們一直對她的復原狀況持保留態度。信中直截了當指控迪克誘拐她的女兒，當她病情嚴重時，女兒曾來醫院陪伴在旁。她認爲戴弗太太會很樂意知道這件事，並認清自己丈夫的「眞面目」。

迪克又把信看了一遍。儘管是用清晰簡扼的英文所寫，不過他分辨得出是個瘋子的文筆。他只有一次在對方的請求下，讓那個賣弄風騷的深褐色皮膚女孩搭便車到蘇黎世，傍晚便把她帶回醫院。他沒有任何用意，幾乎只是慈藹地吻了她一下；接著她想要進一步發展，但他沒這個意思；後來也許是這個緣故，女孩變得討厭他，並將她母親帶離醫院。

他說：「這封信胡言亂語。我沒有跟那個女孩發生任何關係，我甚至不喜歡她。」妮可說：「是啊，我努力朝這方面想。」他問：「你確定不相信她所說的？」她說：「我都一直坐在這兒。」他壓低嗓音到一種責備的聲調：「太可笑了，這是一封精神病患寫來的信。」然後坐到了她身旁。妮可說：「我是一個精神病患。」他站起身，語氣更顯威嚴：「妮可，我們別再說些沒意義的話。去把孩子帶過來，我們要出發了。」

迪克開車，他們沿著湖邊岬角行駛，陽光湖水全都映在擋風玻璃上，車子穿過瀑布般的綠蔭。這是迪克的車，一輛雷諾小車，除了後座的小孩，他們全都擠得探出車外，坐在孩子中間的保母則像桅杆一樣矗立著。他們十分熟悉這條路，因爲聞得到松針林與爐火黑煙的味道。高掛的太陽一路相隨，猛烈的陽光照射在孩子的草帽上。妮可沉默不語，迪克對她僵硬直視著前方感到不安。他跟她相處經常感到寂寞，而她經常令他厭倦的是，會突然不停地發表個人意見，那都是一些只對他傾訴的想法，像是「我喜歡這個……我更喜歡那個」，但今天下午他反而希望她每隔一陣便喋喋不休，讓他知道她在想些什麼。當她退回自己心靈深處、關上心扉時，一定是最危險的狀況。

保母在楚格下車，與他們分手。戴弗家的車經過了一連串讓路予他們通行的蒸氣壓路機，直朝農產品展示會前進。迪克停好車，妮可瞪著他沒有動作，他說：「來吧，親愛的。」她突然咧嘴露出詭異笑容，他覺得很倒胃口卻裝作沒看見，又再說了一次：「快點。不然小孩沒辦法下車。」妮可回答：「噢，我會下車的。別擔心，我會……」話語就像出自某個故事的情節，自然而然脫口而出，快得令他無法領會。迪克說：「那就快下車。」

他們併肩而行時，她把頭撇開，但臉上的笑容若隱若現，輕蔑而冷淡。當蘭尼爾跟她說了幾次話之後，她突然把注意力緊盯在一個東西上，一處木偶戲臺，然後朝那邊走去。

迪克努力思索自己該怎麼做。身爲丈夫和精神病醫生，使他對她持有雙重觀點，但也令他逐漸失去判斷力。這六年來她已多次帶他跨越界線，或激起憐憫之情，或用一連串天馬行空的機智奇想使他卸下心防，唯有事後舒緩緊繃情緒時才恍然大悟，自己在能夠正確判斷之前早已被她搶先一步。

他們和桃普希談論著——某個木偶是否就是他們去年在坎城看過的那個。確定以後，一家人再度沿著兩側的露天攤販往下走。女人們戴的帽子，身上穿的天鵝絨馬甲，代表各州顏色的鮮豔長裙，在漆成藍色與橘色的手推車和陳列架前似乎顯得過於矜持。耳邊傳來叮噹喧譁的肚皮舞表演聲。

妮可冷不防地開始奔跑，舉動突如其來讓迪克一時沒有察覺。他看見前方她的鮮黃洋裝在人群中穿梭，便開始跟著她，那是件介於眞實和虛幻之間的赭黃色衣裳。她暗自地跑，他暗自地追。炎熱的午後因她的逃跑變得淒厲恐怖，他把孩子都給忘了；後來他趕緊折返回到他們身旁，牽著他們的手臂東張西望，望向一個個攤子。他對一位站在白色彩票轉輪後方的少婦大喊：「太太，我把小孩留在這裡兩分鐘好嗎？情況緊急，我會給你十法郎。」少婦說：「沒有問題。」他領著孩子走進攤位，說：「現在，待在這位漂亮的太太這裡。」孩子回應：「是，迪克。」

他再度拔腿狂奔，但是追丟了；他繞著旋轉木馬跟著一起跑，直到老看見同一匹馬才發現自己在兜圈子。他擠過飲料攤前的人群，然後想起妮可有個嗜好，他掀開算命攤的篷幕一角朝裡張望，有個低沉單調的聲音招呼著他：「吾乃尼羅河畔第七個女兒的第七個女兒……先生，請進……」

手放掉篷幕，他向市集最外圍的湖畔跑去，一座小摩天輪正緩緩朝天空轉動。他看到她在那兒。她獨自坐在正好升到最高點的座艙裡，座艙下降時，他看到她在狂笑；他偷偷退到人群中，當摩天輪再次轉升時，人們發現了妮可異常的歇斯底里——「快瞧！」「看那個英國女人！」她又降了下來。這次，摩天輪與音樂逐漸放緩，十多個人圍著她的座艙，全都被她的笑聲感染而跟著傻笑。不過當妮可看到迪克時，笑聲戛然而止——她作勢想溜走，但被他抓住手臂，一路拽著離開。

迪克問：「你為什麼放任自己那樣失控？」妮可答：「你非常清楚為了什麼。」他說：「不，我不知道。」她冷答：「太可笑了，那是侮辱我的智力……放開我。你別以為我沒看見那女孩是怎麼看著你的，那個黑溜溜的小女孩。噢，實在太荒唐了……一個孩子，不超過十五歲。你沒想過，我都看在眼裡？」迪克說：「在這裡停一會兒，安靜下來。」

他們坐在一張桌子旁，她的眼神充滿猜忌，手在面前揮來揮去好像有東西擋住。她說：「我想喝杯酒，我要一杯白蘭地。」迪克制止：「你不能喝白蘭地，如果想喝就喝黑啤酒。」她問：「為什麼我不能喝白蘭地？」他說：「我們不談這個。聽我說，關於那個女孩的事是個錯覺，你懂那意思嗎？」她說：「每次看到你不想讓我看見的事，都是錯覺。」他有一種罪惡感——在夢魘中，我們自認確實犯了罪過並遭受譴責，但一覺醒來，卻很明白自己未曾犯錯。他閃躲著她的眼神，說：「我把孩子託給一個攤子上的吉普賽女人。我們該去接他們。」她質問：「你認為你是誰？斯文加利①？」

十五分鐘以前他們還是個和樂的家庭，現在卻不得不把她逼入死角。他赫然發現自己這一家，包括大人和小孩在內，簡直像在進行一場意外的冒險。

他說：「我們要回家了！」她放聲大吼，響亮的嗓音顫抖爆裂：「回家！然後呆坐枯想等著我們全都腐爛，在我打開的每個盒子裡，都看到孩子的灰燼不斷地腐爛？眞是下流！」他看出這番話幾乎讓她吐盡了怨氣；與此同時，極爲敏感的妮可亦察覺出他面露退讓之色。她的表情緩和下來，央求著：「幫助我，迪克，幫助我！」

一陣苦惱向他席捲而來。糟糕的是，像這樣一座美麗的高塔不該只是被他懸在空中。某種程度來說，沒錯，人好比梁與桁、概念與對數的關係；但不知怎地，迪克與妮可已然合而爲一，而非相對互補；她也是迪克，是他骨架裡必要的元素。他不能眼看著她一次次崩潰卻不介入其中。他的洞察力和溫柔與憐憫一樣正慢慢流逝，他只能採取現代典型的作法，強行介入——今晚，他將從蘇黎世找個護士來看管她。

她那溫柔又跋扈的模樣牽動著他的心：「你能幫助我。你以前幫助過我，現在你也可以幫助我。」迪克答：「我只能照老樣子幫助你。」她說：「總有人可以幫助我。」他說：「也許吧。最能幫助你的，是你自己。我們去找小孩。」

許多攤位都設有白色彩票轉輪，迪克詢問最前面的攤位時碰了個釘子，心頭一陣錯愕。妮可則面帶凶光地站在附近，否認孩子是她的，棄之如視他們爲她所要徹底拆解的世界的其中一部分。不久，迪克發現了小孩，一群婦人興高采烈地圍著他們彷彿在檢視精品似的，農家的小孩則瞪著他們瞧。婦人說：「謝謝你，先生，你眞是太慷慨了。我也很高興，先生、太太，再見了，我的小可愛們。」

他們打道回府，強烈的遺憾從天而降。車子因他們彼此的憂慮和苦惱變得沉重，孩子噘著嘴一臉失望。鬱鬱寡歡呈現出極度黯然的詭譎氣氛。到了楚格附近，妮可拚命地重複說著以前提過的一件事，那就是——距離道路頗遠處有一棟神祕的黃色屋子，看上去就像幅沒乾的油畫，但此舉只是企圖抓住一根迅速鬆脫開來的繩索。

迪克試著靜下心來……不久後到家，會有一場奮戰，他也許得花很長一時間重新將她安頓下來。「精神分裂患者」如其名，具有分裂人格，妮可交替出現著兩種人格，一個不需對她多做解釋，一個則無從對她做任何解釋。必須以積極和斷然堅決的態度對待她——通往現實的道路必須永遠保持敞開，讓遁世的道路難以行進。但精神錯亂的極致正是變化無常，就像水總有各種辦法可以滲透、漫溢或繞過堤防，它需要結合許多人之力一起對付。他認爲這次妮可必須自我療癒；他要等待，直到她想起自己的其他幾次發病，然後產生厭惡感。在疲累的狀態下，他計畫著他們將重拾一年前的輕鬆生活。

他把車開上一處山坡，那是通往醫院的捷徑，當他踩下油門，駛向與山腰平行的短直路時，車子突然猛烈左轉，接著突然向右，傾斜得只剩兩輪著地。迪克用力推開那瘋狂緊抓方向盤的手，耳邊淨是妮可的尖叫；方向打正了，又再度突然轉向，衝出道路；車子衝過矮樹叢，左右顚簸，然後慢慢停下來，以九十度角斜靠在一棵樹邊上。

孩子們驚叫連連，妮可又是尖叫又是咒罵，還伸手抓迪克的臉。迪克最先想到的是車身的傾斜度，但無法估算，他扳開妮可的手臂，從翹起的那一端爬出車外，把孩子抱出來；然後他看見車身是穩定的，先不做任何事，站在那兒顫抖喘氣，怒喝：「你……」

她捧腹大笑，不覺慚愧，沒在害怕，毫不在乎。任何人看到這幅景象，絕對想不到意外是她造成的，她笑得像是——小時候幹了什麼大不了的壞事，逃過了懲罰似的。她指責他：「你嚇壞了吧，是嗎？你想活命！」她說得如此鏗鏘有力，迪克在驚駭狀態下懷疑是否曾爲自己感到害怕——但孩子一臉驚恐地看著他們兩人，他眞想碾碎她那張猖狂的笑臉。

他們正上方有間旅館，從蜿蜒道路走去半公里之遙，不過從山坡直接爬上去只有幾百公尺遠；茂密的山林露出了房屋的一角。迪克對蘭尼爾說：「牽好桃普希的手，像那樣緊緊抓住，然後爬上山坡……看到那條小路了嗎？到了旅館後，告訴他們『戴弗家的車子壞了』，趕快派人下來。」蘭尼爾並不確定到底發生了什麼事，但察覺到前所未有的不祥氣氛，他問：「你要做什麼，迪克？」迪克答：「我們留在這裡顧車。」兩個小孩出發時，都沒看他們母親一眼。迪克在他們後面喊著：「到上面要小心穿越馬路，兩個方向都要看！」

他和妮可看著對方，他們的眼睛就像庭院兩邊各有一扇燈火通明、遙相對峙的窗。然後她拿出一個小粉盒，照起鏡子，撫平額頭兩側的頭髮。迪克看見孩子往上爬，直到他們的身影消失在半途的松林裡。他從爛泥地上看見了車子跌跌撞撞衝了超過一百英尺的痕跡，心裡充滿強烈的憎恨，而不像是憤怒。

幾分鐘後，旅館老闆跑下山坡，驚呼：「我的天！怎麼發生的，你開太快了嗎？眞的很幸運！如果沒有那棵樹，你們就會滾到山下去。」

旅館老闆埃米爾身穿寬大黑圍裙，圓滾滾的臉龐布滿汗珠，借助他的力量，迪克心平氣和地向妮可示意要幫助她下車；於是她從較低的那端跳了出來，在斜坡上一個踉蹌跪了下去，然後再站起來。當她看到兩個男人正試圖移動車子，表情變得不屑一顧，迪克欣然接受這種態度，對她說：「妮可，去跟孩子一起等。」

人才剛離開，迪克就想到她曾說要喝白蘭地，而上面的旅館有白蘭地——他趕緊告訴埃米爾別管車子了，等到司機開大車來再把它拖上道路。兩人趕緊朝旅館走去。

譯註

①斯文加利（Svengali），是英國作家喬治・杜・莫里耶（George du Maurier，1834～1896）於一八九四年的小說《翠樂比》（Trilby）中虛構的人物，此人用邪惡的催眠術將女主角翠樂比變成出色的演唱者，因而完全受到他的控制。

16

迪克告訴法蘭茲：「我想離開。大概一個月左右，能去多久就去多久。」法蘭茲回應：「有何不可，迪克？那正是我們原本的安排，是你堅持要留下來。如果你跟妮可……」迪克說：「我不打算帶妮可去，我要自己一個人去。最近這件事讓我吃盡苦頭……如果我一天可以睡上兩個小時，那眞是茨溫利顯靈了。」

法蘭茲理解：「你希望有個清心寡慾的眞正假期。」迪克說：「應該說『置身事外』的假期。聽好，如果我去柏林參加精神病醫學大會，你能設法保持平安無事嗎？三個月來她都很好，很喜歡她的護士。老天，你是我在世上唯一可以請求幫忙此事的人。」法蘭茲哼了一聲，心想自己是否眞能一直爲合夥人所關心之事著想。

接下來那週，迪克從蘇黎世開車到機場，搭上大飛機前往慕尼黑。飛機轟隆衝向藍天時他感覺麻木，這才了解自己有多麼疲累。一股浩瀚誘人的平靜籠罩著他，於是他拋開病人的病情，讓引擎儘管怒吼，由機師決定航向。

他不是那麼想出席大會，連一場會議都不想參加——會議場面不難想像，布魯勒和比較年長的福勒爾寫了新的小冊子，要他在家裡閱讀消化還比較好些。還有那個美國人的論文，他以拔掉病人的牙齒和燒灼扁桃腺來治療早發性癡呆，這篇論文之所以能受到半帶嘲諷的重視，只因美國是如此富裕強大的國家。其他來自美國醫界的代表如紅頭髮的史華茲，長著一副聖徒長相，以無比的耐心在兩個陣營之間騎牆觀望。同時，還有許多一臉可恥、唯利是圖的醫生，他們之所以出席部分原因是爲了提高身價，然後在執業時大撈一筆；此外還想掌握新奇的論點，以便納入他們慣用的話術，極盡混淆所有價值觀之能事。也有憤世嫉俗的拉丁人，以及從維也納來的佛洛伊德派人物；其中最能言善道的，首推名聲響亮的榮格，他爲人和藹又精力充沛，周旋在人多勢眾的人類學派和初出茅廬的神經科學之間。起初，大會將以美式作風進行，簡直像扶輪社的典禮儀式；然後關係比較密切的歐洲活躍人士會全程干預，最後由美國人亮出王牌宣布將提供龐大贊助，包括嶄新的大型醫院與職訓學校，在場的歐洲人無不臉色蒼白、態度怯懦。但，他不會在場目睹這一切。

飛機繞過奧地利福拉爾貝格州的阿爾卑斯山區，俯瞰那些村莊讓迪克感到恬適愉快。視線所及總能看到四五個村莊，每個皆以教堂爲中心群聚著。從遠方遙看地面是那麼單純，就像跟洋娃娃與玩具乒玩著殘忍遊戲那般天眞；這就是政治家、指揮官和退休人員看待事物的方法，不管怎麼說，這是紓解壓力的好方法。

走道另一邊的那個英國人對他說話，不過，他最近對英國人有點反感。英國就像個狂歡過頭的闊佬，事後跟家裡的人搭訕，想要討好他們；但對家人來說，這人顯然只是想找回自尊，以便奪回原本的主控權。

《世紀雜誌》、《電影月刊》、《畫報》和《飛行傳單》，迪克帶著他在車站所能買到的雜誌上了飛機；不過，他想像，如果能到下面的村莊和居民握手寒暄，那會更有趣。想像自己坐在村莊的教堂，就像坐在水牛城父親的教堂那樣，周圍全是星期天必須漿燙挺直的服裝。在充滿喜悅的教堂裡聆聽近東傳來的古訓——耶穌被釘上十字架，殉難，被埋葬，然後爲了坐在後排長椅的女孩，再次猶豫究竟要放五分錢或十分錢到捐獻盤裡。

那名英國人突然說了些無關緊要的話向他借雜誌，迪克很樂意交出它們，然後想到了接下來的旅程。他就像隻披著澳洲長羊毛衫的狼，盤算著尋歡作樂的世界——永遠不變的地中海，陳年芳香的塵土在橄欖樹上結成硬塊，還有薩沃納①附近，農家女孩青澀紅潤的臉孔活像光彩奪目的彌撒經書。他會牽著她，拐她過邊界，但過了邊界後就會拋棄她，他必須趕緊趕往希臘小島，朦朧水域的陌生港口，待在岸邊的失落女孩，流行曲中的月光美景。

迪克的部分心智由童年俗麗的往事編織而成。在那堆略顯雜亂廉價的東西當中，他設法保持那令人煩惱的智慧火苗別熄滅。

譯註

①薩沃納（Savona）：義大利西部薩沃納省首府，位於熱那亞灣畔。

17

湯米・巴本主宰著場面，他是個英雄人物——迪克和他在慕尼黑瑪麗恩廣場的其中一家咖啡館巧遇，人們在掛毯般的厚墊上擲骰子小賭。屋裡充滿政治話題和甩紙牌的聲音。

湯米在桌前發出威武的笑聲：「喔——哇——哈哈！喔——哇——哈哈！」依照往例，他不太喝酒，憑著一身膽量，旁人總是對他敬畏三分。最近，他的頭蓋骨才被華沙的一個醫生切除了八分之一，正在頭髮底下慢慢癒合，即使是屋裡最瘦弱的人，只要拿條打結的餐巾用力敲頭，就能要他的命。

「這位是齊立契夫親王」——一個歷經滄桑，頭髮灰白，年約五十的俄國人。「還有麥克基本先生，以及漢南先生」——漢南先生有著靈活的黑眼珠，滿頭黑髮，是個愛搞笑的人，因爲他立刻對迪克說：「在我們握手之前，我要先問個清楚——你跟我姑姑胡搞是什麼意思？」迪克爲之一驚：「什麼，我——」漢南說：「你聽到我說的了，你到底來慕尼黑幹什麼？」湯米大笑：「喔——哇——哈哈！」漢南說：「難道你自己沒有姑姑？你就不會戲弄她們？」

迪克笑了。漢南隨之轉移話題：「我們別再提什麼姑姑了。我怎麼知道這整件事不是你編造出來的？你在這兒完全是個陌生人，相識不到半小時，然後跟我提到你姑姑的荒唐故事。誰知道你隱瞞了什麼？」湯米又笑了，然後和顏悅色堅決地說：「夠了，卡萊。迪克，坐下……你好嗎？妮可情況如何？」

迪克不是很喜歡這裡的人，但感受並不強烈，畢竟他處於完全放鬆、隨時應戰的狀態，就像運動賽事中一個優秀的防守後衛，大部分時間實際上在養精蓄銳，但二流球員只是假裝輕鬆，其實心裡一直緊張不安，結果自己搞砸了。

漢南並沒有完全住嘴，他走向身旁的鋼琴，彈著和弦，每看迪克一眼就露出怨恨的表情，不斷嘀咕著：「你的姑姑。」然後伴隨著結尾曲調說，「總之我說的不是姑姑，我說的是褲兜。」

湯米再次問候著迪克：「噢，你好嗎？你看起來不像……」他努力思索著適當字眼，「不像以前那樣自信滿滿，那樣瀟灑，你知道我的意思。」這句話根本像在指責迪克萎靡不振，令他感到不悅，正要反譏湯米和齊立契夫親王那身古怪服裝的剪裁和圖案，花俏得足以在星期天的比爾街①上閒逛，但隨即得到了一番解釋。

齊立契夫親王說：「我知道你在注意我們的服裝。我們才剛從俄國出來。」湯米說：「這些衣服是波蘭御用等級的裁縫師做的。實際上，那是畢蘇斯基②的私人裁縫師。」迪克問：「你們去旅行嗎？」他們笑了出來，親王還使勁拍打著湯米的背。湯米回答：「對，我們在旅行。正是如此，到處遊走。我們堂而皇之遊遍了整個俄國。」迪克等待著解釋。麥克基本給了簡短的說明：「他們在逃亡。」迪克訝異地說：「你們在俄國成了囚犯？」齊立契夫親王解釋，一雙枯黃的眼凝視著迪克：「是我。沒進牢裡，但是到處躲藏。」

迪克問：「你們出來時，遇上很多麻煩？」齊立契夫親王說：「是有些麻煩。我們在邊界留下三個死掉的警衛。湯米殺了兩個……」湯米隨即像法國人那樣舉起兩根手指，親王說，「我殺了一個。」麥克基本說：「這就是我不懂的地方，爲什麼他們不讓你離開。」漢南從鋼琴那邊轉過身來，對其他人使眼色說：「麥克先生認爲，馬克斯主義者就是那些去上聖馬克學校的人。」

這是最常見的逃亡故事——一個貴族跟以前的家僕在國營麵包店工作，躲藏了九年；人在巴黎的十八歲女兒認識了湯米．巴本，於是……敘述過程中，迪克認定這個枯瘦得像紙糊的過時遺老，實在不值得犧牲三條年輕人的性命。他提出的疑問是，巴本和齊立契夫親王當時是否感到害怕？湯米回答：「當我覺得冷的時候……只要我覺得寒冷就會害怕。打仗時，只要遇上寒冷都令我心驚膽顫。」

麥克基本站了起來：「我得離開。明天早上，我要跟太太、小孩開車到因斯布魯克③，還有保母。」迪克說：「我明天也要去那裡。」麥克基本驚呼：「喔，眞的嗎？何不跟我們一道走？那是一輛大型帕克轎車，只有我和太太、小孩，以及保母……」迪克說：「我可能沒辦法……」

麥克基本續道：「當然，她不算是眞的保母。」他把話說完，然後看著迪克的模樣有點可憐，「事實上，我太太認識你的大姨子，貝比．華倫。」迪克仍不想隨便答應：「我已經和兩個人約好要同行。」麥克基本表情失望地說：「噢，那麼，我要告辭了。」他解開繫在鄰桌的兩隻純種梗犬往外走。迪克想像，那輛開往因斯布魯克的帕克轎車，滿載著麥克基本夫婦、他們的小孩與行李、汪汪叫的小狗……還有那個保母。

湯米說：「報紙上說，他們知道是誰殺了他，但他的親戚不想讓事情見報，畢竟是發生在非法酒吧裡。你的想法呢？」漢南答：「那就是所謂家族面子的問題。」又在鋼琴上大聲彈了個和弦，吸引別人的注意，「我不相信他早期的作品可以歷久不衰。姑且不論歐洲人，美國也有十多個人可以寫出諾斯那樣的曲子。」

迪克這才明白，他們講的是艾貝．諾斯。

湯米又說：「唯一的差別是，艾貝先寫了出來。」漢南堅持：「我不同意。他之所以有傑出音樂家的名聲，是因爲他實在喝了太多酒，他的朋友得找些說辭幫他搪塞……」迪克問：「艾貝・諾斯發生什麼事？他怎麼了？惹上什麼麻煩？」湯米反問：「你沒有看今天早上的《先驅論壇報》？」迪克答：「沒有。」湯米說：「他死了，在紐約一家非法酒吧裡被毆打致死。他在斷氣前，勉強爬回網球俱樂部……」迪克問著：「你是說艾貝・諾斯？」湯米說：「對，沒錯，他們……」迪克挺直了身子問：「艾貝・諾斯？你確定他死了？」

漢南轉向湯米說：「他不是爬去網球俱樂部，是哈佛俱樂部。我確信他不是網球俱樂部的會員。」湯米強調：「報紙上是這麼寫的。」漢南說：「一定是弄錯了，我有十足的把握。」迪克重複著：「在非法酒吧被毆打致死……」漢南繼續爭辯：「我正巧認識網球俱樂部的大部分會員，所以那一定是哈佛俱樂部。」

迪克站起來，湯米也起身。齊立契夫親王在一臉恍神的狀態下跟著他們離開，也許他正默想著逃出俄國的機會有多大，這個在他心中盤據已久的思緒一時間難以擺脫。

「艾貝・諾斯被毆打致死……」前往飯店的路上，迪克幾乎心不在焉。湯米說：「我們在等裁縫師爲我們做幾套衣服才能去巴黎。我想做股票經紀人，如果以現在這副模樣是沒人會要我的。你們國家每個人都在賺大錢。你眞的明天就要離開？我們甚至沒辦法跟你共進晚餐。親王似乎有個老相好在慕尼黑，他打電話找她，結果她已經過世五年了，我們要跟她的兩個女兒吃飯餐。」親王點點頭，又說：「也許我可以爲戴弗醫生安排一下。」迪克趕緊說：「不，不用了。」

迪克睡得很沉，醒來時，一支悲戚的遊行隊伍慢慢通過窗前。冗長的人群身穿軍服，戴著熟悉的一九一四年代鋼盔，還有臃腫的中產階級、貴族和小市民穿大衣戴禮帽……他們隸屬退伍軍人協會，要到陣亡將士墓前獻花。緩慢前進的隊伍帶著幾分自豪，緬懷往日壯烈的功績和早被人遺忘的悲痛。一張張臉孔的表情盡顯莊嚴肅穆，但迪克霎時痛哭失聲，悔憾的是艾貝的死，是自己十年前逝去的青春。

譯註

①比爾街（Beale Street）：美國田納西州曼菲斯市中心的一條街道，各式餐廳和藍調音樂俱樂部林立，也是假日慶典與戶外表演的聚集地，是這座城市人潮最多的地點之一。

②約瑟夫・畢蘇斯基（Jozef Pilsudski，1867～1935），為當時波蘭的獨裁者。

③因斯布魯克（Innsbruck）：位於奧地利西部山區，是蒂羅爾州的首府。

18

他在黃昏時抵達因斯布魯克，把行李送到飯店後便走到鎮上。落日餘暉中，馬克西米利安一世①大帝跪姿祈禱的雕像，俯視著底下一支銅製的送葬隊伍；四個耶穌會見習修士在大學校園裡踱步誦經。古代圍城、皇室聯姻的各種紀念大理石碑在暮色下逐漸隱沒，他喝了切點香腸丁在裡面的豌豆濃湯，四瓶皮爾森淡啤酒，然後回絕了有「皇帝烙餅」之稱的一大盤甜點。

儘管身處群峰之上，瑞士卻遙不可及，妮可也遠在他方。不久，天色完全變暗，他在花園散步時以豁然的心情思念她，疼愛她本性最好的一面。他記得有一次草地潮濕，她匆忙跑向他時，便鞋都被露水所浸透。她踩在他的鞋子上緊緊相依，然後仰起臉龐，就像一頁攤開的書本。她呢喃輕語——「想想你有多愛我。我不要求你總是這樣愛我，但希望你會記得——在我靈魂深處，永遠保有一個今晚的我。」

迪克這次卻是爲了自己的心靈離家，他開始思考這一點。他已經迷失了自我，說不出是從什麼時候，哪一天、哪個星期、哪個月或哪一年開始。以往，凡事他都可迎刃而解，解出最複雜的方程式有如解決輕症病人最簡單的問題。從發現深居蘇黎世石牆內那個耀眼綻放的妮可開始，直到遇見露絲瑪莉那一刻，他犀利的才智已經變鈍了。

看著自己的父親在貧窮的教區辛苦奮鬥，他清心寡慾的天性生出了對金錢的渴望。爲謀求生活保障，這是個不健康的索求——他從沒像跟妮可結婚時那樣感覺有自信，那樣完全操之在我。但他就像個吃軟飯的男人被一口吞噬，不知不覺將自己的利器抵押給華倫家，被鎖進保險櫃。他想：「歐洲人應該有他們分配財產的方式，不過事情還沒結束。我已經浪費了八年的時間，教有錢人從頭學習做人的道理。但我沒有被擊倒，我有太多王牌還沒出手。」

他在休耕的玫瑰花園，以及潮濕芳香、無法辨識的蕨類苗圃間遊蕩。就十月而言，天氣已算暖和，不過還是得穿件厚重的花呢外套，用有鬆緊帶的領口圍住脖子。有道人影出現在黑暗樹叢中，他知道是從大廳出來時擦肩而過的那個女人。他現在愛上每個他所遇見的漂亮女人，無論是遠觀她們的體態，或者看那映在牆上的身影。她背對著他，臉朝向鎮上的燈火。他劃了一根火柴，她一定聽見了，但依然保持不動。

他想：「這是一種引誘嗎？或者沒有察覺？他早已脫離純粹的情慾和滿足渴望的世界，顯得笨拙又拿不定主意。儘管他知道，徘徊在朦朧曖昧間的人們，應該有某種暗碼可以立刻找到彼此。也許接下來該由他表態。如果是兩個不相識的孩子應該會相視微笑，然後說『我們來玩吧』。」

他走近一些，那人影往旁邊移動。他可能會招來白眼，就像年輕時聽過無賴推銷員的遭遇那樣。面臨狀況不明、無法剖析、難以分辨、無從解釋的情景，他的心怦怦直跳。突然間他轉身離去，就在同時，那女人也走出藏身的漆黑樹叢，踏著穩健果斷的步伐繞過長椅，走上回到飯店的小徑。

翌日一早，迪克和另外兩個人跟著嚮導前往攀登比爾卡峰。一旦超越最高的牧場就再也聽不到牛鈴聲，他們感覺神清氣爽——迪克期待在登山小屋的夜晚，享受自己的疲累，任由嚮導指引，因沒人認識他而以此爲樂。不過，到了中午天色轉黑，下起大雨和冰雹，山區雷聲大作。迪克和另一名登山客想繼續攀登，但嚮導拒絕了。他們只好帶著遺憾，奮力回到因斯布魯克，明天重新再來。

在空蕩的餐廳裡吃過晚餐，喝了一瓶當地烈酒，不知爲何他興奮了起來，後來開始想起昨晚花園的那一幕。用餐前，他在大廳碰見了那個女人，這次她正眼瞧他並且點頭示意，卻反而讓他擔心了起來：「爲什麼？以往意氣風發的時候，只要開口邀請就有許多美女送上門，爲什麼現在會有那種悸動？是我殘存的慾望魅影在作怪？爲什麼？」他繼續想像，「古老的禁慾主義和現實的陌生感，獲得勝利。天啊，我不如回到蔚藍海岸，和珍妮絲・凱瑞卡曼托或者威爾伯哈辛家的女孩上床。竟用如此廉價放縱的方式來貶低這些年來的堅持？」

他情緒依舊亢奮，於是轉身離開走廊，回到樓上房間思索。身心孤單令他備感寂寞。他在樓上來回踱步想著這件事，把登山服鋪在微熱的暖氣上烘乾；又是妮可的電報，還沒拆開，她緊盯著他每日行程並總是發來電報；或許是因前一晚花園的事，他刻意不在晚餐前拆閱電報。這是一封水牛城發出、從蘇黎世轉過來的電報——「您父親今晚安詳辭世。霍姆斯。」

他感到一股強烈衝擊，使盡全力抗拒著，然後從肚子到胃、到喉嚨，逐漸恢復知覺。他把電文再讀了一遍。坐到床上，深吸口氣，目光愣然；最先想到的是，兒女面對父母去世時一向會有的自私顧慮——失去這生命中最早、最有力的保護，對我會有什麼影響？遙想的思緒過去之後，他依舊在房間裡走動，不時停下來看看電報。霍姆斯，形式上是他父親的助理牧師，實際上這十年來都在擔負教區牧師的工作。父親是怎麼死的？年紀太大？——他七十五歲，已經活了很久。

迪克感到悲哀的是，父親孤獨地死去——他的妻子已經過世，兄弟姊妹也都不在人間；維吉尼亞州有房遠親，但他們太窮沒辦法到北方，因此得由霍姆斯來發電報。迪克愛他的父親，一直把父親可能的想法或作法當作參考意見。迪克是在兩個幼小的姊姊夭折幾個月後出生的，父親顧忌這對迪克的母親可能會產生影響，於是成了他道德上的嚴師，對他毫不溺愛——儘管是個老來子，自己確實不負父親所望。

夏天時，父親與孩子一起走到市中心，讓擦鞋童把鞋子擦得閃亮。迪克穿著漿燙挺直的帆布水手服，父親總是一身剪裁漂亮的牧師服——父親爲這英俊的小男孩感到驕傲。他告訴迪克自己對生活的一切所知，儘管不多，但幾乎都是些眞實簡樸的事，是神職人員視野所及關於做人處世的道理——「我剛受任牧師去到一個陌生小鎭，走進一間擠滿人的房子，不知道哪位是女主人。幾個認識的人向我走來，但我沒理會，因爲我看到房子遠處角落有位白髮女士坐在窗邊，我走向她並自我介紹。從此之後，我在小鎭交到了許多朋友。」

父親懷著善良的心在做事，他對自己堅信不移、引以爲傲，因爲他是由兩位有尊嚴骨氣的寡婦養育長大，讓他深信沒有任何東西更優於「善良天性」、榮譽、禮貌與勇氣。父親總認爲妻子留下的小筆財產是屬於兒子的，因此迪克就讀大學和醫學院時，每年都會陸續收到他寄來的四張支票。父親這種人，在鍍金年代②會被笑稱爲：「眞是個紳士，不過沒什麼幹勁。」迪克吩咐樓下的服務生送份報紙上來。他仍在放著電報的寫字桌前來回踱步，並已選好回美國要搭的船。然後撥了通電話給人在蘇黎世的妮可，同時想起有太多事等著做，但願能不負他一向的自我期許做得盡善盡美。

譯註

①馬克西米利安一世（Maximilian I，1459～1519），神聖羅馬帝國皇帝。

②鍍金年代，是指美國一八七七年到一八九三年這段期間，經濟突飛猛進，「放任追求財富」成為社會普遍思潮，救濟窮人反被視為有礙他們的求生能力。

19

整整一個小時，迪克深陷在父親去世的沉痛思緒中——國土的大門，壯麗的紐約港，在他看來無不充滿悲戚與榮耀；不過，上岸後這種感覺就消失了，就算走在街上，待在飯店，搭乘列車先到水牛城，然後載著父親的遺體南返維吉尼亞州，一路都未曾出現相同的感覺。只在搖搖晃晃的支線火車上，開始看見威斯特摩蘭郡泥土地上的矮樹叢時，他才再次對周遭環境感覺到熟悉——他在車站看到自己認識的一顆星，冷漠明月高掛在切薩比克灣的上空；耳邊傳來馬車輪子轉動的摩擦聲，語調親切但不知所云的話語聲，以溫馴印第安部族命名的古老河流淌過的緩慢水流聲。

第二天在教堂墓園，迪克的父親，和百來位戴弗家族、多西家族與杭特家族的成員比鄰長眠；讓父親的四周圍繞著親戚，再適合不過了。鮮花灑滿褐色土丘。迪克對這裡不再有任何牽掛，相信未來也不會回來。他跪在硬土地上。這些亡者他都認識，那飽經風霜的臉孔，閃爍的藍眼珠，消瘦憔悴的身軀，十七世紀林木茂密的黑暗新大陸造就了他們的靈魂。他在心中喊著：「永別了，我的父親……永別了，我的祖先們。」

來到長條篷頂遮蓋的郵輪碼頭，人活像身處已經離岸、又未達彼岸的國度。淡黃迷霧中迴盪著叫喊聲。貨車隆隆行駛，行李沉重拖曳，吊車刺耳運作，海水鹹味撲鼻而來。儘管時間充裕，人們卻行色匆匆——舊日與陸地置於背後，未來就是船邊的明亮入口，當下則在昏暗騷動的走道上顯得混亂。

登上舷梯後，眼前世界又是另一番景象，充斥著眾多狹窄通道。人們就像比安道爾還小的國家裡的公民，對任何事都不再有把握。立於乘務長櫃檯前的人就像客艙一樣奇形怪狀，這些旅客和他們的朋友無不帶著高傲的眼神。接著是響亮淒厲的汽笛聲，代表即將出發的震動，然後郵輪和人們的計畫都動了起來。碼頭上的臉孔一一掠過，傾刻間，船有如與他們意外分離一般，臉孔變得越來越遠，聽不到聲音，碼頭沒入岸邊模糊的一片。海港水流迅速湧向大海。

亞伯特·麥吉斯科也隨船出港，他被報紙稱爲這艘船上最珍貴的搭載物；麥吉斯科正成爲潮流的焦點。他的小說融合了當代傑出作家的手法，一種不可輕忽的手法；此外，他還擁有「把所模仿的題材加以軟化、變得平易近人」的本領，許多讀者正是著迷於這種跟得上作者腳步的輕鬆閱讀。成功，讓他有所增長並懂得謙虛。他非常清楚自己的能力，知道自己比其他更有天賦的人多了幾分活力，並且決定好好享受自己掙得的成就。「我還沒寫出什麼東西。我不認爲自己眞有才華。但只要不斷努力，也許能寫出一本好書。」——他是會這麼說的人，就像從脆弱的跳板做出精彩跳水動作那樣。往日無數的冷嘲熱諷已被忘記；正確來說，他之所以能成功，在心理層面上實奠基於那次和湯米·巴本的決鬥，儘管已逐漸淡忘此事，他卻因此重新產生了自信。

第二天，他認出了迪克·戴弗，先瞄了一眼，然後親切地自我介紹並且坐下。迪克放下眼前的書，幾分鐘後，發現麥吉斯科的改變——那令人不悅的自卑感消失了，他很樂意與眼前人說話。麥吉斯科顯得「博學多聞」，知道的事比哥德還廣泛，聽他把許多別人的話組合起來當作自己的見解還眞有趣。他們聊出了交情，迪克和他們一塊兒吃了幾餐飯——麥吉斯科夫婦受邀和船長同桌，卻帶著生澀的架勢告訴迪克，說他們「受不了那群人」。

薇奧莉現在很有派頭，一身華麗的名師設計，陶醉在那些有教養的女孩十多歲時會做的小探索上。她原本可以從博伊西市①的母親那兒學到這些，但她的靈魂是在愛達荷州沉悶的小電影院裡成長，根本沒時間與母親爲伴。現在「躋身名流」，跟其他數百萬人平起平坐，她很快樂，儘管如果變得太幼稚仍會受到丈夫的喝止。

麥吉斯科夫婦在直布羅陀上岸。隔天晚上，迪克來到了那不勒斯。他坐在從飯店開往車站的巴士上，結識了一位母親與她的兩個女兒，這是茫然失落又處境淒慘的一家人。他在船上便見過她們，心頭襲來一股難以抑制的慾望讓他想出手相助，或者想博得仰慕。他帶她們來到氣氛歡樂的地方，試著請她們喝酒，很高興看到她們開始恢復眞正本色。他遐想著她們會這樣或那樣，然後掉入他設下的圈套，結果是自己喝了太多酒來維持這個遐想，而母女三人只不過認爲碰到天上掉下來的好運。夜已將盡，從卡西諾到佛羅西羅內的路上②，火車搖搖晃晃噴著蒸氣，他和她們漸行漸遠。在羅馬車站拿出怪異的美國式道別後，迪克前往奎利那爾飯店，他有點筋疲力盡的感覺。

在櫃檯前，他突然仰頭直瞪。就像酒力發作那樣，他胃壁灼熱，一股酒氣直衝腦門。他看到了自己想見的那個人，他橫越地中海就爲了要見的那個人。露絲瑪莉在同一時間也看到他，還沒想起他是誰就先打了招呼；她驚愕地回頭再看一眼，然後離開身旁的女孩趕緊走過來。挺直腰桿，屏住呼吸，迪克轉身面向她。當她走過飯店大廳時，那身打扮眞是美極了，像匹抹了黑籽油的幼馬，連馬籠都擦得光亮，令他精神爲之一振；然而事情發生太突然，他能做的卻只是盡量掩飾自己的疲憊。看到她充滿自信的明亮眼神，他勉強佯裝出的表情像是在說——「全世界有那麼多人，而你居然出現在這兒。」

她戴著手套的雙手，在櫃檯上摀住了他的手：「迪克，我們正在拍攝《壯麗羅馬》，至少我們認爲是，因爲我們隨時會離開。」他緊盯著她看，想讓她覺得有些不自在，這樣她就不會那麼靠近，而注意到他沒刮鬍子的臉，以及睡著時壓皺了的衣領。幸好，她在趕時間。她說：「我們很早就開工，因爲十一點就會起霧——兩點打電話給我。」

迪克進到房間，靜下心來，請櫃檯中午來電叫醒他，然後脫掉衣服倒頭大睡。他睡過頭，沒聽到電話聲，不過兩點鐘醒來時神清氣爽。他打開行李取出東西，把要熨的西裝和要洗的衣服送出去。鬍子刮了，泡了半小時熱水澡，然後吃他的早餐。太陽已經西沉到民族街，他拉開窗簾讓陽光照進來，古老的銅製吊環發出叮噹聲響。等待西裝熨好的這段時間，他在《晚郵報》讀到「在辛克萊．路易斯的小說《華爾街》中③，作者分析一個美國小鎮的社會生活」，然後他試著去想露絲瑪莉。

起初他覺得沒什麼。她年輕又有魅力，但桃普希也是。他猜想，過去四年她曾有許多戀人而且深愛著他們。嗯，你絕對無法知道，自己究竟在別人的生活裡占據著多大的空間。然而他的愛慕之情從這困惑的思潮中浮現了……最好的交往就是，你明知阻礙重重，卻仍想保持一種關係。往事漸漸回流，他想抓住她那深情款款投懷送抱的寶貝身軀，直到占為己有，完全在他掌握之中。他細想自己可能吸引她的地方，但和四年前沒得比——十八歲看三十四歲的人也許涉世未深霧裡看花，但二十二歲看三十八歲的人可就看得一清二楚；此外，當初邂逅時，迪克正處於感情的巔峰，自那之後熱情便已消退。

熨好的西裝送回來後，他穿上白襯衫和衣領，戴上別了一顆珍珠的黑領結，另一顆同樣大小的珍珠吊飾，則穿過眼鏡繫繩垂掛在下方一英寸處，擺盪著。睡飽後，他的臉恢復成蔚藍海岸夏日的那種紅褐色，還可靈活地以雙手撐住椅子倒立，身上的自來水筆和硬幣全都掉了出來。三點鐘時打電話給露絲瑪莉，他被邀請上樓。雜耍暖身讓他一時頭暈目眩，他到酒吧喝了杯琴通寧雞尾酒。

「嗨，戴弗醫生！」只因為露絲瑪莉出現在飯店，迪克馬上想起向自己打招呼的這人是——柯林斯．克萊。他依舊一副自信滿滿、精神旺盛的模樣，還有著突出的下顎。柯林斯問：「你知道露絲瑪莉在這兒？」迪克答：「我有遇見她。」柯林斯侃侃而談：「我原本是在佛羅倫斯，聽說她來到這裡，所以上星期就趕過來了。你絕不會想到這個媽媽的小寶貝。」他修飾了一下自己的言辭，「我的意思是，像她那麼謹慎被養育長大的女孩，現在已經是個閱歷豐富的女人了。你應該懂我意思。相信我，她想必已經擄獲了不少羅馬男孩的心，很有她的手法呢！」

迪克問著：「你在佛羅倫斯唸書？」柯林斯答：「我嗎？當然，我在那裡學建築。星期天就回去……待在這兒，是爲了看賽馬。」迪克費了好一番功夫，才沒讓柯林斯把自己這杯酒算進他手上的帳單裡，一張活像列滿了股市行情的清單。

譯註

①博伊西市（Boise）：美國愛達荷州首府。

②卡西諾（Cassino）：位於義大利佛羅西羅內省境內，介於那不勒斯與羅馬之間。佛羅西羅內（Frosinone）：義大利佛羅西羅內省首府，位於羅馬西南方約一百公里處。

③辛克萊・路易斯（Sinclair Lewis，1885～1951），美國小說家兼劇作家，獲得一九三〇年諾貝爾文學獎，是美國第一位獲此獎項的作家。他於一九二〇年出版的小說，名為《大街》（Main Street），或作者或義大利報紙誤植成了《華爾街》（Wall Street）。

20

迪克走出電梯，循著曲折的走廊，最後走向遠方傳來人聲的一道透出光線的門。露絲瑪莉身穿黑色睡衣；午餐桌還在房間裡；她在喝咖啡。

他說：「你依舊美麗動人。比以前更漂亮一些。」露絲瑪莉說：「年輕人，要咖啡嗎？」他說：「很抱歉，今天早上我眞是不像樣。」她說：「你當時看起來不太好……現在好了吧？喝咖啡嗎？」他說：「不用了，謝謝。」露絲瑪莉續道：「你恢復精神了，今天早上我被你嚇到。只要我們劇組還沒離開，母親下個月就會來。她總是問我有沒有在這裡遇見你，好像認爲我們就住在相鄰的房間。她一直很喜歡你，總覺得你是我應該要認識的人。」迪克說：「嗯，很高興她還記得我。」她向他保證：「噢，當然，她經常想起你。」

迪克說：「我偶爾會在電影中看到你。有一次，《掌上明珠》放映時，只有我一個觀眾。」露絲瑪莉提到：「目前在拍的這部電影，如果不刪剪，我的戲分很重。」她走到他背後，觸碰到他的肩膀。她打電話請人撤走餐桌，然後坐到一張大椅子上。露絲瑪莉說：「迪克，我認識你時還是個小女孩，現在我是個女人了。」迪克說：「我想聽聽你的一切。」她問候著：「妮可好嗎……還有，蘭尼爾和桃普希也都好嗎？」他答：「他們都很好，時常提到你……」

電話響起。迪克在她接電話時，翻閱房間裡的兩本小說——一本是埃德娜・費伯①寫的，一本是亞伯特・麥吉斯科寫的。侍者來收拾餐桌；餐桌撤走後，露絲瑪莉穿著黑色睡衣的身影似乎更爲突顯。她在電話裡說：「我有訪客……不，不是很熟。我得去找服裝師試衣服，要花不少時間……不，不是現在……」

餐桌撤走後彷彿讓她舒坦許多，露絲瑪莉對迪克微笑——這微笑猶如代表他們一起努力擺脫世間的所有煩惱，終於平靜待在自己的天堂……

她說：「搞定了。你知道嗎，我花了一個小時準備迎接你。」但是電話又響起。迪克起身，把他放在床上的帽子拿到行李架上，露絲瑪莉一時驚慌，用手遮住話筒：「你不是要走了吧！」迪克說：「不是。」她講完電話後，他試著把一再被打斷的下午拼湊起來，說：「希望人們說些有營養的事。」露絲瑪莉附和：「我也這麼認爲。剛才打電話來的人說，他以前認識我的一個遠房親戚。難以想像，居然有人用這種理由打電話來！」

她把燈光弄暗，營造氣氛。她爲什麼要讓他看不到自己，還有別的用意嗎？他像送出信件般對她說出話語，彷彿早已寄出，過了許久她才收到。「坐在這兒緊挨著你，很難克制不去吻你」——於是他們在地板中央激情擁吻。她推開他，回到自己的椅子上。不能一直只是這樣在房間裡調情。不進則退。當電話再度響起，他走進臥室躺到她床上，翻開亞伯特・麥吉斯科的小說。不久，露絲瑪莉進來坐在他旁邊。她說：「你有最長的睫毛。」迪克說：「我們現在回到學生舞會。現場有位露絲瑪莉・霍伊特小姐，她特別迷戀眼睫毛……」

她吻了他，他把她拉到床上兩人並肩躺著，他們繼續擁吻直到喘不過氣。她的氣息顯得年輕、熱切、令人興奮。她的嘴唇略微乾裂，但嘴角柔嫩。他們四肢交纏，衣衫未退，他的雙臂和背脊使勁扭動，她的喉嚨與胸部奮力磨蹭，此時她輕聲說：「不，不是現在……事情要有節奏。」他熟練地用自己的理智克制激情，雙手則將她嬌嫩的身軀捧在胸前一英尺高，輕聲地說：「親愛的……沒有關係。」他往上看的時候，她的臉改變了，蘊藏著無窮的皎潔月光。

「如果最後竟然是你，那也是理所當然。」她轉頭離開，走到鏡子前，用手拍一拍凌亂的頭髮。一會兒後，她拉了張椅子到床邊，撫摸著他的臉頰。他要求：「把你的事老實告訴我。」她說：「我一向說實話。」他說：「某種程度來說是如此……但，完全兜不起來。」他們都笑了。

不過，他繼續追問：「你實際上還是處女嗎？」她自首著：「不！我已經跟六百四十個男人上過床了——如果這是你要的答案。」迪克說：「這不關我的事。」她問：「你想把我當作心理學上的一個研究案例？」迪克則說：「看看你，一個完全正常的二十二歲女孩，活在一九二八年，我猜你已經談了好幾次戀愛。」她答：「那些都已經是……過去式。」迪克沒辦法相信她。他判斷不出，她是否刻意在他們之間築起障礙，或者要讓最後的屈服顯得意義重大。他提議：「我們去蘋秋公園走走。」

他把衣服抖直，撫平頭髮。時機來臨，不知怎地就過去了。三年來，迪克一直是露絲瑪莉衡量其他男人時的理想典範，他的形象免不了被提升到神話般的境界。她不要他像其他男人，然而他也有同樣殷切的索求，好似要取走她身上的一部分，放在口袋裡帶走。

兩人走在草地上，旁邊淨是天使雕像、哲學家塑像、農牧神像和噴水池。她緊挽著他的手臂，不時稍作調整以找到舒適的姿態，好像打算永遠依靠在那兒。她摘了一根嫩枝把它折斷，卻發現沒有彈性。忽然看到迪克臉上有著她想見到的神情，便拿起他戴著手套的手吻了一下。接著，她天眞地在他面前蹦蹦跳跳，直到他笑出來，她也跟著笑，於是他們開始玩得興高采烈。露絲瑪莉說：「親愛的，今晚不能和你出去，因爲我早就答應人了。不過明天你得早起，我要帶你去出外景。」

他獨自在飯店吃晚餐，早早便上床睡覺，然後六點半在大廳和露絲瑪莉碰面。在車裡，她坐在他旁邊，晨光下顯得清新耀眼。車子通過聖塞巴斯提亞諾城門，沿著阿比亞古道駛往城外，最後抵達一處龐大的古羅馬議場布景，搭建得比原本的廣場還大。露絲瑪莉把迪克交給一個人帶他參觀那些壯觀的道具——一道道拱門，一排排座位，還有布滿沙子的圓形廣場。她拍戲的場景是描繪基督徒囚犯所在的拘留室，不久他們來現場看到尼科特拉，又是個前途似錦的大眾情人，在十多位女「囚犯」面前昂首闊步，裝腔作勢，她們憂鬱的眼睛竟然塗了睫毛膏。

露絲瑪莉穿著及膝的束腰戲服出現。她低聲對迪克說：「注意看，我想聽你的意見。每個人看過毛片後，都說……」他問：「毛片是什麼？」她解釋：「就是把前一天拍好片段的先沖洗出來。他們說，這是我第一次把戲服穿得這麼性感。」他說：「我沒注意到。」她則說：「你沒注意！但我確實有。」

尼科特拉穿著獸皮戲服，殷勤地和露絲瑪莉說話，電工正在和導演討論事情，態度咄咄逼人。最後，導演粗暴地推開對方的手，抹一抹沾滿汗水的額頭。迪克的嚮導說：「他又不知所措了，總是這樣！」迪克問：「誰？」但嚮導還來不及回話，導演便快步走向他們。

他氣沖沖地對迪克說，彷彿在向陪審團慷慨陳述：「誰不知所措了……你自己才不知所措。」然後惡狠狠瞪了嚮導一眼，「他自己手忙腳亂的時候，就認爲別人都是這樣！」後又拍拍手說，「好了……每個人就位。」

簡直就像來到一個吵鬧不休的家庭。有位女演員湊近迪克，跟他講了五分鐘的話，以爲他是最近從倫敦來的一位男演員。發現認錯人後，她驚慌得急忙走開。大部分拍片人員見到圈外人，不是自認高高在上就是自覺矮人一截，但自以爲高高在上的居多。他們是有膽量又勤勞的一群人，在一個十年來只知恣意享樂的國家被吹捧到如日中天的地位。

天色逐漸迷濛（這對畫家來說是絕佳光線，但對攝影機來說就比不上加州清澈的天空），拍片工作結束。尼科特拉跟著露絲瑪莉走向汽車，在她耳邊低語幾句——她面無笑容直視著他，說了聲再見。

迪克和露絲瑪莉在凱撒城堡共進午餐，這家高級餐廳設在山坡上的豪宅裡，可俯瞰不知歷經多少歲月摧殘的古羅馬議場遺跡。露絲瑪莉喝了一杯雞尾酒和一點紅酒，迪克則是喝得好不痛快。後來他們開車回到飯店，滿臉通紅，心情愉悅，陷於一種情緒高昂的沉默中。她想要被占有，也如願以償，始於海灘上的稚氣迷戀終於得到了實現。

譯註

①埃德娜・費伯（Edna Ferber，1885～1968），美國女作家，曾獲一九二五年普立茲小說獎，知名作品《璇宮畫舫》後來被改編為百老匯音樂劇。

21

露絲瑪莉晚上又有約會，是一位拍片人員的生日派對。迪克在飯店大廳遇見柯林斯．克萊，但他想獨自用餐，便謊稱在怡東飯店與人有約。他和柯林斯喝了一杯雞尾酒，心中隱約的不滿開始變得難以忍受——他將不再有藉口繼續逃離醫院的工作。這比較像是一段浪漫的回憶而不是熱戀。妮可是他的老婆，儘管內心經常對她感到厭煩，然而她是他的老婆。跟露絲瑪莉在一起時是自我放縱，至於跟柯林斯在一起——則是無聊至極。

他在怡東飯店門口遇見了貝比．華倫。她美麗的大眼睛詫異又好奇地瞪著他，像玻璃彈珠一般：「迪克，我以為你在美國。妮可跟你一起嗎？」迪克說：「我是取道那不勒斯回來的。」他手臂上的黑紗提醒著她：「很遺憾聽到你的傷心事。」

他們免不了要一起用餐。她要求：「把所有狀況告訴我。」迪克將實際情形說給她聽，貝比直皺眉頭。她覺得自己妹妹的生活搞得如此天翻地覆，應該要歸咎於某個人。她問：「你認為，多姆勒醫生一開始對她採取的治療方法，是對的嗎？」他答：「治療方式沒有太大差異……當然，你會想找個可靠的名醫來處理特殊病例。」她說：「迪克，我不敢自認可以對你提供意見，或者自以為有多了解，但你不認為改變一下環境或許對她比較好？就是離開醫院的氣氛，像其他人一樣住在正常的世界？」

他提醒她：「不過，是你極力贊成開設這間醫院。你告訴我，你永遠不覺得對她真正感到放心，除非……」貝比解釋：「那時，你們正在蔚藍海岸過著離群索居的生活，住在遙遠的山上。我並不是要你們回到那種生活。我的意思是，比如說，到倫敦去。英國人是世界上最平靜和諧的種族。」他反對：「他們不是。」

貝比爭辯：「他們是。我了解他們，你知道的。我的意思是，在倫敦找個房子，春天時待在那裡或許對你有好處——我知道塔博特廣場上，有一間可愛的房子，家具齊全，你可以租下來。我是說，去跟頭腦清楚、心理平衡的英國人住在一起。」

她也許還會把一九一四年所有那些老掉牙的文宣跟他講一遍，不過他笑說：「我曾經讀過麥克．阿倫①的一本書，如果書中說的……」她揮舞著沙拉湯匙，對麥克．阿倫不以為然：「他只寫墮落的人，我是指貨眞價實的英國人。」當她不屑一顧地打發掉她的英國朋友時，迪克腦海浮現的景象是——歐洲各地的小旅館裡，淨是些疏離冷漠的臉孔。

貝比重申，準備進一步追擊：「當然，這跟我一點關係都沒有。不過，把她一個人留在那種環境……」迪克說明：「我去美國，是因為我父親過世了。」她撥弄著項鍊上的深紫色玻璃珠：「我知道那件事，也已經告訴你，對此我感到遺憾。但是現在已經有那麼多錢，足夠做任何事了，應該要用來把妮可治好。」迪克說：「首先，我無法想像自己在倫敦會怎麼樣。」貝比反問：「有何不可？我認為你在那裡工作，會如同在其他任何地方工作。」他靠在椅背上看著她。

就算她曾察覺那段不堪的往事，就是妮可生病的眞正原因，她也必然會向自己堅決否認有那件事——就像一幅買錯的畫，被她丟進滿布灰塵的儲藏室那樣。後來，他們去了烏爾匹亞餐廳繼續談，柯林斯．克萊走到他們的桌子旁坐下，一位頗有才華的吉他手在堆滿酒桶的地窖裡，熱烈彈奏著〈我高聲歌唱〉。

迪克說：「看樣子，我不是妮可適當的伴侶。不過，她可能還是會嫁給像我這樣的人，一個她認為可以完全依賴的人。」貝比冷不防地自言自語起來：「你認為，她跟別人結婚會比較快樂？這當然可以安排。」看到迪克傾身向她露出無奈的笑容，她才知道自己說的話有多荒謬。她向他保證：「噢，請你了解，千萬別以為我們不感激你所做的一切。我們也知道你的日子過得很辛苦……」他抗議：「看在老天的分上，如果我不愛妮可，情況可能就不同了。」她驚慌地質問：「但你確實是愛妮可？」

柯林斯現在聽懂他們在說什麼了，迪克趕緊轉移話題：「讓我們談些別的……比如說，關於你的事。你爲什麼不結婚？我們聽說，你和派瑞勛爵訂婚了，他的堂兄是……」貝比突然變得忸怩閃躲：「噢，沒有，那是去年的事了。」迪克固執地追問：「爲什麼你不結婚？」她答：「我不知道。我愛的男人一個死於戰爭，另一個拋棄我了。」

迪克說：「講給我聽。貝比，把你的私人生活，還有你的想法告訴我。你從來不說……我們談的一直都是妮可。」她說：「我交往的全是英國人。我不認爲，這世上有人比一流的英國人更高尚，可不是嗎？就算有，我也還沒遇見。這個男人……噢，說來話長。我討厭冗長的故事，可不是？」柯林斯說：「嗯，確實討厭！」

迪克說：「有何不可。只要是動聽的故事我就喜歡。」貝比說：「那是你擅長做的事，迪克。你只需要偶爾說幾句話，就可以帶動大夥的氣氛。我認爲那是絕妙的天賦。」他和緩地說：「那是個把戲。」這是他第三次反駁她的看法。

貝比說：「我當然重視禮數……我喜歡凡事符合禮節，而且一切要盛大隆重。我知道你也許不贊同這套，但你必須承認這代表我個性穩重。」迪克甚至不想費力跟她爭論這一點。

她繼續侃侃而談：「我當然知道人們會說，貝比・華倫周遊歐洲，不斷追尋新奇事物，卻錯失了生命中最美好的事，不過我反而覺得，自己是少數眞正追求美好事物的人，我認識了這個年代最有趣的一些人。」聲音突然被另一首吉他樂曲的響亮節奏淹沒，她拉高嗓門，「而且我很少犯下大錯……」迪克試圖更正：「……除了很大的錯誤，貝比。」她從他眼裡看到了俏皮的神情，於是改變話題。他們似乎不可能有共同的看法，不過他確實很佩服她某些地方，送她回怡東飯店時，他說了些恭維的話，令她沾沾自喜不已。

第二天，露絲瑪莉堅持請迪克吃午飯。他們來到一家小餐館，義大利籍的餐廳老闆曾在美國工作，他們點了火腿、蛋和格子餅。用完餐後他們回飯店，迪克發現自己並不愛她，而她也不愛他，這樣反而讓他對她的激情有增無減。現在他知道，自己不會在她生活裡介入得更深，對他而言，她變成了陌生的女人。他猜想，許多男人說他們墜入了愛河，只不過代表這樣的情況——靈魂並非狂野地投入，而是淹沒在所有顏色攪在一起、難以辨認的染缸裡，就像當初他對妮可的愛。他對妮可帶有某些思緒，想到她可能會死，可能永遠陷於精神錯亂，可能愛上其他男人，就讓他心裡感到不舒服。

尼科特拉在露絲瑪莉房間的客廳裡，喋喋不休地說著某件拍電影的事。露絲瑪莉暗示著要他離開，他卻詼諧地表達抗議，還對迪克使出相當傲慢的眼神。電話照例響起，露絲瑪莉花了十分鐘講電話。迪克越來越不耐煩，他建議：「我們到樓上，我的房間去。」她同意。

在大沙發上，她橫躺在他的膝蓋上，他以手指撥弄著她秀麗的瀏海。

迪克要求著：「讓我再滿足對你的好奇心？」露絲瑪莉說：「你想知道什麼？」他說：「關於男人。我很好奇，但不是魚水之歡那些的。」她問：「你是指，我遇見你多久之後？」他說：「或是遇見我之前。」她吃了一驚：「噢，不，以前沒有。你是我第一個喜歡的男人，你仍然是我唯一真正喜歡的男人。」思索了一會兒，她說，「我想大約是一年前。」迪克問：「他是誰？」她說：「噢，一個男人。」

迪克步步近逼，不讓她閃避：「我敢說我可以說得出經過——第一次並不滿意，然後隔了好一陣子。第二次感覺比較好，不過你還沒有立刻愛上這個男人。第三次不錯……」他折磨著自己繼續往下講，「於是你有一次真正的戀情，結果自己搞砸了，從那時候開始，你漸漸害怕會沒有任何東西可以留給最終愛上的男人。」他自覺越來越有維多利亞時代男尊女卑的想法，「之後又有幾次偶然的風流韻事，直到現在。說得很接近事實吧？」她被逗得笑出淚來，迪克鬆了口氣，她笑說：「簡直大錯特錯。不過總有一天，我會找到很愛很愛的一個男人，絕不讓他離開。」

現在換他的電話響起，迪克認出是尼科特拉的聲音，要找露絲瑪莉。他用手把話筒遮住，問著：「你要跟他說話嗎？」她走向電話，用語速很快的義大利話嘰嘰喳喳講了一會兒，迪克聽不懂。

迪克說：「這通電話講了太久。現在已經過四點鐘了，我在五點鐘有個約會。你最好去找尼科特拉消磨時間。」露絲瑪莉說：「別傻了。」他說：「那麼我覺得，只要我在這兒，你最好別理他。」她突然喊道：「沒那麼容易，迪克。我眞的愛你，從來沒有愛任何人像愛你一樣。但是你給了我什麼？」他問：「尼科特拉又給了任何人什麼？」露絲瑪莉說：「那不一樣。」迪克心想：「是啊，因爲年輕人吸引年輕人。」他嫉妒得發狂，不想再受傷害：「他是個廢物！」她抽抽噎噎著說：「他只是個孩子氣的人。你知道我的最愛是你。」聽了之後他伸手抱住她，她疲倦地朝後放鬆。他就這樣抱著她一會兒，最後她緩緩閉上眼睛，頭髮向後披散，像個溺水的女孩。

露絲瑪莉說：「迪克，讓我走吧，我從來沒有像這樣百感交集。」他是隻粗魯的紅雀，難以擺脫的嫉妒心，開始覆蓋原本令她覺得自在的體貼與諒解——她本能地從他懷裡抽身而出。他說：「我要知道實情。」露絲瑪莉說：「那麼，好吧。我們經常在一起，他想跟我結婚，但我不想。跟你有什麼關係？你期望我怎麼做？你從來沒有要求我嫁給你。難道你要我永遠跟柯林斯・克萊那種傻瓜混在一起？」迪克問：「你昨晚跟尼科特拉在一起？」她啜泣著：「你根本管不著。」

露絲瑪莉接著說：「迪克，原諒我，你管得著。你和母親是我在世上眞正在乎的人。」迪克問：「那麼尼科特拉呢？」她答：「我怎麼知道？」她已經難以捉摸到，就連最簡單的話也暗藏含義。迪克追問著：「就像你在巴黎時，對我的那種感覺？」露絲瑪莉說：「跟你在一起讓我覺得幸福自在。在巴黎的情形不同。但我們怎可能對自己過去的感受一清二楚，不是嗎？」迪克站起身，開始拿出晚上要穿的衣服。假如他心裡必須帶著世間所有的苦澀與憎恨，那麼，他將不會再愛她了。

露絲瑪莉聲稱：「我不在乎尼科特拉！但我明天得跟拍片團隊到利佛諾②。噢，爲什麼事情非要這樣不可？」她再度淚流滿面，「眞的很令人感到遺憾。爲什麼你要來這裡？爲什麼我們不能保有美好的回憶就好？我覺得自己簡直像在跟母親起爭執。」

當他開始著裝，她走身走向門口。她說：「今晚我不會去參加派對。我要跟你在一起。無論如何我都不會去。」這是她最後所能做的事。情潮開始再度湧現，但他退卻了。她說：「我會待在自己的房間。再見，迪克。」他也說：「再見。」露絲瑪莉說：「噢，眞是遺憾，眞是遺憾。噢，多麼遺憾。這到底是怎麼回事？」迪克答：「我已經納悶很久了。」她反問：「但爲什麼把問題帶給我？」他悠悠地說：「我想我是瘟神，我似乎不再帶給人們任何快樂。」

譯註

①麥克・阿倫（Michael Arlen，1895～1956），亞美尼亞籍作家，一九二〇年代住在英國，最出名的是就是諷刺英國社會的愛情小說。

②利佛諾（Livorno）：義大利中西部利佛諾省首府，一座鄰近利古里亞海的港口城市。

22

晚餐過後，奎里那爾酒吧裡有五個人，一名高檔的義大利風塵女郎坐在高腳椅上對著酒保喋喋不休，對方只是心不在焉地回應著「是……是……是」。有一位膚色不深、很有派頭的埃及人顯得孤單，但對那女人興趣缺缺，另外還有兩個美國人。

迪克總是對周遭環境感受很強烈，柯林斯・克萊則過得混混沌沌，即使是最鮮明的印象也會從早已退化的記性中逐漸消散——因此迪克說話，他就坐在那兒像被風吹著傾聽。迪克被下午的事弄得疲憊不堪，把氣出在當地義大利人身上。他環視酒吧，彷彿希望有個義大利人聽見他說的話而被激怒。

迪克說：「今天下午，我和我的大姨子在怡東飯店喝茶。我們占到最後一張桌子，同時有兩個人走過來，看看四周，已經沒位子了。於是其中一個人過來對我們說：『這張桌子不是保留給歐西尼公爵夫人的嗎？』我說：『桌上沒有標示牌。』然後他說：『可是我認爲這是保留給歐西尼公爵夫人的。』我甚至不知該如何回他話。」柯林斯問：「後來他怎麼了？」迪克在椅子上轉個身：「他走掉了。我不喜歡這些人。某天，我在一家店鋪前才離開露絲瑪莉兩分鐘，就有個警官開始在她面前走來走去，推一推帽子。」過了一會兒，柯林斯說：「我不知道，我寧願待在這裡，巴黎隨時都有人想偷你的錢包。」迪克興致正高，凡是有損興致的事他一概反對，他堅持：「我不知道，我不討厭這裡。」

迪克仔細回想幾天來映在腦海的景象。走往美國運通公司的路上，會經過民族街那些香味撲鼻的糕餅店，再穿過骯髒的地下道來到西班牙階梯，在層層花臺和濟慈病逝在裡頭的房子前①，他的精神爲之振奮。他只在乎人，除了氣候之外很少意識到自己身在何處，直到發生鮮明的事件爲這地方添上色彩。羅馬，是他對露絲瑪莉綺夢結束的地方。

一位門僮進來，遞給他一張字條，上面寫著——「我沒有去參加派對。我待在自己房間。我們一早就要出發前往利佛諾。」迪克將字條遞還門僮，賞了些小費，說：「告訴霍伊特小姐，就說你找不到我。」他轉身，對柯林斯提議，去彭博聶利夜總會。

他們打量著吧檯前濃妝豔抹的女人，給予了她職業所需最低限度的關注，她則明目張膽地看回去。他們走過空蕩蕩的大廳，周圍淨是維多利亞時代以來沾滿灰塵、令人窒息的褶簾。他們向夜班門房點頭致意，門房則以夜班人員特有的苦澀卑屈姿態回了禮。然後他們坐上計程車，行駛在一個濕答答十一月夜晚的清冷街道上。路上沒看到女人，只見臉色蒼白、將黑色大衣扣到領口的男人們，三五成群地並肩站在冰冷石頭地上。

迪克忽嘆口氣，說：「我的天！」柯林斯問：「怎麼了？」迪克說：「我在想，今天下午那個男人說『這張桌子是保留給歐西尼公爵夫人的』，你知道這些老羅馬家族是什麼嗎？他們都是土匪，羅馬帝國垮臺後強占神殿皇宮、魚肉鄉民的就是他們。」柯林斯不為所動：「我喜歡羅馬。你何不試著看看賽馬？」迪克答：「我不喜歡賽馬。」柯林斯說：「但所有女人都出現在……」迪克說：「我知道，我為什麼一點也不喜歡這裡了。我喜歡法國，那裡每個人都自認為是拿破崙，到這裡每個人都自認為是耶穌基督。」

到了彭博聶利夜總會，他們往下走進鑲著嵌板的門，那門在冰冷石頭地前顯得弱不禁風。樂隊無精打采演奏著探戈樂曲，十多對男女在寬敞舞池上跳著精巧細緻的舞步，看在美國人眼裡覺得還真礙眼。侍者太多，營造不出那種只需幾個人力忙進忙出的熱烈場面；放眼望去，除了一股期待會有什麼事發生的氛圍，打破由舞者、夜晚、各種力量平衡保持的穩定狀態，否則這裡著實死氣沉沉——客人的感知再敏銳，保證在這兒也找不到任何有趣的東西。

這一切對迪克再清楚不過。他四下張望，期盼能看到些什麼，讓自己的精神持續振奮一個小時，而非沉浸在幻想裡。但什麼都沒有，過了一會兒，他轉回身子和柯林斯說話。他把自己現在的一些想法告訴了柯林斯，對這位記性之差沒啥反應的聽眾感到很不耐煩。跟柯林斯說了半個小時的話之後，他覺得自己的活力明顯衰退。他們喝了一瓶義大利汽泡酒，迪克變得臉色蒼白，而且有些聒噪。他把樂隊指揮叫到座位上來；那是個巴哈馬黑人，自負又惹人討厭，沒幾分鐘兩人便起了爭執。

樂隊指揮說：「是你要我坐下的。」迪克說：「沒錯。而且我給了你五十里拉，不是嗎？」對方說：「好，好，好。」迪克說：「是吧，我給了你五十里拉，不是嗎？然後你又說要我再多給一些！」對方說：「是你要我坐下的，不是嗎？不是嗎？」迪克說：「我要你坐下，可是我已經給了你五十里拉，不是嗎？」對方說：「好，好。」

那個黑人氣呼呼地站起來走開，反倒讓迪克的心情更壞。不過，他看到對面有個女孩對他微笑，一時間，他周圍那些黯然如鬼魅般的羅馬人全都恢復了得體的人樣，看起來如此謙恭有禮。她是個年輕的英國女孩，金黃頭髮，健康漂亮的英國人臉蛋；她又對他露出了笑容，他知道這是一種邀約，情慾上欲語還休的引誘。

柯林斯說：「還眞是直截了當的把戲，或者是我根本不知道怎麼勾搭。」迪克起身，走過去她那邊：「跳支舞嗎？」和女孩坐在一起的中年英國男子，用幾乎帶著歉意的口吻說：「我就要走了。」興奮得清醒過來的迪克，開始跳起了舞。他發現，這女孩讓人想到英國的一切美好事物；她明亮的嗓音讓人想起被海環繞的祕密花園這個故事；當他仰身瞧著她時，他對她說的都是眞心話，誠懇得連自己的聲音都在顫抖。她答應，那位護花使者離開後，她會過來跟他們坐。英國男子把她接回身邊，頻頻致歉和微笑。

回到自己的座位，迪克又點了一瓶汽泡酒。他說：「她看起來像電影裡的一個演員，我想不起來是誰。」忽又急性子地撇過頭去瞧瞧，「她究竟被什麼事耽擱了？」柯林斯若有所思地說：「我想從事電影這一行。我是應該要去做我父親的生意，但那不太吸引我，在伯明罕的辦公室，一坐就是二十四年……」他的聲音抵抗著功利社會的壓力。迪克暗示地問：「覺得大材小用？」柯林斯說：「不，我不是那個意思。」迪克直指：「是，你是。」柯林斯微慍：「你怎麼知道我的意思是什麼？你如果這麼熱愛工作，爲什麼不去行醫？」

這下子，迪克把兩個人弄得都不好受。不過，此時他們已經喝得迷迷糊糊，沒多久全都忘了；柯林斯要離開，他們親切地握著手。迪克一本正經地說：「再思考看看。」柯林斯問：「想什麼事？」迪克說：「你知道的。」就是關於柯林斯要做父親生意的事——眞是金玉良言。

柯林斯離開夜總會。迪克喝完他那瓶酒，然後又跟英國女孩跳舞。他在舞池上莽撞旋轉、用力踏步，以控制他那不聽使喚的身體。非比尋常的事突然發生了，跟那個女孩跳著跳著，音樂停止了，然後她消失無蹤……

迪克問：「你有看到她嗎？」侍者問：「看到誰？」迪克說：「剛才，我還在跟她跳舞的那個女孩。她突然不見了，一定還在這屋子裡。」侍者說：「不行！不行！那是女士洗手間。」

他站在吧檯前，那裡還有另外兩個男人，但他想不出方法過去攀談。他可以告訴他們關於羅馬的一切，還有科隆納家族與卡埃塔尼家族殘暴的崛起，不過他知道，用這種話題起頭很唐突。香菸櫃檯上的一排絨毛娃娃突然掉到地上；接著是一陣騷動，他覺得是自己引起的，於是回到夜總會喝了杯黑咖啡。柯林斯走了，英國女孩也走了，現在除了回到飯店，帶著壞心情上床睡覺，似乎沒有別的事可做。他結了帳，拿了帽子和大衣。

排水溝裡和卵石縫間全是髒水；潮濕的水氣從低窪的坎帕尼亞地區冉冉升起，歷代文明流下的汗水污染了清晨的空氣。四名計程車司機圍住他，眼珠子在黑眼圈裡轉個不停。其中一個硬朝他的臉靠過來，他用力把對方推開。

他問：「到奎利那爾飯店多少錢？」有人答：「一百里拉。」六塊錢美金。他搖搖頭，出價三十里拉，已是白天車資的兩倍，但司機們聳著肩面面相覷，然後走開。他堅持：「三十五里拉，外加小費。」有人答：「一百里拉。」他開始說起英語：「路程只有半英里，我最多只給你四十里拉。」那人答：「噢，不行。」

他非常累了，拉開一輛計程車的門，坐了進去。他對固執站在車窗外的司機說：「奎利那爾飯店！收起你那副冷笑的臉，載我去奎利那爾飯店。」對方說：「噢，不行。」迪克下車。在彭博聶利夜總會大門前，有個人來跟計程車司機講理，而這些司機不想再跟迪克多說什麼；其中一個司機又逼上前來，比劃著手勢毫不讓步，迪克把他的手揮開。

迪克說：「我要到奎利那爾飯店！」充當翻譯的人說：「司機說要一百里拉。」迪克說：「我知道。我會給他五十里拉。給我滾開。」最後這話是對那個態度強硬、再次靠近的司機說的，那人瞪他一眼，不屑地吐了口水。整個星期難以忍受的怒火，此時在迪克心中爆發，化身為快如閃電的激烈行動，他上前賞了那個人一巴掌——這在他的家鄉，是光明正大的傳統手段。

他們蜂擁而上，口出惡言，揮舞手臂，就是沒辦法接近他——迪克背靠著牆，面帶笑容，笨手笨腳地出招，或者作勢前衝又放慢腳步，或者胡亂出拳，這種虛張聲勢的戲碼在夜總會門前來來回回上演了好幾分鐘。接著迪克絆了一跤，好像哪裡受傷了，不過他掙扎起身再度和人扭打成一團；突然，雙方被隔了開來。有個新的嗓音出現，又是一番爭論，不過他氣喘吁吁地斜靠著牆，為了自己受辱感到狂怒不已。他看到沒人同情他，而他不相信是他的錯。

他們要去警察局解決這起紛爭。他的帽子被撿回來，遞還給他，有人輕抓他的手臂，於是他跟著計程車司機大步轉過街角，進入一間空蕩的營房，國家警察在一盞昏暗的燈下打發時間。坐在辦公桌前的是個隊長，那個出手干預阻止打鬥的人，跟他講了一長串義大利語，不時指一指迪克，還讓計程車司機爆出一陣陣的謾罵與譴責打斷說話。隊長開始不耐煩地點著頭。他舉起手，那些七嘴八舌的演說就在最後幾聲驚嘆中停止了。然後他轉向迪克。

隊長問：「說義大利語？」迪克答：「不會。」隊長問：「會不會說法語？」迪克怒視著他，說：「會。」隊長說：「聽好了，回奎利那爾飯店去。聽著，你喝醉了。司機要多少你就給多少，明白嗎？」迪克搖頭：「不，我不要。」隊長說：「什麼？」迪克堅持：「我只願意付四十里拉，已經夠多了。」隊長站起身，盛氣凌人地大聲說：「聽著！你喝醉了，還打了司機，就馬馬虎虎算了吧。」他兩手在空中激動比劃著，

「我放你走算你幸運，他要多少你就給多少——一百里拉，回奎利那爾飯店去。」

迪克爲自己受到的屈辱感到勃然大怒，狠狠瞪了回去。在他前面詭笑點頭的，是那個把他帶到警察局的人。迪克跌跌撞撞，面朝著門口：「好吧，我會回去。不過，要先修理這傢伙！」他經過兩眼緊盯著自己的隊長面前，朝那張咧嘴詭笑的臉走去，一記猛烈的左拳打中他下顎，那人應聲倒地。

他俯視著地上的人，霎時覺得痛快極了——然而就在心頭一驚、懷疑自己做錯事之際，一陣天旋地轉；他被警棍擊倒，拳打腳踢落如雨下。他感覺自己的鼻梁如屋瓦般碎裂，眼珠像被橡皮筋打中般彈回腦袋裡，一根肋骨被鞋跟踹斷。他一時失去了知覺，被扶坐起來時才再度清醒，兩手已被戴上手銬，他不禁掙扎了起來。那個被他打倒的便衣警察，用手帕輕擦自己的下巴，看看有沒有流血；他走向迪克，站好姿勢，縮回手臂，再用力把他打倒在地。

迪克動也不動地躺在地上，一桶水從他身上澆下。他被抓著手腕拖行，流下一道模糊的血痕。這時，他朦朧睜開一隻眼，認出半人半鬼的那張臉是其中一名計程車司機。迪克虛弱地喊著：「到怡東飯店。告訴華倫小姐。兩百里拉！華倫小姐。兩百里拉！唉，你這卑鄙的傢伙……你這混蛋……」

他依然被拖在那道血痕上，哽咽啜泣，行經起伏的地面，進入了某處小房間，被扔在石頭地上。那些人出去，門嘩噹一聲關上，只剩下他孤單一個人。

譯註

①西班牙階梯（Spanish Steps）：羅馬的熱門景點，建於一七二五年，一百三十八層階梯連接著下方的西班牙廣場，與上方著名的聖三一教堂。

約翰・濟慈（John Keats，1795～1821），英國浪漫派詩人。

23

直到凌晨一點鐘，貝比・華倫仍躺在床上讀著一本馬里昂・克勞福德①寫的古怪單調羅馬故事；然後她走到窗前俯瞰街景。飯店對面有兩個國家警察，一身斗篷外加尖角帽，大搖大擺地晃來盪去，詭異得像是揚起的船帆。看到他們，就讓她想到中午用餐時那個猛瞧著她看的禁衛軍官；他有那種矮個子民族裡身材高大的自傲，除了展現身高簡直沒別的義務。如果他走過來對她說：「我們去兜兜風，就你和我。」她也許會回答：「有何不可？」——至少現在看來似乎是如此，因爲她仍處在脫離現實的陌生環境狀態下。

她的思緒從禁衛軍官，慢慢拉回那兩個國家警察，再到迪克身上——她上床把燈關掉。

近清晨四點鐘，她被急促的敲門聲吵醒：「來了——是誰？」門外的人說：「夫人，我是門房。」她披了件和式睡袍，兩眼惺忪地看著他。門房說明著：「你那位姓戴弗的朋友出事了。他跟警察起糾紛，他們把他關進拘留所。他叫一輛計程車送消息來，司機說他答應要給兩百里拉。」說到這裡，他慎重地停頓了一下以獲得批准，「司機說，戴弗先生惹上大麻煩。他跟警察打架，然後被狠狠修理。」貝比忙道：「我立刻下去。」

貝比在怦怦心跳聲中換好衣服，十分鐘後走出電梯，來到漆黑的大廳。帶消息來的司機已經離開；門房招了另一輛計程車，把拘留所的位置告訴司機。行駛在路上時，外面的黑暗已不再那麼厚重，還沒清醒的貝比對晨昏交替的變換無常感到有些畏懼。她開始和白晝賽跑；有時在寬闊的大馬路她占上風，然而領先的局面只要稍有停頓，陣陣強風就不耐煩地吹來吹去，晨光又開始匍匐前進。計程車經過一處水聲響亮的噴泉，潑濺的水花形成一大團影子，接著又駛進一條非常彎曲的小巷，兩旁房屋彷彿沿路被拉扯扭曲似的，車子在顛簸的鵝卵石路上咯答咯答前進，然後猛然煞住，眼前滿布青苔的圍牆有兩座燈火通明的崗亭。突然，從幽暗的拱門後方傳來迪克的聲音，吶喊嘶吼的聲音。

迪克胡亂問著：「這裡有沒有英國人？有沒有美國人？有沒有英國人？有沒有……噢，我的天，你們這些骯髒的義佬。」他的聲音逐漸止息。她聽見低沉的捶門聲，然後迪克又開始吼叫：「有沒有美國人？有沒有英國人？」

她循著聲音跑進拱門，來到庭院，一時搞不清方向，四處亂轉，最後確定聲音來自一間小警衛室。兩名國家警察站起身，但貝比推開他們，來到了囚室門前。她大聲喊：「迪克！出了什麼事？」他呼喊著：「他們弄瞎了我一隻眼睛。他們把我銬起來然後揍我，那個該死的……那個……」貝比立刻轉身，朝那兩個國家警察跨近一步。

貝比咬牙切齒地問著：「你們對他做了什麼？」她低沉的聲音如此凶猛，怒氣沖天令他們驚恐不已：「我不會說英語。」她用法語咒罵他們，狂妄大膽的憤怒彌漫著整個房間，將他們團團包圍，連番責難落在身上，使他們難以招架節節後退。貝比說：「想想辦法啊！想想辦法啊！」警察說：「我們也沒辦法，除非接到命令。」她又說：「行行好吧！行行好吧！」

說著，貝比又對他們大動肝火，兩人直冒冷汗，爲自己的無能爲力頻頻道歉，他們面面相覷，覺得很可能出了大錯。貝比步過去，倚著囚室的門，幾乎是在撫摸它，好像這樣可以讓迪克感到她的存在和影響力，接著喊道：「我會去大使館，然後再回來。」最後，她惡狠狠地瞪了國家警察一眼就跑出去。

貝比坐車來到美國大使館，在計程車司機的堅持下把車資付清。天還沒亮，她走上階梯按門鈴。按了三次門鈴後，一名睡眼惺忪的英國門房打開大門。

貝比說：「我要見大使館的人。任何人都行，但是現在就要！」門房說：「夫人，大家都還沒醒，我們九點鐘才開門辦公。」她焦急得才不管辦公時間，說：「有要緊事。有個人……一個美國人遭到毒打，他被關在義大利的一間拘留所。」門房還是說：「大家都還沒醒，要到九點鐘……」貝比堅持：「我不能等。他們弄瞎了一個人的眼睛，那是我的妹婿，而且還不讓他離開拘留所。我一定要找個人談……你不明白嗎？你是瘋子？或者你是白癡，所以站在那兒一臉蠢相？」門房無奈地說：「夫人，我眞的沒辦法做什麼。」她抓著他的肩膀使勁搖晃：「你非得把人叫醒，這是攸關生死的事情！如果不把人叫醒，你會有可怕的下場……」門房回道：「夫人，麻煩您把手拿開。」

門房背後的樓梯上，傳來格羅頓中學②口音的厭煩語聲：「是誰？」門房如釋重負地回答：「是一位女士，她抓著我搖晃。」他退了幾步路說話，貝比緊跟著進入大廳。樓梯高處站著一名剛被吵醒的年輕人，身上裹著白色刺繡波斯罩袍。他的臉是那種怪異而不自然的粉紅色，鮮豔卻很死板，嘴巴像被東西塞住。他看到貝比時，把臉退到了陰影中。

那人再問了一次：「是誰？」貝比把事情告訴他，焦躁地走向了樓梯。她說話的時候，發現那個活像塞住嘴的東西實際上是鬍鬚套，男子臉上則抹著粉紅色的面霜——這幅景象倒也相當符合這場夢魘。她激動地說，他能做的事就是立刻和她到拘留所，把迪克救出來。

那人說：「這是一件麻煩事。」她低聲下氣地說：「是的。可以嗎？」他的聲調顯出自己受到了冒犯：「這是在跟警察作對。九點鐘以前，我恐怕愛莫能助。」她驚駭地重複：「要到九點鐘！但你總可以做點什麼事，你可以和我到拘留所，確保他們不會再傷害他。」他說：「我們不被允許做這種事。領事館會處理這類情況，他們九點鐘開門辦公。」他的臉綁著鬍鬚套而顯得面無表情，使得貝比勃然大怒。

貝比顧不得面子，開始邊哭邊氣憤地說，因爲她知道激動的情緒比她講的話還有用：「我不能等到九點鐘。我妹婿說，他們弄瞎了他的一隻眼睛，他受了重傷！我要到他那邊，我得找個醫生過去。你一定得想想辦法，你們的職責是要保護身陷麻煩的美國公民。」但他卻是東岸人的性格，對她來說太過死板。對於這位女士無法理解自己的立場，男子耐住性子搖搖頭，將身上的波斯罩袍拉緊些，向下走了幾階。

他對門房說：「把領事館的地址寫給這位女士。找出古拉索醫生的地址和電話號碼，也一併寫下。」他轉向貝比，一副被惹毛的基督徒模樣，「親愛的女士，外交使節團是代表美國政府與義大利政府對話，除非國務院有特別指示，否則與保護美國公民無關。你妹婿觸犯了這個國家的法律而被關進拘留所，那就像一個義大利人也可能在紐約被關進拘留所。唯一能放他走的是義大利法庭，如果你妹婿被起訴，可以從領事館獲得協助與建議，他們負責保護美國公民的權益。領事館要到九點鐘才開始辦公。即使今天是我兄弟出了事，我也做不了什麼……」

貝比插嘴：「你能否打個電話給領事館？」男子依舊耐著性子：「我們不能干涉領事館的業務。等領事九點鐘到那裡的時候……」貝比又問：「你可以把他的住家地址給我？」猶豫片刻後，男子搖搖頭，從門房手上拿過便條，遞給她：「現在請容我失陪了。」男子設法讓她走回門口，剎那間，藍紫色晨光照亮他那粉紅色面膜和托住鬍鬚的麻布囊；接著，貝比被孤立在門前臺階上。她總共在大使館待了十分鐘。

大使館前的廣場空蕩蕩，只有一個老人正拿著尖頭木棍刺起菸蒂。貝比立刻攔了一輛計程車前往領事館，不過，那裡除了三個可憐的女傭在刷樓梯外空無一人。她沒辦法讓她們明白，她想得知領事的住家地址——突然又是一陣焦慮，她急忙叫計程車司機載她去拘留所。司機不知道拘留所在哪裡，但利用「直走、右轉、左轉」等單字，她設法讓他開到大致的位置後下車，而後在迷宮般的街道尋找熟悉的巷弄。但那些房子和街道看起來都一個樣。從一條小巷走到西班牙廣場，她看見了美國運通公司，招牌上「美國」那兩個字讓她心情振奮了起來。窗戶透出燈光，她趕緊穿越廣場，走過去推一推門，但上鎖了，裡面的時鐘指著七點。然後，她想到了柯林斯·克萊。

她記得他住的飯店名稱，是怡東飯店對面一幢用紅色絨布圍得密不通風的別墅。在辦公室值班的女人不怎麼想幫貝比，女人認爲自己無權打擾克萊先生，並且堅決不讓華倫小姐獨自前往他的房間；最後，當她相信這不是偷情幽會那檔子事之後，她陪華倫小姐一起上去。

柯林斯全身赤裸地躺在床上。他昨晚醉醺醺地回到房間，醒來時，經過片刻才想起自己一絲不掛。他以一種用過分謙遜的窘態來彌補自己的糗態。拿著衣服到浴室倉促地穿上，他暗自嘀咕：「糟了，她一定把我全看光了。」打了幾通電話，他和貝比找到拘留所的位置後，馬上趕過去。

因室的門打開，迪克癱坐在椅子上。國家警察擦掉他臉上的部分血漬，幫他梳洗一番，還把帽子戴在頭上遮住那隻受傷的眼睛。貝比站在門口顫抖不已。她說：「克萊先生會在這兒陪你。我去找領事和醫生。」迪克答：「好的。」貝比交代：「你只要安靜地待著。」迪克答：「好的。」貝比說：「我會回來。」

她坐車來到領事館；現在過了八點鐘，她被允許坐在接待室。將近九點，領事來了，疲累無助的貝比歇斯底里地將事情再說了一遍。領事感到不安，警告她說不要在陌生的城市打架滋事，不過他最在意的是，她應該在外面等候——她絕望地看見，那雙上了年紀的眼神裡透露出他盡可能不想捲入這件麻煩事。在等待他採取行動的時候，她利用時間打電話找醫生，要他去看看迪克。接待室裡還有其他人，幾個人獲准進入領事的辦公室。半小時後，她趁著有人出來時，推開祕書，進到房間。

貝比大怒：「眞是可恥！有個美國人被打得半死，還被拘禁，你竟然無動於衷。」領事說：「夫人，等一會兒……」她喊：「我已經等得夠久了，你立刻到拘留所把他弄出來！」領事開口：「夫人……」貝比搬出作派：「我們在美國，是相當有地位的人……」她噘著嘴繼續說，「若不是怕家醜外揚，我們可以……我會把你對此事漠不關心，向有關單位報告。假如我妹婿是英國人，早在幾個小時前就獲得自由了，但你比較關心的卻是當地警察的想法，而不是你派駐在這兒該做的事。」領事試圖解釋：「夫人……」貝比氣勢不減：「戴上你的帽子，立刻跟我走。」

提到他的帽子，讓領事慌了手腳，他開始匆忙擦拭眼鏡和翻弄桌上文件。但這麼做完全沒用——這名美國女人激動地站在面前；那橫掃千軍失去理性的脾氣，足以摧毀一個民族的道德良知，讓一個大陸懾服其下，對他而言根本抵擋不住。他急忙招來了副領事——貝比獲勝。

迪克坐在從警衛室窗子照進來的耀眼陽光下。柯林斯陪著他，還有兩個國家警察，他們在等待事情進一步發展。迪克從剩下那隻眼睛的狹窄視線，可以看到那兩名國家警察；他們是有著薄上唇的托斯卡尼鄉下人，很難把他們將昨晚的野蠻行爲聯想在一起。他向其中一人要了杯啤酒。啤酒使他頭暈目眩，整件事看起來有點啼笑皆非。柯林斯以爲那個英國女孩跟這不幸的事有關，但迪克確信她在事情發生之前早就不見了蹤影。柯林斯仍然惦記著——華倫小姐看到自己在床上一絲不掛這件事。

迪克的怒氣消退了些許，他強烈認爲自己沒有犯法。發生在他身上的事太可怕，怎樣都無法改變，除非把它抹煞掉，而這又不可能，他絕望透頂。今後，他將變成一個不同的人，而原本的他將對這個新的自我感到匪夷所思。這件事關乎著超越個人的天意。成年的亞利安人不因遭受羞辱而有所收穫；當他寬恕自己，羞辱會成爲生命的一部分，他便等於認同使他蒙羞的這件事——但這種結果目前不可能發生。

當柯林斯提到懲凶，迪克搖頭默不作聲。一位國家警察軍官走進房內，服裝筆挺，皮鞋光亮，意氣風發，一個人抵三個人，警衛趕緊起身立正。他撿起空酒瓶，對警衛斥責連連。此人帶著新氣象，第一件事就是要把酒瓶拿出警衛室。迪克朝柯林斯看，笑了出來。

副領事來了，他是個工作過度的年輕人，姓史旺森，他們起程前往法庭；柯林斯和史旺森走在迪克的兩旁，國家警察緊跟在後。天色泛黃，一個有薄霧的早晨；廣場和騎樓擠滿人群，迪克拉低帽子，帶頭加快腳步通過，直到一名短腿國家警察跑上前來制止那些人。史旺森排除了這狀況。

迪克愉快地說：「我讓你丟臉了，是吧？」史旺森怯生生地回答：「你和義大利人打架很可能會送命。他們這次大概會放你走。如果你是義大利人，就會被關上幾個月，那可有得受了！」迪克問：「你坐過牢嗎？」史旺森笑了。

迪克對柯林斯說：「我喜歡他。他是個討人喜歡的年輕人，給人很好的忠告。不過我敢打賭，他自己坐過牢，也許曾經在牢裡待過幾個星期。」史旺森呵呵笑：「我的意思是要你小心，你不知道那些都是什麼樣的人。」迪克突然氣呼呼地說：「噢，我知道他們是什麼樣的人，他們是可惡卑鄙的小人。」又轉頭對國家警察說，「你聽到了嗎？」

史旺森趕緊說：「我在這裡跟你分手。我告訴你的大姨子，說我會……我們的律師會在樓上的法庭和你碰面。你應該要小心謹慎。」迪克朝他客氣地伸出手：「再見。非常感謝你。我覺得你很有前途……」史旺森又笑一笑，然後迅速離開，重新擺出一副不以爲然的官方臉孔。

他們來到一處庭院，四面都有戶外階梯通往樓上的房間。當他們走過石板道，庭院上方看熱鬧的人傳來了抱怨、不滿、喝倒采的噓聲，充滿憤怒與藐視。迪克看看周圍，他詢問著：「那是爲什麼？」內心有點嚇到。其中一名國家警察對人群說了一些話，聲音便逐漸停歇。

他們進入法庭。領事館派來一位邋遢的義大利律師，他對法官說個不停，迪克與柯林斯在旁等待。一位說英語的人，從面對庭院的窗前轉過身來，解釋爲什麼他們通過時會引發那些聲音——有個來自弗拉斯卡蒂③的當地人，強暴並殺害了一名五歲小孩，今天早上會被押來出庭，群眾們還以爲迪克就是那個人。

幾分鐘後，律師告訴迪克，說他被釋放了——法庭考量到，他已受了夠多的懲罰。迪克喊道：「夠多！懲罰什麼事？」柯林斯說：「走吧。你現在什麼都不能做。」迪克說：「但我又做了什麼，只是跟幾個計程車司機打架？」律師說：「他們說，你走向一名探員假裝要跟他握手，然後就打了他……」迪克怒道：「事實並不是這樣！我告訴他，我要修理他……而我根本不知道他是警探。」律師催促道：「你最好合作。」柯林斯抓著他的手臂走下階梯：「走吧。」迪克高呼：「我要發表演說。我要向這些群眾解釋我是怎麼樣強暴一名五歲女童。也許我會……」柯林斯說：「走吧。」

貝比和醫生在一輛計程車上等候。迪克不想看她，也不喜歡那位醫生，看那嚴肅的態度就知道他是最難摸透的那種歐洲人，拉丁裔的衛道人士。迪克大致陳述了他對這起事件的想法，可是沒人多說什麼。

一行人回到迪克在奎利那爾飯店的房間，醫生爲他擦洗臉上剩餘的血漬和油膩的汗水，固定住鼻梁、斷掉的肋骨和手指，消毒了小傷口，在眼睛上敷藥。迪克向醫生要了十六毫克的嗎啡，只因他仍精神亢奮，情緒緊張。他服用嗎啡後睡著了；醫生和柯林斯離開，貝比陪著他直到英國療養院的一名護士過來。這是艱苦的一夜，然而她有種心滿意足的感覺，無論迪克這位自家專屬的精神病醫生過去做得如何，既然他對自己的妹妹還有用處，他就永遠欠他們華倫家一份道德上的人情。

譯註

①馬里昂・克勞福德（Francis Marion Crawford，1854～1909），美國作家，擅長怪誕奇幻的故事，比較著名的作品是一系列以義大利為背景的小說。

②格羅頓中學，是位於麻薩諸塞州格羅頓鎮的私立名校，以嚴謹的教學品質著稱，至今有兩位校友成為美國總統。

③弗拉斯卡蒂（Frascati）：一座位於羅馬東南方二十公里的小鎮。

卷三

妮可放鬆心情，感到清新愉悅，思緒像一口好鐘那樣明亮，她有著疾病痊癒、煥然一新的感覺。她的自我像炫麗的玫瑰那般盛開，彷彿從遊蕩多年的迷宮衝出藩籬。她痛恨海灘，厭惡待在迪克身旁像行星繞太陽轉的那些地方。

I

凱特・桂格羅維斯太太在通往他們家的小徑，趕上了丈夫。她還喘不過氣來，便脫口而出地說：「妮可怎麼了？」措辭如此委婉，可見她在奔跑時，腦子裡就已經在想這個問題。法蘭茲驚訝地看著她：「妮可沒生病。我最親愛的，你爲什麼會這樣問？」她說：「你經常去看她……我想她一定是病了。」他答：「我們進屋裡再談這件事。」凱特依他的意思。

法蘭茲的書房位在醫院的行政大樓，孩子們與家庭教師在客廳，於是他們來到樓上的臥室。凱特在他還來不及開口前，先說：「法蘭茲，原諒我。親愛的，原諒我，我沒有權利那麼說。我知道自己的責任而且引以爲傲，但妮可和我處不來。」

他咆哮：「鳥兒在牠們的小巢裡要和睦相處。」後來發覺這個語調並無法適切表達他的觀點，於是一字一句地仔細重複，「鳥兒——在——牠們的——鳥巢裡——要和睦相處！」他的老長官多姆勒醫生若用這種語氣說話，就算是最平凡的陳腔濫調也能指出其中的重點。凱特說：「我明白這個道理。你從沒看過我對妮可失禮。」法蘭茲說：「但我看到你缺乏常識。妮可是半個病人……她也許終其一生都會帶著病，因此迪克不在時，便由我負責照顧她。」他猶豫了一下……有時當作開個小玩笑，有的消息他不會告訴凱特，「今天早上羅馬那邊拍來電報。迪克染上流行性感冒，明天起程回家。」

這下子放心了。凱特繼續她的話題，改用比較客觀的口吻說：「我認爲妮可的病沒有人們想像得嚴重，她只是利用病症作爲施展權力的工具。她應該登上大銀幕，就像你喜歡的諾瑪・塔瑪芝①……那是所有的美國女人都會覺得快樂的地方。」法蘭茲問：「你在嫉妒電影裡的諾瑪．塔瑪芝？」凱特答：「我不喜歡美國人。他們只會顧自己，自私！」他問：「你喜歡迪克嗎？」她承認：「我喜歡他。他不一樣，他會替別人著想。」他在心中對自己說：「那諾瑪．塔瑪芝也是一樣。在她亮麗外表的背後，必然是個高尚尊貴的女人。一定是那些人強迫她演出愚蠢的角色，如果能夠認識諾瑪．塔瑪芝這種女人絕對是無上的殊榮。」

凱特已經不把諾瑪．塔瑪芝放在心上；有天晚上，他們從蘇黎世看完電影開車回家，她還對這位演員耀眼的身影留下深刻印象。凱特說：「……迪克是爲了妮可的財富跟她結婚，那是他的弱點……有天晚上，你自己也這麼暗示。」法蘭茲說：「你心懷惡意。」她趕緊把話收回：「我是不該這麼說。如你所說，我們應該要像鳥兒一起生活。但很困難，當妮可表現出……她總是會往後退，好像在屏住呼吸，這彷彿我的氣味很難聞！」

凱特觸及了一項重要的事實。她大部分的工作都自己做，而且節儉，很少買衣服。光是一名美國女店員，每天晚上就要清洗兩套換下來的內衣，肯定會注意到凱特這種人身上散發出前一天的汗味，這是一種讓人想起經歷了長期勞動的阿摩尼亞味。對法蘭茲來說這很自然，就像凱特濃厚的頭髮味道一樣，兩種氣味他都不在意；但對妮可而言，她向來討厭護士爲自己敷藥時，手指隱隱飄散出的味道——她已經爲了禮貌，忍受著凱特的氣味。

凱特繼續說：「還有他們的孩子。她不喜歡他們的孩子跟我們的一起玩耍……」但法蘭茲已經聽夠了，他說：「閉上嘴巴……這些談話會危害到我的工作，我們是用妮可的錢開設這間醫院的。我們去吃午餐。」凱特知道自己這樣抱怨並不聰明，不過法蘭茲最後這番話，倒提醒了她——其他美國人也一樣有錢。接著一個星期後，她對妮可的不滿又有了最新說法。

那是迪克回來後、他們招待戴弗夫婦吃晚餐的場合。幾乎等不及他們離去的腳步聲在小徑上完全消失，她便關上門對法蘭茲說：「你可看到了他的黑眼圈？他一定過著放蕩的日子！」法蘭茲要求：「說話要有教養。

迪克一回來就告訴我這件事了，他在橫越大西洋的船上打拳擊。美國旅客經常在船上打拳擊。」

她說得尖酸刻薄：「你要我相信，打拳擊會讓他一隻手臂動了就痛，太陽穴上還有未痊癒的傷疤？你可以看得出來那裡的頭髮被剪掉了。」法蘭茲並沒有注意那些細節。凱特質問：「怎麼樣呢？你可曾想過，這種事對醫院有什麼好處？今天晚上，我聞到他身上有酒味，從他回來之後就聞到了好幾次。」她放慢說話速度，配合著自己要表達的嚴重性：「迪克不再是個認眞的人。」

法蘭茲聳聳肩往樓上走，不想聽她喋喋不休。他在臥室裡朝她轉過身去：「他是最認眞和最傑出的人。近年來，在蘇黎世取得神經病理學學位的人當中，迪克被認爲是最傑出的，他永遠比我傑出。」凱特說：「你還眞慚愧！」

法蘭茲說：「這是實話，如果不承認才是慚愧。只要碰到很複雜的病例，我都會去找迪克。他的著作在那些方面仍是典範，只要走進任何醫學院的圖書館問問便知。大部分的學生還以爲他是英國人，他們不相信如此縝密的研究是來自美國。」他一邊從枕頭下抽出睡衣，一邊用居家口吻抱怨著，「凱特，我不明白你爲什麼會這麼說……我還以爲你喜歡他。」

凱特說：「你眞可恥！你才是那個腳踏實地工作的人。這就像龜兔賽跑的故事——就我看，兔子快跑不動了。」法蘭茲不太同意：「欸！欸！」她說：「好吧，不過那是事實。」他張開手掌，在空中俐落地向下一壓：「停！」結果，他們在爭辯中交換了意見。凱特內心承認自己看待迪克的眼光太過嚴厲，畢竟她欣賞他，對他敬畏三分，而他又是那麼地讚賞和了解她。至於法蘭茲，一旦凱特的想法讓他聽了進去，他就會不再相信迪克是個認眞的人；久而久之，他便確信自己從不曾認爲迪克是個認眞的人。

譯註

①諾瑪・塔瑪芝（Norma Talmadge，1894～1957），美國默片時期紅極一時的女演員。

2

迪克將他在羅馬遭遇的橫禍修改一番後，告訴妮可——自己是出於好心要去搭救一位喝醉的朋友。他相信貝比・華倫會保持沉默，因爲他曾描繪，妮可若知道眞相會有多嚴重的後果。然而，相較於這件事對他揮之不去的影響，這些都只是小問題。

他的反應是拚命投入工作，以致於法蘭茲想跟他拆夥也找不到引發爭執的依據。眞正的友誼不會未經痛徹心扉的撕扯就一下子毀掉。於是，法蘭茲讓自己相信有越來越多證據顯示——迪克如此頻繁地在知性與感性之間交替遊走，這種振盪對他產生了不良影響；這簡直和往日在他們友誼中被法蘭茲視爲優點的看法，大相逕庭。是啊，爲了達到目的就得粗製濫造個理由。

然而到了五月，法蘭茲才第一次找到機會埋下伏筆。有天中午，迪克滿臉蒼白疲累地來到他的辦公室，坐下：「嗯……她走了。」法蘭茲問：「她死了嗎？」迪克答：「心臟衰竭。」迪克筋疲力盡地坐在最靠近房門的椅子上。這三個夜晚，他都守著自己漸漸喜歡上的那位長膿瘡的無名女畫家，依照正規開了腎上腺素配方；

實際上是為她即將面臨的黑暗，盡可能投射微弱的指引。

大致察覺了迪克的心境，法蘭茲很快提出一個見解：「那是神經梅毒。我們做的所有瓦色爾曼反應測試都是一樣的結果。脊髓液……」迪克說：「別提了。噢，天啊，別再提了！如果她那麼介意自己的祕密而寧願帶走，就讓它去吧。」法蘭茲說：「你最好休息一天。」迪克答：「別擔心，我正打算如此。」

法蘭茲埋下伏筆了；他正在寫封電報給一位女士的哥哥，此時抬頭問著：「或者，你想來個短暫旅行？」迪克說：「不是現在。」法蘭茲說：「我不是指休假。是洛桑那裡有個病人，我已經跟一個智利人講了整個早上的電話……」

迪克置若罔聞地說：「她眞是非常勇敢，病痛纏身了這麼久的時間。」法蘭茲同情地搖搖頭，迪克也振作起來地說：「抱歉，打擾你了。」

法蘭茲建議：「這只是想讓你轉換一下心境……情況是一個父親面對兒子的難題，但父親沒辦法帶兒子來這裡，他希望有人可以過去洛桑那邊。」迪克問：「什麼問題？酗酒？同性戀？你說到了洛桑……」法蘭茲說：「嗯，全都有一些關係。」迪克說：「我會過去。這差事可有錢賺？」法蘭茲說：「若要我說，錢還眞不少。預計停留二到三天，那孩子如果需要觀察就把他帶到這裡來。無論如何，不趕時間，慢慢來就好，把工作當消遣。」

迪克在火車上睡了兩個小時後恢復精神，因此帶著愉快的心情前往會見帕爾多．伊圭丹．拉爾先生。這些面談大同小異。通常，病患的家屬會顯得非常歇斯底里，從心理學角度來看，簡直跟病人的情況同樣引人注意；這次也不例外。帕爾多．伊圭丹．拉爾先生是個頭髮灰白的帥氣西班牙人，氣宇尊榮華貴，看起來就是個有錢有勢的人。他在塔姆飯店的套房裡怒氣沖沖地來回踱步，講起兒子的事就像個醉婦般無法自制。

他娓娓道來：「我想不出辦法了。我的兒子墮落至極。他在哈羅公學時就墮落，去到劍橋的國王學院還是墮落。他墮落得無可救藥。現在還喝酒喝成這副模樣，越來越展現出他的本色，而且頻頻鬧出醜聞。我試過各種手段，甚至和一位醫生朋友想了個計畫，把他們倆送去西班牙旅遊。每天晚上，法蘭西斯科都會注射斑蝥劑①，然後他們一起上高級妓院……那一個星期裡看似有效，結果一點用都沒有。最後，上星期，就在這個房間，確切地說是在浴室……」他指著浴室的方向，「我要法蘭西斯科脫光上衣，然後用鞭子抽打他……」他情緒耗盡，坐了下去。

迪克開口：「那很笨，西班牙之旅也無濟於事……」他努力克制心中湧起的竊笑，有名望的醫生居然會參與這種外行的實驗！「先生，我必須告訴你，這種情況我們無法提供任何保證。酗酒方面，只要病人適當的合作，我們通常可以做到某種程度。首先，我要見見那孩子，並得到他足夠的信賴，找出他對這件事的看法。」

男孩坐在露臺上，年約二十，俊俏又機靈。迪克說：「我想知道你的意見。你是否覺得情況越來越糟？還有，你是否打算想想辦法？」法蘭西斯科說：「我是覺得很糟。我非常不快樂。」迪克問：「你認為，是因為酗酒或者性向？」男孩答：「我認為，酗酒是另一件事所造成。」法蘭西斯科僅保持了片刻的嚴肅，突然有陣抑制不住的輕浮，讓他笑出聲來，「沒有用的。在國王學院時我被稱為『智利皇后』，西班牙的那趟旅行……唯一的效果就是讓我看到女人就覺得噁心。」

迪克嚴厲地制止他：「假如你樂在其中，那麼我沒辦法幫助你，這是在浪費時間。」法蘭西斯科說：「不，我們談談……我向來鄙視大部分其他的醫生。」這孩子頗有幾分男子氣概，卻是用來積極抵抗自己的父親。不過，他擁有同性戀者在討論這個問題時慣有的無賴神情。迪克告訴他：「這種事頂多偷偷摸摸。你浪費一輩子在這上面，後果將是你沒有時間和精力去從事正當的社交活動。如果你想面對這個世界，就必須開始控制自己的色慾；還有，最重要的是，控制會激起色慾的飲酒……」

他的談話不假思索，因為早在十分鐘前他就放棄了這個病人。兩人又愉快地談了一個小時，聊到男孩在智利的家和抱負。除了從病理學的角度，迪克從未這麼密切地了解一個人——他猜想就是這種魅力，才讓男孩做出如此驚世駭俗的事；就迪克的角度來看，魅力的存在不會因人而異，無論是早上死在醫院的可憐女人那份近乎瘋狂的英勇，或是這個迷失的年輕人在敘述單調往事時那份無所畏懼的優雅。

迪克試圖將之拆解成夠小的碎片，以便保存——他知道人生的總合，在性質上不同於其中的各式片段；但同時也明白，四十多歲的生活似乎只能從片段去觀察。無論是他對妮可與露絲瑪莉的愛，其中都包含了寂寞的成分，被愛上是那麼容易，去愛人是多麼辛苦。在戰爭結束後那個支離破碎的世界裡，他和艾貝・諾斯、和湯米・巴本的友誼交往中，社會名流彷彿都湧向了他，結果自己儼然成為風雲人物。那時，似乎只能全盤接受或一概回絕，他的餘生彷彿注定要背負著某些人的自尊——就是他早先相遇和相愛的那些人，唯有他們全都完整無缺，自己也才能完整無缺。

他和年輕的法蘭西斯科坐在露臺時，一抹隱約掠過的人影走進他的視野。一個身材高、扭擺得很怪異的男子離開樹叢，唯唯諾諾地走向迪克和法蘭西斯科。這人霎時成為蓬勃景色中如此抱歉的一部分，迪克幾乎沒在注意他。但接著迪克站起身，心不在焉地握握手，竊想「天啊，我眞會招惹麻煩」，同時努力記起眼前這人的名字。

那人說：「這不是戴弗醫生嗎？」迪克說：「哎呀，是鄧裴利先生嗎？」那人回答：「羅爾・鄧裴利。我有幸到你們家可愛的花園吃過一次晚餐。」迪克說：「當然。」他想要澆熄鄧裴利的熱情，故意切入了沒人情味的時間話題，「那是一九……二四，還是二五……」

迪克繼續站著。不過，一剛開始在迪克面前顯得靦腆的羅爾・鄧裴利，在嗅察目標上卻一點也不遲鈍——他用輕佻狎褻的態度對法蘭西斯科說起話來，但對方卻為他感到可恥，就跟迪克一樣對他表現冷淡。

鄧裴利說：「戴弗醫生……在你離開前，我有件事想說。我從沒忘記在你家花園的那一晚，你和你太太是多麼的親切。對我而言，那是生命中最好、最快樂的回憶之一。我總認爲那是我看過最得體的一場聚會。」

迪克繼續側身退向離飯店最近的門：「我很高興你記得那場聚會讓你感到如此愉快。現在我得去見……」鄧裴利表示同情：「我了解。我聽說他快死了。」迪克反問：「誰要死了？」鄧裴利說：「也許我不應該講出來。不過，我們看的是同一個醫生。」迪克停下腳步，驚愕地看著他：「你是在說誰？」鄧裴利答：「怎麼，是你太太的父親……也許我……」迪克追問著：「我的誰？」鄧裴利說：「我想……你的意思是，我是第一個人……」迪克試圖問得更仔細：「你是說，我太太的父親在這裡，在洛桑？」鄧裴利說：「怎麼，我以爲你知道，我以爲你是爲了這件事在這兒。」迪克又問：「哪位醫生在照顧他？」

迪克在筆記本上潦草地寫下名字，告辭後趕緊到電話亭。東舍醫生現在有空，可以立刻在家裡接見戴弗醫生。他是個年輕的日內瓦人。剛開始，他還擔心這個有錢的病人會被搶走；不過，當迪克請他放心後，他便透露華倫先生眞的快要死了。

東舍醫生說：「他才五十歲，但是肝臟無法恢復功能；肝硬化的原因，是酗酒。」迪克問：「治療後沒有起色？」東舍醫生說：「他只吃得下流質食物……我想拖不過三天，或者最多一個星期。」迪克又問：「他的長女華倫小姐，知不知道他的健康狀況？」東舍醫生說：「依他自己的意思事，除了男僕沒人知道。今天早上，我覺得必須告訴他病情，他聽了相當激動——儘管自從生病以來，他都保持著一種虔誠認命的心態。」

迪克想了一想，慢慢地做出決定：「那麼……無論如何，我負責家屬這邊的意見。不過，我想她們會要求會診。」東舍醫生說：「悉聽尊便。」迪克請求：「我代表她們，要求你找日內瓦的赫伯格醫生過來，他是這一帶最出名的內科醫生。」東舍醫生答：「我也是想到赫伯格。」迪克又說：「此外，我至少還會在這裡待上一天，隨時與你保持聯絡。」

那天晚上，迪克去找帕爾多・伊圭丹・拉爾先生，兩人談了一番。

老先生說：「我們在智利擁有龐大的產業，我兒子原本可以好好地管理這些產業，或者我還可以在巴黎十多個關係企業裡，找個位子把他安插進去……」他搖搖頭走過窗前，外面喜降春雨，連天鵝都不願躲雨，「我的獨子！你能不能帶他走？」這位西班牙人驟然跪在迪克的腳前：「你能不能治好我的獨子？我相信你，你可以帶他走，治療他。」迪克說：「不能只憑這些，就把一個人送進精神病院。就算我能，我也不願意。」老先生站了起來：「我太衝動了，我被逼得……」

迪克來到樓下大廳，在電梯裡碰見了東舍醫生。東舍醫生說：「我正要去房間找你。我們能不能到露臺說？」迪克問：「華倫先生死了？」東舍醫生說：「還是老樣子。會診安排在早上，同時他想見他的女兒，也就是你太太……非常想見。他們兩人之間似乎有過嫌隙……」迪克說：「那些我都知道。」兩位醫生互瞧著對方，若有所思。東舍醫生忽建議道：「在你拿定主意之前，何不去跟他談談？他會走得很安詳，只是會漸漸虛弱衰退。」經過一番掙扎，迪克同意了：「好吧。」

德弗羅・華倫在房間裡安詳地逐漸虛弱衰退，這間套房跟帕爾多・伊圭丹・拉爾先生的房間一樣大——這家飯店有許多房間住著破產的富人、通緝犯，以及被併吞了小國的繼位者，他們靠著鴉片或鎮定劑苟延殘喘，永遠聽著少不了的收音機，播放音質粗糙的老歌旋律。歐洲的這處角落與其說引人入勝，不如說它不追究令人難堪的問題。有幾條路打從這個地方經過，人們可前往山裡的私人療養院或肺癆休養中心，那都是些在法國或義大利不再受到歡迎的人們。

房間很陰暗。有位表情虔誠的修女照顧著床上的人，病人憔悴的手指在白色床單上撥弄著念珠。他看起來依舊瀟灑，嗓音帶著很有個性的厚重捲舌音，東舍醫生離開之後，他對迪克說話。

他說：「人在生命的盡頭會明白許多事。只有到了現在，戴弗醫生，我才了解這是怎麼回事。」迪克等著他往下說，「我不是個好人。你絕對知道我沒什麼權利再見妮可一面，然而有一位比你我還偉大的人物，說過要寬恕和心存憐憫。」念珠從他虛弱的手中滑出，再從平坦的被單上滑落，迪克幫他撿了回來，「假如能見妮可十分鐘，我就能甘願離開人世。」

迪克說：「這不是我自己可以決定的，妮可身體不好。」他早有定見，但故作猶豫不決，「我可以跟我的事業合夥人提這件事。」華倫說：「你的合夥人說什麼我都聽……就這麼辦，醫生。我得告訴你，我對你虧欠實在太多……」迪克很快地站了起來：「我會請東舍醫生告訴你結果。」

迪克從自己的房間打電話回楚格湖畔的醫院。轉接了許久，凱特在她家裡接起電話。迪克說：「我想跟法蘭茲說話。」凱特答：「法蘭茲到山上去了，我自己也要過去。迪克，你有什麼事呢？我可以轉告他。」他說：「是關於妮可的事……她父親在洛桑快死了。告訴法蘭茲這個情況，跟他說很重要，並請他從山上打電話給我。」她答：「我會的。」迪克交代著：「告訴他，三點到五點我待在飯店房間，然後是七點到八點，八點以後請人到餐廳找我。」說明聯絡時間的同時，他忘了說這件事別告訴妮可；但當他想了起來、再撥電話過去，卻已沒人接聽。當然，凱特應該會了解。

凱特搭火車上山時，並沒想到要告訴妮可這通電話的事。在這處遍地野花、涼風颼颼的荒涼山丘上頭，他們冬天會帶病人來滑雪，春天過來健行。下火車時，她看見妮可正帶著小孩玩遊戲。走近，凱特把手臂輕輕放在妮可的肩膀上，說：「你對小孩眞有辦法，夏天時務必多教教他們游泳。」妮可和孩子們正玩得激烈，妮可一個反射動作躲開了凱特的手臂，不免顯得無禮。凱特的手尷尬撲空，言辭上出現了過度反應，她厲聲質問：「你認爲我要擁抱你？只不過是跟迪克有關的事，我剛剛跟他通了電話，很遺憾……」

妮可問：「迪克出事了嗎？」凱特這才赫然察覺了自己的錯誤，卻已做了蠢事。妮可開始不斷追問：「你爲什麼要覺得遺憾？」凱特別無選擇，只能回答：「不關迪克的事。我必須告訴法蘭茲。」妮可說：「一定跟迪克有關。」妮可的神情一臉驚恐，連帶讓身旁的兩個小孩也擔憂了起來。凱特承受不住，便說：「你父親在洛桑生病了……迪克要跟法蘭茲談這件事。」妮可盤問著：「他病得很嚴重嗎？」這時，法蘭茲正好帶著他在醫院裡那副精力充沛的神情走了過來。凱特謝天謝地，趕緊把剩下的難題丟給他……可是，禍已經闖了。

妮可宣布：「我這就去洛桑。」法蘭茲說：「等一會兒。我不確定這麼做適不適合。我必須先跟迪克通過電話。」妮可抗議：「這樣我會錯過下山的火車，然後又搭不上三點從蘇黎世開出的列車！如果我父親快死了，我一定要……」她欲言又止，害怕說出口，「我一定要走，我必須趕上火車。」話著，便跑向山頂一列噴出蒸汽響起汽笛的貨運列車。她回過頭喊道：「法蘭茲，你如果打電話給迪克，就告訴他，我正要過去！」

迪克在飯店房間裡讀著《紐約先鋒報》，這時，修女像燕子般飛奔進來，同一時間電話響起。迪克滿懷希望地詢問修女：「他死了嗎？」修女答：「先生，他不見了……他走掉了。」迪克訝然：「怎麼回事？」修女說：「他走掉了……他的僕人和行李都不見了！」眞是難以置信，他在這樣的身體狀況下居然可以起床離去。

迪克接起法蘭茲打來的電話，抗議道：「你不該告訴妮可。」法蘭茲說：「是凱特告訴她的，的確很不明智。」迪克說：「我想這是我的錯。事情搞定前絕不要告訴女人。不管如何，我會去接妮可。聽我說，法蘭茲，最瘋狂的事剛剛才發生，那老頑童收拾床鋪走掉了……」法蘭茲錯愕：「什麼？你說什麼？」迪克答：「我說他走掉了，老華倫先生……他走掉了！」法蘭茲又問：「可是這有什麼不對？」迪克說：「他本來被認爲快要死於多重器官衰竭，這會兒居然起床走掉了，我猜是回芝加哥。我不知道，看護目前人在我這兒。我不清楚，法蘭茲，我才剛聽到這個消息……再打電話給我。」

他花了將近兩個小時追查華倫先生的動向。病人在早晚班看護交接之際，逮到機會溜到酒吧，在那裡灌下四杯威士忌；他用一張千元鈔票付清飯店帳單，吩咐櫃檯該找的錢要寄還給他，然後揚長而去，推測是回美國了。迪克和東舍醫生要趕最後關頭在火車站追上他，結果反而讓迪克沒接到妮可。當他倆在飯店大廳碰面時，她似乎突然不耐煩，緊抿嘴唇，令讓他感到憂心。

妮可問：「父親的狀況如何？」迪克說得吞吞吐吐，想讓她比較容易接受：「他好多了。他似乎終究……還是保留了相當多的活力，事實上……他起床走掉了。」他想喝杯酒，因爲追趕行動占用了晚餐時間，他領著被搞得糊裡糊塗的妮可走向餐廳，坐在兩張皮製安樂椅上，點了一杯高球雞尾酒和啤酒，然後繼續說：「可能是照顧他的醫生預後判斷錯誤，或者另有原因……且慢，我幾乎沒時間自己先把事情想透。」

妮可不敢置信：「他走掉了？」迪克：「他搭上了傍晚前往巴黎的火車。」他們靜靜坐著。妮可流露出一股強烈又悲慟的冷漠。最後，是迪克先開口：「這是本能。他其實眞的快死了，但他想重新恢復生活的節奏。他不是第一個從垂死病床離開的人，你知道的，就像一個舊時鐘，搖一搖，不知怎地就像純粹慣性那樣，重新走了起來。現在你父親……」

妮可打斷：「噢，別講給我聽。」迪克繼續說：「他最主要的動力是恐懼。他害怕，所以離開。也許他會一直活到九十歲……」她說：「拜託別再說了，拜託別……我再也無法忍受了。」他說：「好吧。我來看的那個小惡魔沒希望了，我們不如明天回去。」妮可衝口而出：「我不明白，你爲什麼非得……都跟這些扯在一起。」迪克說：「啊，你不明白？有時候，我也不明白。」她把自己的手放在他的上面：「噢，迪克，我很抱歉那麼說。」有人拿了一臺留聲機到酒吧，然後他們端坐著聆聽〈胭脂娃娃的婚禮〉。

譯註

①斑蝥，是某類甲殼昆蟲的統稱，俗稱「西班牙蒼蠅」，因體液含有芫菁素，常被磨成粉末製成利尿劑或催情劑；芫菁屬於腎毒性的劇毒物。

3

一個星期後的某天早上，迪克來到辦公桌前拿信的時候，發覺外面格外吵鬧——病人馮・孔恩・莫里斯正要離開。他的雙親是澳洲人，把行李猛地扔進一輛大型豪華轎車。拉狄斯勞醫生在一旁抗議，面對老莫里斯的激烈舉止莫可奈何，玩世不恭的年輕病人則在旁看著自己的行李被送上車。這時，戴弗醫生走了過來。

迪克問著：「莫里斯先生，這不是有點突然？」老莫里斯看見迪克嚇了一跳，他那張潮紅的臉和衣服上的大格子圖案，就像電燈一閃一閃似的。他走向迪克，狀似要揍他。老莫里斯一邊說話，一邊喘著氣：「我們是該走了，還有跟我們來的人也一樣。是時候了，戴弗醫生。是時候了。」

迪克建議：「你到我辦公室，好嗎？」老莫里斯說：「我可不要！我有話要對你講，但我再也不甩你，還有這個地方。」他對迪克擺擺手指，「我才剛在這裡告訴這位醫生，我們已經浪費了我們的時間和金錢。」

拉狄斯勞醫生懦弱地晃動著身子表示不同意，隱約表現出斯拉夫民族的逃避性格。迪克一向不喜歡拉狄斯勞。他設法讓這位激動的澳洲人朝他辦公室方向的小徑走，說服他進去，但這男人直搖頭。老莫里斯說：「是你，戴弗醫生，就因為是你。我去找拉狄斯勞醫生，是因為我找不到你，戴弗醫生。而且白天又見不到桂格羅維斯醫生，我可不願意等。不，先生，我兒子告訴我事實後，我一刻都不願意等。」

老莫里斯突然來勢洶洶地走向迪克，迪克鬆開雙手，好在必要時將他擊倒：「我兒子因為酗酒問題到這裡治療，他告訴我們，說聞到你呼出的氣息有酒味。沒錯，先生！」他很快嗅了一下，但顯然沒聞出酒味，「不只一次，我兒子說有兩次聞到你身上有酒味。我和我太太一輩子滴酒不沾，我們把兒子送到你這裡接受治療，但竟然一個月內兩次聞到你身上有酒味！這算什麼治療！」

迪克猶豫著，莫里斯先生頗有可能在醫院的車道上當眾大鬧，他答：「莫里斯先生，畢竟有些人不會因爲你兒子，而放棄他們視爲食物的東西……」老莫里斯暴怒地喊道：「但是你是醫生，老兄！工人喝啤酒是他們的不幸，但你在這兒是要治療……」迪克說：「這就不對了。你兒子來這裡，是因爲竊盜癖。」

老莫里斯幾近尖叫：「那又是因爲什麼？是喝酒……喝得昏天『黑』地。你知道黑色是什麼嗎？等於糟透頂，我叔叔就是因爲這樣被吊死，你知道嗎？我兒子到療養院來，有位醫生竟然滿身酒味！」迪克說：「我得要求你離開。」老莫里斯：「你要求我……我們是正要離開。」迪克說：「如果你能稍微節制，我們可以告訴你到目前爲止的治療結果。當然，反正你有那種感覺，我們也不要你兒子這個病人……」老莫里斯怒極：「你竟敢對我說『節制』這個字眼？」迪克把拉狄斯勞醫生叫過來：「可否請你代表本院向病人及家屬道別？」

他向莫里斯先生稍微欠個身，然後走進了自己的辦公室，僵直地站在門後片刻。他看著他們開車離去——粗俗不堪的父母，無動於衷又墮落的小孩，可以預見這家人會在歐洲各地招搖，用他們不近情理的愚昧和財富欺凌比他們優秀的人。不過，車子消失後迪克在想，問題是自己對這件事有多少責任。他每餐都喝葡萄酒，睡前通常會來一杯熱蘭姆酒，有時下午還會小酌琴酒；因爲，琴酒最難從身上聞出味道。每天平均喝半品脫的酒，他的身體來不及代謝。

撇開那種爲自己辯駁的傾向，他坐在桌前開始寫起東西來，就像開處方箋那樣——那是一份把酒量減半的養生守則。醫生、司機和基督教神職人員身上不該有酒味，而畫家、股票經理人和騎兵隊長則不在此限；迪克怪自己太不小心。然而這件事絕對還沒了結，半個小時後法蘭茲的車駛進車道，經過兩星期的高山之旅，他神清氣爽，還沒進到自己辦公室已迫不及待投入工作。迪克跟他在辦公室碰面。

迪克問：「埃佛勒斯峰爬得如何？」法蘭茲答：「依我們的速度很有可能會攻頂，我們是曾經想過。一切情況怎麼樣？我的凱特好嗎，你的妮可也好？」迪克說著：「就家裡來說都很平順。不過，我的天，法蘭茲，今天早上我們有個糟糕的情況。」法蘭茲問：「怎麼了？發生什麼事？」

法蘭茲先打通電話回家，迪克在辦公室踱著步。法蘭茲話完家常後，迪克接著說：「莫里斯那男孩被帶走了……起了爭執。」法蘭茲愉快的臉孔塌了下去：「我知道他離開了。我在走廊遇見了拉狄斯勞。」迪克問：「拉狄斯勞怎麼說？」法蘭茲說：「他只說莫里斯那小子離開了……你應該會告訴我。怎麼回事？」迪克說：「就是那些常見的似是而非理由。」法蘭茲回應：「那孩子是個惡棍。」迪克附和：「他是個麻木不仁的病人。不管怎麼說，我出現時，那父親把拉狄斯勞修理得活像殖民地順民一樣。你覺得拉狄斯勞怎麼？我們還要留用他嗎？我會說不要……他不是個有擔當的人，似乎處理不了任何事。」

迪克說出實情前遲疑了一下，想換個說法讓自己有扼要陳述的餘地。法蘭茲靠坐在一張桌子的邊緣，仍舊穿戴著麻布外衣和旅行手套。迪克又說：「男孩對他父親說的其中一件事，就是你卓越的合夥人是酒鬼。那男人什麼都信，他兒子似乎聞出我身上有一絲餐酒的味道。」法蘭茲坐了下來，咬著下唇若有所思，最後說道：「你可以找個時間詳細告訴我。」

迪克建議著，他與法蘭茲眼神對峙，閃閃發光：「何不現在就說？你一定知道，我是最不可能胡亂飲酒的人。拉狄斯勞讓那男人變得那麼激動，我只有招架的分。事情原本會當著病人面前發生，你可以想像，在那種情況下有多難替自己辯駁！」法蘭茲脫掉手套與外衣，走到門外跟祕書說「別打擾我們」，回到房間後猛然坐到長桌前翻弄信件，人們擺出這種姿態時很少在思考，而是爲要說的話營造適當氣氛。

法蘭茲語氣平緩地說：「迪克，我很清楚你是個有節制、考慮周詳的人，即使我們對飲酒這件事的看法並不完全一致。不過是時候了……迪克，我必須老實說，有幾次我察覺到你在不該喝酒的時候喝了酒。其中必有原因，你何不再離開，『去戒酒』。」迪克不自覺地糾正他：「你說的是『置身事外』。一走了之對我來說，不是解決的辦法。」

他倆都被惹惱了，法蘭茲覺得他一回來就被搞得烏煙瘴氣：「迪克，有時候你沒在用常識。」迪克回應：「我永遠不明白，常識在複雜的問題上有什麼用處，除非你認爲全科醫生動手術比專科醫生還來得好。」他對目前的處境感到無比厭惡，加以辯解，修補關係……這不是他們這把年紀會做的事，最好依循言猶在耳的古老眞理讓裂痕繼續下去。

迪克突然說：「這樣下去不行。」法蘭茲承認：「嗯，我也這麼想。迪克，你的心已經不在這個計畫上。」迪克說：「我知道。我要離開……我們可以商量一個辦法，把妮可的錢逐步撤出。」法蘭茲說：「我也已經想到，迪克……我的確預期會有這一天。我可以找到其他的財務支援，今年底，你就可以把你的錢全部拿走。」迪克還沒想到要這麼快做決定，也沒想到法蘭茲對於拆夥早已準備就緒，不過他倒是鬆了口氣。長久以來，他認爲這個行業的道德已經瓦解成了無生趣的一團混亂，令他著實感到絕望。

4

戴弗一家人打算回蔚藍海岸，那是他們的家。狄安納別墅又被租下來當作夏日住所，其他季節他們就分別到德國溫泉勝地和法國教堂小鎭，每個地方總會快樂地待上幾天。迪克寫了些東西，沒有特別的條理，這是人生中的蟄伏期，內容無關妮可的健康，她似乎對旅行興致勃勃；也無關乎工作，僅僅是在等待而已。這段時間，讓生活充滿意義的是孩子。

他們現在分別是十一歲和九歲，隨著年紀越大，迪克對他們的關注也越多。他設法越過那些照顧孩子的雇員對他們加以管教，他的原則是——強迫或威脅小孩都不適當的作法，取而代之，務必要長期細心留意，經常檢核、制衡、評量他們的說法，這樣應該能建立起他們一定程度的責任感。他對小孩的了解比妮可還要深，旅行中有時藉著酒興心情豁朗，他會跟他們盡情聊天玩耍。兩個小孩有著近乎哀傷的渴望表情，那是早就學會不能縱聲哭笑的孩子身上特有的可愛；他們顯然沒有極端的情緒，對於容許範圍內的簡單規律和純樸消遣，已經心滿意足。他們過著均衡發展的生活，並從西方世界古老家庭的經驗得到啓示——要對孩子提出問題，而非說出答案。例如，迪克認爲培養觀察力最好的方法，莫過於務必保持緘默。

蘭尼爾是個難以捉摸的小孩，有著非比常人的好奇心——「嗯，爸爸，多少隻博美狗可以打敗一隻獅子？」這是他用來困擾迪克的典型問題。桃普希比較好應付，她才九歲而且非常漂亮，和妮可幾乎是同個模樣，以往迪克對這方面還頗擔憂，但最近她變得跟普通美國小孩一樣精力充沛。他對兩個孩子都感到滿意，但只是很含蓄地讓他們知道這一點。他們只要違反規矩就絕無寬貸，迪克會說——「先在家裡學好禮貌，否則外面的世界會用鞭子教訓你，這樣你會受傷。我怎麼會在乎桃普希是否『崇拜』我？我又不是把她養育長大來做我妻子。」

今年的夏天和秋天還有個顯著不同的地方，那就是戴弗家的手頭非常寬裕。因爲賣掉了醫院的股分，加上美國土地開發的收入，以致於花錢拚命買東西成了他們全神貫注的事——他們旅行的陣仗，看起來相當驚人。

就拿他們到波札諾①拜訪兩星期時，火車緩緩進站的場面來說。列車還在義大利邊界時，他們就從臥鋪車廂開始移動。保母的女僕和戴弗太太的女僕，從二等車廂過來幫忙搬行李和牽狗。保母白露華小姐負責監督手提行李，她把幾隻西里漢梗犬交給一名女僕，再把一對獅子狗交給另一位。一個女人未必是心靈貧乏才會在身邊養那麼多寵物，也許是興趣正濃的緣故——除了突如其來的發病期間，妮可都能把牠們照料得很好。再看看那爲數眾多的沉重行李——不一會兒，從貨車車廂卸下四大箱衣服，一大箱鞋子，三大箱帽子外加兩個帽盒，一整櫃僕人的箱子，一個手提式檔案櫃，一個藥箱，一個酒精燈箱，一套野餐組，四支整齊收在套裡的網球拍，一臺留聲機，一臺打字機。保留給這家人與隨從的空間還散布著另外二十四件提箱、背袋和包裹，每一件都有編號，連手杖套的標籤上都有。這樣到任何車站都可以在兩分鐘內完成核對，有一些要寄放保管，隨身攜帶的就依「輕裝列表」與「重裝列表」而定；表格經常修訂，金屬飾邊的號碼牌收在妮可的提包裡。她是在童年與日漸虛弱的母親旅行時，想出了這套系統——這跟軍團後勤官所使用的系統相同，但他們是要爲三千人張羅食物和裝備。

戴弗一家人簇擁著下了火車，走進早已籠罩山谷的暮色。村民見到他們下車敬畏有加，猶如百年前拜倫勛爵到義大利旅行時沿途看到的情景。他們前往拜訪的是明蓋提伯爵夫人，不久前還叫作瑪麗・諾斯。她的這趟變身之旅，始於紐華克一家裱褙店鋪樓上的房間，結果是一場奇特的婚姻。

「明蓋提伯爵」只是教皇賦予的頭銜，瑪麗的丈夫，財富是來自亞洲西南部他所管理和擁有的錳礦場。他的膚色還不夠淺到能在「梅森—迪克森」線②以南搭臥鋪車旅行；他的血統在種族、語言和宗教上屬於橫跨北非與亞洲這一帶的民族，比起那些在港口看到的混血臉孔更具歐洲色彩。

當一個代表東方、一個代表西方的兩個壯觀家庭在車站月臺碰面時，相較之下，戴弗家有如拓荒者般簡樸。東道主身旁有一位攜帶著權杖的義大利管家，四名戴頭巾騎摩托車的侍從，兩名面紗半掩的女人恭敬站在瑪麗背後向妮可頷手問好，這動作把她嚇了一跳。對瑪麗和戴弗夫婦來說，這樣的招呼方式有點滑稽。瑪麗帶著歉意自嘲地傻笑，不過介紹她丈夫在亞洲的頭銜時，聲音則顯得驕傲響亮。

在房間裡換裝準備用晚餐時，迪克和妮可互相扮著讚嘆的鬼臉——這種有錢人，表面上平易好客，私底下醉心於炫耀。迪克透過滿臉地刮鬍泡喃喃自語：「瑪麗．諾斯很清楚自己想要什麼。艾貝把她教得好，現在她嫁給了一個菩薩。如果有一天歐洲落入共產黨手裡，她還會變成史達林的新娘呢。」妮可在化妝盒前抬頭張望一番：「迪克，說話當心點兒，好嗎？」不過她是在笑，「他們非常神氣，所有的軍艦都向他們發射禮砲致敬，諸如此類。瑪麗在倫敦坐的還是皇家的車。」他答應著說好。當聽見妮可要到門口拿飾針，他喊著：「我在想，是否可以喝一些威士忌，我覺得山上的空氣令人振奮！」一會兒後，妮可透過浴室的門喊：「她會去處理，那是我們在車站看到的其中一個女人。她拿掉面紗了。」迪克問：「瑪麗有沒有跟你講她的生活？」

妮可說：「沒講太多。她現在的興趣在上流社會，她問了很多關於我家族世系之類的問題，好像我很懂的樣子。不過，新郎似乎在另一段婚姻生了兩個膚色很深的小孩，其中一個患了他們無法診斷出的亞洲疾病。這聽起來怪怪的，我得警告孩子們。瑪麗會知道我們的感受。」她憂慮地在浴室門前站了一會兒。迪克安慰著：「她會了解的。也許那孩子睡了。」

晚餐時，迪克和胡珊聊天，他曾在英國公立學校接受教育。胡珊想知道股票與好萊塢的事，迪克喝了香檳之後激發想像力，跟他說起了荒謬的故事。胡珊追問：「幾十億？」迪克很肯定地說：「幾兆。」胡珊說：「我眞是沒想到……」迪克退了一步，語帶保留地說：「嗯，或許是幾百萬。每個飯店客人都分配到一名妾侍。」胡珊又問：「除了演員和導演之外都有？」迪克答：「是每個飯店客人，甚至巡迴推銷員也有。當然，他們試圖送上十幾位讓我挑選，但妮可不答應。」

他們回到自己的房間後，妮可責備他：「你爲什麼在他面前用『西佬』這個字眼？」迪克答：「對不起，我想講的是吸菸③，不小心說溜了嘴。」她說：「迪克，這一點也不像你。」他說：「再次對不起，我不再像自己了。」

那天晚上，迪克打開浴室的一扇窗，外面是城堡裡一處狹長的庭院，灰暗景色正好傳來奇特哀愁的音樂，像笛子聲那樣悲傷。有兩個人在吟唱，用的是東方語言，或很多「科」或「兒」發音的方言。他探出身去，但沒辦法看見他們；聲音聽起來有濃厚的宗教意味，疲倦又不爲所動的他讓他們也替自己祈禱，然而爲什麼祈禱，除了不要在與日俱增的鬱悶中迷失自我，他不知還能爲了什麼。

隔天，他們到林木稀疏的山坡上打鳥，這些骨瘦如柴的鳥是鷓鴣略遜一等的遠親。狩獵有點兒模仿英國的作法，一群缺乏經驗的趕獵助手幫忙趕鳥，迪克得盡量朝頭頂開槍免得打中他們。回來的時候，蘭尼爾在他們的套房等著。

蘭尼爾說：「爸爸，你說如果我們接近那個生病的男孩，就要馬上告訴你這件事。」妮可轉過身，立刻警覺起來。蘭尼爾朝向她繼續說：「所以，媽媽，那個男孩每天晚上會洗澡，今天晚上他正好在我前一個洗，然後我得用他的洗澡水，那些水是髒的。」妮可問：「怎麼了？出了什麼問題？」蘭尼爾答：「我看見東尼被抱出浴缸，然後他們叫我進去，洗澡水是髒的。」妮可又問：「但是……你洗了嗎？」蘭尼爾說：「洗了，媽媽。」妮可朝著迪克驚呼：「天啊！」迪克質問：「爲什麼露西安不幫你換洗澡水？」蘭尼爾說：「露西安不會弄，那是個古怪的熱水器，它會自己冒出水來，昨晚還燙傷了她的手臂。她怕那東西，所以那兩個女人的其中一個……」迪克說：「你現在到我們的浴室再洗一次。」蘭尼爾在門口說：「別說是我告訴你的。」

迪克進去把硫磺粉灑到浴缸裡。帶上門後，他對妮可說：「要嘛我們去跟瑪麗說，或者我們最好離開。」她表示同意，他繼續說：「人們都認爲自己的孩子一定比別人的孩子乾淨，而且自認他們的疾病比較不會傳染。」迪克進到房間自己倒了酒，隨著浴室傳來的流水聲，他大口嚼著鬆餅。他提醒：「跟露西安，說她得學會用熱水器……」這時，那亞洲女人出現在門前：「伯爵夫人……」迪克示意她進來，然後關上門。

迪克和顏悅色地問：「生病的男孩有沒有好一點？」亞洲女人答：「有的，他好多了，不過還是經常出疹子。」迪克說：「真不幸……我感到很遺憾。但你知道我們的孩子不可以用他的洗澡水，這絕對不行。我相信，你們的女主人知道你做了這樣的事會很生氣。」她似乎相當驚訝：「我？哎呀，我只是看到你們的女僕不太會用熱水器，所以我跟她解釋，然後把水打開。」

迪克又說：「但生病的人用過之後，你應該要把洗澡水排光，然後清洗浴缸。」「我？」那女人深吸一口氣，哽咽得說不出話，接著發出顫抖的啜泣聲衝出了房間。迪克冷冷地說：「總不能爲了她不熟悉西方文化，而讓我們付出代價。」

那天用晚餐時，他決定這次的拜訪無可避免必須縮短時程。關於自己的家鄉，胡珊似乎只注意到有很多山，有些山羊和牧羊人。他是個矜持的年輕人，要引他暢所欲言需要一番推心置腹的努力，而迪克現在只對自己的家人花這種功夫。餐後不久，胡珊便離席，留下瑪麗和戴弗夫婦，但往日的融洽已經產生裂痕，他們之間隔了一道令人焦躁的社交鴻溝，瑪麗就要取得上風。九點三十分，瑪麗接到一張便箋，讀過之後便站起來，迪克鬆了口氣。瑪麗說：「請你們務必見諒。我先生正要出發去一趟短程旅行，我必須跟他同行。」

第二天早上，僕人才剛送來咖啡，瑪麗就進到他們房間。她換好了服裝而他們還沒有，看來她起床已有一段時間，表情因惱怒而顯僵硬。她質問：「蘭尼爾用一缸髒水洗澡，是怎麼個說法？」迪克正要開口抗議，但被她打斷：「你們要求我的小姑清洗蘭尼爾的浴缸，又是怎麼個說法？」她趾高氣昂地瞪著他們，他們身上仍擱著餐盤坐在床上，像是無力反擊的人偶，夫妻倆同時驚呼：「你的小姑！」

瑪麗氣極：「你們竟然指使他其中一個妹妹去清洗浴缸！」夫妻倆的聲音同時響起，說出了同樣的話：「我們沒有……」迪克解釋：「我是對土著僕人說……」瑪麗道：「你們是對胡珊的妹妹說。」迪克只能說：「我以爲她們兩個是婢女。」瑪麗說：「我已經告訴你們，她們是喜媚登。」

迪克起床，穿上罩袍：「什麼？」瑪麗說：「前天晚上，我在鋼琴那邊跟你們解釋過。別告訴我，你們酒喝多了聽不懂。」迪克說：「那時候，你在說這件事？我沒聽到開頭的部分。瑪麗，我沒聯想到……我們沒有聯想在一起。那麼，我們能做的就是向她當面致歉。」瑪麗生氣地解釋著：「當面致歉！我已經跟你們解釋過，當家族年紀最大的人，也就是當長子成婚時，最年長的兩個女兒就獻身成喜媚登，做他妻子的女隨侍。」

迪克問：「昨晚，胡珊是因為這件事而離開？」瑪麗猶豫，然後點頭：「他必須如此……她們全都走了。他為了面子，一定得這麼做。」現在，戴弗夫婦全都起床換衣服，瑪麗則繼續說：「關於洗澡水究竟是怎麼回事。這房子裡竟然會發生這等事！我們來問問蘭尼爾。」迪克坐在床邊向妮可私下打個手勢，暗示她該接手處理了。此時，瑪麗正走到門口用義大利語對一名侍從說話。

妮可說：「且慢，我不允許。」瑪麗反駁，用一種從沒對妮可這樣說話的語氣：「你指責我們，我現在有權弄清楚！」妮可匆忙穿上衣服，彷彿它們是鎖子甲：「我不允許把孩子帶過來。」迪克說：「沒關係。把蘭尼爾帶過來，我們把浴缸這件事弄個清楚，看看是事實或者瞎掰。」

蘭尼爾無論服裝或精神都還沒整理就緒，只凝視著大人們怒氣沖沖的臉。瑪麗質問：「聽著，蘭尼爾，你怎麼會認為你的洗澡水已經有人用過？」迪克補了一句：「儘管說。」蘭尼爾答：「水就是髒，沒有別的。」瑪麗問：「從你房間聽不到在放新的水，就在隔壁？」蘭尼爾承認有此可能，但重申了他的要點——水是髒的。他有些畏怯，試圖進一步弄清楚：「不可能在放水，因為……」

他們把他的話打住：「為什麼不可能？」蘭尼爾穿著和式小睡袍站在那兒，激起了父母的同情，也更激起了瑪麗的不耐。然後蘭尼爾說：「水是髒的，裡面都是肥皂沫。」瑪麗正要開始說：「當你不確定自己在說什麼……」卻被妮可打斷：「別說了，瑪麗。如果水裡有髒泡沫，理所當然會認為水是髒的。他父親交代他要來……」瑪麗堅持：「水裡不可能有髒泡沫！」

蘭尼爾用責備的眼神看著出賣他的父親。妮可摟著他的肩膀，轉過他的身子，送他走出房間。迪克笑了一聲打破尷尬。然後，這個笑聲似乎讓人憶起往日的老交情，瑪麗在想自己跟他們已經有多疏遠，於是用緩和的語氣說：「孩子們總會這樣。」瑪麗想到了過去，心裡越發不安，「如果你們要走那就太傻了……胡珊他本來就要去這趟旅行。終究，你們是我的客人，只是搞錯了這件事。」

不過，迪克顯然被這拐彎抹角的說法惹得更生氣，她還用了「搞錯」這個字眼，於是回過身子開始收拾家當，說：「對於兩位年輕小姐的事，我很過意不去，我願意在此對其中一位致上歉意。」瑪麗說：「誰教你在鋼琴前不注意聽！」迪克發怒：「但誰教你變得這麼該死的無趣，瑪麗，我已經盡量聽了。」妮可勸他：「閉嘴！」瑪麗憤恨地說：「謝謝恭維。再見，妮可。」她走了出去。

最後，瑪麗當然不會出面送行，而由管家安排他們起程。迪克留下措辭得體的便箋給胡珊和他妹妹。除了離開別無他法，不過他們心裡都不高興，尤其是蘭尼爾。

火車上，蘭尼爾堅持重申：「我非說不可，洗澡水是髒的。」迪克說：「夠了。你最好忘了這件事，除非你想讓我跟你斷絕關係。你知道嗎，法國有一條新法律准許人們跟孩子斷絕關係？」蘭尼爾愉快地哈哈大笑，戴弗一家又團結一致了——但迪克懷疑，他們還經得起多少次這種狀況。

譯註

①波札諾（Boyen）：義大利北部波札諾自治省首府，位於威尼斯西北方，靠近奧地利邊境。

②梅森—迪克森線（Mason-Dixon line），是介於美國西維吉尼亞、賓夕法尼亞、馬里蘭和德拉威等四個州之間的一條分界線，由英國測量家查理斯・梅森（Charles Mason）和傑里邁・迪克森（Jeremiah Dixon）於一七六〇年代勘測繪製，原是為了解決英國殖民時代的領地糾紛，在美國內戰期間成為南方蓄奴州與北方自由州的界線，此後，成為南北文化差異的地理分野。

③西佬（spic），對西班牙裔美國人的蔑稱，源於取笑他們說speak這個字的發音。吸菸（smoke），對黑人的蔑稱，暗指他們的膚色。

5

妮可走向窗前探頭出去，看看露臺上吵得越來越凶是怎麼回事。四月陽光照射下，廚娘奧古斯汀那聖徒般的臉頰滿是緋紅，醉醺醺的手揮舞著屠刀藍光閃耀。自從二月份他們回到狄安納別墅後，她就在這裡工作。

雨棚擋住了視線，她只看得到迪克的頭，和他手上拿了那根有著青銅圓把的沉重拐杖。屠刀與拐杖對峙威嚇，就像三叉戟與短劍的決鬥。她先聽到迪克的聲音：「我不在乎你喝掉多少做菜的酒，但是讓我發現你大口暢飲一瓶夏布利木桐特級園白葡萄酒……」奧古斯汀搖晃著她的佩刀大喊：「你要來說喝酒！你自己一直喝，隨時都在喝！」

妮可朝著雨棚喊：「迪克，發生了什麼事？」他用英語回答：「這老女人快把上等好酒喝光了。我要辭退她……我正在努力。」她驚呼：「老天！那麼，別讓她那把刀碰到你。」奧古斯汀朝妮可搖晃著自己手上的刀，那張上了年紀的嘴活像兩小瓣橫貫的處女膜：「我想說的是，夫人，如果你知道你先生關在他的小房間裡，喝酒喝得跟工人一樣……」妮可打斷她：「住嘴，出去！我們會叫警察過來。」奧古斯汀嗆道：「你要叫警察！我兄弟就是警察！就憑你……一個可惡的美國人？」

迪克用英語對妮可喊道：「把小孩帶到房子外面，等我解決這件事。」奥古斯汀用她那村婦的嗓音嘶吼著：「可惡的美國人，跑來這裡喝光我們最好的酒。」迪克採取更堅定的語氣：「你必須馬上離開！該付的工資我會給你。」奥古斯汀喊道：「你當然要付給我！讓我告訴你……」她凶猛揮舞著刀逼近，迪克連忙舉起手杖，於是她衝進廚房，多拿了一把小斧頭過來。

情況眞是出乎預料。奥古斯汀是個強壯的女人，只有冒著傷到她的危險才能讓她繳械，況且如果對一個法國公民動手動腳，還會有更麻煩的法律糾紛等著。迪克試圖虛張聲勢，對妮可喊：「打電話到警察局。」然後指著奥古斯汀手上的武器，「這表示要逮捕你。」廚娘發出凶惡的狂笑：「哈——哈」，但確實不再靠近。

妮可打電話到警察局，得到的答覆竟然像奥古斯汀笑聲的附和——她聽到了低聲咕噥，以及四處傳話的聲音，接著電話突然被掛斷。回到窗前，她對迪克喊：「多給她一些錢吧！」

「要是我能打個電話！」但是看來行不通，迪克讓步了。他屈就於儘快把她弄走的念頭，原本五十法郎的工資加到一百法郎，奥古斯汀棄守防線，撤退時還像瘋狂拋擲手榴彈般連聲怒罵「畜牲」，非等到姪兒過來幫忙拿行李才肯離開。迪克小心謹愼地守在廚房附近，聽到拔瓶塞「碰」的一聲，但是他不再計較。麻煩終於走了。廚娘姪兒到的時候，連聲道歉，微醺的奥古斯汀心情愉快地向迪克道別，並朝妮可的窗子呼喊：「再會了，夫人！祝您好運！」

戴弗夫婦的晚餐是到尼斯去吃海鮮什燴，這是一道燉煮石斑魚和小龍蝦，加了很多番紅花調味；他們還點了一瓶冰鎮的夏布利白酒。迪克表示對奥古斯汀感到惋惜。妮可說：「我一點都不覺得遺憾。」他說：「我覺得遺憾。不過，但願我能把她推下山崖。」

這些日子他們敢談的不多，關鍵時刻很少找到適當的話，想到的時候都已太遲，兩人錯身而過。今晚爆發的奧古斯汀事件將他們從各自的夢境中搖醒。吃著熱騰騰灑滿香料的燉湯，喝著涼颼颼令人焦渴的白酒，他們開始深談。

妮可提議：「我們不能像這樣繼續下去。我們有辦法嗎？你怎麼想呢？」迪克一時驚愕，但沒有否認。她則繼續說：「有時候，我認爲是我的錯，是我毀了你。」他和顏悅色地問：「所以我毀了，是嗎？」她解釋：「我不是這個意思。可是，你一向都想創造東西，現在似乎只想把它們打碎。」

妮可用這麼直白的字眼批評他，令他感到焦慮；然而他持續的沉默，更令她感到恐懼。她猜想，在這片死寂的沉默和那雙冷淡的藍眼睛背後，在他對孩子近乎反常的關心背後，有什麼事情正在醞釀。不尋常的情緒爆發，令她深感訝異——他居然會突然洋洋灑灑數落一個人、一個種族、一個階級，一種生活方式或思考模式。這就像難以預料的隱情會從他心中自行宣洩出來，她只能在它浮現時加以猜測。

她問著：「你這樣子究竟有什麼好處？」迪克答：「可以知道你一天比一天健朗，知道你的病情依報酬遞減率發展。」他的聲音聽起來相當遙遠，像在說些無關緊要純粹理論的話。她驚恐得不禁大喊：「迪克！」同時伸手越過桌面，去抓他的手。迪克本能地把手抽了回去，然後補上一句：「整個狀況都要考慮，不是嗎？並非只有你一個人。」他掩住她的手，用往日密謀找樂子、惡作劇、討便宜、逗人開心的愉快嗓音說，「看到那艘船了嗎？」

那是高爾汀的動力遊艇，安然停泊在風平浪靜的尼斯灣上，經常從事的是不需要眞正航行的浪漫之旅。迪克建議著：「我們現在過去，問問船上的人在做什麼，我們可以發現他們是否快樂。」妮可反對：「我們幾乎不認識他。」迪克說：「他曾經力邀我們。此外，貝比認識他，她差一點要嫁給他，結果沒成……她沒有吧？」

他們從碼頭租了艘汽艇駛出時已是夏日薄暮，燈光沿著馬奇號遊艇的索纜一盞盞點亮。當他們靠近遊艇旁，妮可再次感到疑慮：「他在辦派對……」迪克猜測著：「那只是收音機的聲音。」他們受到了招呼。有個高大白髮、身穿白西裝的男人，低頭俯視著他們，喊：「我沒看錯，是戴弗夫婦吧？」迪克回應著：「嘿，馬奇號！」他們的汽艇移動到艙梯下面；高爾汀在他們登船時，彎下高大的身軀攙扶妮可一把，說：「正好趕上晚餐。」一組小型樂隊正在船尾演奏。高爾汀玩笑地說：「我任憑你們吩咐，不過可別要求我得規規矩矩的……」

高爾汀的手臂不需要觸碰，就像旋風般把他們趕往了船尾，妮可更是懊惱來到這兒，對迪克也越發無法忍受。當迪克還在工作，以及妮可的健康狀況不適合到處走動時，他們對這群尋歡作樂之人採取了不愛搭理的冷淡態度，早已建立起拒人於外的名聲。這些年來，蔚藍海岸的後起之秀認爲這種作風不怎麼受歡迎；儘管如此，既然表明了立場，妮可覺得不能一時遷就而輕易妥協。

他們通過主交誼廳時，看到前面似乎有許多身影在圓形船尾的昏暗燈光下跳舞，但這是動聽的歌曲、不熟悉的燈光和四面環水造成的錯覺。實際上，除了幾位忙碌的侍者，客人全都閒散坐在沿著弧形甲板而設的長沙發上。一件白的、一件紅的、還有一件顏色難辨的衣裳，幾個男人穿著漿燙筆挺的襯衫，其中一人起身自我介紹，引來妮可罕見的驚喜輕呼：「湯米！」

無視於對方一本正經的法國式吻手禮，妮可將自己的臉頰貼向他的。他們坐下，或者應該說一起躺臥在古羅馬式長椅上。他英俊的臉孔曬得實在很黑，失去了棕褐色的賞心悅目，又不到黑人那種黑得發青的美麗——就只是像張磨損的皮革。他的膚色被陌生的太陽曬得像個外國人，吃的是異鄉食物，說話帶有許多捲舌方言而顯笨拙，還有伴隨古怪驚慌所產生的反應……這些都讓妮可深深著迷而平靜了下來；在相遇的那一刻，她的心神躺進他的懷裡，越走越遠……然後自持力重現，她又回到自己的世界輕鬆談話。

妮可問：「你看起來就像電影裡的冒險家。不過，你爲什麼離開這麼久？」湯米．巴本看著她，不明白這話的意思，但心生警覺；他的眼睛閃閃發亮。她以一種並非在模仿什麼的低沉嗓音，繼續說著：「五年……太久了。你不能只殺掉一些人就回來，然後呼吸一會兒我們的空氣嗎？」她難得出現眼前，湯米很快把自己變回歐洲人。

他用法語說：「但是對我們英雄好漢來說，我們需要時間，妮可。我們不能只投身在不起眼的英勇事蹟，我們要做的是豐功偉業。」妮可要求：「湯米，跟我說英語。」他則說：「妮可，跟我說法語。」她堅持：「但表達的意義不同。你用法語可以說得英勇無比、冠冕堂皇而保持莊重，這你懂的。然而用英語說得英勇無比、冠冕堂皇就免不了有點滑稽，這你也懂。那麼一來，對我有利。」他突然咯咯笑：「不管怎麼樣，就算講英語，我還是很神勇。」她假裝驚訝得暈頭轉向，但他一點都沒在客氣。

湯米說：「我只知道我在電影裡看到了。」妮可問：「一切就像電影演的？」他說：「電影演得不差。現在這個羅納・考爾門①，你有沒有看他演有關北非兵團的那幾部電影？實在演得不差。」她說：「非常好，以後我去看電影，就知道這些日子以來你過什麼樣的生活。」

兩人交談時，妮可注意到一個嬌小白皙又漂亮的年輕女人，頭髮秀麗有光澤，在甲板燈光下看起來幾乎呈綠色，她坐在湯米的另一邊，也許早些時候正跟他或他們旁邊那個人聊天。她顯然一直霸占著湯米，現在放棄吸引他注意力的希望之後，氣呼呼地越過半圓形的甲板，表現出人們所謂的有欠風度。

湯米半開著玩笑，平靜地說：「我終究是條漢子。我的膽量威猛，通常如此，就像隻獅子，像個喝醉酒的人。」妮可等著他那自吹自擂的回音在他腦海中平息，她知道他可能從來沒說過這樣的話。然後她看看那些陌生人，發現一如往常淨是些故作鎮靜卻極爲神經質的人，他們喜歡鄉村是因爲厭惡城市，厭惡自己說話嗓音發出的聲調。

她問：「穿白色衣裳的女人是誰？」湯米答：「剛才坐我旁邊那個？那是卡洛琳・薛比貝爾絲女士。」他們聽了一會兒對面傳來她的聲音：「那個男人是個混蛋，只不過像隻虎斑貓。我們曾經通宵對玩紙牌，他欠我一千元瑞士法郎。」湯米笑說：「她現在是倫敦最缺德的女人；每次我回到歐洲，倫敦就會出現新一批極爲缺德的女人。她正隸屬最新的那批，不過我相信，現在那裡又會出現某個被當作幾乎跟她同樣缺德的女人。」

妮可再瞧了一眼對面的女人，身形脆弱，一副有結核病的模樣，很難想像那麼窄的肩膀、那麼細的手臂能高舉墮落的旗幟，那是凋零帝國的最後一面軍旗。她的樣貌比較像約翰．海登②筆下胸部平坦、衣服寬鬆的年輕女子，而非打從戰前就成為海報與小說主角的那類高䠷慵懶的金髮美女。

高爾汀走了過來，盡量壓低他高大身軀形成的共鳴，免得說起話來像是透巨大擴音器似的。妮可依舊不情願地接受了他一說再說的事——馬奇號在晚餐後將起程駛往坎城；就算他們已經吃過晚餐，總可以再吃些魚子醬、喝些香檳；不管怎樣，迪克現在正打電話給人在尼斯的司機，吩咐他將他們的車開回坎城，停在聯盟咖啡館前面，讓他們夫妻倆可以過去取車。

他們移往餐廳，迪克被安排坐在卡洛琳．薛比貝爾絲女士旁邊。妮可看到他平時紅潤的臉失去了血色，以固執的嗓音說話，她只聽到了片段：「……對你們英國人來說無所謂，你們在跟死亡共舞……印度傭兵在敗壞的堡壘裡，我的意思是，印度傭兵守在門口，而堡壘裡面興高采烈，諸如此類。那綠色的帽子、壓扁的帽子，根本沒有前途。」

卡洛琳女士全都簡短的回應著——夾雜斷句的「什麼？」，模稜兩可的「的確如此！」，心情沮喪的「再說吧！」……一切總隱含著山雨欲來的意味，不過迪克對這些警訊顯得不以為意。他突然講了一番特別激烈的言論，妮可沒聽到說的是什麼，但看到年輕女人的表情變得陰暗緊繃，然後針鋒相對地回答：「畢竟，劣等民族和盟友是不一樣的。」妮可心想：「他又冒犯了一個人……他能不能閉嘴久一點？多久？到死為止。」

船上樂隊有位白膚金髮的蘇格蘭人在鋼琴前，開始唱著〈丹尼．迪弗〉③那種單音聲調、自己彈著沉重和弦伴奏的一首歌；樂隊的爵士鼓面，則印有「愛丁堡繁音學會爵士樂團」字樣。此人咬字清晰，彷彿句句都讓他印象深刻得無法忍受——「有位年輕女士從冥府來，聽到門鈴乍響便跳起來，因為她壞——壞——壞。她在門鈴乍響便跳起來，從冥府來（砰砰），從冥府來（咚咚），有位年輕女士從冥府來……」

湯米低聲問著妮可：「這到底是什麼？」另一旁的女孩告訴他答案：「卡洛琳・薛比貝爾絲寫的詞。他譜的曲。」湯米在下一首詩開始吟唱時，低聲暗諷這位神經質女士將有更多的創作嗜好：「多麼幼稚的玩意！他聽起來，就像在朗誦拉辛④的作品！」

至少表面上看來，卡洛琳・薛比貝爾絲女士並未注意自己作品的演出。妮可又瞥了她一眼，發現她令人印象深刻的不在於個性或人格，純粹是一種態度衍生出的力量；妮可覺得她不好惹，當大家離開餐桌時，這個看法也獲得了證實。迪克表情古怪，仍坐在位子上，接著突然說出一番蠢話：「我不喜歡這些英國人——在無病呻吟的呢喃中帶有的諷刺。」

已經往艙室外面走的卡洛琳女士，此時轉過身，朝他走去，用低沉簡潔的嗓音刻意讓大家都聽得見：「你找上我是自討苦吃——詆毀我的同胞，詆毀我的朋友瑪麗・明蓋提。我只想說，有人看到你在洛桑跟一群可疑人物混在一起。那是無病呻吟的呢喃？或者只讓你覺得震耳欲聾？」迪克說：「這還不夠響亮。我實際上，是個惡名昭彰的……」回答得稍遲了一點，高爾汀用嗓音壓過了迪克的話，說道：「什麼！什麼！」同時用他龐大的身軀催促客人往外走。

妮可轉出艙門時，看到迪克還坐在桌旁。她很懊惱那女人說出荒謬的話，也很懊惱迪克帶她到這裡，又自己喝得酩酊大醉，打開他那冷嘲熱諷的話匣子搞得顏面盡失；她有一點更氣，原來自己剛到的時候占據了湯米・巴本，打從開始就惹惱了那個英國女人。

一會兒後，妮可看見迪克站在走道上，他和高爾汀說話時顯然已經完全清醒；接下來的半小時，她在甲板上都沒見到他的人影，於是放下手邊用細繩和咖啡豆玩的一種複雜馬來遊戲，對湯米說：「我得去找迪克。」

晚餐後，遊艇朝西航行。明朗夜色在兩旁流動，引擎發出柔和的砰砰聲。妮可來到船首時，突然有股強風吹亂了頭髮，看到迪克斜靠在旗杆上讓她感到焦慮不安。他認出是她，聲音顯得平靜：「美好的夜晚。」妮可說：「我在擔心。」迪克問：「噢，你在擔心？」妮可說：「噢，別那樣說話。迪克，如果想到可以爲你做些什麼，我會非常開心。」他轉過身去，面朝非洲上空那片朦朧的星光。迪克說：「我相信那是眞的，妮可，有時候我相信你做得越少，就越能帶給你快樂。」妮可平靜地說：「別那麼說，不要說那種事。」

在白色浪花被捕捉到、又被拋回空中的明亮光線下，迪克臉色蒼白，沒有她預期因爲生氣而出現的皺紋。那張臉甚至不帶情緒；他的眼神慢慢聚焦在她身上，就像凝視著下一步要移動的棋子；他用同樣緩慢的方式抓住她的手腕，將她拉了過去。他溫柔地詢問：「你毀了我，是嗎？那我們倆都毀了，所以……」

由於驚駭得不知所措，她把另一隻手也讓他抓住。好吧，她會跟他走，在這完全答應和徹底放棄的一刻，她再次生動感受到夜晚的美。好吧，那麼……但出乎意料地，她被放開了，迪克轉過身去嘆氣：「唉！唉！」淚水流下了妮可的臉頰——這時，她聽見有人靠近，是湯米。

湯米說：「你找到他了！迪克，妮可以爲你大概從船上跳下水了，因爲剛剛那個英國小妓女羞辱你。」迪克溫和地說：「就這幅背景跳下水也不錯。」妮可趕緊附和：「可不是嗎？我們去借救生圈來跳下去。我想我們該做些驚人之舉，我覺得我們生活已經太緊繃。」湯米仔細瞧瞧這兩個人，企圖從夜晚的處境看出端倪：「我們去問那位啤酒貝爾絲女士該做些什麼，她應該知道最新潮的玩意兒。我們應該記住她那首〈有位年輕女士從冥府來〉的歌。我會把它翻譯成法文，然後在賭場造成轟動因此致富。」

他們走回船尾時，迪克這麼問：「湯米，你富有嗎？」他答：「到目前爲止還沒有。我厭倦了做股票經紀人而離開這行業。但我有不錯的股票在朋友的手上，他們代我操作。一切都滿順利的。」妮可說：「迪克越來越富有了。」回應時，她的聲音開始發抖。

高爾汀在後甲板上用他的巨掌搧動三對男女去跳舞，妮可與湯米加入了他們。湯米提到：「迪克似乎一直喝酒。」她回答得很忠於丈夫：「只有適量。」湯米說：「有些人能喝，有些人不能喝。迪克顯然是不能喝的人，你應該告訴他不要喝了。」她驚呼：「我！要我告訴迪克他該做什麼，又不該做什麼！」

他們到達坎城港口時，迪克保持謹言慎行，但還是有些意識模糊，昏昏欲睡。高爾汀扶他下到馬奇號的汽艇上，卡洛琳女士大動作地挪動她的位子。在碼頭上，他用過於誇張的深鞠躬向她道別，一時之間似乎還想對她說些辛辣諷刺的話；不過，湯米用手肘抵住他手臂柔軟的肌肉，然後他們走向停放汽車處。

湯米建議：「我開車送你們回去。」迪克說：「不麻煩……我們可以叫一輛計程車。」湯米笑說：「我很樂意，如果能夠讓我住一晚。」迪克在後座保持著沉默，直到經過尚安灣那座黃色石碑，然後是狂歡不止的尚利旁——夜裡，仍舊充滿音樂和各國語言齊放的嘈雜聲。當汽車轉進通往塔姆村的山路，車身一斜，他突然坐直身子發表結論：「一個典型迷人的……」他結巴了一下，「強硬的……讓我暈頭轉向的英國女人。」然後逐漸平穩沉睡，時而打嗝，滿足地進入溫暖的黑暗裡。

譯註

①羅納．考爾門（Ronald Colman，1891～1958），英國演員，參與第一次世界大戰後進入演藝界，曾獲奧斯卡獎最佳男主角。

②約翰．海登（John Held，1889～1958），美國漫畫家，一九二〇年代最知名的雜誌插畫家之一，創造出俏皮的短髮、寬鬆直身的衣著、拋棄傳統束縛勇於社交享樂的女性造型，蔚為新時代的女性潮流。

③〈丹尼．迪弗〉（Danny Deever），是出生於印度的英國作家魯德亞德．吉普林（Rudyard Kipling，1865～1936）於一八九〇年寫的詩，描述一名英國士兵在印度因謀殺罪而被絞死。

④尚．拉辛（Jean Racine，1639～1699），法國劇作家，作品以悲劇為主，是古典主義戲劇的代表。

6

第二天早上，迪克很早就來到妮可的房間，他說：「我一直等到聽見你起來。不用說，昨晚我的感覺很差，但可不可以別再提它？」她冷淡地回應，把臉轉向鏡子：「我同意。」迪克問：「湯米開車載我們回家？或者我在作夢？」妮可說：「你知道是他開的車。」他承認：「似乎是這樣。因爲我聽到他在咳嗽，我想該去看看他。」她在他離開時感到高興，因爲這幾乎是她生命中第一次看見，他那作風穩健的驚人本領，終於離他而去。

湯米在床上翻來覆去，剛醒過來，想喝杯牛奶咖啡。迪克問：「覺得還好嗎？」當湯米抱怨喉嚨痛的時候，他趁機擺出專業的姿態：「最好用漱口藥水之類的。」湯米問：「你有漱口藥水嗎？」迪克說：「很不巧我沒有……也許妮可有。」湯米說：「別打擾她。」迪克說：「她起床了。」湯米問：「她怎麼樣？」迪克慢慢地轉過身，聲音和悅地說：「你認爲我醉醺醺的，會讓她情緒低落？妮可現在就像……喬治亞松木做的，它是目前所知除了紐西蘭鐵梨木以外最硬的木頭……」

妮可下樓時聽見了最後面的對話。她知道，而且一向都知道湯米愛她；她知道他變得不喜歡迪克，而迪克在他自己認清這點之前就已明白，於是對這男人的單戀積極反抗著。想到這裡，一時間，她充滿了女性的自我滿足感——她在孩子的早餐桌前，俯身向保母分派指示，而此時樓上的兩個男人心裡都掛念著她。

後來，她在花園裡覺得很高興。她不希望有任何事發生，只要維持自己被兩個男人在心中拋來拋去那樣懸而未決的狀態就很好；她已經很久沒有眞實地存在過，即便是被當作一顆球。她對兔子說話：「兔子們，眞好，可不是嗎？嗨，兔子……就是你，好不好呀？嗨？或者對你而言聽起來很神奇？」那隻兔子除了甘藍菜葉幾乎沒有別的體認，動一動鼻子就算表示同意了。

妮可繼續她在花園裡的日常工作。她把剪下來的花放到指定地方，好讓園丁等一下拿進屋裡。來到防波堤旁，她想找人聊天但沒有對象；於是她停下來思考。對另一個男人動心的念頭讓她覺得有些吃驚……但其他女人會有情夫，我何嘗不可？在美好的春曉時分，男人世界的禁忌消失了，她的思緒興高采烈有如綻放的花朵，風吹拂著髮絲，她的頭也跟著晃動。其他女人會有情夫——昨晚令她屈服於迪克那股幾乎面對死亡的力量，現在卻讓她朝著風頻頻點頭，她對這個想法感到稱心如意，爲什麼我不可以？

她坐在矮牆上俯視大海，但從另一處開闊洶湧的幻想海域中撈起某個具體的東西，放在其他的戰利品旁。如果心靈上不需要跟昨晚那樣的迪克長相廝守，那麼她必然還有別的價值，不會只是他心裡的一個影像，注定埋沒在一面勛章旁那些數不清的陪襯品當中。

妮可特別選在這處矮牆坐下，因爲峭壁在此沒入一片耕種菜園的斜坡草地。她透過樹叢看到兩個扛著耙子和鐵鍬的男人，正在用尼斯和普羅旺斯方言交談。受到他們話語和動作的吸引，她留意著談話內容——有個男人說：「我在這裡搞上她。我帶她到那片藤蔓後面。她不在乎，他也一樣不在乎，就像把聖物丟給狗那樣被糟蹋。嗯，我是在這裡搞上她的……」另一個男人問著：「你帶耙子了？」第一個男人說：「你自己有帶，你這個蠢蛋。」另一個男人若有所思地說：「嗯，我不管你是在哪裡搞她。在十二年前結婚那一晚之前，我從來沒嘗過一個女人把乳房貼在我胸口的滋味。現在你告訴我……」第一個男人說：「但是聽我說，那隻狗……」

妮可透過樹叢看著他們。他們說得似乎沒什麼不對——一件事對一個人有利，另一件事對另一個人有利；不過，她無意中聽到的是男人的世界。走回房子的路上，她又困惑了起來。迪克和湯米在露臺。她走過兩人中間進到屋裡，拿出一個素描板開始畫湯米的頭。

迪克輕快地說：「手永遠停不下來……女人閒不得。」他的臉頰依舊蒼白，褐色鬍碴看起來和眼睛一樣通紅，竟然還能講得這麼稀鬆平常！她轉向湯米說：「我總是能找到事情做。我以前有一隻活潑的玻里尼西亞黑猩猩，可以跟牠玩上好幾個小時，直到人們開始說起最粗俗不堪的玩笑話……」她的視線堅決避開迪克。不久，他藉故進到屋裡。看他為自己倒兩了杯水，她的態度更強硬了。

「妮可……」湯米正要開口，卻被一陣咳嗽打斷。她建議：「我去幫你拿些特效樟腦擦劑，美國製的，迪克相信它的藥效。我一會兒就回來。」湯米說：「我真的得走了。」迪克走出來，坐下：「相信什麼？」她拿著瓶子回來時，兩個男人都坐著沒動，她猜想他們剛才在無關緊要的話題上聊得起勁。

司機站在門口，手上的袋子裝了湯米昨晚換下的衣服。她看到湯米身上穿著向迪克借來的衣服，感到莫名的惋惜，彷彿他買不起這種衣服。她說：「你回到旅館後，把它擦在在喉嚨和胸口，然後吸那味道。」湯米走下樓梯時，迪克低聲抱怨：「哎呀，別整瓶都給了湯米，那得從巴黎訂購……現在這裡沒有現貨。」

湯米往回走到聽得見的距離。三個人站在陽光下，湯米在汽車前面抬頭挺胸地站著，彷彿身子向前一傾，就可以把車扛到背上。妮可走下階梯。她對他說：「拿好。這個非常珍貴。」她聽到迪克在身旁安靜了下來；她跨前一步揮揮手，看汽車送走湯米和那瓶特效樟腦擦劑，然後她轉身接受說教。

迪克說：「其實根本不必那麼做。我們這裡有四個人，幾年來只要有人咳嗽……」他們望著彼此。她答：「我們總可以再弄到一瓶……」接下來失去了往下說的膽量，一會兒就跟著迪克上樓。他躺在自己的床上不發一語。她問：「午餐要拿上來給你嗎？」

他點頭後，繼續保持沉默，兩眼直瞪著天花板。她滿腹狐疑地吩咐準備午餐。回到樓上朝他房間看過去——那雙藍色眼睛就像探照燈，射向黑暗的天空。她在門口站了一會兒，知道自己對他做了蠢事，有點不敢進去……她伸手要揉他的額頭，他卻像個疑神疑鬼的動物轉過身去。妮可再也無法面對這個狀況，像個廚房女傭那樣慌張跑下樓，生怕樓上那個遭到打擊的男人受夠了，而她還得繼續依賴在他那貧乏單薄的庇護下。

妮可不到一個星期就忘了對湯米乍然漾現的情愫——她不怎麼記得住人，很容易把他們忘掉。但六月天氣開始變熱的時候，她聽說他在尼斯。湯米寫了一封短信給他們夫妻倆——連同其他從屋裡拿來的信件，她在陽傘下拆閱這封信。看完後她拋給迪克，迪克也同時扔了張電報到她一身寬鬆的海灘服上——「親愛的，明日抵達高斯，可惜母親沒來，期待見到你們。」妮可冷冰冰地說：「我很樂意見到她。」

7

然而，隔天早上她跟迪克去海灘時憂心再起，唯恐迪克正盤算著孤注一擲的作法，因爲她在高爾汀遊艇上的那晚，意識到了可能發生的事。她正處於千鈞一髮之際，一邊是始終保有安全感的原本立足點，另一邊是迫不得已的縱身一跳，落下過程中血肉的化學作用必然會產生改變，而她不敢正視這個問題。

迪克與她自己的身影變化莫測，難以分辨，就像奇幻舞蹈中兩個糾纏在一起的幽靈。幾個月來，她的每句話似乎都蘊藏著弦外之音，又很快在迪克所認定的環境下被解讀。多年來因她罹病得早受到抹煞、而顯無足輕重的某部分本性，開始活化躍動了起來，迪克從未觸及過這個部分——但他沒犯任何錯，畢竟人的本性不可能在另一個身上完全擴延開來；而儘管妮可的這種狀態也許更充滿希望，但還是令人焦躁不安。兩人關係之中最不愉快的一點是，迪克漸漸變得漠不關心，目前的實際表現就是酒喝太多；妮可不知道，自己下一步會被摧毀或被饒恕——迪克的聲音流露虛假，模糊焦點，她無法猜測在那曲曲折折、緩緩鋪展的地毯上，他的下個行動會是如何，當面臨一躍而下的那一刻，也不知道終究會發生什麼事。

至於後面可能發生的事，她就不再掛慮了——她猜想，一切將會如釋重負，揭開盲目的雙眼。妮可天生就要改變，要奔放，有金錢作爲她的動力。未來的情況，只不過像在家庭豪華轎車車身下隱藏多年的賽車底盤，終究要掀開它原始的面貌。妮可已經可以感覺到清風吹拂，她怕的是下手的方式和恐怖的過程。

戴弗夫婦去到沙灘上，妮可的白色泳衣和他的白色短褲，在膚色對比下顯得非常亮白。妮可看見迪克在許多遮陽傘混雜的形狀與陰影中凝視著孩子，他的心思暫時不在她身上，不再攫著她。她從客觀角度觀察他，認爲他緊盯著孩子不是爲了提供呵護，而是尋求保護。也許是海灘令他害怕，就像被罷黜的統治者密訪昔日宮殿那樣。她變得痛恨他那談笑風生、彬彬有禮的世界，忘記這是多年來唯一對她敞開的世界。要讓他自己瞧瞧，他的海灘現在墮落到毫無品味；他可以在這兒搜尋一整天，自己曾用石頭堆砌如中國長城般的邊界已完全消失，也見不到老友的蹤跡。

妮可一時爲此感到惋惜；還記得他從陳年垃圾堆裡耙掉碎玻璃，還記得他們在尼斯小街買的水手短褲與汗衫——後來，巴黎服裝設計師把這類衣服改用絲綢製作而蔚爲風尚；還記得純樸的法國小女孩爬到防波堤上，像隻鳥兒高喊：「嗨！嗨，看這裡！」；還有上午時段的老規矩，安靜悠閒地朝向大海與陽光躺著……才隔沒幾年，許多由他創造出來的東西，竟埋沒得比沙還深……

現在，游泳的地方是一個「俱樂部」，儘管如此，誠如它代表著國際社交圈，很難說不准誰進入。

迪克跪在草蓆墊上尋找著露絲瑪莉時，妮可的心腸又硬了起來。她沿著他的視線望去，在那些新穎器材間游移——水上鞦韆，吊環，活動浴室，浮塔，昨晚宴會用的探照燈，現代化的自助餐檯，白色外觀配上無數以湯匙柄構成的繁複圖案。

海水，大概是他最後找尋露絲瑪莉身影的地方，因爲很少有人還會在那片蔚藍天堂游泳，只有幾個小孩和一名愛表現的男僕，不斷從五十英尺高的岩壁上引人注目地跳下水，爲沉悶的早晨增添亮點。高斯飯店大部分的客人，要到下午一點鐘才會脫掉他們遮掩鬆垮身軀的睡衣，帶著宿醉，稍微泡一下水。

妮可說：「她在那裡。」她看到迪克的眼睛跟著露絲瑪莉的身影，從一處浮臺移到另一處浮臺；不過，從她胸口發出的深深嘆息，是五年前保留下來的。他提議：「我們游過去跟她說說話。」妮可說：「你去。」他說：「我們一起去。」她對他的決定掙扎了一小會兒，不過最後他倆還是一起游了出去，追蹤那群跟在露絲瑪莉後面的小魚——牠們被她迷惑，把她當作鮭魚釣勾上閃亮亮的假餌。

妮可待在水裡，迪克游到露絲瑪莉的旁邊，爬上浮臺，兩人渾身濕答答地交談，完全不像曾經相愛和觸摸過彼此。露絲瑪莉很漂亮，她的青春對妮可是一種衝擊，但可喜的是這個年輕女孩的身材比自己稍胖了些。妮可在附近浮游，繞著小圈聽她說話，看她表現得興趣盎然，快樂又充滿期待——比五年前更有自信了。

露絲瑪莉說：「我好想念母親，但是要到星期一，她才會在巴黎跟我碰面。」迪克說：「五年前你來到了這裡。那時候，你是多麼有趣的一個小女孩，還穿了件飯店的浴袍！」她說：「你記得這麼清楚！你總是如此……總是記得美好的事。」

妮可見到諂媚的老把戲又開始了，於是潛進水裡。浮出水面時，她聽見露絲瑪莉說：「我會假裝是五年前，重新回到那個十八歲的女孩。你總是讓我感到……你知道的，有幾分……你知道的，某種快樂……你和妮可帶給我的快樂。我覺得，你彷彿依然在海灘那邊，在其中一支遮陽傘下面，你是我至今所認識最好的人，也許永遠都是。」

妮可游開的時候，見到迪克心事重重的烏雲已有些消散，他開始跟露絲瑪莉嬉戲起來，重新展現昔日的交際手腕——那早已蒙塵的藝術，她猜想只要再喝上幾杯，他就會在吊環上爲她表演自己的絕活；不過，以往輕而易舉的花招，現在就顯得有些吃力了。她注意到，他在這個夏天頭一次避免進行高空跳水。

後來，當妮可巧妙迴避了一個又一個浮臺時，迪克追上了她：「露絲瑪莉的一些朋友開了艘快艇，就是那邊那艘。你想不想去玩滑水板？我覺得會很有趣。」

記得，以往他可以在椅板前緣用手倒立，於是她像縱容蘭尼爾那樣任由他去。他們去年夏天在蘇黎世湖就玩過那好玩的水上遊戲，迪克曾在滑水板上將一個兩百磅重的人舉到肩膀上，再站起來。然而，女人結婚時爲丈夫的才華傾心，假以時日就自然不再那麼折服——也許她們只是繼續裝作佩服。妮可甚至連假裝都省了，即使仍會對他說「是的」，還有「是的，我也這麼想。」

不過，她知道他有點疲累，全是因爲露絲瑪莉令人興奮的青春近在咫尺，而促使他去嘗試——她曾看過他從孩子的健身操得到相同的靈感，此時只冷眼旁觀地想「他會不會出洋相」。戴弗夫婦的年紀比船上其他人都來得大——年輕人有禮貌，態度恭敬，但妮可覺得他們在暗想「這兩個傢伙到底是誰」，同時又想念起迪克那輕易控制場面融入環境的天賦——他正全神貫注地在即將嘗試去做的事情上。

汽艇駛離海岸兩百碼後放慢速度，有個年輕人浮潛在船的旁邊。他游向胡亂轉動的滑水板，把它扶正，慢慢爬上去跪著，接著在汽艇加速時站了起來。他仰著身體，費力操控腳下輕盈的滑水板，讓它以令人屏息的弧線從一側慢慢擺盪到另一側，而後在兩邊的盡頭騎上船尾拖曳的側浪。他正朝汽艇的尾波放掉手中的繩索，維持片刻平衡，然後一個後空翻跳下水，像尊壯麗的雕像沒入水中，快艇回轉過去時，才又露出那顆不起眼的腦袋。

妮可放棄機會；露絲瑪莉在滑水板上的動作俐落保守，愛慕者們發出滑稽的歡呼聲。其中三人爭先恐後搶當扶她上船的幸運兒，在他們七手八腳之下，露絲瑪莉的膝蓋和臀側被撞得淤青。掌舵的墨西哥人說：「醫生，現在輪你了。」迪克和最後一位年輕人從船邊下水，游向滑水板。迪克要嘗試他那舉起人的花招，妮可露出了輕蔑的笑容等著瞧——這齣爲露絲瑪莉上演的體能展示，最是令她惱怒。

當兩人滑了夠長的距離，找到平衡，迪克跪下，將頭從另一個人的跨下鑽過去，在兩腿間抓住繩索，然後開始慢慢起身。船上的人直盯著瞧，看出他遇到了困難——他一隻腳跪著，但這把戲的要領是兩腳要同時站直起來，而他卻維持著跪姿。他休息片刻，然後眉頭一皺，全身緊繃，使勁往上舉。滑水板很窄，儘管那年輕人的體重不到一百五十磅，但還是很難保持重心，只能笨拙地抓住迪克的頭。最後，迪克用力挺直他的背，向上站起來，然後滑水板傾向一側，兩人落入水中。

露絲瑪莉在船上驚呼：「精彩極了！他們幾乎做到了。」不過，當他們回到兩人的落水處時，妮可看到迪克臉上浮現出某種神色——如她預料，那代表著無比懊惱，因爲才兩年前他還做得輕而易舉。

第二次進行得較爲謹慎。迪克稍微抬起身子測試負重平衡，然後又跪下去；接著低喊一聲「嘿咻」，開始站起身，可是還沒完全站直之前，腿卻突然彎了下去。落水時，他用腳把滑水板踢開，免得砸到他們倆。這次小劍魚號快艇回過頭時，船上乘客都看得出他在生氣。

迪克踩著水，喊道：「不介意我再試一次吧？我們差點就要成功。」年輕人回應：「當然，來吧。」妮可看他一臉蒼白，告誡著：「你不覺得這樣就夠了嗎？」他沒有回答。原本的搭檔吃足了苦頭，他被拖上船舷，駕船的墨西哥人熱心代他上陣。

墨西哥人比前一個人重。當船移動速度越來越快，迪克匍趴在滑水板上放鬆片刻。接著，他到墨西哥人底下拿好繩索，活動一下筋骨，試著抬起身子。但他站不起來。妮可看他變換姿勢，再度奮力往上抬，但當夥伴的重量完全落在肩頭上時，他變得無法動彈。他試了又試，往上舉一英寸、兩英寸——妮可跟著他用力，覺得自己的額頭也汗水淋漓。後來，他只求站穩腳步，接著支撐不住「碰」的一聲跪下去，他們翻落海裡，迪克的頭險些被滑水板撞到。

「快回頭！」妮可對駕駛喊道。當她說話時，看到迪克在水裡載浮載沉，不禁發出一聲驚呼；不過後來，他又冒出水面仰浮著，重如城堡的墨西哥人游過去協助。快艇似乎過了好久才到他們那兒。當他們最後來到船邊時，妮可看到迪克筋疲力盡，面無表情地浮在水面上，孤單身影只有海天相伴，她的驚恐瞬間轉為鄙視。

有人說：「醫生，我們幫助你上來……。抓住他的腳……好了……現在一起……」迪克坐著喘氣，兩眼茫然。妮可忍不住說：「我就知道你不該嘗試。」墨西哥人說：「他在前兩次花費了太多力氣。」妮可堅持：「反正是一件傻事。」露絲瑪莉則識相地不發一語。過了一會兒，迪克吸口氣，喘息著說：「那時候，我連個紙娃娃都舉不起來。」一陣噗哧笑聲緩和了他的失敗所引起的緊張氣氛。迪克在碼頭下船時備受關注，不過妮可很生氣，現在他做的每件事都令她生氣。

妮可和露絲瑪莉坐在遮陽傘下，迪克則去餐檯喝了杯酒。不久，他幫她們帶了雪莉酒回來。露絲瑪莉說：「我生平的第一杯酒就是跟你喝的。」一時興起，她又補了一句，「噢，很高興看到你，而且知道你沒事。我擔心……」話講一半，她就改變說法，「情形也許不是如此。」妮可好奇地問：「你聽說我的狀況變差？」露絲瑪莉答：「噢，沒有，我只是……聽說你變了，我很高興親眼看到那不是真的。」迪克回答：「是真的。」一邊跟她們一塊兒坐下，「這改變要追溯到很久以前，不過剛開始沒顯現出來。鬥志瓦解後，還維持了好一段時間沒有改變作息。」

露絲瑪莉急忙問：「你有在蔚藍海岸開業嗎？」迪克朝金色沙灘上雜沓的人群四處點頭：「這裡可是發現潛在樣本的好地方。人選眾多。有注意到我們的老友艾布蘭絲太太，在女王般的瑪麗・諾斯前面活像個女公爵？別嫉妒，想想艾布蘭絲太太手腳並用要爬多久才上得了麗緻飯店的後梯，還要吸入多少地毯上的灰塵！」

露絲瑪莉打斷他的話：「那真的是瑪麗・諾斯？」她看著一個女人朝他們漫步過來，跟在後面的一小隊人馬似乎已對他人注視的眼光感到習以為常。他們走到十英尺遠的距離時，瑪麗稍微朝戴弗夫婦撇了一眼，這種觸霉頭的一瞥，讓被看的人知道自己被注意到了，但他們不放在眼裡，因爲——無論是戴弗夫婦或露絲瑪莉・霍伊特，都絕不會允許自己這輩子會像這樣瞧著別人。迪克覺得很好笑，瑪麗因爲察覺了露絲瑪莉在場，於是改變初衷走了過來。她愉快地向妮可熱心寒暄，卻面無笑容地朝迪克點點頭，彷彿他有傳染病似的；他則冷嘲熱諷地彎腰回禮。

這時，瑪麗跟露絲瑪莉打著招呼：「我聽說你在這裡。待多久？」露絲瑪莉回答：「到明天。」露絲瑪莉也注意到瑪麗是從戴弗夫婦中間穿過來跟自己講話，因此基於道義她保持冷淡——不，今晚她不克一同用餐。

瑪麗轉向妮可，她的態度表現出關心，同時夾雜著憐憫：「孩子們好嗎？」這時他們正好過來，妮可傾聽著他們的請求，要母親否決保母對游泳的某一項規定。迪克代她回答：「不可以，保母說的話要遵守。」

妮可贊成必須維護他們授予保母的職權，於是拒絕了孩子們的請求，瑪麗爲此惡狠狠看著迪克，彷彿他公然犯下恃強欺弱的重大罪過——她的舉止活像安尼塔・盧斯①筆下的女主角，只會放馬後砲，實際上連訓練一隻法國貴賓狗都不會。迪克被瑪麗這令人厭倦的表現激怒，用嘲弄的口吻關心著：「你的孩子好嗎……還有他們的姑姑？」瑪麗沒回話，但在離開他們之前，先伸出了同情的手放在蘭尼爾不甘願的腦袋上。迪克在她走後說：「這讓我想到，在她身上花費的那些時間。」妮可說：「我喜歡她。」

露絲瑪莉對迪克的憤憤不平感到驚訝，她總認爲他能完全地寬容和體諒別人。她突然想到有關他的傳聞。她在船上和一些國務院的人聊天——這些歐洲化的美國人取得的身分，已很難說他們屬於任何一個國家，至少不屬於任何強權（巴爾幹半島上的小國家或許也要算在內）；名聞遐邇的貝比・華倫，這個名字在談話中出現，有個女人提到貝比的妹妹被一個放蕩的醫生糟蹋了，她說——「他到任何地方都不再受歡迎。」

這些話令露絲瑪莉覺得不安，姑且當作屬實，她無法想像戴弗夫婦的生活和盛傳著流言的社交圈有任何關係，但聽得出有人在散播惡意言論的跡象。「他到任何地方都不再受歡迎」——她想像迪克登上一棟大樓階梯後出示名片，被管家告知「我們不再歡迎你」，然後沿著大街被無數管家告知同樣的話，無論是大使館、公使館或辦事處……

妮可在想該如何脫身。她猜想，迪克受到刺激變得機靈後，會慢慢展現出魅力，讓露絲瑪莉有所回應。果然，才一會兒他便力圖修飾之前令人感到不悅的說詞：「瑪麗還不錯……她發展得很好。不過，很難繼續喜歡那些不再喜歡你的人。」果然不出所料，露絲瑪莉靠向迪克，輕聲地說：「噢，你人眞好。我想任何人都會原諒你，不管你對他們做了什麼。」

露絲瑪莉覺得自己洋溢的熱情侵犯到了妮可的權益，於是瞪著戴弗夫婦之間隔著的沙灘說：「我想請教你們，對於我最近拍的電影有何感想……如果你們看過的話。」妮可沒說話，她看過其中一部，而且沒什麼感想。迪克說：「這得花點時間告訴你。讓我們假設妮可對你說，蘭尼爾生病了，在現實生活中你會怎麼做？人們會怎做？他們會在臉上、在聲音、在言詞有所表現——臉顯露憂傷，聲音顯示驚訝，言詞表達同情。」露絲瑪莉應和：「是的，我了解。」

迪克繼續說：「然而演戲就不是這樣。在戲劇裡，所有傑出的女演員正是藉著誇大她們正常情緒反應，來建立她們的聲望，無論那是恐懼、愛情或同情。」露絲瑪莉說：「我懂。」其實她不是很懂。

無法掌握這頭緒，妮可漸漸不耐煩，迪克仍然繼續說著：「女演員的風險在於做出反應。讓我們再次假設，有人告訴你，你的愛人死了。在眞實生活中你可能會崩潰，但在舞臺上你得嘗試娛樂觀眾，觀眾自己會有所『反應』。起初，女演員可以依照臺詞演出，接著必須讓觀眾的注意力回到她身上，別停留在被謀殺的中國人之類的元素上面。因此，她必須表現得出乎預料——如果觀眾認爲這角色是堅強的，她就得表現得柔弱；如果他們認爲她是柔弱的，她就必須表現堅強。你要去超越這個角色……了解嗎？」露絲瑪莉承認：「不是很了解。要如何超越角色？」迪克說：「做出意想不到的事，直到將觀眾的注意力，從客觀事實巧妙拉回自己身上，然後再不知不覺地回到角色上。」

妮可再也受不了。她驟然站起，完全不想掩飾自己的不耐。露絲瑪莉隱約意識到這情形已有一段時間，她打圓場轉向桃普希：「你長大以後想當女演員嗎？我想，你會是個很好的女演員。」妮可故意瞪著她，用她祖父那種緩慢清晰的聲調說：「絕對不可以把這種想法放到別人家小孩的腦袋裡。別忘了，我們對他們有完全不同的計畫。」她猛然轉向迪克，「我要開車回家。我會派米榭爾來接你和孩子。」他反對：「你已經好幾個月沒開車了。」妮可回道：「我還沒忘記怎麼開車。」再沒瞧露絲瑪莉一眼，妮可便離開了遮陽傘，露絲瑪莉的臉可是有著激烈的「反應」。

妮可在浴室換上了寬鬆衣褲，表情仍像一面匾額那樣死板。不過，當她開車轉進一條松樹夾道的馬路時，氣氛變了——松鼠跳躍在枝頭，微風吹動著樹葉，遠方響起雞啼聲，陽光穿透寧靜緩緩地灑落，海灘雜沓人聲逐漸遠離。妮可放鬆心情，感到清新愉悅，思緒像一口好鐘那樣明亮，她有著疾病痊癒、煥然一新的感覺。她的自我像炫麗的玫瑰那般盛開，彷彿從遊蕩多年的迷宮衝出藩籬。她痛恨海灘，厭惡待在迪克身旁像行星繞太陽轉的那些地方。妮可心想：「噢，我差不多痊癒了。我幾乎可以獨立，不用靠他。」她像個快樂的孩子那樣想儘快得到完美結局，也隱約明白迪克爲此計畫已久。回到家後，她立刻趴在床上寫了封挑情的短信，給人在尼斯的湯米．巴本。

不過，那只是在白天，接近晚上精力又不免衰退——她的興致低落，熱情的飛箭在暮光中射不了多遠。她擔心迪克在想些什麼，她又覺得有什麼計畫暗藏在他目前的行動之下，她怕他的計畫，怕它們運作得很完美，將他們所有人都算計在內，讓妮可無法掌握。不知怎地，她早已將思維託付給他；他不在的時候，她的每個行爲似乎自動依循他所希望的模式而爲之，因而覺得自己的想法不足以與他匹敵。然而她必須思考，她最後看清了幻想中那令人畏懼的門上面的號碼，那逃脫的出口卻無路可逃；她知道對她而言，現在與未來最大的罪過就是欺騙自己。這是個冗長的教訓，但她已經學會。你得思考，否則無異於讓別人替你思考、剝奪你的權利，違背並約束你天生而來的感受，然後教育你、淨化你。

他們吃了一頓平靜的晚餐，迪克喝了許多啤酒，跟孩子在昏暗的屋子裡玩得興高采烈。後來，他彈了幾首舒伯特的曲子和美國的爵士新樂曲，妮可用她粗糙的嗓音在他肩頭哼著愉快的低音——「謝謝你，爸爸；謝謝你，媽媽；謝謝你們彼此的相遇——」迪克說「我不喜歡這首」，一邊開始翻著樂譜。她喊：「噢，彈這首！難道我下輩子都要畏懼『爸爸』這個字眼？——謝謝那晚拉車的馬！謝謝你們倆都有一點醉……」晚一點，他們跟小孩坐在摩爾式建築的屋頂上，觀看下方遙遠海岸相距甚遠的兩家賭場，施放著煙火。彼此竟是這樣心不在焉，顯得既孤寂又悲哀。

第二天早上，妮可從坎城購物回來，看見一張字條寫著迪克開他那輛小車北上普羅旺斯幾天。就在這時，電話鈴響，湯米．巴本從蒙地卡羅打來，他說收到了她的信，並且正開車過來。她欣然接受他的來訪，感到嘴唇餘溫留在話筒上。

譯註

①安尼塔．盧斯（Anita Loos，1889～1981），美國小說家兼劇作家，最著名的作品是一九二五年的喜劇小說《紳士愛美人》（Gentlemen Pefer Blondes），後來被改編成電影和百老匯音樂劇。

8

她洗了澡，抹了油，全身擦上一層粉，同時腳趾踩在浴巾上搓揉著另一堆毛巾。她仔細瞧瞧自己腹部的皺紋，納悶如此纖細苗條的身材怎麼這麼快就開始鬆垮下垂。才不到六年的時間，不過現在的我還算可以——實際上，並不比我認識的任何人還差。

她並不誇張。就肉體來說，妮可現在和五年前唯一的不同，就是她不再是個少女。不過，她被目前崇尚青春的潮流弄得夠煩了，電影裡淨是無數黃毛丫頭的臉孔，平淡無奇扮演著有智慧又身負重任的角色——她一點都不嫉妒青春。

穿上多年前買的第一件及踝連身洋裝，虔誠擦了些香奈兒十六號香水。當湯米在一點鐘駕車抵達時，她已打扮得像座精心修剪的花園。這樣的安排眞是好，再次被愛慕，假裝有個神祕情人！她曾損失了身爲漂亮女孩值得驕傲的兩年歲月——現在，她覺得這是在彌補。她招呼著湯米，就像他是拜到在自己石榴裙下的眾多男人之一，當他們穿過花園走向大陽傘時，妮可走在前面，而不是併肩而行。十九歲和二十九歲嫵媚女人的共通點，在於她們活躍的自信；相反地，二十多歲的女人對於異性引頸期盼，卻無法招攬周遭世界的關注。十九歲則是目空一切的年紀，相當於年輕軍校生，二十九歲就像歷經戰役昂首闊步的鬥士。

然而，十九歲的少女是因太多人獻上殷勤而獲得自信，二十九的歲女人卻是被更微妙的事物所滋養。妮可在渴望的時候會聰明地選擇開胃酒，或者滿足的時候享受如魚子醬般美味的潛在權柄，兩種情況她都十分開心，似乎沒想到未來歲月會因驚慌、因害怕停滯或流逝，而讓她的直覺變得模糊不清。不過，無論是十九歲或二十九歲，她都相當確信自己前景一片看好。

妮可不要朦朧的精神戀愛，她要一段「風流韻事」，她要變化。依照迪克的思路，她明白這種沒有感情而沉溺在危害他們的男歡女愛上，表面看來是下流之事。另一方面，她把目前的情況歸咎於迪克，而且認眞覺得這項實驗或許有益於治療。整個夏天，她看到人們禁不住誘惑所幹出的勾當，卻並未因此遭到懲罰，這讓她受到鼓舞——此外，儘管不想再欺騙自己，不過她寧可認爲自己只是在跟著感覺走，任何時候都可以抽身……

在明亮的傘影下，身穿白色帆布衣的湯米抓住她，將她摟在胸前，凝視她的眼睛。他說：「別動。現在開始，我要好好看你。」他的頭髮有某種香氣，白色衣服有淡淡的肥皀味。他的雙唇緊閉而沒有笑容，兩人就只是對看了一會兒。

她輕聲細語地問：「喜歡你所看到的嗎？」湯米要求：「講法語。」她答：「好吧。」然後用法語再問了一次，「喜歡你所看到的嗎？」他把她摟得更近。他遲疑：「我喜歡看到你的一切。我以爲我熟悉你的臉，不過似乎有些東西我沒見過。你從什麼時候開始，有白人騙子的眼神？」她掙脫開來，感覺既震驚又憤怒，用英語喊著：「這就是爲什麼你想用法語說話嗎？」男管家端著雪莉酒過來，她把嗓音放低，「好讓你能冒犯得更精準些？」

她的小屁股用力坐回銀布椅墊上。她又再度操著法語，語氣果決：「我這裡沒有鏡子。假如我的眼神變了，那是因爲我又恢復健康，也許健康讓我回到了眞實的自我——我猜，我祖父是個騙子，所以我有騙子的遺傳，我們倆都是騙子。這樣，滿足你的推理嗎？」

湯米幾乎不知道她在講什麼：「迪克在哪兒？他會跟我們吃午餐嗎？」聽他話裡的口氣似乎已不再那麼在意迪克，對此她一笑置之。妮可說：「迪克去旅行了。露絲瑪莉．霍伊特來了，他們倆如果不是在一起，就是他被弄得心煩意亂，不得不離開，到別處癡想她。」湯米說：「你知道，你有一點不單純。」她急忙向他保證：「噢，不是。我並非眞的是，我只是……我只是集許多不同單純的人於一身。」

馬利歐端來甜瓜和一個冰桶，妮可不禁想到自己騙子般的眼神，沒有多做回應；湯米是個難以應付的傢伙，不會輕易被打發。一會兒，湯米問道：「他們爲什麼不讓你保持自然本性？你是我所知道最矯作的人。」她沒有回答。他嗤之以鼻：「這全是爲了掌控女人！」妮可覺得迪克的鬼影在推她的手肘，提示著：「任何社會都有某些……」但沒往下說，就被湯米話中的言外之意壓抑下去：「我曾粗暴地讓許多男人乖乖就範，但是對半數女人就不曾如此嘗試。尤其是這種『好言相逼』的方式，對誰有好處？對你、對他，或任何人？」

妮可心跳劇烈，然後又覺得虧欠迪克而黯然消沉：「我想我有……」湯米不耐煩說：「你有太多錢，這是事情的關鍵。迪克比不上。」甜瓜被端走時，她思索著：「你認爲我該怎麼做？」十年來，她受次受到丈夫以外的另一個人支配。湯米對她說的每件事，都將永遠成爲她的一部分。

他們喝著那瓶酒，微風吹拂著松針，剛過中午的熾熱感受將餐桌布的方格變成眩目的斑點。湯米來到她後方，把自己的手臂擱在她的手臂上，扣住她的手。他們臉頰相貼，嘴唇相觸，她倒抽一口氣，一半是爲了對他的激情，一半是訝異情慾的力量來得如此突然……湯米問：「你能不能把保母跟孩子打發到其他地方，待一個下午？」妮可答：「他們有鋼琴課。而且再怎麼樣，我都不想待在這裡。」湯米說：「再吻我。」

不久，驅車前往尼斯的途中，妮可心想：「所以，我有白人騙子的眼睛，是嗎？那麼好吧，我寧願當個心智正常的騙子，也不要當瘋癲的清教徒。」他的一番話似乎爲她免除了所有的非難或責任，她很高興能朝著新方向爲自己考量。新的遠景出現在面前，有著許多男人的面孔，但沒有一個需要她去服從，甚至去愛。她深吸口氣，扭動著聳起肩膀，然後轉向湯米。她說：「我們只能去你在蒙地卡羅住的飯店？」湯米軋吱一聲急煞住車。他回答：「不！而且，天啊，我從來不曾像現在這麼興奮。」

他們已經通過尼斯，沿著藍色海岸開始走上半山腰的濱海公路。湯米立刻轉回海岸，開向不太突出的半島頂端，停在一間海濱小旅館後面。

身處現實讓妮可心驚半晌。有個美國人在櫃檯前和職員為了匯率爭論不休。湯米填寫表格時，她在旁邊徘徊，外表平靜卻內心難受——他用眞名，而她用假名。他們的房間是地中海一帶常見的樣子，簡陋得幾乎空無一物，在海水刺眼的光線下顯得陰暗。最單純的歡愉，最樸素的地方。湯米叫了兩杯干邑白蘭地，當侍者關上門後，他坐在僅有的一張椅子上，皮膚黝黑，留著傷疤，身材結實，眉形上揚捲翹——一個勇敢的精靈，誠摯的魔鬼。

還沒喝完白蘭地，他倆突然同時動作，相視而立；然後他們坐到床上，他吻著她結實的膝蓋。儘管像被斬首的動物般掙扎了一會兒，妮可忘卻迪克，忘卻白人騙子眼睛的事，忘卻了湯米這個人，深深沉浸在此刻的每分每秒。

……他們起身打開百葉窗，看看下面為什麼越來越喧譁。湯米的體態比迪克更黑、更強壯，一股股隆起的肌肉反射出光澤。而一時之間，他也忘了她的存在——就在他們肉體分開那個瞬間，她就預見到未來的事情不會如她所料。她感到自己凌駕了所有情感、歡愉和悲傷的莫名恐懼，如同暴風雨前的雷鳴那般無可避免。

湯米小心翼翼地從陽臺上觀望後，向她轉述狀況：「我能看到的是，下面陽臺有兩個女人。她們坐在美國搖椅上，搖來搖去談論天氣。」妮可好奇：「然後發出那些喧鬧聲？」他說：「聲音是從她們下面某個地方傳來的，你聽——喔，往南走在棉花鄉；旅館爛透，生意糟透，看看別處——」她說：「是美國人。」

妮可在床上攤開雙臂，瞪著天花板；身上擦的粉，被汗水沾濕成一片乳白。她喜歡這個房間光禿禿的模樣，還有頭上蒼蠅飛舞發出的嗡嗡聲。湯米把椅子拉到床邊，掃掉上面的衣服坐下去；她喜歡那套輕便洋裝與平底鞋，和他的帆布衣一塊兒糾結在地的樣子。

湯米細細看著她曬成棕色的腦袋，以及與四肢連接的白皙軀幹，煞有介事地笑說：「你就像個新生兒。」

妮可答：「但有一對白賊眼睛。」他說：「我會對付它們。」她答：「白賊眼睛很難對付……尤其是成長在芝加哥。」他說：「我知道法國南方農家們所有古老的矯正方法。」妮可撒嬌：「湯米，吻我嘴唇。」湯米說：「實在很美國人作風。」不過他還是照做了，「我上次到美國時，有些女孩用她們的嘴唇把你撕裂，也把她們自己的撕裂，直到她們嘴唇四周淨是一塊塊滲血的紅斑……不過，此外就沒有什麼。」

妮可用一邊的手肘撐著身體，說：「我喜歡這間房。」湯米則說：「我覺得有點簡陋，親愛的，很慶幸你等不及到蒙地卡羅。」她說：「怎麼會簡陋？噢，這是很好的房間，湯米，就像塞尚和畢卡索畫作裡那些不加修飾的桌子。」「我不知道。」他沒打算弄懂她的話。「他們又吵了起來。我的天，發生凶殺案了嗎？」

湯米走向窗戶後，再次轉述：「似乎是兩個美國水兵在打架，還有許多人鼓譟。他們是從近海那艘你們國家的軍艦上來的。」他用毛巾圍在身上，走到陽臺更外面，「他們帶了妓女。這個我聽說過——軍艦航行到哪兒，女人就跟著他們到哪兒。怎麼居然是那種女人！憑他們的軍餉明明可以找到更好的女人，為什麼不是那種跟著柯爾尼洛夫①的女人，為什麼我們看上眼的都是芭蕾舞女星！」

妮可很高興他見識過那麼多女人，因此「女人」這個字眼對他來說根本不具意義，她只憑獨特的內在、超越平凡的肉體就可以吸引住他。

——「朝他會痛的地方揍下去！」「唉喲——喲——喲！」

——「嘿，我告訴你要揍右邊！」「加油，杜史密，你這小子！」

——「喲——喲！」「唉——喲！」

湯米轉過頭來：「這地方似乎沒必要再待下去，同意嗎？」她同意。不過，穿上衣服前他們擁抱了片刻，此時又覺得這房間足以和豪宅相比擬……

最後穿衣服時，湯米驚呼：「我的天，那兩個女人坐在下面陽臺的搖椅上根本沒受影響，打算聊到天荒地老。她們來這兒節儉度假，所有的美國海軍和歐洲妓女都糟蹋不了她們的假期。」他再次溫柔地走過來摟住她，用牙齒將她滑下去的肩帶叼到肩上；接著屋外轟然一聲「喀啦——碰」，那是軍艦召喚官兵回到艦上的砲聲。現在，他們窗子的下方眞是一團混亂——因爲接駁船正不聲不響地駛往海岸。侍者用激昂的嗓音核帳催款，引來連串咒罵與抵賴；扔出來的鈔票面額太大，找回去的零錢金額太少；有人醉得不醒人事被攙扶上船，海軍憲兵的急促命令劃破吵雜人聲。第一艘船離開時，女人們擠向碼頭嘶吼揮手，淨是一片呼喊、哭啼、尖叫和承諾。

湯米看到一個女人從下方陽臺衝出來揮舞著餐巾，他還沒辦法確認搖椅上那兩個英國女人，是否終於屈服承認那女人的存在，他們自己的房間就響起了敲門聲。外面傳來女人激動的聲音要求開門，打開一看，是兩個女孩在走廊上，年紀很輕，身形削瘦，舉止粗野，與其說是迷失自我更像是從沒找到自我。

其中一人哽咽地擦著眼淚：「我們可以到你們的陽臺揮手道別嗎？」另一個則用熱情的美國話懇求：「可以嗎？跟男朋友揮手道別，可以嗎？拜託！其他房間都鎖住了。」湯米說：「樂意之至。」女孩衝到陽臺上，她們響亮的嗓音立刻壓過了吵雜聲。其中一位喊著：「再見，查理！查理，看上面！」「打電報到尼斯報平安！」「查理！……他不看我。」另一個女孩則突然掀起裙子，扯下粉紅內褲，將它撕成一片小旗子形狀，然後尖叫著「班！班！」，同時瘋狂揮舞著。當湯米和妮可離開房間時，那條內褲還在藍天下飄動。噢，你能看到那記憶猶新的溫柔顏色嗎？此時，從軍艦船尾放送出美國國歌與之較勁。

他們在蒙地卡羅新開張的海灘賭場吃晚餐；之後，他們來到博利厄②的一處露天水潭，在皎潔的月光下游泳，波光粼粼的水潭爲白色卵石所圍繞，放眼望去可以看到摩納哥和芒通③的模糊燈光。她喜歡讓他帶來這裡，風與水的鬼斧神工造就出了這東邊方向的景色；這是個全新的領域，就像他們之間的關係。她好像躺在馬鞍頭上，被他從大馬士革擄走後出現在蒙古草原上。迪克教導她的所有東西時時刻刻都在消退，她從未如此接近最初的自我，那是在日後生活無形中被繳械的原型。月光下，糾纏的愛意讓她欣然接受情人的無法無天。

醒來時，他們發現月亮已經落下，寒氣逼人。她掙扎起身，詢問著時間，湯米回答大約三點鐘。妮可說：「那麼我得回家了。」湯米不解：「我以為，我們會在蒙地卡羅過夜。」她堅決地說：「不行。家裡還有保母和小孩在，我得在天亮前溜進屋裡。」他答：「都依你。」

兩人在水裡泡了一會兒，看到她在顫抖，他用毛巾俐落地幫她擦乾。回車上時，他們的頭髮還濕漉漉的，皮膚清新泛光，然後不情願地打道回府。他們所在的地方很明亮，湯米吻她的時候，她感覺他對自己白皙的臉頰，雪白的牙齒，還有觸碰著他臉龐的冰冷額頭與手掌，是那麼無法自抑。由於習慣了迪克的作風，她預料會有一番解釋和品頭論足；但他什麼都沒做。還好什麼都沒做，疲倦了，開心了，她陷在座位裡打瞌睡，直到引擎聲改變，感覺開始爬上通往狄安納別墅的山路。在大門前，她幾乎是無意識地跟他吻別。她走路的步伐聲改變了，花園裡夜晚的鳥叫蟲鳴突然成為過往雲煙，不過她仍舊很高興回到家。這一天過得斷斷續續，儘管心滿意足，她還不習慣這種緊張步調。

譯註

①拉夫爾．柯爾尼洛夫（Lavr Kornilov，1870～1918），原為俄國情報官，在一九一七年推翻沙皇的二月革命後，被臨時政府任命為俄軍統帥。

②濱海博利厄（Beaulieu-sur-Mer）：法國南部地中海岸的一座小鎮，介於摩納哥和尼斯之間。

③芒通（Mentone）：法國南部地中海岸的一座小鎮，介於摩納哥和義大利邊境之間，以每年二月的檸檬節聞名。

9

第二天下午四點鐘，一輛火車站的排班計程車停在門前，迪克下了車。事情來得突然，妮可從露臺跑去迎接他，氣喘吁吁地努力控制自己。

她問：「你的車呢？」迪克答：「留在亞爾。我覺得不想再開車了。」她說：「我看到你的字條，以爲會去個幾天。」他答：「我遇上寒冷的北風，還下了一些雨。」她問：「開心嗎？」他答：「像任何人逃離現實一樣開心。我開車載露絲瑪莉往北到亞維儂①，在那邊送她上火車。」他們一起走到露臺，他放下提袋，「我沒在留言中告訴你，因爲怕你會胡思亂想。」妮可現在鎮定了下來：「你眞貼心。」

迪克繼續說：「我想看看，她是否有什麼專長，而唯一的方法就是跟她獨處，好好觀察。」妮可問著：「那麼……她有任何專長嗎？」他回答：「露絲瑪莉沒有成長。也許這樣比較好。你呢，做了些什麼事？」她覺得自己的臉像兔子般在抽動：「我昨晚去跳舞……跟湯米・巴本，我們去……」他皺起眉頭，打斷她的話：「不用跟我說。你做什麼都沒關係，我只是不想知道詳情。」她答：「沒有什麼需要知道的。」「好啦，好啦。」然後他像出去了一個星期似地問著，「孩子們好嗎？」

電話在屋子裡響起。「如果是找我的電話，就說我不在。」迪克說完掉頭就走，「我在工作室有事要做。」妮可等到他的身影消失在水井後面，隨後她進到屋裡接起電話。

湯米問候著：「妮可，你好嗎？」妮可答：「迪克在家。」電話那頭哼了一聲，然後又提議：「到坎城來見我。我有話要跟你說。」她堅持：「我沒辦法。」他說：「跟我說，你愛我。」她沒說話，直朝著話筒點頭。他又重複了一次：「跟我說，你愛我。」她向他保證：「噢，我是，但現在沒辦法做什麼。」他焦急地說：「當然有辦法。迪克認為你們之間已經完了，他很明顯已經放棄。他還指望你做些什麼？」她說：「我不知道。我必須……」她沒說出口的是：「等到我能告訴迪克，」最後卻說：「明天我會寫信和打電話給你。」

一想到自己做的事，她不禁在屋裡愜意地閒晃著。她是個惹麻煩的傢伙，有一種滿足感，她已經不是那種只能在圍欄裡追逐獵物的女獵人。想起昨日的種種情節，這些情節讓她開始淡忘過往對迪克的愛仍清新無瑕時所擁有的相同時刻。她開始忽視那份愛，感覺好像一開始就被自己多愁善感的習性沾染了色彩。基於女人投其所好的記憶，她幾乎想不起和迪克結婚前的那個月，兩人在世界各地的私密角落占有著彼此是什麼感覺；同樣地，她昨晚也對湯米撒謊，發誓從來沒有如此徹底、如此完全、如此毫無保留……接著，又有些懊悔自己一時的背叛，竟然如此傲慢，小看了自己十年的生活。她轉身走向迪克的私人聖地。

她悄悄走近，看到他在小屋後面，坐在崖壁旁的帆布摺疊椅上，她默默看了他一會兒。他在想事情，完全活在自己的世界，還有臉上的細微動作，眉毛或揚或落，眼睛又瞇又睜，嘴唇一噘一放，雙手揮舞擺動，她知道他在一段段地想著自己的往事，心裡圍繞的是他自己，不是她。

有一次他握緊拳頭向前傾身，又有一次臉上表情顯得苦惱而絕望，而當表情消逝後，眼裡仍餘留著情緒的痕跡；這幾乎是她生命中第一次為他感到難過，一個曾在精神上受盡折磨的人要為精神正常的人感到難過，確實不容易。妮可往往只在嘴上說是他引領她回到自己已經失去的世界，並一直認為他的確有用不完的精力，不可能會疲倦；當她忘記了那些困擾著自己的麻煩時，也一併忘記了自己為他造成的麻煩。她已不再受他控制……他知道嗎？或者這是他原本的用意？她為他感到難過，就像對艾貝．諾斯和他那不光彩命運般的感受，就像為無助的嬰兒與老人感到可憐。

妮可走上前去，摟住他的肩膀，耳鬢廝磨著說：「不要傷心。」迪克冷冷地看著她：「不要碰我！」她困惑地退開幾步。他心不在焉地說：「對不起。我正在思索對你的看法……」她問：「何不在你的書裡添加新分類？」他說：「我已經想到了——『超越精神病與精神官能症的進一步研究』。」她說：「我不是來鬧脾氣的。」他問：「那麼你爲什麼要過來，妮可？我不能再爲你做些什麼了，我正努力挽救自己。」她反問：「免得被我傳染？」他說：「我的職業讓我有時得和有問題的人接觸。」這惡意中傷的話，氣得她哭了出來：「你這個懦夫！你把生活搞得一塌糊塗，就想怪罪在我身上。」

他沒回答，她開始感受到他才智一向具有的催眠力，有時運作起來力量不大，卻總是包裹著一層又一層的眞理，她無法跨越甚至破解。她再次跟它搏鬥——用那雙漂亮的小眼睛，名門望族的高傲自負，嶄露頭角的移情別戀，還有多年的積怨來對抗他；她憑藉的是她的金錢，是深信向來不喜歡自己妹婿的姊姊現在會支持她；想到他的玩世不恭樹立了新敵人，她用機靈狡詐對抗他好酒貪食的萎頓，用健康美麗對抗他的頹廢身軀，用肆無忌憚對抗他的道德規範。爲了這場精神上的戰鬥，她甚至連自己的弱點都用上了……那些業已接受懲罰的罪過、惡行和錯誤，全都裝進舊鐵罐、瓦盆、瓶子那樣被掏空的容器，被她拿來當作英勇奮戰的武器。忽然之間，她在兩分鐘內就取得勝利，不需謊言或託辭爲自己辯駁，從此掙脫了他的束縛。然後她冷漠啜泣，雙腿虛弱地走向最終屬於她的那個家。

迪克等她走出視線，然後低頭靠在前面的矮牆上。這個病例結束。戴弗醫生自由了。

譯註

①亞維儂（Avignon）：位於法國南部隆河左岸、一座建於羅馬時期的城鎮，以亞維儂藝術節著稱。

10

那天夜裡兩點鐘，電話鈴聲吵醒妮可，她聽到迪克在隔壁那張他們所謂不得安寧的床上接起電話。

「是，是，不過您是哪位？是的……」從聲音可聽出，他驚訝得清醒過來，「但是，我能跟她們其中一位講話嗎，警官？她們都是赫赫有名的女士，她們的人脈足以引起最嚴重的政治糾紛……這是事實，我向您發誓……好的，你等著瞧。」

他起床，在理解狀況後知道自己一定會出面處理——這是長久以來注定討人喜歡的個性，往日令人折服的魅力全都回流高喊著「用我！」他必須去收拾這件自己毫不在乎的事，只因他早已習慣爲人所愛戴，也許從他明白自己是沒落家族最後希望的那一刻開始。回到蘇黎世湖畔多姆勒的醫院，那時幾乎也是相同的情況，明白了這種影響力之後，他做出抉擇，挑選了奧菲莉亞①，挑選了甜美的毒藥一口飲下。他尤其渴望成爲英勇仁慈之人，然而更甚者，他一直想要被愛。以往就是如此；在電話掛上緩緩發出的古老叮噹聲中，他理解到——永遠都會是如此。

很長一段時間沒有聲音。妮可喊道：「什麼事？誰打來的？」迪克一掛斷電話便開始換衣服：「昂蒂布②的警察局打來，他們拘留了瑪麗．諾斯和那個薛比貝爾絲。發生了嚴重的事，但負責的警官不肯告訴我，他不斷說『沒出人命——不是車禍』，卻暗示著差不多程度的任何壞事。」妮可問：「她們究竟爲何要打給你？聽起來覺得非常奇怪。」迪克答：「她們爲了保住顏面得找人保釋；而只有在濱海阿爾卑斯省有產權的人，才能辦理保釋。」她不以爲然地說：「她們臉皮眞厚。」他答：「我不在意。不過，我要到飯店接高斯……」

迪克離開之後，妮可仍然清醒，想著她們究竟犯了什麼罪；然後又睡著了。三點過後迪克回來時，她完全清醒，坐起身來問「發生了什麼事」，彷彿在對夢裡的人說話。迪克說：「非常奇特的狀況……」他坐到她的床尾，說他如何把高斯老爹從沉睡中叫醒，要他把收銀機裡的錢都拿出來，然後載他一起去警察局；高斯抱怨著：「我不想幫那個英國人。」

瑪麗和卡洛琳女士身穿法國水手服，躺在兩間昏暗拘留室外的長椅上。卡洛琳女士一副英國人義憤填膺的神態，時時刻刻都在期待地中海艦隊會爲她前來馳援。瑪麗．明蓋提則驚慌到崩潰，說她撲向迪克的腹部一點也不誇張，好像那是最重要的聯繫點，懇求他想想辦法。這時，警察局長向高斯解釋發生了什麼事，老先生勉強聽著每個字，一方面要適當讚許警官的說明，同時還要表現出他身爲完美侍者的風範，聽了絕不會驚慌失措。卡洛琳女士輕蔑地說——「那只是鬧著玩。我們假裝成要出海的水手，然後挑中兩個傻女孩搭訕。她們在出租公寓害怕了起來，把場面弄得不歡而散。」

迪克嚴肅地點點頭，眼睛看著石頭地，就像懺悔室裡的神父——他正猶豫，是要嘲笑這惡毒的女人，或者賞她五十下鞭打、外加兩星期只准吃麵包和水。卡洛琳女士的臉表現出一副她完全不認爲自己有錯的態度，反倒是膽小的普羅旺斯女孩和愚蠢的警察做錯事似的！這一點使迪克感到困惑——長久以來，他一直斷定某些階層的英國人，是靠著反社會的執著本性過活；看來相較之下，紐約那些噁心人物，不過像是冰淇林吃多了消化不良的小孩。

瑪麗央求：「我得在胡珊聽到消息前離開這裡。迪克，你總能擺平事情……你總是可以。告訴他們，我們要馬上回家；告訴他們，無論多少錢我們都願意付。」卡洛琳女士傲慢地說：「我可不付。一先令都不付。不過，我會很高興知道，坎城的領事館對這件事有什麼說法。」瑪麗堅持：「不，不！我們今晚一定要離開。」

迪克說：「我來想想辦法。」還補上一句，「但免不了要付一筆錢。」他看著她們的眼神彷彿她們是無辜的，其實心裡知道並非如此，於是又搖搖頭說，「就爲了這些瘋狂的驚人之舉。」卡洛琳女士沾沾自喜地笑著：「你是個荒唐的醫生，不是嗎？你應該可以幫我們，而且高斯一定也得幫忙！」

這時，迪克和高斯走到一旁，討論著老先生打聽到的事。事情比表面上來得嚴重——其中一個被勾引的女孩，來自有名望的家庭。這家人非常憤怒，或者是裝作非常憤怒，必得和他們達成和解才行。另一個女孩是港口的風塵女郎，比較容易打發。法國法律可以將她們定罪入獄，至少會公開驅逐出境。除了這些麻煩，當地城鎮從湧入外僑身上獲得利益的居民，以及對伴隨而來物價上漲爲之氣結的居民，兩派之間的嫌隙也越來越大。高斯總結著情況告訴迪克，迪克則找警察局長商量。

迪克說：「你知道，法國政府現在想鼓勵美國人來旅遊，而且非常想……今年夏天，巴黎甚至有一道命令說不得逮捕美國人，除非犯下最嚴重的罪。」局長說：「這種罪行夠嚴重了，我的天。」迪克道：「但現在請注意，你看過她們的身分證明嗎？」局長說：「她們沒帶，身上沒有任何東西——只有兩百法郎和一些戒指，就連可以用來上吊的鞋帶都沒有！」

迪克獲悉沒有任何身分證明後，繼續放心地說：「這位義大利伯爵夫人仍然是美國公民。她是……」他盛氣凌人地緩緩編出一成串謊言，「約翰・戴維森・洛克斐勒③的孫女。你聽過他嗎？」局長說：「聽過，噢，天啊，當然聽過。你以爲我是泛泛之輩？」迪克繼續誇示：「而且，她還是亨利・福特④閣下的姪女，和雷諾汽車公司、雪鐵龍汽車公司關係密切……」他覺得最好就此打住。只是，他眞誠的語調開始對警官發揮了作用，因此他繼續，「你逮捕她，就像逮捕了一位重要的英國皇室成員，這意味著……戰爭！」局長又問：「可是那個英國女人呢？」迪克說：「我才正要說。她跟威爾斯親王的弟弟訂有婚約，也就是……白金漢公爵。」局長不合時宜地稱讚著：「她將會是一個美麗的新娘。」

迪克迅速點數了一下鈔票：「現在，我們準備要給每個女孩一千法郎，還有額外的一千法郎給那位『道貌岸然一本正經』的父親，此外還有兩千法郎交由你斟酌分配……」他聳了聳肩，「……分配給執行逮捕的警察，以及公寓門房等人。我會交給你五千法郎，希望你立刻去協調。然後，讓她們用妨礙安寧的罪名獲得保釋。此外，無論明天在治安官面前要繳交多少罰款，我都會再派人送過來。」

局長還沒開口，迪克從他的表情就知道一切沒有問題。局長猶豫地說：「我還沒做記錄，因爲她們沒有身分證明。我得看看……把錢給我。」一個小時後，迪克和高斯把這兩個女人送到了大華飯店，卡洛琳女士的司機還躺在她那輛半敞篷車上。

迪克說：「記住，你們每個人都欠高斯先生一百美元。」瑪麗答應：「好的。明天我會給他支票……還有別的東西。」「我可不給！」他們全都嚇了一跳，轉向卡洛琳女士，看她又恢復本色、一臉不屈的正派模樣，「整件事簡直令人生氣。我根本沒有授權你給那些人一百美金。」

小個頭高斯老爹站在汽車旁，眼睛霎時冒出怒火：「你不還我錢？」迪克說：「她當然會。」突然間，高斯過往在倫敦當餐廳助手時所受的虐待如烈焰般燃燒了起來，他在月光下走向卡洛琳女士。他發出一長串譴責她的痛罵聲。當她冷笑轉身走開時，他跟上步伐，用自己的小腳朝那鼎鼎有名的目標飛快地踢上一腳。卡洛琳女士在冷不防的襲擊下，像被子彈擊中之人似的拋揮雙手，那身水手服四肢攤開地趴在人行道上。迪克的聲音穿過了她的暴怒聲：「瑪麗，要她安靜下來，否則你們倆在十分鐘內會被銬上腳鐐！」

高斯老爹在回飯店的路上不發一語，直到他們經過依舊傳出陣陣爵士樂音的尙利旁賭場；然後他嘆口氣說：「我從來沒見過這樣的女人。我曾見過這世上許多知名交際花，總是對她們非常尊重，但像這種女人，我可從來沒見過。」

譯註

①奧菲莉亞（Ophelia），是莎士比亞筆下悲劇《哈姆雷特》中命運乖舛的女主角，出身丹麥貴族世家的她原為哈姆雷特的未婚妻，卻因哈姆雷特一心為亡父報仇而被拋棄，最後墜河身亡。

②昂蒂布（Antibes）：法國南部地中海岸的一座港口小鎮，與尼斯隔著海灣相遙望，是著名觀光度假勝地。

③約翰・戴維森・洛克斐勒（John D. Rockefeller，1839～1937），美國商業大亨，一八七〇年創立標準石油公司，為美國史上第一位億萬富豪，也是第一位美國籍的全球首富。

④亨利・福特（Henry Ford，1863～1947），美國工業家，成立福特汽車公司，首先將裝配線概念應用在汽車製造上，而得以大量生產，讓汽車在美國真正普及化。

II

迪克和妮可習慣一起上美容院，他們在毗鄰的房間分別剪髮和洗髮。妮可會聽到迪克房間傳來剪刀的喀嚓聲，數零錢的聲音，還有幾聲「看這裡」和「對不起」。他回來的第二天兩人又去美容院，在風扇吹拂的香味中剪髮洗頭。

卡爾登飯店的窗子不畏炎炎夏日全都敞開著，就像許多扇地窖門。有輛車從前面經過，湯米・巴本坐在裡面。妮可短暫瞥見了他寡言沉思的表情，而他看到她的瞬間則睜大眼睛機警起來，讓她感到心煩意亂——她想要去他會去的地方。和理髮師共處的這個小時，就像她生命中無數虛度光陰的片段之一，又是一間小牢房。女理髮師身穿白色制服，胭脂滲著汗珠發出微弱的古龍水味，喚起她對許多護士的記憶。

隔壁房間的迪克則在圍裙下打盹，臉上塗滿刮鬍泡。妮可從自己前面鏡子的反射，可以看見男士部與女士部之間的通道，她看見湯米走進通道直接轉向男士部，驚訝地挺直了身子，心頭隨即湧起一陣竊喜，她知道，大概要攤牌了。她聽到一開始某些片段。

湯米說：「哈囉，我要跟你談。」迪克說：「……是認眞的。」湯米回應：「……是認眞的。」迪克說：「……當然沒問題。」一分鐘後，迪克進到妮可的房間，那張用毛巾倉促擦拭過的臉，透露出被惹惱的表情。他說：「你的朋友情緒很激動，他要跟我們兩個談，所以我答應他趕快把事情解決。跟我來！」她說：「但我的頭髮才剪了……一半。」他說：「別管了，跟我來！」

她怨恨地要那位眼睛直瞪的理髮師把毛巾拿掉。她跟迪克走出了飯店，總覺得自己容貌不整。湯米在門外，俯身吻她的手。迪克說：「我們去聯盟咖啡館。」湯米同意：「只要不被打擾的地方都可以。」

時值盛夏，坐在扶疏的枝葉下，迪克問：「你要喝些什麼，妮可？」她答：「檸檬汁。」湯米說：「我要半杯啤酒。」迪克說：「勃肯牌威士忌加蘇打水。」侍者答：「我們沒有勃肯牌，我們只有約翰走路。」迪克說：「可以。」「她——不會——狂歡喧鬧，而是恬靜安詳，你應該試試……」

湯米突然說：「你太太不愛你。她愛我。」湯米和迪克兩人面無表情地好奇對望。在這種狀況下，他們之間不會有太多交流，畢竟他們的關係是迂迴的，端看各自將眼前女人已經占有和即將占有到什麼樣的程度。因此，他們的情緒是透過她分裂出來的自我，就像透過一具糟糕的電話在溝通。

迪克說：「等一下。替我的琴酒加一些蘇打水。」侍者答：「好的，先生。」迪克回到談話：「好，繼續說，湯米。」湯米說明：「我很明白，你跟妮可的婚姻已經走到盡頭。她受夠了。我等五年就爲這一刻。」迪克問：「看妮可怎麼說？」他們同時看著她。妮可說：「迪克，我變得非常喜歡湯米。」迪克點點頭。她又繼續說：「你不再喜歡我，迪克，一切只是例行公事。自從露絲瑪莉出現後，事情就跟以前不同。」不想聽這說法，湯米立刻插嘴：「你不了解妮可。你對待她總像個病人似的，只因她曾經生過病。」

他們忽然被一個糾纏的美國人打斷。此人的長相不懷好意，要推銷剛從紐約送來的《先鋒報》和《紐約時報》。他聲稱：「這裡什麼都有，老兄。會待很久？」湯米喝斥：「住嘴！走開！」然後轉向迪克說，「現在沒有女人會忍受……」湯米又被那個美國人打斷：「老兄，你認爲我在浪費時間，不過很多人並不這麼認爲。」他從錢包裡拿出一張褪色的剪報，迪克認得並且看著它——漫畫裡，成千上萬的美國人提著一袋袋黃金，從郵輪湧出。「你認爲我不會分到一杯羹？嗯，我會，我只是暫時從尼斯過來看環法自行車賽。」

湯米凶惡地說聲「滾開」把他趕走，迪克認出，他是曾在巴黎聖坦吉路上打過照面的那個人，五年前的事了。迪克在他背後問著：「選手什麼時候會騎到這裡？」那美國人說：「老兄，現在隨時會到。」他最後興高采烈地揮手離去。

湯米再次對迪克說：「她跟我在一起，會比跟你一起時擁有更多。」迪克說：「說英文！你說的『擁有』是指什麼？」湯米不解：「『擁有』？就是跟我在一起會擁有更多幸福。」迪克說：「你們彼此還不熟悉，湯米，但是妮可和我已經共同擁有了很多幸福。」湯米嘲笑地說：「家人之愛。」迪克反問：「如果你和妮可結婚，難道就不是『家人之愛』？」越來越吵的喧鬧聲迫使迪克中斷談話。

不一會兒，人行道上聚集蜿蜒著一排人，然後是一群人，不久便擠滿人，連平常躲起來睡午覺的人都跑到路邊列隊。男孩們騎著自行車匆匆路過，一輛輛汽車擠滿精心打扮的運動愛好者從街上駛近，刺耳的號角響起，宣布比賽隊伍即將到來。沒人在意的廚師們穿著汗衫出現在餐廳門前，這時，自行車隊在路口轉彎處映入眼簾。最前面，是單獨一人穿著紅衫的車手，在西下的陽光中專注自信地奮力踩踏，穿過不絕於耳的如雷歡呼聲。接著，有三個就像穿上了褪色滑稽戲服的車手，腿上淨是被塵土和汗水沾污的塊塊黃斑，臉上沒有表情，眼皮沉重，疲累無比。

湯米看著迪克，說：「我認爲妮可想要離婚……我猜，你不會阻撓吧？」

又有五十輛陣仗的集團，跟在領先群後面蜂擁而至，綿延超過兩百公尺。有些車手臉上帶著笑容，有些顯得不自在，還有些氣力已然耗盡，大部分則是冷淡而疲倦。追隨在後的小男孩們通過了，再來是一些不認命的落後者，然後是一輛小卡車載著發生意外和放棄比賽的犧牲者。

他們回到剛才的話題。妮可希望迪克有進一步舉動，不過他似乎感到很滿意，就這麼坐著——自己刮了一半的鬍子，配上她剪了一半的頭髮。

妮可說：「你不是跟我一起不再快樂了嗎？沒有我，你可以回到工作上，沒有我這個後顧之憂，你可以把工作做得更好。」湯米不耐煩地挪動身體：「這麼說是白費口舌。妮可和我相愛，就這麼回事。」迪克說：「噢，那麼，既然塵埃落定，我想我們可以回美容院去了。」湯米卻想引起爭端：「有幾件事……」迪克很明理：「妮可和我會把事情談妥。別擔心，我原則上同意，妮可和我了解彼此。如果避開三個人一起談的局面，比較不容易弄得那麼不愉快。」湯米不情願地接受了迪克的說法，他那無法克制的種族天性就想討些便宜。

湯米說：「我先把話講清楚。從現在開始，我站在保護妮可的立場，直到所有事情處理完畢。雖然你繼續住在那棟房子，但若有任何不軌行爲，我一定唯你是問。」迪克說：「我從來不會自討沒趣。」他點點頭，然後朝飯店走去，妮可用最白的白眼目送他。湯米直率地承認：「他夠坦蕩。親愛的，我們今晚可以在一起嗎？」妮可說：「我也是這麼想的。」

事情就這麼發生了，幾乎沒有什麼戲劇性場面；妮可覺得自己被看穿了，她明白，從樟腦擦劑那件事，迪克便預料到一切。然而她感到快樂又興奮，原本打算對迪克全盤托出的古怪小心願也迅速消逝。她的眼睛盯著他的身影，直到成爲一個小點，最後他跟其他小點混雜在夏日人群裡。

12

迪克離開蔚藍海岸的前一天，一直跟孩子們待在一起。他不再年輕，對自己不再懷有美好的打算或夢想，因此他想好好地記住他們。他告訴孩子們，這個冬天要搬到倫敦跟阿姨住，然後很快可以去美國看他。此外，沒有他的同意不得辭退保母。

他很欣慰自己對小女孩付出頗多，但對男孩就比較不確定——他總是擔憂，應該爲這個一直往他身上爬黏著不放、猛往他胸口鑽的小夥子付出什麼。不過，跟他們道別的時候，他眞想把他們漂亮的腦袋抓起來緊緊抱上幾個小時。

他擁抱六年前最初布置狄安納別墅花園的老園丁；他吻了服侍孩子的普羅旺斯女孩，她已跟隨他們近十年，她跪下去哭泣，直到迪克將她扶起，並給了三百法郎。妮可很晚才起床，這是事前協議好的——他留了字條給她，也留了一張給貝比．華倫，她剛從薩丁尼亞島回來，住在這裡。迪克打開一瓶瓶身有三英尺那麼高的十夸脫容量白蘭地，喝了一大杯，那是別人送給他們的。然後，他決定把自己的提袋留在坎城火車站，到高斯海灘去看最後一眼。

那天早上，妮可和姊姊來到海灘時，只看見由不怕熱的孩子們組成的親海前哨部隊。白熾太陽被亮白天空掩蓋了輪廓，在無風的日子烈焰熊熊。侍者在吧檯上放了更多的冰塊；有位美聯社的美籍攝影師躲在難以立足的陰暗處拿著他的相機幹活，每當傳來走下石階的腳步聲就立刻抬頭看。他期待的那些人因尋歡作樂到凌晨，仍在飯店漆黑的房間裡睡懶覺。

妮可一走上海灘便看見迪克，他沒換穿游泳服裝，而坐在高處的岩石上。她退到更衣帳棚的遮掩下，貝比立即來到她身邊，說：「迪克還在那兒。」妮可說：「我看到他了。」貝比說：「我想，他或許會識相地走掉。」妮可說：「這是他的地方……就某種程度而言是他發現了這裡。高斯老爹總說，他的一切都要感謝迪克。」貝比平靜地看著自己的妹妹，評論著：「我們當初應該讓他專注在他的自行車旅行上，人一旦超出自己的能力範圍就會不知所措，無論擺出多麼虛張的聲勢。」妮可說：「至少迪克做了我六年的好丈夫。那些日子，我不曾因他而遭受任何痛苦，他總是盡其所能地不讓我受到傷害。」貝比微微抬起下顎，說：「他學的就是這套。」

姊妹倆默默地站著。妮可疲倦地想著事情；貝比在考慮，是否要嫁給最近有個爲了她的人和錢而向她求婚的人，他是如假包換的哈布斯堡王朝後裔。她不是很認眞地在思考。因爲感情早已枯竭，長久以來她的風流韻事都是一個樣，拿來當作閒磕牙話題還比事情本身有價值。她的感情，往往只在描述這些事的時候才最眞實。

過了一會兒，妮可問：「他走了嗎？我想他是搭中午的火車離開。」貝比瞧了一下：「沒有。他走到上面的露臺跟一些女人說話。反正現在人很多，他不會看到我們。」其實，她們走出帳篷時他就已經看見，並緊盯著她們直到兩人再度隱沒。他和瑪麗・明蓋提坐在一起，喝著茴香酒。

瑪麗・明蓋提說：「你來幫我們脫困的那晚，就像你以往的作風。除了最後，你對卡洛琳的態度很可怕。你爲什麼不一直保持那樣的好心腸？你可以的。」迪克難以想像自己居然落到瑪麗對他說教的地步。瑪麗說：「你的朋友依然喜歡你，迪克。但你喝過酒之後淨對朋友說些讓人不愉快的話。這個夏天，我大部分的時間都花在爲你辯駁上。」他說：「這話是艾略特①的經典名句之一。」她答：「沒錯！人們才不管你有沒有喝酒……」遲疑了一下，「即使是艾貝酒喝最凶的時候，也不曾像你那樣得罪人。」

迪克說：「那是因爲你們都很無趣。」瑪麗大聲說：「難道我們全部都是嗎？如果你不喜歡正派的人，那就試著去找不正派的人，看你會多喜歡！人們想要的就是相處愉快，如果你讓他們不愉快，就會被切斷來自友誼的滋養。」他問：「我被滋養過嗎？」此時此刻，瑪麗並未意識到自己其實是愉快的，畢竟她原本是出於畏懼才願意跟他坐坐。她再度婉拒一起喝杯酒，說：「你又開始自我放縱了。當然，自從艾貝的事之後，你可以想像我對喝酒的感受，因爲我看著一個好人變成一個酒鬼……」

卡洛琳‧薛比貝爾絲女士，一副做作模樣地踏著輕盈快活的步伐，走下了石階。

迪克覺得很開朗——早些時候他便覺得心情不錯；到了一個人該好好吃午餐時，他卻只在瑪麗身上表現出一種細微難察、意有所圖又自我克制的興趣。這時，他像個孩子般拿著一雙清澈的眼睛請求她的慰藉，那股悄悄來襲的感覺是種古老的需求，說服著她，說他是世上僅存的男人，而她是僅存的女人……然後，他不必再看著那些兩兩成對的身影，男人與女人，黝黑與白皙，在天空下閃耀……

迪克問：「你曾經喜歡我，不是嗎？」瑪麗說：「何只喜歡……我愛你。每個人都愛你。你想要的任何人都可以弄到手，只要你開口……」他說：「你我之間一直有某種曖昧。」她熱切地上勾了：「有嗎，迪克？」但他內心如同以往開始暗笑，知道這樣維持不了多久：「一直都有。我知道你的煩惱，也知道你多麼勇敢地去面對。」瑪麗說得很起勁：「我總認爲你知道的不少，對我的了解比任何人都還多。也許就是這個原因，當我們相處得不太好的時候，我是那麼怕你。」

他親切和藹地望著她，讓人想到暗潮洶湧的一股激情；突然間，他們的眼神交織纏綿，互相糾結在一起。然後，他內心的暗笑變得太大聲，似乎連瑪麗也聽到了，迪克連忙撇開眼神，他們又回到蔚藍海岸的太陽下。

迪克說：「我得走了。」他站起來時晃了一下。他的身體沒有以前好，血液循環變慢了。他舉起右手，劃個十字，在高高的露臺上爲海灘祈福。幾支陽傘下有人抬頭往上看。

妮可跪著說：「我要去找他。」湯米硬拉住她：「不，你不能去。事情這樣就好。」

譯註

①湯馬斯・史登・艾略特（Thomas Stearns Eliot，1888～1965），美國詩人兼劇作家，是英美現代文學代表人物，曾獲得一九四八年諾貝爾文學獎。

13

妮可新婚後，依然繼續跟迪克保持聯絡；有些信是談公事，有些則是談到小孩。她經常這麼說：「我愛過迪克，永遠忘不了他。」此時，湯米會說：「當然不用忘……爲什麼要呢？」

迪克在水牛城開了一間診所，顯然並不成功；妮可不知道出了什麼問題，不過幾個月後聽說他在紐約州一個叫巴塔維亞的小鎭當一般內科醫生，然後又到洛克波特市行醫。比起他待過的其他地方，她意外得知更多有關他在洛克波特市的情形——他經常騎自行車；很受到女士們仰慕；桌上總是有一大疊紙，據說是某個醫學主題的重要論文，幾乎快要完成；人們認爲他風度翩翩，有一次曾在公共衛生研討會上針對藥物主題發表精彩演講；但他跟一個在雜貨店工作的女孩發生緋聞，同時也捲入醫療糾紛的訴訟案；他因此離開了洛克波特市。

從那之後，他就沒有再要求把孩子送去美國，妮可問他是否需要錢，也沒回信。在她收到的最後一封信裡，他說自己在紐約州的日內瓦市行醫。她得到的印象是他安頓下來了，有人爲他照顧家居生活。她在地圖上查找日內瓦市，發現位於五指湖區的中央，一般認爲是個宜人的地方……因此她喜歡這麼想，或許他在等待生涯的契機，就像格蘭特將軍還在格利納的時候。他最近一封便箋，蓋的是紐約州霍內爾的郵戳，距離日內瓦市有段距離，是個非常小的城鎮；無論如何，他幾乎確定是在那個國家的那塊區域，不在這個城，就在那個鎮。

國家圖書館出版品預行編目資料

夜未央／史考特・費茲傑羅（F. Scott Fitzgerald）著
；林捷逸譯 .── 初版 . ──臺中市：好讀，2014.10
面：　公分，──（典藏經典；66）

譯自：Tender is the Night

ISBN 978-986-178-332-1（平裝）

874.57　　　　103015622

好讀出版

典藏經典 66

夜未央

原　　著／史考特・費茲傑羅 F. Scott Fitzgerald
翻　　譯／林捷逸
總 編 輯／鄧茵茵
文字編輯／簡伊婕
美術編輯／廖勁智
內頁編排／王廷芬
發 行 所／好讀出版有限公司
台中市 407 西屯區何厝里 19 鄰大有街 13 號
TEL:04-23157795　FAX:04-23144188
http://howdo.morningstar.com.tw
（如對本書編輯或內容有意見，請來電或上網告訴我們）
法律顧問／甘龍強律師
承製／知己圖書股份有限公司　TEL:04-23581803

戶名：知己圖書股份有限公司
劃撥專線：15060393
服務專線：04-23595819 轉 230
傳眞專線：04-23597123
E-mail：service@morningstar.com.tw
如需詳細出版書目、訂書、歡迎洽詢
晨星網路書店 http://www.morningstar.com.tw

印刷／上好印刷股份有限公司 TEL:04-23150280
初版／西元 2014 年 10 月 15 日
定價／290 元
如有破損或裝訂錯誤，請寄回臺中市 407 工業區 30 路 1 號更換（好讀倉儲部收）

Published by How-Do Publishing Co., Ltd.
2014 Printed in Taiwan
ISBN 978-986-178-332-1